Bianca Magens

Jasminblütensommer

Über das Buch

Mona kann es kaum glauben: Gerade sie wird von ihrem Chef zu ihrem allerersten Projekt ins Ausland geschickt. Und dann auch noch direkt nach Tunesien. Als Gartengestalterin soll sie die Anlage eines Hotels auf Vordermann bringen. Was voller Vorfreude startet, wird jedoch schnell zu einer Herausforderung. Denn nicht nur mit einer vollkommen neuen Kultur muss sie sich arrangieren, es gibt auch unliebsame deutsche Urlauber, die ihr den Aufenthalt schwer machen wollen, ein achtköpfiges Team, das ihr ungeplant zur Seite steht und mit dessen Eigenarten sie erst einmal klar kommen muss, und einen Hoteldirektor, dessen liebstes Kleidungsstück eine Krawatte mit kleinen Kamelen ist. Und dann wäre da auch noch Karim, aus dem Mona einfach nicht schlau wird ...

Bianca Magens

Jasminblütensommer

Roman

Bibliographische Information der Deutschen Nationalbibliothek: Bibliografische Information der Deutschen Nationalbibliothek: Die Deutsche Nationalbibliothek verzeichnet diese Publikation in der Deutschen Nationalbibliografie; detaillierte bibliografische Daten sind im Internet über dnb.dnb.de abrufbar.

© 2020 Bianca Magens
bianca.magens@gmx.de
Instagram: bianca.magens.autorin

Herstellung und Verlag: BoD – Books on Demand, Norderstedt

Covergestaltung © Bianca Magens

ISBN: 9783751951081

Montag, 3. April, Frankfurt

1

Ich kneife die Augen zusammen, um besser erkennen zu können, in welche Richtung ich laufen muss. Erinnerungen an den ersten gemeinsamen Flug mit meinen Eltern vor rund 20 Jahren kommen mir in den Sinn. Chaotisch, vorfreudig, zu spät, aber in jeder Hinsicht himmlisch. Im wahrsten Sinne des Wortes. Damals waren wir viel zu knapp dran, weil meine Schwester ihren geliebten Teddybären auf ihrem eilig gemachten Bett hat liegen lassen und der Taxifahrer kurz vor dem Frankfurter Flughafen noch einmal umdrehen musste. Meine Schwester war glücklich, der Taxifahrer hatte Dollarzeichen in den Augen. Meinem Vater hingegen ist der Schweiß von den Schläfen getropft, weil er ahnte, dass das mit unserem Flug nichts mehr werden würde. Ich erinnere mich noch genau an all die vorwurfsvollen Blicke, als wir vier in letzter Sekunde ins Flugzeug gesprungen sind und all diejenigen, die dachten, sie könnten die viereinhalb Stunden nach Fuerteventura ohne Sitznachbarn bestreiten, genervt aufseufzten.

»Willkommen im ersten Urlaub der Familie Wolf«, hat mein Vater neben mir gegrummelt, als der Flieger sich in Bewegung setzte. Dann hat er sich in gewohnter Manier nach hinten gelehnt, die Augen geschlossen und den Rest des Fluges geschlafen. Wie ich ihn um diese Eigenschaft beneide!

Kopfschüttelnd katapultiere ich mich zurück in die Gegenwart. Meine beiden Rollkoffer machen laute, nervige Geräusche jedes Mal, wenn sie über eine Rille im Fliesenboden gleiten. *Tock, tock, tock.*

Wie mein Herz, das vor Aufregung nicht mehr stillstehen mag. Mit dem kleinen Finger ziehe ich den Koffer, der Rest meiner Hand hält mein Handy fest umklammert. Jeder kleine Stoß droht das Gerät wegschleudern zu wollen.

Halt, Stopp! Fast laufe ich am richtigen Gang vorbei, in letzter Sekunde mache ich eine ungalante Vollbremsung.

»Meine Güte, wie kann man so verstrahlt sein!«, werde ich von einem Anzugträger schräg hinter mir beschimpft, der mit seinem Knie schmerzhaft gegen meinen zweiten Koffer gestoßen ist.

»Tut mir leid, tut mir leid«, murmele ich, doch er kann mich nicht mehr hören, denn ich spute weiter in Richtung Terminal 1, Halle B. Ich spüre den Windstoß seines übertriebenen Kopfschüttelns bis hierher. Mein Handy in der Hand vibriert und ich erschrecke.

»Tut mir leid, tut mir leid«, flüstere ich erneut, diesmal mit Blick auf das blinkende Display. Ich werde nicht rangehen, ich werde genauso wenig schauen, wer es ist. Das ist entweder meine Schwester, mein Chef oder meine Mum. Da ich aber weder hören will, dass ich etwas vergessen habe, noch gesagt bekommen will, dass sich an der Planung doch noch etwas geändert hat, gehe ich nicht ran. Nicht mit mir. Ich ziehe das jetzt durch. Ich habe mich nicht umsonst die letzten Wochen verrückt gemacht. Alles, was jetzt zählt, ist, dass ich meine Koffer abgeben kann. Rechtzeitig.

Endlich sehe ich den Check-in-Schalter, dahinter eine gelangweilt aussehende junge Frau, die auffällig Kaugummi kaut und – allen Ernstes – eine fette Blase damit macht. Fehlt nur noch, dass sie sich mit den manikürten Nägeln eine Strähne um den Finger wickelt und die Augen verdreht. Und einen

Schmollmund macht. Aber das geht ja nicht, sie muss schließlich Kaugummiblasen platzen lassen.

»Hi, ich würde gerne meinen Koffer abgeben«, sage ich zwischen zwei rasselnden Atemzügen, als ich endlich vor der Dame zum Stehen komme. Meine rote Handtasche rutscht mir unelegant von der Schulter und die Henkel knallen mir in die Ellenbeuge, was ich mit einem leisen »Autsch« quittiere. Mein Koffer rollt ungefähr im gleichen Moment über meinen kleinen Fußzeh. Doppel-Autsch, gewissermaßen.

Notiz an mich selbst: Keine Ballerinas anziehen, wenn man durch den Frankfurter Flughafen sprinten muss.

»Ach, Sie wollen einen Koffer abgeben. Ist ja ein Ding.« Die Hubba Bubba Frau schaut mich mit hochgezogenen Augenbrauen an. Moment, habe ich diesen unfreundlich-frechen Ton gerade wirklich wahrgenommen? Oder habe ich ihn mir eingebildet? Ich mache eine gute Miene, setze mein professionellstes Lächeln auf. »Genau, ich fliege in einer Stunde nach Mahdia.«

Die Hubba Bubba Frau seufzt. »Was Sie nicht sagen!« Auch sie kann das mit dem professionellen Lächeln schon recht gut. Nur sollte sie noch daran arbeiten, dass man die Ironie dahinter nicht mehr erkennt. Das ist nämlich kontraproduktiv, wie ich in 29 Lebensjahren lernen durfte. Auf meinen 165 Zentimetern weiß mittlerweile jede Zelle, wie sie gekonnt Ironie überspielt.

»Ihnen ist aber schon bewusst, dass Sie eigentlich zu spät sind?« Da ist er endlich, der Schmollmund.

»Und Ihnen ist bewusst, dass wir den ganzen Spaß schon längst hinter uns gebracht hätten, wenn Sie nicht diskutieren würden?«, setze ich mich zur Wehr. Dann seufze ich versöhnlich. »Können Sie bitte einfach meine Koffer entgegennehmen?«

Die Kaugummiblase platzt. Meine Nerven spannen sich an. Mein linkes Augenlid zuckt. Alles gleichzeitig.

»Reisepass?«

Diesmal bin ich schlecht vorbereitet. Hektisch greife ich in meine Tasche. Ich habe mich vor Abfahrt zu Hause fünf Mal vergewissert, dass ich auch wirklich meinen Reisepass eingesteckt habe, nebst Arbeitsgenehmigung und den restlichen Unterlagen mit den Bildern und Plänen. Irgendwo muss der Pass also zwischen Unterlagen und benutzten Taschentüchern liegen. Wie kann es sein, dass ich ihn jetzt, im entscheidenden Augenblick, nicht finden kann?

»Moment«, murmele ich, allerdings mache ich das eher, um mich selbst zu beruhigen. Die Hubba Bubba Frau beginnt, mit ihren Fingernägeln auf die kleine Ablage vor sich zu trommeln. In was für einem Film bin ich eigentlich gelandet? Ich befinde mich mittlerweile in den Tiefen meiner Handtasche, Krümel kratzen mir meine Fingerkuppen auf. Mit Reue stelle ich fest, dass es besser gewesen wäre, wenn ich die Tasche vor Abflug noch aufgeräumt hätte. Und ausgesaugt.

Hastig, beinahe aggressiv, werfe ich einen Blick hinter mich. Doch da ist keiner. Ich bin wirklich die Letzte, die noch ihre Koffer abgeben muss. Das ist gut und schlecht gleichzeitig, so kann mich wenigstens kein Mensch hinter mir böse anstarren.

»Hab ihn!«, rufe ich da, vielleicht etwas zu laut. Flughafenmitarbeiter von den anderen Schaltern schauen mich teils verstört, teils belustigt an. Ein Mann jenseits der sechzig reckt verschwörerisch seinen Daumen in die Höhe und ich lächle ihn dankbar an. Wenigstens einen Verbündeten habe ich hier. Warum kann er nicht bei meiner Airline arbeiten?

Ich schiebe der Frau vor mir meinen Reisepass über die Theke und sie gibt meine Daten in den Computer vor sich ein. Ihre hellbraunen Haare fallen ihr dabei gewollt kokett ins Gesicht, aber das scheint sie nicht zu stören. Unablässig kaut sie weiter auf ihrem mittlerweile sicher geschmacklosen Kaugummi herum und ich beobachte diese eine Strähne, die ihr jeden Moment in das dunkel geschminkte Auge piksen wird. Es dauert eine Ewigkeit, bis sie wieder zu sprechen beginnt. »Mona Wolf. Nach Mahdia. Legen Sie bitte Ihr Gepäck aufs Band?«, kommentiert sie.

Ich tue wie geheißen und wuchte meine beiden Koffer hoch. Der halbe Meter, der das Gepäckband vom Boden trennt, erscheint bei der Schwere meiner zwei hellblauen Hartschalen-Begleiter beinahe unüberwindbar, aber nach ein bisschen Schnaufen und innerlichem Jammern schaffe ich es.

Hubba Bubba Frau zieht eine Augenbraue hoch. »Das ist auf jeden Fall Übergewicht.« Ihre Augen wandern von meinen Koffern auf mich und ein diebisches Grinsen breitet sich auf ihrem Gesicht aus. Normalerweise habe ich mit meiner kurvigen Figur nicht das geringste Problem, aber dieser Blick berührt eine schwache Seite in mir. Ich fühle mich beinahe persönlich angegriffen. Schnell schiebe ich den Gedanken beiseite und schreibe ihn meiner Nervosität zu. Das hat sie sicher anders gemeint, als es rübergekommen ist.

Stattdessen antworte ich souverän: »Ja, das ist mir bewusst. Ich bleibe ein halbes Jahr dort. Ich brauche also ein bisschen mehr als 23 Kilogramm Klamotten.«

Für einen Moment fühle ich mich siegessicher, denn ihr Gesichtsausdruck verrutscht ein wenig, scheint fast so etwas wie Verständnis zu beherbergen. »Für eine so lange Zeit fast ein bisschen wenig«, kommentiert sie dann. Diese Frau kann aus allem eine freche Aussage machen.

Gerade will ich zu einer weiteren freundlich-bestimmt-aber-aggressiven Antwort ausholen, da unterbricht sie mich auch schon wieder. »Das macht dann hundert Euro extra.«

Sie kritzelt den Betrag auf einen Zettel und schiebt ihn mir mit meiner Bordkarte zu. Dann versieht sie meine Koffer mit den obligatorischen Zettelchen und weg sind sie. Zum ersten Mal fühle ich mich gut vorbereitet. Ich weiß, wo der Schalter ist, bei dem ich die im Voraus bereits berechneten hundert Euro nachzahlen kann. Aus der Tasche meines Chefs, versteht sich. Immerhin wird das hier meine erste Geschäftsreise, auch, wenn es sich gerade nicht professionell genug dafür anfühlt.

»Danke Ihnen!« Mit einem bittersüßen Lächeln winke ich der Hubba Bubba Frau, dann entferne ich mich vom Check-in-Schalter, schultere anmutig meine Tasche und halte Pass, Bordkarte und Gebührenzettel fest umklammert.

Der erste Schritt ist also in letzter Sekunde noch einmal gut gegangen. Es kann nur besser werden.

2

Zwei Koffer und hundert Euro leichter schlendere ich durch den Duty-Free-Bereich. Das hier ist bei normalen Reisen immer der Moment, in dem ich anfange, mich zu entspannen. Nur, dass das hier weder normal noch einer meiner Urlaube ist. Stattdessen ist es meine erste Geschäftsreise. Und statt einem Meeting mit hundert Händen, die darauf warten, geschüttelt zu werden, wird das hier die erste Gartengestaltung im Ausland. Im *Ausland*! Kneift mich mal jemand?

Als mein Chef Edgar mir vor drei Monaten in einem der seltenen persönlichen Gespräche mit ihm eröffnet hat, dass ein riesiger Auftrag eines tunesischen Luxushotels reingekommen ist, habe ich mich gefragt, warum ausgerechnet ich diejenige bin, der er diese Neuigkeit als erstes erzählt. Und als er mir dann eröffnet hat, dass ich nach Mahdia reisen soll, um das Projekt zu betreuen und daran mitzuwirken, bin ich ihm um den Hals gefallen. Einfach so. Ohne zu überlegen, habe ich sofort zugesagt. Ein Abenteuer! Eine neue Erfahrung! Lebensaufgabe! Vertrauen! All diese Begriffe hat mein glückliches Hirn mir gleichzeitig in alle Nervenenden geschickt, mich euphorisch werden lassen. Mit einem Dauergrinsen bin ich sofort zu meinen Eltern gefahren, um es ihnen zu erzählen. Ich, Mona Wolf, werde für ein halbes Jahr nach Tunesien auswandern, um dort zu arbeiten.

Das mit dem Kneifen habe ich auf der halbstündigen Fahrt in meinem klapprigen alten Mini glatt selbst übernommen, und als ich nicht aufgewacht bin, habe ich langsam begriffen, auf was ich mich eingelassen habe. Bremsen konnte mich das nicht. Das hat ganz zuverlässig mein Vater übernommen.

»Tunesien?« Das war seine einzige Reaktion nebst gerunzelter Stirn und pochender Halsschlagader. Meine Mutter hingegen hat geschwiegen, als wolle sie ihrem Mann die ersten skeptischen Worte überlassen.

»Ja, Tunesien. Sonne, Strand, leckeres Essen. Das bisschen Arbeit, pah. Ihr wisst doch, dass ich diesen Job liebe! Das mache ich mit halb-links!«

»Sonnenbrand, Sand in der Unterhose, Magenschmerzen«, kommentierte mein Vater. »Und gratis obendrauf bekommst du unorganisierte Behörden, eine fremde Kultur, eine andere Mentalität und eine Sprache, die du nicht kannst.«

»Ich ... war immer gut in Französisch«, habe ich mich damals an einer Diskussion versucht, aber mein Vater hat danach nur noch geschwiegen. Er hatte für diesen Abend gewonnen, denn natürlich hatte er recht mit seinen Bedenken. Aber ich war euphorisch genug, um über all das hinwegzusehen. Meine Mutter hat versucht, die Wogen zu glätten. »Das wird bestimmt gut«, hat sie gesagt. Aber ich glaube, nicht einmal Benni, der schwarze Labrador meiner Eltern, hat ihre Lüge geschluckt. Um einen schönen Abend bemüht habe ich das Thema dabei belassen und die mir entgegengebrachte Skepsis als normale, elterliche Sorge abgestempelt. Ich jedenfalls würde meine Entscheidung nicht mehr rückgängig machen. Ich würde nach Mahdia fliegen!

Jede andere Tochter wäre bei dieser Reaktion vielleicht sauer gewesen auf den eigenen Vater, aber ich wusste schon damals, dass unsere Liebe zueinander zu groß ist, als dass ich lange nachtragend sein könnte. Und nachdem meine Eltern mir das Versprechen abgenommen haben, dass ich jeden Tag zumindest eine kurze Nachricht schicken würde, war das Thema dann vom Tisch. Bis heute Morgen habe ich jedwede eigenen Bedenken gekonnt und sehr eloquent zur Seite gedrängt. Ich habe sie gewissermaßen in einem kleinen Kästchen verschlossen und den imaginären Schlüssel in den Main geworfen. Habe meine Wohnung für ein halbes Jahr an eine junge Studentin untervermietet, meine wichtigsten Habseligkeiten in ein paar durchweichten Umzugskartons im Keller meiner Schwester Louisa gebunkert und fleißig meine Kenntnisse aus dem damaligen Französisch Leistungskurs aufgefrischt. Ich habe zehn Reiseführer mit dem immer gleichen Inhalt gelesen und mich auf der Arbeit jeden einzelnen Tag mit Plänen und Bildern vorbereitet. Ich bin gut eingearbeitet. Und doch hoppelt da ein nervös gewordenes Kaninchen in meiner Magengegend herum und tritt mit den Hinterläufen von innen gegen alle lebenswichtigen Organe.

In dieser Parallelwelt des Flughafens, in der ich mich nun befinde, ist die Stimmung weitaus angenehmer als in dem Dschungel aus Check-in-Schaltern und rasselnden Abflugtafeln. Um mich herum herrscht vorfreudige Stille, die nur hin und wieder durch glückliches Kinderlachen durchkreuzt wird. Ich habe noch eine halbe Stunde Zeit, bis mein Flieger abhebt, und tummele mich bereits am richtigen Gate herum. Schnell entsorge ich noch ein paar benutzte Taschentücher aus meiner Handtasche an einem Mülleimer neben mir, dann schlüpfe ich in eines der unzähligen Duty-Free-Geschäfte. Ich laufe durch die Reihen, schnuppere an Parfüms, die ich nie im Leben benutzen würde und staune über die hohen Preise von Minitiegeln voll Designer-Gesichtscreme. Ob die mehr bringen als Nivea? Habe ich eigentlich Sonnencreme eingepackt? Und liegt meine

Zahnbürste nicht doch noch irgendwo in meiner Wohnung? Heilige Maria, ich muss mich ablenken, sonst ersticke ich in meiner peniblen Vorbereitungssucht. Ich habe alles eingesteckt – und zur Not lebt man in Tunesien doch nicht hinter dem Mond! Ich kann alles dort nachkaufen und muss es bei genauerer Betrachtung früher oder später auch. Zwar habe ich meine gesamte Sommergarderobe und ein paar wärmere Kleidungsstücke in die Koffer gepresst, aber es ist ein halbes Jahr. Von April bis September.

Ohgottohgottohgott.

Die Nervosität kehrt mit voller Wucht zurück. Das Kaninchen ist wieder da. Schnurstracks verlasse ich den Laden und steuere die Sitzplätze vor dem Gate an. Ich werde mich dort nun hinsetzen und mich dem neusten Brunetti-Krimi widmen. Zwar habe ich meinen E-Reader vollgepackt mit Büchern, aber ich kann einfach nicht an einem Krimiregal vorbeigehen, ohne etwas zu kaufen. Erst recht nicht, wenn es das letzte deutsche Buchgeschäft vor einem halben Jahr in einem fremden Land ist.

Man fährt ja auch nicht mit Reservetank weiter, wenn dort ein Leuchtschild ist, auf dem steht »letzte Tankstelle vor der Innenstadt«. Ich besorge mir einen Kaffee an einem Automaten, der so etwas wie die Eierlegende-Wollmilchsau 2.0 ist, weil er nämlich nicht nur Kaffee in allen Farben und Formen, sondern auch Kekse, kleine Gebäckstücke oder Softdrinks ausspuckt. Und das alles ohne Bargeld – nicht übel!

Übel hingegen ist der erste Schluck des angeblichen Milchkaffees aus dem Wunderautomaten. Pfui, das kann doch kein Mensch trinken. Die Hirnregion in meinem Kopf, die für alles rund um das Thema Geizen zuständig ist, drängt mich jedoch dazu, den Kaffee trotzdem zu verzehren.

Plumpsend lasse ich mich auf einen der mit Kunstleder überzogenen Sitze fallen, stelle den hellbraunen Recyclingbecher neben mich auf eine niedrige Ablagefläche und meine Tasche auf den Schoß. Noch einmal kontrolliere ich, ob ich richtig bin. Flughafen Frankfurt nach Monastir, Tunesien. Abflug 18:43. Von genau hier. Nickend atme ich tief ein und aus und widme mich dann meinem Buch.

»Entschuldigung, ist da noch frei?«, werde ich nur wenige Minuten später aus meinem imaginären Venedig gerissen. Vor mir steht eine junge Frau mit glücklich geröteten Wangen, und zeigt auf den Sitzplatz rechts von mir. In dem Moment erkenne ich auch, dass die Plätze um mich herum sich gefüllt haben. Alles an diesem Gate schreit nach vollem Flugzeug.

»Natürlich«, antworte ich und deute mit einer laschen Handbewegung an, dass sie sich setzen soll. Die Frau bedankt sich knapp und lässt sich neben mir nieder. Ich komme nicht umhin, sie von der Seite anzusehen. Sie ist unglaublich hübsch, ihr dunkelbraunes Kopftuch umrahmt ihr präzise geschminktes Gesicht und die vollen Lippen. Dazu trägt sie ein Kleid, bunt gemustert mit Blumen, das mir sofort gefällt. Ich frage mich gerade, warum die Frau alleine ist, da schießt ein kleiner Junge auf uns zu und springt an der Frau hoch. Er sagt etwas auf Arabisch und schaut mich mit dunklen, aber glänzenden Augen an. Dann fängt er an zu lächeln und entblößt eine Reihe fehlender Milchzähne.

»Geht es dir gut?«, fragt der Junge mich mit leiser Stimme. Erst jetzt merke ich, wie ich die beiden anstarre. Seine Mutter mustert mich freundlich, aber besorgt.

»Sie sehen ein bisschen blass aus«, bemerkt sie dann und legt mir vertrauensvoll eine Hand auf den Unterarm. »Alles in Ordnung?«

»Oh, ich ... ähm ... wirklich?« Meine Hand wandert zu meinem Gesicht, als könnte ich damit etwas an meinem blassen Erscheinungsbild ändern. »Muss die Nervosität sein«, versuche ich die Feststellung der Frau neben mir abzuwenden. Doch sie schaut mich noch immer bang an.

»Wo ist Papa?«, fragt sie dann ihren Sohn. Obwohl meine Ohren plötzlich rauschen, bemerke ich, dass sie deutsch spricht.

Während ich mich noch über diesen Umstand freue so gut es neben meinem wild klopfenden Herzen eben geht, zeigt der Junge auf einen Mann, der sich in die Reihe hinter dem Kaffeeautomaten eingefügt hat. Die Frau sagt erneut etwas, aber diesmal verstehe ich sie nicht. Dieses Mal liegt es aber an dem Klingeln in meinen Ohren. Wild suchend schaue ich mich um und warte auf eine Ansage, eine Reaktion der weiteren Fluggäste. Aber alle sitzen noch entspannt auf ihren Plätzen. Genauso wenig folgt eine Ansage über die Lautsprecher des Gates. Da wird mir klar, dass ich vermutlich die einzige Person in dieser Halle bin, die das Geräusch hört. Das immer besorgter werdende Gesicht der Frau neben mir spricht ebenfalls dafür.

»Haben Sie Flugangst?«, will sie von mir wissen. Reflexartig will ich verneinen, dann halte ich aber inne. Ist es nicht genau das? Oder will mir mein Körper bloß mitteilen, dass ich endlich annehmen soll, dass ich verdammt nochmal nervös bin, was in den nächsten Stunden passiert? Dass ich aufhören soll, die Unsicherheit und die Furcht zu ignorieren?

Langsam schüttele ich den Kopf. »Eigentlich nicht. Ich bin nur etwas nervös. Ich fliege zum Arbeiten nach Tunesien und weiß nicht so recht, was mich erwartet.« Entschuldigend lächele ich die Frau an und erwarte, dass sie mir mit Skepsis begegnet. Dass sie sagt, ich soll mich nicht so anstellen. Dass sie wie so viele meiner Freunde sagt »aber arbeiten, wo andere Urlaub machen, das muss doch toll sein«. Stattdessen verstärkt sie den lieb gemeinten Griff um meinen Unterarm und spricht mir Mut zu: »Ich kann Sie so gut verstehen. Als ich vor zehn Jahren meinem Mann nach Mahdia gefolgt bin und hier in dieser Halle saß, bin ich alle zehn Minuten zur Toilette gerannt, weil ich mich übergeben musste. Das bringen Veränderungen eben manchmal mit sich. Aber wahrscheinlich wird es Ihnen wie mir gehen. Wenn Sie erst einmal angekommen sind, die Luft des Meeres und den Geschmack von Couscous auf der Zunge, dann werden sie anfangen, das Land zu lieben. Und sie werden über die verkrampften Leute hier in Deutschland zurückdenken und sich fragen, warum Sie sich eigentlich so viele Gedanken gemacht haben über all das, was schief gehen könnte.« Die Frau lächelt, dann taucht ihr Sohn wieder auf der Bildfläche auf. In der Hand hält er eine Flasche Wasser, die er mir mit einem breiten Lächeln hinhält. Er ist noch zu jung, um es mit Absicht zu machen, aber sein Ausdruck strotzt vor Aufmunterung. Hinter ihm taucht nun auch der Vater auf. Er hat exakt die gleichen Augen wie sein Sohn, genau das gleiche freundliche Lächeln wie die ganze Familie.

»Sie bekommen schon wieder etwas Farbe«, kommentiert die Frau neben mir, nun auf Französisch, damit auch ihr Mann sie verstehen kann. Ich bin überwältigt von so viel Freundlichkeit.

»Danke. Vielen Dank. Ich glaube, das habe ich gebraucht«, sage ich in die Runde, schraube die Flasche auf und nehme einen großzügigen Schluck. »Was schulde ich Ihnen?«

Der Mann schüttelt den Kopf. »Nichts, meine Liebe.« Sein Akzent ist stark, genauso wie der Blick, den er seiner Frau zuwirft, als die ihn dankbar anlächelt. Jeder einzelne Luftpartikel zwischen den beiden schwirrt vor Zuneigung zueinander und die Szene berührt mich.

Innerlich seufze ich gerührt und bedanke mich dann ein weiteres Mal laut, gerade rechtzeitig, um noch vor der nun tatsächlich stattfindenden Durchsage gehört zu werden.

»Liebe Fluggäste, das Boarding für den Flug TU648 beginnt. Bitte begeben Sie sich zum Gate.« Die englische und auch die französische Durchsage beachte ich nicht mehr, weil ich zu sehr damit beschäftigt bin, mich mit dem Gedanken anzufreunden, dass es nun wirklich losgeht. Mit den aufmunternden Worten von eben im Ohr komme ich dem plötzlichen Drang nach und umarme meine drei Retter kurz und ohne zu wissen, ob das überhaupt okay ist. Das glucksende Lachen von allen dreien aber bestätigt mich in dem Bewusstsein, damit das Richtige gemacht zu haben.

»Dankeschön«, sage ich erneut und wir laufen zu viert zum Flugzeug. Den noch halbvollen Kaffeebecher lasse ich unterwegs in einen Mülleimer fallen.

3

Geschafft. Alle Passagiere sitzen mehr oder minder entspannt in dieser Boeing 737. Auch ich. Nach meiner kleinen Panikattacke am Gate kann ich nun kaum mehr verstehen, weshalb ich kurz vorm Ziel plötzlich so verstört reagiert habe. Meine Retterfamilie sitzt fünf Reihen vor mir und der kleine Amir schaut mich über den Kopfteil seines Sitzes strahlend an. Während wir zu viert in der stickigen Passagierbrücke standen, haben wir uns noch einmal ordentlich vorgestellt. Hamed kommt aus Tunesien, genauer aus Sousse, wo seine gesamte Familie wohnt. Vor 10 Jahren kam er nach Frankfurt, weil die Baufirma, für die er damals gearbeitet hat, eine Tochtergesellschaft in Deutschland eröffnen wollte. Und da er auf einer Privatschule in jungen Jahren gelernt hat, deutsch zu sprechen, blieb ihm kaum eine andere Wahl. »Gut für mich«, hat er mit Blick auf seine Frau gesagt. Emilie, die ihren heutigen Mann in genau dieser Firma wenige Monate später kennen und lieben gelernt hat, hat mir erzählt, wie es dazu kam, dass sie schließlich zum Islam konvertiert ist. »Es war nicht wegen Hamed, auch wenn das viele immer denken. Ich habe die Religion einfach bei ihm mitbekommen – und festgestellt, dass sie mir mehr nahegeht, als die Religion, mit der ich aufgewachsen bin. Frag nicht, wie viele schiefe Blicke ich ertragen musste. Man denkt immer, unser Land wäre fortschrittlich, aber bei solchen Themen steckt Deutschland wirklich noch in den Kinderschuhen. Aber ich kann es nur belächeln, wenn die Menschen mir wieder mit Vorurteilen kommen. Mein Herz ist rein.«

Und dann haben die beiden mich ausgefragt, was mich nach Tunesien treibt. Ich habe den kleinen Vorgeschmack, den ich

Emilie schon gegeben hatte, noch ein wenig ausgebaut, und dafür anerkennendes Kopfnicken von Hamed geerntet.

»Wenn du irgendwann mal Hilfe brauchst, dann melde dich«, hat er gesagt und aus seinem Portemonnaie eine Visitenkarte geholt, auf der sowohl eine deutsche als auch eine tunesische Telefonnummer stand. Dann hat er hinzugefügt: »Tunesien ist nicht so bürokratisch wie Deutschland, aber manchmal braucht man auch dort Hilfe.« Sein Augenzwinkern hat mich nicht gerade beruhigt. In Ermangelung einer freien Hand, um meine Geldbörse herauszuholen, habe ich die Visitenkarte zwischen die Brunetti-Seiten geschoben und mir gedanklich eine Notiz gemacht, dass ich sie später zu meinen Unterlagen lege.

Ich lasse mich tiefer in meinen Sitz sinken. Meine Handtasche habe ich vor dem Start geflissentlich unter den Sitz vor mir geschoben, kurz nachdem ich meiner Familie eine Statusmeldung in die Whats-App Familiengruppe geschickt habe.

Bin im Flieger, mir geht es supi! Melde mich dann, wenn ich eines Tages mal wieder Internet habe.

Dahinter habe ich einen zwinkernden Smiley gesetzt und ein Stoßgebet gen Himmel geschickt, dass meine Eltern die verborgene Anspielung auf ihr veraltetes Weltbild über die Gegebenheiten in Tunesien verstehen, ohne dass sie wütend werden.

Seitdem sitze ich ein wenig verkrampft in den Polstern meines Platzes und weiß nicht recht, wohin mit meinen Armen. Ich möchte sie nicht auf die Armlehne legen, die mich zuverlässig von meinem Sitznachbarn trennt. Dort sitzt ein Mann mit Anzug und einem Gesicht, das an George Clooney erinnert und ich habe ganz leise »Nespresso – what else?« gemurmelt, als er als eine der ersten Amtshandlungen die Getränkekarte aus dem

Netz an seinen Knien gefischt hat. Er hat es nicht gehört, jedenfalls hoffe ich das.

Wir befinden uns nun seit einer halben Stunde in der Luft und ich habe mich hinreichend entspannt, um mich wieder wichtigen Dingen zu widmen. Ich schnappe mir mein Handy, weil an Lesen nicht zu denken ist. Zu sehr schmerzen meine Ohren vom Druck in der Kabine. Also versuche ich mich noch ein wenig am Last-Minute-Französischlernen. Dafür habe ich extra ein sündhaft teures Abo abgeschlossen, um über eine App meine Kenntnisse aufzufrischen. Laut Internetseite funktioniert der Kurs auch offline – Herausforderung angenommen. Ich starte die App und siehe da: Nach einer etwas längeren Ladezeit erscheint tatsächlich die nächste Lektion auf dem Bildschirm. Ich starte das Kapitel »Dans le café« und begebe mich in eine bunte Welt aus kleinen Vokabelkärtchen mit Bildern. Das ist einfach, ich habe schon so oft Kaffee in Frankreich bestellt.

Und dann plötzlich fängt mein Handy an zu plärren. In voller Lautstärke.

»Veuillez répéter: Bonjour, je voudrais un café au lait.«

Oh, Mist. Ich habe vergessen, wahlweise entweder die App-Funktion mit dem Sprechen auszuschalten, oder aber wenigstens mein Handy auf stumm zu schalten. George Clooney neben mir schaut mich mit hochgezogener Augenbraue an. Feindselig zischt er dann: »Non, je préfère boire du Nespresso« und wendet sich dann wieder der Duty-Free Zeitschrift auf seinem Schoß zu.

Oh nein. Nicht das auch noch. Er hat mich und meine Clooney-Anspielung also doch gehört.

Gerade will ich beschämt und mit rotem Kopf weiter in mein Sitzpolster sinken, da plärrt mein Handy weiter.

»Bravo! Continuez comme ça, Mona! Veuillez répéter: Combien coûte un croissant?«

Die blecherne Stimme in meinem Handy will mich vorführen. Die Frau, die diese Sätze aufgenommen hat, will gar nicht wissen, wie sehr ich sie und ihre pseudo-motivierende Art in diesem Augenblick hasse. 10.000 Meter über dem Meer kommen mir die wildesten Beschimpfungen in den Sinn. Hektisch drücke ich auf den Lautstärkereglern meines Handys herum, da höre ich eine nasale Stimme hinter mir.

»Combien coûte un croissant?« Der Akzent ist fürchterlich und unüberhörbar. Hinter mir sitzt definitiv jemand, der keinen strengen Französischlehrer in der Schule hatte. Abrupt drehe ich mich um – und blicke zwischen meinem Sitz und dem von George Clooney in das Gesicht eines Mannes. Die blonden Haare hat er sich zur Seite gegelt und eine rundliche Brille sitzt ihm auf der Nase. Er hat ein kantiges Gesicht, das eigentlich gar nicht so übel wäre, wäre da nicht der überhebliche Ausdruck darin.

»Très bien Mona«, plärrt mein Handy noch, dann habe ich die Lautstärke endlich heruntergedreht.

»Nein, mein Name ist Bruno« sagt der Mann hinter mir, den ich immer noch perplex anstarre. Er denkt wohl, damit habe er einen Scherz gemacht. Hat er gerade wirklich die Lektion nachgesprochen, zu der mein Handy aufgefordert hat? Was stimmt nicht mit ihm? Bruno zwängt seine Hand durch den Schlitz zwischen den Sitzen von George und mir und wiederholt seinen Namen. »Bruno Baake«.

Ich bin derart perplex, dass ich wie in Trance seine Hand greife. Er packt so fest zu, dass es schmerzt, und ich verziehe mein Gesicht.

»Oh, Entschuldigung. Bei einer so zarten Blüte muss wohl auch ein Gärtner einmal aufpassen«, raunt er. Seine Augenbrauen tanzen derweil Tango auf seiner Stirn, so sehr lässt er sie auf und ab wippen.

Bitte, was?

Ich kann nur mit viel Mühe ein Prusten unterdrücken, muss zu diesem Zweck aber meine Lippen aufeinanderpressen. Mein Gegenüber scheint diese Geste allerdings falsch zu interpretieren.

»Kein Grund für Verlegenheit«, will Bruno Baake sich weiter einschleimen und reitet auf seinem hohen Ross damit nur tiefer ins Peinlichkeitsland.

Ein Seitenblick auf George Clooney zeigt mir, dass er sich köstlich zu amüsieren scheint. Okay, wenn ich in seiner Haut stecken würde, dann würde ich mir gerade auch nicht zwingend etwas Nettes wünschen. Aber man muss mich ja nicht gleich mit einem so aalglatten, schmierigen und schnöseligen Mann strafen, der mit mir zu flirten versucht.

»Kaffee, Tee, Softgetränke?«, ertönt es da synchron von beiden Seiten des Flugzeuges. In diesem Moment bin ich mir sicher, dass es irgendwo auch einen Gott für mich geben muss. Und dieser hat erkannt, dass ich gerade dringend ein wenig himmlischen Beistand gebrauchen kann, um aus der Nummer wieder herauszukommen. Hektisch blicke ich mich nach der Stewardess um, um abzuschätzen, wie viel Zeit ich mit Bruno Baake noch überbrücken muss, bis ich mich ganz ohne schlechtes Gewissen einer Apfelschorle widmen kann und ihn von diesem Moment an geflissentlich ignoriere. Die Stewardess am vorderen Ende des Gangs hat eine Hochsteckfrisur, die mich an die Hochzeit meiner besten Freundin Isabella erinnert. Und auch alles andere an der Frau wirkt pompös. Ich bin beeindruckt von so viel Schönheit. Leider ist sie noch ein ganzes Stück entfernt, immerhin sitze ich fast ganz hinten. Deswegen drehe ich mein Gesicht ein wenig, um an Bruno (dem ich immer noch paralysiert zugewandt bin und der mir gerade irgendwas von sich erzählt) vorbei zur anderen Stewardess zu schauen.

Mich trifft der Schlag.

»Das darf nicht wahr sein«, murmele ich.

Bruno schaut mich kurz komisch an und sagt dann: »Ich weiß, es ist nur schwer zu glauben, aber wenn ich die Frau damals nicht aus der Ostsee gezogen hätte, wer weiß, was dann mit ihr geschehen wäre!«

»Ich meine nicht ... ach, was solls. Ja, hast du toll gemacht, Bruno«, knurre ich verärgert. Ich fühle mich, als spräche ich mit einem kleinen Yorkshire-Terrier, und genau so schaut Bruno mich nun auch an. Fehlt bloß, dass er um ein Leckerli bettelt mit seinen treudoofen Augen.

Dann wandert mein Blick zum eigentlichen Grund meiner aufkeimenden schlechten Laune. Ich drehe mich wieder zurück zur Stewardess, um mich zu vergewissern, dass ich auch wirklich richtig gesehen habe. Aber ja. Kein Zweifel.

Dort, nur wenige Meter von mir entfernt, schiebt die Hubba Bubba Frau einen Wagen mit Getränken und grinst mich siegessicher an.

Blöde Nuss.

Ich drehe mich von Bruno weg, schnappe mir meine Kopfhörer aus meiner Handtasche und stöpsele sie mir wutentbrannt in die Ohren. Es ist mir egal, dass Bruno meine Schulter unablässig antippt, dass George Clooney die Augen neben mir verdreht, bis er sein Hirn sehen kann, oder dass ich den brennenden Blick von der Hubba Bubba Frau an meinem Hinterkopf spüre. Trinken werde ich in diesem Flugzeug nichts.

Habe ich irgendwann heute etwa behauptet, es würde nur besser werden können?

4

Schwülwarme Luft streckt seine Krallen nach mir aus, als ich aus dem Flugzeug steige. Es weht ein sanfter Wind, der die in Dunkelheit stehenden Palmen an der Front des *Aéroport de Monastir Habib Bourguiba* zum Wackeln bringt. Das helle Gebäude ist niedrig, dafür aber in die Länge gezogen. Wenn das Letzte, was man gesehen hat, das Rollfeld des Frankfurter Flughafens war, dann gleicht das hier eher einem Kindergarten. Aber irgendwie, denke ich, ist es auch genau richtig so. Alles andere würde ich hier nicht vermuten.

Große Strahler, die aussehen wie etwas in die Jahre gekommene Straßenlaternen, beleuchten den Platz unmittelbar vor dem Eingang ins Gebäude. Darum haben sich mehrere Flughafenmitarbeiter positioniert, die den Neuankömmlingen von einem anderen Flug bereits den Weg zeigen. Ein paar weiße Autos stehen auf dem Platz vor mir, dazwischen zwei Busse mit dem Namen und dem Logo meiner Airline darauf. Zwei Männer verteilen uns nach und nach auf die Gefährte, aber als wir dann im Bus sind, ist es trotz gerechter Aufteilung viel zu voll. Ich kann mich gerade noch so an einer Haltestange festhalten, da setzt der Fahrer den klapprigen Kasten auch schon in Bewegung. Auf der anderen Seite des Busses entdecke ich Emilie mit dem schlafenden Amir auf dem Arm. Auch sie hat Mühe, sich festzuhalten. Hamed kann ich nicht ausmachen in der Menge – dafür aber Bruno Baake, der mich aus ungefähr 4 Metern Entfernung angrinst. Ich tue so, als hätte ich ihn nicht wahrgenommen, und wende den Blick aus dem Fenster. An uns zieht das Rollfeld vorbei, das Flugzeug, in dem ich die letzten zweieinhalb Stunden verbracht habe, wird langsam von der tunesischen Aprilnacht geschluckt.

Es erscheint mir unwirklich, dass ich nun wirklich hier bin. Ich spüre trotz der Entfernung zum Meer fast schon die Sandkörner unter dem Profil meiner Ballerinas. Ein Lächeln bereitet sich auf meinen Lippen aus. Ich habe es geschafft. Mona Wolf, chaotisch, ambitioniert, voller Tatendrang und Panik gleichermaßen, ist sicher auf tunesischem Boden gelandet. Wäre das hier eine Whats-App Nachricht, dann würde ich nun einen Daumen-nach-oben-Emoji anhängen. Und dieses Gesicht mit der entblößten Zahnreihe.

Der Bus stoppt heftig und ich stoße mir die Hüfte an einer der Sitzschalen an, auf der sich ein durcheinander schnatterndes Freundinnenpaar niedergelassen hat. Sie sind höchstens zwanzig, riechen nach Sekt und Sonnencreme. Die Piercings des einen Mädchens glitzern im Licht, das mittlerweile aus der Ankunftshalle in unsere Richtung scheint. Es entsteht kurzes Gedrängel, bis sich dann doch alle darauf besinnen, dass es sinnvoller ist, wenn man der Reihe nach aus diesem überfüllten Bus aussteigt. Und schwupps, stehe ich direkt vor der Schiebetür, die mich ins Innere des Flughafens Monastir bringt. Rechts von mir taucht ein Mann mit gepflegtem Bart, einer Sonnenbrille auf der Stirn und einer Uniform auf. Er nickt jedem kurz zu, raunt einige arabische Worte, die ich nicht verstehen kann. Die Mädels höre ich bis hierhin kokett kichern und bin mir ziemlich sicher, dass der Uniformierte die Zielscheibe ihrer guten Laune ist. Aus dem Augenwinkel nehme ich nur wahr, wie er sie mit einem echten Zahnpastalächeln direkt aus einem Werbespot vertröstet. Ich habe allerdings kaum Gelegenheit, ihn weiter zu mustern, denn ich werde von meinen Hintermännern und -frauen in das auf gefühlte 10 Grad heruntergekühlte Gebäude geschubst.

Hier drin ist alles in Beigetönen gehalten. Ein ganz dezenter Geruch nach Chlor erreicht meine Nase im selben Moment, wie ich eine Polizistin entdecke, die die Touristen versucht in möglichst gleich lange Schlangen vor den Schaltern zu verteilen. Vorsorglich krame ich dieses Mal bereits nach meinem Pass und der Arbeitserlaubnis. Hier wirkt alles ein bisschen chaotisch, deswegen möchte ich ausnahmsweise diejenige sein, die gut vorbereitet ist. Meine Dokumente habe ich fein säuberlich in einer Hülle verstaut – typisch deutsch - und halte sie vor meinen Bauch. Als könne mich das in irgendeiner Art schützen.

»Bonjour Madame«, sagt die Polizistin, als ich neben ihr angelangt bin. Lächelnd erwidere ich das freundliche Hallo, stolz darauf, endlich ein bisschen Französisch anwenden zu können. Leider wird man mich ab sofort nicht mehr für richtig ausgesprochene Sätze loben, wie meine App es macht.

Mit zusammengekniffenen Augen schaut die Polizistin auf die Zettelansammlung in meiner Hand und fragt mich dann etwas, was ich nur zur Hälfte verstehe. Zur Verdeutlichung zeigt sie auf meine Dokumente.

»Work permit«, nuschele ich und wedele mit dem Zettel. Es wird ja wohl keine Probleme geben?

»Kommen Sie bitte mit mir«, erklärt sie dann – diesmal wieder in französischer Sprache. Ich folge ihr behutsam, aber sie marschiert mit so strammen Schritten, dass ich Mühe habe, die Geschwindigkeit zu halten. Ich stolpere über meine eigenen Schuhe, gebe ein lächerliches Bild ab und möchte am liebsten auf der Stelle in Tränen ausbrechen. Irgendwo dahinten sind Emilie, Hamad, Amir, George Clooney und Bruno Baake. Da gehöre ich hin!

Nur Mut, Mona, frag die Frau, was mit der Erlaubnis verkehrt ist. Frag sie einfach ganz freundlich. Sie wird dich schon nicht wieder zurück in den Flieger stecken. Aber ich traue mich nicht. Stattdessen versuche ich, ein Pokerface aufzusetzen. Spätestens aber, als wir eine kleine Kabine aus Glas erreichen, in der eine weitere Polizistin hinter einem Schreibtisch sitzt, schwellen alle Adern an meinem Hals an. Irgendwas läuft hier gerade ganz gewaltig schief. Oh Papa, ich hätte auf dich hören sollen.

Die Frauen wechseln ein paar Worte auf Arabisch – keine Chance, irgendetwas zu verstehen. Nur die Handbewegung der neuen Frau kann ich deuten, denn diese besagt eindeutig, dass ich mich auf den Stuhl ihr gegenüber setzen soll. Dann öffnet sie die Hand, als wolle sie um eine Spende bitten. Aus einem Reflex heraus lege ich all meine Dokumente hinein.

»Vielen Dank«, sagt sie auf Französisch. Daran muss ich mich erst gewöhnen. Die beiden Frauen wirken entgegen meinem ersten Eindruck allerdings sehr nett. Sie lächeln kontinuierlich, lassen sich Zeit und geben mir doch nicht das Gefühl, dass ich gerade zweitrangig wäre. Schließlich setzt die eine Polizistin sogar zu einer Erklärung an. »Wir kontrollieren die Arbeitserlaubnis immer schon hier. Das erspart Ihnen auch eine Menge Zeit, die Sie sonst dort draußen anstehen würden.«

Und damit haben sie recht. Während meine Mitpassagiere von eben sich langsam durch den Flughafen bewegen wie zähflüssiger Honig, bin ich nach knappen fünf Minuten fertig, habe einen neuen Stempel in meinem Pass, und werde durch eine Hintertür der Glaskabine in die Kofferabfertigungshalle gespuckt.

Siehst du, Mona, es klappt doch alles. Jetzt muss ich nur noch auf meine Koffer warten und dann irgendwie versuchen, ein Taxi zu ergattern, das mich bitte möglichst schnell in das Hotel bringt, in dem ich nicht nur arbeiten, sondern die ersten Wochen auch wohnen werde. Man hat mir angeboten, dass ich eines der Zimmer beziehen kann. In der Vorsaison sei das sowieso kein Problem, und weil das Hotel unbedingt unsere Dienste in Anspruch nehmen will, könne ich laut Edgar auch die ganze Zeit über im Hotel hausieren. Ich kann mir zwar nur schwer vorstellen, ein halbes Jahr in einem kleinen Zimmer zu bleiben, aber immerhin bin ich nicht zum Vergnügen, sondern zum Arbeiten hier.

Ehrlich gesagt habe ich generell noch nicht viel über meine Ankunft hinaus nachgedacht. Der Flug und die Einreise waren für mich das schwarze Tuch schlechthin. Nun, da das Tuch nur noch eine zur Hälfte nach oben gezogene Gardine ist, erscheint mir meine komplette Planung mehr als dürftig. Ich hätte vielleicht doch lieber – der Gedanke bricht ab. Da! Da sind meine Koffer! Meine zwei übergewichtigen Hartschalen-Babys in leuchtendem Hellblau. Tänzelnd gehe ich auf das Gepäckband zu und stelle dann erschrocken fest, dass ich mich verkuckt habe. Denn um die Gepäckstücke, die nun vor mir entlangtuckern, sind regenbogenfarbene Kofferbänder geschnürt. So etwas besitze ich nicht. Und tatsächlich schnappt sich ein älteres Ehepaar nur wenige Meter links von mir die beiden Stücke vom Band und humpelt gemeinsam in Richtung Ausgang.

Okay, das wäre dann aber bitte das letzte Missverständnis für heute. Geduldig warte ich ab. Irgendwann beginne ich, die roten Koffer zu zählen. Mittlerweile haben mich all diejenigen, die ich eben durch meinen Trick mit der Arbeitserlaubnis abgehängt habe, eingeholt. Ich habe siebenundzwanzig rote Koffer gezählt, da sehe ich wieder etwas Hellblaues hervorblitzen. Und tatsächlich: Das ist wirklich einer meiner Koffer, meine Initialen sind auf den Griff geschrieben wie bei einer alten Tupperdose. Fehlt nur noch der zweite Koffer. Der, für den ich 100 Euro zahlen durfte.

Danach warte ich weitere zwanzig Minuten. Das Feld lichtet sich. Ich schaue mir die beige Wand an, denn hellen Boden, höre eine Mischung aus deutsch, arabisch, französisch. Alles vermischt sich zu einem Hintergrundbrei und irgendwann spüre ich nur noch Müdigkeit. Ich mag jetzt gerne einfach ankommen. Erschöpft lasse ich mich auf meinen Koffer sinken, der sich unter meinem Gewicht leicht ächzend bemerkbar macht, da ändert sich etwas an der Lautstärke um uns herum. Es dauert einen Moment, bis ich begreife, was es ist.

Das Gepäckband hat aufgehört, sich zu bewegen. Und es befindet sich kein einziger Koffer mehr darauf.

5

Nicht nur der Flug neben George Clooney hat etwas von einem Film. Nachdem ich vorsorglich hundert Euro aus meiner Reisekasse in Tunesische Dinar gewechselt habe, stehe ich nun wieder an der frischen Luft. Ich habe mich an den Rand gestellt, weit weg von den Deutsch sprechenden Abgesandten der Reiseveranstalter, die die Leute in die Transferbusse schleusen wollen.

Ich nutze die Stille, um mich kurz zu sammeln. Problem analysieren, überlegen, reagieren. Das konnte ich doch eigentlich immer ziemlich gut.

Also: Mein zweiter Koffer ist weg. Ich stehe am Flughafen und weiß nicht, was ich machen soll. Es ist mittlerweile fast 21 Uhr und mich beschleicht das Gefühl, dass es für diesen Tag ohnehin zu spät dafür ist, sich noch um irgendwas zu kümmern. Ein kurzer Abstecher zur Information des Flughafens hat ergeben, dass ich mich mit der Airline in Verbindung setzen muss. Als der Herr am Schalter aber gesehen hat, dass ich bereits einen Koffer hinter mir stehen habe, hat er mein Problem wohl nicht so ganz ernst genommen.

Und er hat natürlich recht. Es könnte noch schlimmer sein.

Ich hoffe bloß, dass das hier hinter mir der Koffer ist, in dem ich meine Unterwäsche verstaut habe.

Der Plan sieht also Folgendes vor: Ich suche mir ein Taxi, lasse mich zum Oriental Beach fahren, hoffe, dass ich da noch etwas zum Essen bekommen kann, und gehe dann ins Bett. Morgen früh habe ich den ersten Termin mit dem Hoteldirektor, da sollte ich vielleicht wenigstens den Eindruck erwecken, als sei ich munter, ausgeschlafen und gut vorbereitet. Nach dem Gespräch suche ich die Nummer der Fluggesellschaft heraus und lasse nach meinem Koffer suchen.

Ja, Mona, das klingt vernünftig.

Vor mir liegt ein riesiger Parkplatz, der fast so groß ist wie das gesamte Gebäude, durch das ich eben geschleust wurde. Es wird immer dunkler, aber auch hier erkenne ich hohe Palmen auf einem kleinen Grünstreifen, der mich von einer Reihe Autos mit Taxischild trennt. Bevor ich jedoch darauf zugehe, versuche ich, den Moment einzufangen. Für einige Sekunden schließe ich die Augen. Gelächter, Betriebsamkeit und Gespräche hinter mir. Hin und wieder ein Hupen oder ein Ausruf in der mir so fremden Sprache. Koffer rollen, Füße tippeln, Türen schlagen, Motoren brummen. Aber hinter all dem höre ich aus der Ferne leises Meeresrauschen. Ich höre Vögel, die die Kühle der Nacht nutzen. Wind, der sich wie ein stiller Beobachter um mich schlingt.

Meine Augen gehen wieder auf. Ich fühle, dass ich in meinem Abenteuer angekommen bin.

»Entschuldigung!«, rufe ich einem Taxifahrer zu, der gerade aus seinem Wagen steigt. Der Mann ist älter, sicherlich schon an die sechzig, und rund einen Kopf kleiner als ich. Er winkt mir lächelnd zu und kommt dann mit schnellen Schritten in meine Richtung, gerade da, als ich selbst auf ihn zugehen will.

»Können Sie mich ins Oriental Beach bringen?«, will ich von ihm wissen, als wir uns in der Mitte der Straße treffen.

»Aber natürlich«, antwortet er auf Französisch. »Woher kommen Sie?«

Er nimmt meinen Koffer und eilt zurück zum Wagen. Von schräg hinter ihm antworte ich: »Aus Deutschland«.

»Dann herzlich willkommen in Tunesien!«, gibt er zurück. Ich brauche einen Moment, bis ich registriere, dass er auf meiner Muttersprache geantwortet hat. Etwas holprig zwar, aber eindeutig kein Französisch mehr.

Erstaunt schaue ich ihn an, während er meinen Koffer in das Taxi wuchtet. »Sie sprechen deutsch?«, vergewissere ich mich. »Aber ja«, lacht er. »Ich habe lange gearbeitet in Hotel. Also ich habe gelernt. Ist nix perfekt, aber reichen.«

Ich muss schmunzeln. »Ja, das reicht. Deutsch ist nicht einfach.«

»Arabisch noch schwieriger«, gibt er zu und winkt ab. Dann steigen wir ein. Das Auto, ein alter Renault, ist tiefer als erwartet. Ich falle geradezu in den schlecht gepolsterten Sitz. Auf dem Armaturenbrett klebt ein Foto. Darauf ist ganz rechts mein Taxifahrer abgebildet, daneben zwei weitere Erwachsene und fünf Kinder. Außerdem erkenne ich noch eine Frau, um die der Mann den Arm gelegt hat.

»Meine Familie«, kommentiert er, als er meinen Blick bemerkt. Ich, die die Idee mit dem Foto auf dem zerkratzten Plastik ganz wunderbar findet, nicke nur. Hier fühle ich mich gut aufgehoben. Der Motor klingt zwar wie ein sterbendes Tier, aber mein alter Mini macht das auch in regelmäßigen Abständen. Also kein Problem für mich.

Wir fahren gemächlich vom Flughafenparkplatz herunter, der Mann winkt seinen Kollegen zu, als hätte er sie jahrelang nicht gesehen und dann führt uns der Weg schnurstracks auf eine Schnellstraße.

Das ist der Moment, in dem mein Herz für einige Sekunden einfach stehen bleibt. Der Fahrer tritt auf das Gaspedal, als gäbe es kein Morgen. Erschrocken schaue ich nur noch auf die Straße vor mir. Fahrbahnbegrenzungen gibt es hier keine und wenn mal ein Verkehrsschild am Straßenrand steht, dann sind die Scheinwerfer des Renaults so mickrig, dass man es erst drei Meter davor erkennen kann. Dann, wenn es auch schon zu spät ist.

Okay, ganz tief durchatmen, Mona. Der Mann wird den Weg schon kennen.

»Musik?«, fragt besagter Mann da und stellt, ohne eine Antwort abzuwarten, das Radio an. Ich verstehe kein Wort, arabische Musik dröhnt blechern durch die zwanzig Jahre alten Boxen.

Um Himmels Willen. Mach, dass das hier schnell vorbeigeht.

»Wie lange fahren wir denn ins Hotel?«, frage ich und versuche dabei meine zittrige Stimme stark und souverän klingen zu lassen.

»Hmmm«, brummt der Fahrer. »Ungefähr eine und eine halbe Stunde.«

Anderthalb Stunden?! Kein Wunder, dass er mir so freundlich-bestimmt den Koffer abgenommen hat. Das hier wird ein ganzes Monatsgehalt für ihn!

»Oh, okay …«, grummele ich. Meine Laune beginnt schon wieder zu sinken.

»Wie lange bleiben?«

»Ein halbes Jahr«, antworte ich verstört. Neben mir zieht die Dunkelheit rauschend vorbei.

»Das ist eine lange Urlaub!« Mein Taxifahrer ist sichtlich erstaunt. Ich überlege kurz, ihn einfach in dem Glauben zu lassen, dass ich so viel Geld hätte, um ein halbes Jahr Urlaub machen zu können. Als Strafe für seine fürchterliche Art, Auto zu fahren, gewissermaßen. Aber andererseits wäre das wahrscheinlich kontraproduktiv, denn dann macht er es wahrscheinlich noch teurer. Also belehre ich ihn: »Nein, ich bin hier, um zu arbeiten. Ich mache die Gartenanlage im Hotel neu und wurde deswegen hierher versetzt. Bis September.«

Der Mann strahlt. »Tunesien ist die schönste Platz für Arbeit! Du wirst lieben unser Land!«

Ich will gerade erwidern, dass ich das heute schon einmal gehört habe, aber noch nicht so recht glauben mag, da unterbricht mich mein eigener Schrei. Der Fahrer hat nahezu eine Vollbremsung gemacht, weil vor uns mitten aus dem Nichts ein Esel aufgetaucht ist. Mit einem Mann in bunten Gewändern, der ihn über die Straße führt. Der Mann ist barfuß und entblößt ein zahnloses Lächeln, als wir mit halber Geschwindigkeit an ihm vorbeifahren.

»*Smahny*«, ruft der Mann neben mir aus dem geöffneten Fenster. Dann wendet er sich mir zu. »Entschuldigung«. Dabei schaut er mich für einige Sekunden so reumütig an, dass ich ihm seine Entschuldigung nur abnehmen kann.

Schwamm drüber, denke ich nur, dann wende ich meinen Blick aus dem Fenster. Wenn es schon Männer mit Esel auf den Straßen gibt, dann sollte ich vielleicht einfach für ein paar Minuten die Landschaft genießen. Immerhin hat es mich eben auch beruhigt, einfach die Welt auf mich einprasseln zu lassen. In Erwartung neuen Mutes schaue ich mit zusammengekniffenen Augen aus der dreckigen, zerkratzten Scheibe.

Motorradfahrer tuckern durch die Nacht und knattern Abgase in die Luft, dahinter breitet sich ein riesiger See aus. Einzelne Fischerboote schaukeln auf den sanft wiegenden Wellen, der Mond spiegelt sich im Wasser. Weiter vorne erkenne ich ein paar Häuser, orangenes Licht der Straßenlaternen bescheint die weißen Fassaden und taucht alles in eine diffuse, aber gemütliche Atmosphäre. Dieses Land hat etwas Magisches, da gebe ich sowohl meinem Taxifahrer als auch Emilie recht.

»Gefallen dir?«, will der Mann neben mir wissen.

Nur mühsam kann ich mich vom Anblick des Sees trennen und schaue stattdessen ihn an.

»Abgesehen davon, dass du ziemlich schnell fährst, ist es gut«, gebe ich ihm mit einem Augenzwinkern zu verstehen.

Er formt ein lautloses O mit den Lippen. »Mohamed zu schnell?«

»Nein, nein. Schon gut, Mohamed.«

Da fängt der Mann schallend an zu lachen. »Hörst du, jetzt spricht sie schon mit dir, mein Junge.«

Ich schaue ihn an, als wäre er verrückt geworden. Ist er das womöglich auch? Habe ich vielleicht erst eben gerade wieder einen versöhnlicheren Ton angeschlagen, nur um dann feststellen zu müssen, dass ich den seltsamsten Taxifahrer der Welt erwischt habe?

»Mit wem ... wer ... wer ist Mohamed? Ich dachte, das wäre Ihr Name?«

Natürlich fällt mir auf, dass ich wieder in die etwas distanziertere Sie-Form gewechselt bin. Hoch lebe die deutsche Sprache! Ob mein Gegenüber diese Feinheit allerdings versteht, wage ich zu bezweifeln.

»Mohamed ist der Name von Auto«, klärt er mich auf.

Ah. Ja. Na klar. Sicher doch.

»Der Name von Auto?«, wiederhole ich ungläubig und ahme dabei seine Aussprache nach, was mir augenblicklich leid tut. Dieser Mann benennt sein Taxi?

»Mein Name Ennis. Das hier«, er klopft auf das Lenkrad »Mohamed«.

Ich schüttele den Kopf. Erst langsam, dann immer schneller. Und dann, ganz plötzlich, kann ich ein Prusten nicht unterdrücken. Schallend lache ich, bis mir die Tränen kommen. Weil die Situation so absurd ist, weil Ennis triumphierend grinst. Und weil ich auf meiner Achterbahnfahrt der Gefühle plötzlich doch wieder denke, dass alles gut werden muss. Immerhin habe ich soeben zwei neue Freunde gefunden.

Die restliche Fahrt nutzt Ennis, um mir von seiner Lebensgeschichte zu erzählen. Ich habe derweil Mühe, meine Augen noch offen zu halten, und schalte irgendwann ab. Erst, als der golden schimmernde Schriftzug des »Oriental Beach Hotel« vor einem Vorhang aus Müdigkeitstränen erscheint, pumpt mein Körper wieder Adrenalin durch meine Adern.

»Wir sind da«, seufze ich und setze mich etwas aufrechter hin. Ennis nickt nur fröhlich.

Die Fassade des Hotels hat die gleiche Farbe wie Sand. Strahler auf dem Boden werfen weißgoldenes Licht auf das Gebäude, orientalische Muster, die in den Stein gehauen wurden, ziehen sich über die gesamte Breite. Der Eingang wird von zwei riesigen Statuen gesäumt, die Glastür, die sich dazwischen befindet, wird von zwei dunkel gekleideten Männern bewacht. Dahinter erkenne ich einen schmalen Gang, der in einen Innenhof führen muss. Denn das, was ich sehe, ist noch nicht die eigentliche Fassade des fünfstöckigen Luxushotels. Das hier ist bloß der Eingangsbereich.

Ich bin so intensiv mit Staunen beschäftigt, dass ich nicht merke, dass Ennis den Motor abgestellt hat und mich nervös mustert. Schließlich räuspert er sich. »Die beiden Kollegen da werden nervös, wenn ich hier noch lange stehen bleibe. Du bereit für neues Kapitel in Leben?«

»Ja«, hauche ich leise. »Ich bin bereit«. Mit diesen Worten steigen wir parallel zueinander aus. Ennis öffnet den Kofferraum und holt mein dezimiertes Gepäck heraus. Sofort kommt ein Page und möchte helfen. Doch bevor er den Griff meines Koffers nehmen kann, ertönt eine laute Stimme über die Straße. Ruckartig bewege ich den Kopf zum Ursprung des Tons und erkenne einen Mann wieder, den ich vorher nur auf Bildern im Internet gesehen habe.

Vor mir steht Wassim Clément, der Hoteldirektor des Oriental Beach, und strahlt mich an.

»Mona! Es ist mir eine Freude!« Sein Französisch klingt wie aus dem Bilderbuch. »Ich bin Wassim Clément«, erklärt er das, was ich dank meiner Vorbereitung schon wusste.

Er hat kurze, schwarze Haare und ein dünnes Gesicht, das in der Wangenpartie eingefallen wirkt. Er ist ein ganzes Stück größer als ich und dieser Eindruck wirkt noch verstärkt durch die Art und Weise, wie er von der kleinen Treppe vor dem Eingangsbereich herunterschreitet und auf uns zukommt. Ich blicke nach oben in seine Richtung, sehe das ehrliche Strahlen und die Freude in seinem Gesicht. Er öffnet die Arme, als wolle er mich aus der Ferne damit umschlingen. Dabei spannt sich der Anzug um seine Brust ein wenig und die Krawatte um seinen Hals verrutscht. Aus dieser Entfernung und beim Dämmerlicht um uns herum kann ich nur schwer erkennen, was auf der Krawatte abgebildet ist, aber von hier sieht es aus wie … kleine Kamele?

Er kommt näher, und meine Vermutung bewahrheitet sich. Der Hoteldirektor scheint ein Faible für lustige Krawattenmotive zu haben.

»Ich bin sehr froh, dass Sie es geschafft haben, Mona«, begrüßt er mich eine Spur leiser, und wendet sich dann an den Pagen. Er raunt ihm streng etwas entgegen, was ich nicht verstehen kann.

»Kommen Sie mit, Mona, ich führe sie kurz durch die Lobby und zeige Ihnen dann Ihr Zimmer. Wir haben bereits einen kleinen Snack vorbereitet.« Mit diesen Worten fasst er mich vertrauensvoll an der Schulter an und will mich etwas in Richtung Glastür schieben. Dabei klemmt er einige lose Strähnen meines dicken Haares ein, dass sich aus dem Zopf gelöst hat. Die sonst dunkelbraune Farbe erscheint im Licht hier beinahe schwarz.

Fast lasse ich mich von seinem Charme leiten, da wird mir schlagartig bewusst, dass ich Ennis Fahrt noch nicht bezahlt habe.

»Oh, warten Sie einen Moment, ich muss noch ...«, beginne ich, doch der Rest meines Satzes geht unter. In meiner Handtasche krame ich nach meinem Portemonnaie.

»Ich bitte Sie, Mona, lassen Sie das. Wir begleichen natürlich die Rechnung für die Fahrt hierher. Kommen Sie, kommen Sie.«

Hin und hergerissen begleite ich den Direktor einige Meter schwankend, ehe ich mich erneut umdrehe.

Vor Ennis hat sich mittlerweile ein anderer Page positioniert, der mit ihm in leise gerauntem Arabisch die Abrechnung zu machen scheint. Ich winke meinem Taxifahrer zum Abschied noch einmal. Dann rufe ich »Danke! Sag auch Mohamed liebe Grüße!«

Dann folge ich Wassim Clément und seiner Kamelkrawatte ins Innere des Hotels.

6

Die Lobby des »Oriental Beach« ist gigantisch, anders kann man es nicht sagen. Nachdem ich dem Hoteldirektor durch einen kurzen Gang erst in einen Innenhof gefolgt und dann durch ein mit Wasserspielen gesäumtes Tor getreten bin, stehe ich nun direkt im Empfangsbereich des Hotels. Ein massiver, riesiger Kronleuchter hängt von der hohen Decke herab, die mit orientalischen, ineinandergreifenden Mustern in blau und golden bemalt ist. Eine Fensterfront, die sich über die gesamte Längsbreite der Lobby zieht, lässt den Blick direkt auf einen großzügig angelegten Poolbereich fallen. Nun im Dunkeln schimmert das Wasser nur ganz sanft, der sternenklare Himmel spiegelt sich darin.

Rechts von mir befindet sich die Rezeption, komplett in hellbraunen Tönen gehalten. Ein langer Teppichläufer fordert dazu auf, direkt darauf zuzugehen. Die andere Seite des Raumes ist aber fast noch beeindruckender. Hier reihen sich verschiedene Sessel, Hocker und Stühle an die immer gleichen mahagonifarbenen Tische. Die Polster haben im Gegensatz dazu jede einzelne Farbe des Regenbogens aufgegriffen. Dazwischen glitzern goldene und silberne Akzente in Form von Vasen und kleinen Dekorationselementen. Und auf jedem der Tische steht eine frische Schnittblume, die farblich perfekt zu den jeweils dazugehörigen Sitzmöbeln passt.

Dieser Eingangsbereich ist ein Traum. Und das sind nur die ersten Eindrücke, die ich noch dazu im Dämmerlicht wahrnehme.

Beinahe erwarte ich, dass jeden Moment ein fliegender Teppich neben mir erscheint, mit einem gut aussehenden Prinzen darauf. Oder wahlweise Will Smith in Form des Dschinns. Aber alles, was ich neben der Lobby sehen kann, ist der zufriedene Gesichtsausdruck von Wassim Clément.

Seine Stimme klingt ruhig, aber fest, als er spricht. »Gefällt Ihnen das Hotel?«

Erst fange ich an zu nicken. Vorerst zaghaft, dann immer schneller. »Es ist sehr schön«, entgegne ich, aber das trifft es nicht im Mindesten. Leider ist mir das französische Wort für atemberaubend nicht eingefallen.

»Kommen Sie mit mir, Mona, ich zeige Ihnen das Zimmer«. Er macht eine winkende Handbewegung. Ich folge ihm erneut, habe nur für den Bruchteil eines Moments die Chance, die uns entgegenkommenden Hotelmitarbeiter zu mustern. Alle lächeln fröhlich – wobei ich glaube, dass das an der Präsenz ihres Chefs liegt, der vor mir läuft.

Wir biegen nach rechts in einen kleinen Aufzug ab, im Inneren sind die verspiegelten Wände ebenfalls mit einzelnen Ornamenten verziert. Mein Spiegelbild sieht so aus, wie ich mich fühle. Müde, erschöpft, den Kopf voller Gedanken und trotzdem mit einem Grinsen, das beinahe die Ohren erreicht.

Meine Jeansjacke ist ohne den Wind von draußen viel zu warm und ich beginne zu schwitzen.

»Hat denn alles gut geklappt?«, will der Hoteldirektor neben mir wissen. Er will sich gerne höflich unterhalten, dabei wäre es mir eigentlich viel lieber, ich könnte einfach alles kommentarlos in mich aufsaugen. Ein leises Geräusch kündigt unsere Ankunft im fünften Stockwerk an. Kurz denke ich darüber nach, ihn anzulügen, und ihm das Gefühl zu geben, dass ich total ausgeglichen bin. Das würde er sicherlich für ein gutes Zeichen zu Beginn unserer Zusammenarbeit werden. Dann entscheide ich mich aber doch für die unbequeme Wahrheit und erzähle ihm von dem Stress bei der Ankunft, meinem peinlichen Erlebnis im Flugzeug, der Hubba Bubba Frau und schließlich dem Fehlen meines zweiten Koffers. Wassim Cléments Gesichtsausdruck wechselt von erschrocken über belustigt bis hin zu mitleidig. Mit einem Mal bin ich froh, dass ich ihm nichts von meiner kleinen Panikattacke erzählt habe.

»Das mit den Koffern passiert häufig. Wenn Sie Hilfe brauchen, sagen Sie mir Bescheid, okay?«

»Danke«, antworte ich aufrichtig. »Ich rufe morgen dort an, dann wird man mir schon irgendwie helfen können.«

Wir laufen den Gang bis zum Ende durch. Unsere Schritte werden dabei vom Teppich gedämpft, lange Schatten unserer Körper werden auf den Flur geworfen. Schließlich sind wir da, am Zimmer 515.

»Hier sind wir«, lässt Wassim Clément verkünden, dann lächelt er breit und überreicht mir feierlich eine Schlüsselkarte. »Wenn es ein Problem gibt, zögern Sie nicht, sich bei mir zu melden. Wir sind sehr froh, dass Sie hier sind, Mona. Morgen früh um sieben Uhr geht es los, im Raum direkt neben dem Speisesaal. Erdgeschoss.« Ein letzter strahlender Augenaufschlag, dann ist der Mann verschwunden. Seine polierten Schuhe klingen hohl und er richtet seine Kamelkrawatte im Weggehen. Ich fühle mich ein wenig geschmeichelt von dem Mann, habe aber gleichzeitig auch eine Menge Respekt vor ihm. Jedenfalls macht er einen deutlich chefigeren Eindruck als Edgar.

Als wäre es eine andere Welt, schlüpfe ich in das Hotelzimmer. Die Karte in meiner Hand fest umklammert mache ich mich auf das gefasst, was die nächsten Monate mein Zuhause sein wird.

Mein einsamer Koffer wurde von einem Pagen hochgebracht und steht bereits neben der dafür vorgesehenen Ablage. Ich lege meine Handtasche achtlos daneben auf den Boden.

Ich staune auch hier nicht schlecht. Das Zimmer besteht aus moderner Einrichtung mit kleinen und großen Akzenten mitten aus dem Orient. Am beeindruckendsten ist aber die grandiose Aussicht mitten auf die Hotellandschaft. Nur ein großzügiger Balkon trennt mich vor dieser fast endlosen Weite, die schließlich irgendwann im Meer mündet. Die Anlage ist riesig. Selbst in der Dunkelheit sehe ich von hier oben neben der Poollandschaft auch den Tennisplatz, die kleinen Bungalows mit Restaurants und Sitzmöglichkeiten, die kleinen Anlagen, die zum Entspannen einladen. Und vor allem sehe ich von hier die gekonnt kaschierten Baustellen, die in den nächsten sechs Monaten mein Einsatzgebiet sein werden. Freude kommt in mir auf. Nicht umsonst prahle ich immer wieder damit, wie sehr ich meinen Job liebe. Und auch hier wartet die schöne, aber noch etwas kahle Anlage auf einen letzten blumigen Feinschliff.

Ich werde diesen Garten und dieses Hotel zu etwas ganz Besonderem machen.

Auf einem kleinen Holztisch neben der Glastür zum Balkon steht ein Obstteller mit frischen Orangen, Erdbeeren und Bananen. Daneben ein Sandwich mit Käse, über das ich mich hermache, als würde ich verhungern. Froh darüber, dass mich keiner beim Schmatzen beobachten kann, lasse ich mich auf die Kante meines Bettes fallen und krümele kurzerhand den Teppichboden voll. Mit einer Hand essend greife ich umständlich in meine Handtasche und suche nach meinem Handy, um meinen Eltern und meiner Schwester Bescheid zu geben, dass ich endlich angekommen bin.

Auf der Suche nach einem offenen WLAN stoße ich auf den Namen »freeorientalbeach«, klicke die Verbindung an und holpernd trudeln Nachrichten, Werbung und Mails hinein. Ich ignoriere all das geflissentlich und öffne stattdessen unseren Familienchat.

Bin eben im Hotel angekommen. Wilde Taxifahrt inklusive. Aber mir geht es prima. Esse Sandwich und schaue auf das Meer. Morgen geht es um 7 Uhr los. Ich melde mich danach bei euch. Fühlt euch gedrückt!

Von den Problemen, die mich auf der Reise hierher begleitet haben, erwähne ich absichtlich nichts. Das, beschließe ich, sind Neuigkeiten, die ich mir für einen anderen Tag aufhebe. Der erste Eindruck zählt. Und auch ich mag nur zu gerne einfach den gesamten Anreisetag von mir abstreifen.

Nach kurzem Überlegen klicke ich mit vollem Mund Edgars Namen an und tippe auch für ihn eine kurze Mitteilung.

Bin angekommen, hat alles geklappt. Morgen früh geht's los, bin aufgeregt! Ich halte dich auf dem Laufenden, Chef.

Dahinter ein zwinkernder Smiley. Ich weiß, wie sehr Edgar es hasst, von seinen Mitarbeitern Chef genannt zu werden, und mache es deswegen immer wieder. Dann beschließe ich, meinen Eltern und meiner Schwester noch ein rasches Bild von dem Balkonausblick zuzusenden. Mit Sandwich in der Hand gelingt mir nur eine verschwommene Aufnahme, aber ich sende sie trotzdem ab.

Während ich mit immer schwerer werdenden Lidern eine Gruppe Einheimischer beim Tanzen und Feiern am Strand beobachte, beginne ich, dieses Land zu mögen. Genau so, wie Emilia es mir gesagt hat. Und spätestens bei den Erdbeeren, die

48

ich mir zum Nachtisch gönne, bin ich verliebt in diesen Moment.

Mit wenigen Handgriffen ziehe ich schließlich meine verschwitzten Klamotten aus und lege mich nur in Unterwäsche in das nach Rosen duftende Bett. Die weiche Bettdecke ziehe ich über mich und innerhalb von wenigen Sekunden falle ich in meinen ersten tunesischen Schlaf.

Ich träume von Kamelen, fliegenden Teppichen und einem einsamen Koffer.

7

Es wäre sicherlich hilfreich gewesen, sich einen Wecker zu stellen. Das schreiende Kind im Nachbarzimmer hat seinen Dienst glücklicherweise ebenso zuverlässig getan.

Ganze 20 Minuten vor dem ersten Treffen mit meinem neuen Team stolpere ich aus dem Bett, stoße mir den Fußzeh an der Badtür an und erschrecke, als ich in den Spiegel schaue. Reste meiner Wimperntusche kleben mir an den Wangen, manche der Schminkbröckel haben es sogar bis an meine Oberlippe geschafft. Meine von Natur aus langen Wimpern sehen verformt aus und meine Augenbrauen auf eine eigenartige Weise verwuschelt. Ein letzter Rest meines naturfarbenen Lippenstifts klebt noch an meinen Lippen. Alles, was normal aussieht, ist meine Nase. Abgesehen davon, dass sie etwas klein ist, erscheint sie in meinem desaströsen Erscheinungsbild wahrhaftig wie ein rettender Anker. Wie das Einzige, was nicht der Tatsache, dass ich mich nicht abgeschminkt habe, zum Opfer gefallen ist. Schnell wasche ich mein Gesicht mit warmem Wasser ab, aber es verschafft nur ein klein wenig Linderung. Meine dunkelbraunen Haare kleben mir ohne irgendeine Form oder Volumen am Kopf. So kann ich unmöglich beim ersten Treffen erscheinen. Schnell haste ich zu meinem Koffer, nehme mir frische Unterwäsche und ein bequemes Outfit heraus.

»Wo ist der Kulturbeutel?«, murmele ich. Dann erst trifft mich der Schlag.

»Scheiße, scheiße, scheiße«, sage ich laut. Mein Kulturbeutel liegt irgendwo dort, wo auch mein verschollener Koffer ist.

Habe ich gestern noch gehofft, dass ich das Gepäckstück mit den Unterhosen erwischt habe, würde ich nun fast alles für meinen Kamm und meinen Mascara geben. Ich schaue auf mein Handy: Noch zwölf Minuten. Zurück ins Bad, wieder den Wasserhahn an. Auf der Ablage neben dem breiten Waschbecken finde ich eine Zahnbürste und Zahnpasta. Wenigstens etwas. Nur gegen die Schlieren in meinem Gesicht muss ich dringend etwas machen. Mit zitternden Fingern reiße ich die Verpackung eines kleinen Seifenstücks auf, halte es unter das laufende Wasser und reibe mir damit mein Gesicht ein. Und tatsächlich funktioniert mein Plan, auch wenn ich innerhalb kürzester Zeit gerötete Wangen und deutlich sichtbare Schatten unter den Augen habe. Mit den Fingerspitzen versuche ich das Beste aus meinen Haaren herauszuholen, dann knote ich sie mir am Hinterkopf zu einem lockeren Dutt zusammen. Alles andere funktioniert heute nicht. Ein letzter Blick auf die Uhr. Sieben Minuten. Ein Blick auf mein Spiegelbild. Grausig, aber es geht nicht anders.

Schnell schlüpfe ich in meine Lieblingsjeans und hoffe, dass sie mich trotz des Desasters in meinem Gesicht zuverlässig durch den Tag bringen kann.

»Jetzt nur nicht schwitzen vor Angst, das Deo ist auch im anderen Koffer«, murmele ich mir selbst zu und bezwecke damit bloß das Gegenteil. Tief durchatmend stehe ich mit meiner Mappe voller Unterlagen vor meiner Zimmertür und warte auf den perfekten Moment, endlich nach draußen zu treten. Noch drei Minuten. Wenn der Moment nicht bald kommt, dann komme ich zu spät, also Augen zu und durch.

Krampfhaft umklammere ich meine Dokumente. Diese Pläne, Bilder, Aufzeichnungen und Rechercheunterlagen haben mich in den letzten Wochen viel Arbeit gekostet. Ich bereite normalerweise erst dann vor, wenn ich schon ein Mal vor Ort gewesen bin, um bei der Gartengestaltung auf die Atmosphäre eingehen zu können. Das war hier nicht möglich, aber meine Vorarbeit nimmt mir immerhin ein klein wenig der Aufregung in meinem Bauch. Ich weiß, dass ich das hier schaffen kann und dass ich es *gut* schaffen kann. Aber die Ungewissheit über das, was mich jetzt erwartet, sorgt trotzdem dafür, dass ich fast am Aufzug vorbeilaufe. Hätte einer der Hotelmitarbeiter nicht die Tür aufgehalten und gefragt, ob ich mitkommen wolle, dann würde der Metallkasten ohne mich in die Tiefe fahren. Drücken muss ich nicht – das Erdgeschoss wird bereits angefahren.

Stattdessen fühle ich für endlos lang wirkende Sekunden den prüfenden Blick des kleinen Mannes neben mir. Ich traue mich nicht, ihn genauer zu mustern, möchte jetzt um nichts in der Welt ein Gespräch anfangen. Dabei wirkt er keinesfalls unfreundlich.

Pling macht es und die Türen gehen auf. Mein Mitfahrer gibt mir mit einer Geste zu verstehen, dass ich zuerst aus dem Aufzug treten soll.

»Merci«, flüstere ich, bin mir aber nicht sicher, ob er es überhaupt gehört hat. Mitten im Gang bleibe ich zur besseren Orientierung stehen. Irgendwo muss doch hier ein Schild sein, dass zum Essensbereich führt. Kurz kneife ich die Augen zusammen und fühle mich an den gestrigen Tag am Frankfurter Flughafen erinnert.

»Sind Sie Mona Wolf?«, will da eine Stimme hinter mir wissen. Die Aussprache meines Namens klingt fremd, das Französisch des Mannes etwas holprig. So, als würde er sich extra

Mühe geben, alles korrekt auszusprechen. Ich drehe meinen Kopf in die Richtung, aus der die Frage kam und schaue meinem Aufzug-Begleiter nun doch in die Augen. Dass er klein ist, habe ich richtig erkannt, aber er sieht noch nicht aus wie ein Mann, stelle ich fest. Er scheint sehr jung zu sein. Wäre seine Kieferpartie nicht so kantig, dann würde ich sein Gesicht beinahe als kindlich beschreiben. Kurze braune Haare und eine Menge Lachfalten komplettieren sein Erscheinungsbild. Wäre ich zehn Jahre jünger, dann wäre ich ihm wahrscheinlich in genau diesem Moment verfallen. So aber straffe ich meine Schultern ein wenig und antworte ihm – leider bei Weitem nicht so selbstbewusst, wie es mein Wunsch gewesen wäre. »Die bin ich. Wieso?«

»Dann kommen Sie mit mir. Das Treffen ist im Saal neben dem Essensbereich«. Mit seinem Kopf macht er eine ruckartige Bewegung in die Richtung, in die ich definitiv nicht gelaufen wäre. Ein ziemlicher Zufall. Ob er mich aufgrund meiner Mappe identifizieren konnte?

Ich folge ihm und ärgere mich, dass ich nicht gleich nach seinem Namen gefragt habe. Jetzt, wo wir schweigend nebeneinander durch das Erdgeschoss des Hotels laufen und er nacheinander die uns Entgegenkommenden grüßt, ist es aber auch nicht mehr der richtige Zeitpunkt. Ich kann die Frage immer noch hinterherschieben, wenn ich mit dem jungen Kerl neben mir in kommender Zeit noch mehr zu tun haben werde.

Wir müssen bloß um eine Ecke biegen und ich renne beinahe in Wassim Cléments Krawatte des Tages hinein. Heute sind kleine Kakteen auf dem obligatorischen Kleidungsstück abgebildet, der Anzug scheint das Modell des Vortages zu sein. Oder er hat dieses Stück in mehrfacher Ausfertigung.

»Ah, guten Morgen Mona. Ich sehe, Semi hat sie begleitet«.
Semi also. Damit hat sich dieses Thema auch erledigt. »Kommen Sie rein. Wir warten schon auf Sie.« Er legt seine Hand knapp unter mein Schulterblatt und drückt mich sanft in den Saal, als ahne er, dass ich bei dem Wort »wir« am liebsten einen Rückzieher gemacht hätte.

Wer um alles in der Welt sollen »wir« sein? Ich dachte, ich treffe mich mit Wassim Clément, vielleicht mit einem der Bauarbeiter, die hier auf dem Gelände herumwuseln. Aber nicht doch mit der Art von Mehrzahl, die der Hoteldirektor eben impliziert hat. Erschrocken stelle ich außerdem fest, dass auch Semi ohne Nachnamen uns folgt, und sofort hasse ich mich für meine Gedanken von eben. Die mit dem Teil, dass ich ihm vor zehn Jahren verfallen wäre. Gott, wie peinlich, hoffentlich hat er nichts gemerkt. Hoffentlich muss ich nicht allzu eng mit ihm zusammenarbeiten. Hoffentlich-

»Guten Morgen zusammen!«, ruft Wassim Clément neben mir. Unterhaltungen verstummen abrupt und auch mein Gedankenkarussell hört endlich auf, sich zu drehen. »Das hier ist Mona Wolf, unsere Rettung aus Deutschland.« Sein Griff an meinem Rücken wird etwas fester, als wolle er mir zu verstehen geben, dass nun der richtige Augenblick für eine Reaktion meinerseits wäre. Mein Mund aber kann sich nicht dazu aufraffen, sich zu bewegen. Mein Gehirn ist zu sehr damit beschäftigt, meine Augen zu koordinieren.

Vor mir sitzen sieben Männer, die mich alle mustern. Teils freundlich, teils skeptisch, aber alle lächelnd.

»Mona?«, raunt der Direktor neben mir.

»Ich … oh, ähm, Entschuldigung«, stottere ich. »Meinen Namen kennen Sie ja schon alle«, versuche ich mich an einem

Scherz, der mir nicht gelingt. »Ich freue mich, endlich hier zu sein. Und ich bin sehr gespannt auf das kommende halbe Jahr. Es ist eine tolle Aufgabe, ich bin sehr froh, dass ich ein Teil davon sein darf.«

Meine kleine Begrüßungsrede wirkt wie einstudiert, denke ich, aber das scheint keinem aufzufallen. Zwar weiß ich im Augenblick noch immer nicht genau, was die kleine Menschenansammlung vor mir soll und wann sie sich wieder auflöst, damit ich mit Wassim Clément alles Weitere besprechen kann, aber in einem Chor, der mich an eine Grundschulklasse erinnert, begrüßen mich die Männer vor mir einheitlich. Dann setzt der Hoteldirektor endlich zu einer Erklärung an. »Mona, das hier ist Ihr Team. Ich habe die besten Männer zusammengestellt, damit sie ihnen bei der Gestaltung unserer Anlage helfen.«

Ich schlucke. Mein ... Team? In Gedanken schreie ich Edgar an. Das war so nicht abgemacht! Ich dachte, ich werkele hier ruhig und besonnen ein halbes Jahr vor mich hin, erhalte hin und wieder ein bisschen Unterstützung bei den schweren Sachen. Dass mich ein ganzes Team arbeitswilliger Tunesier begleitet, davon war nie die Rede!

»Oh, wow, ich wusste nicht-«, beginne ich, stelle dann aber fest, dass das nicht der richtige Zeitpunkt für Skepsis ist. Ich sollte mich vielmehr in meinen nicht vorhandenen Führungsqualitäten üben. Also sage ich: »Das freut mich sehr. Ich bin sicher, dass wir toll zusammenarbeiten werden!«

Okay, das war vielleicht etwas plump, aber immerhin ein Anfang. Die Männer strahlen weiter um die Wette.

»Wunderbar. Davon gehe ich aus«, sagt Wassim Clément und ich habe das Gefühl, dass hinter seinem Lächeln eine Drohung versteckt ist. »Dann lasse ich Sie mit dem Team zur

Besprechung alleine. Ich würde vorschlagen, dass ich Ihnen bis Samstag Zeit für das Konzept einräume. Wie ich sehe, scheinen Sie bereits Notizen zu haben. Dann dürfte das ein Leichtes für Sie werden.«

Mit diesen Worten zwinkert er mir zu, nickt dem Team zu und verschwindet aus dem Saal.

Puh, okay. Das sind viele Informationen auf einmal. Bis Samstag also, heute ist Dienstag. Die Abgabe des Konzepts ist sicher kein Problem für mich. Ob es ihm dann gefällt, steht in den Sternen. Aber in vier Tagen habe ich sicherlich noch genug Gelegenheit dazu, dem Mann auf den Zahn zu fühlen. Und dann Dinge zu streichen oder zu ergänzen, die nicht in sein Bild passen.

Viel mehr zu schaffen macht mir die Situation, dass ich nun mit den Männern alleine in diesem Raum bin. Habe nur ich das Gefühl, dass es immer stickiger wird? Und wo soll ich mich hinsetzen?

»Machen Sie sich keine Sorgen, Mademoiselle Wolf. Wassim ist immer ein wenig streng. Aber im Herzen ist er ein Weichei.« Das ist die Stimme des Mannes, der mich eben schon im Aufzug begleitet hat. Semi, erinnere ich mich. Und dieser bekommt in diesem Moment einen klatschenden Schlag auf den Oberarm von seinem Sitznachbarn. Semi flucht auf Arabisch, schaut seinen Kollegen wütend an.

»Rede nicht so über den Chef. Sie soll sich selbst ein Bild machen«, zischt er dann absichtlich so, dass ich es hören kann.

»So leicht bin ich auch gar nicht zu beeindrucken«, sage ich, bin mir aber unsicher, ob ich mir diese Worte überhaupt selbst abkaufe. Der Mann, der Semi zurechtgewiesen hat, wirkt allerdings besänftigt, also sehe ich meine Aufgabe als erledigt.

Eigentlich wirkte Clément auf mich bisher wie ein sehr freundlicher Zeitgenosse. Aber aus meinen diversen Erfahrungen in meinem Job weiß ich auch, dass gerade diese Leute manchmal schnell ein zweites Gesicht entwickeln – jedenfalls dann, wenn mal etwas anders läuft, als geplant.

»Nun gut«, beginne ich dann zaghaft und lasse mich auf dem mir am nächsten gelegenen Stuhl nieder. Mein T-Shirt ist am Rücken bereits durchgeschwitzt, dabei sind es in diesem Raum dank Klimaanlage wahrscheinlich nicht einmal zwanzig Grad.

»Was haltet ihr davon, wenn sich nun einfach jeder der Reihe nach kurz vorstellt. Ich versuche mir auch alle Namen zu merken, aber nehmt es mir nicht übel, wenn ich doch noch einmal nachfrage«, fasse ich einen Plan. »Und bitte«, ergänze ich im Anschluss, »nennt mich einfach Mona. Und sagt Du zu mir. Immerhin arbeiten wir ab sofort zusammen.«

Die nächste halbe Stunde ist intensiv und ich merke, wie sich leichte Kopfschmerzen anbahnen. Was würde ich für einen starken Kaffee tun!

Jeder der Männer stellt sich mir kurz vor. Da wären Semi, den ich schon kenne, und der eine ziemlich große Klappe zu haben scheint. Sein junges Gesicht wirkt auf eine sympathische Art und Weise frech, und das ununterbrochen. Ich glaube, er muss sich stark zusammenreißen, nicht über alles, was in diesem Raum geschieht, einen Witz zu machen.

Neben Semi sitzt Walid, derjenige, der ihn vorhin zurechtgewiesen hat. Und in der Tat ist der Mann eine ziemlich respekteinflößende Erscheinung. Er hat kurz geschorene Haare und eine kleine Narbe auf der Stirn. Er ist mit 35 Jahren der Älteste der Runde und hat mit Glanz in den Augen von seinen vier

Kindern erzählt, als er an der Reihe war. Breite Schultern und ein wettergegerbtes Gesicht, auf dem nur wenig Emotion zu erkennen ist, lassen ihn in meinen Augen sehr in sich gekehrt wirken. Und nachdem er Semi belehrt hat, kann ich mir gut vorstellen, dass er wegen seines Alters auch in dieser Runde derjenige ist, der die Hand über die Truppe legt. Trotz seinem disziplinierten Erscheinungsbild glaube ich aber auch, dass er ein guter Freund zu denjenigen ist, die ihm wichtig sind und die ihn für sich gewinnen konnten.

Der Nächste in der Reihe ist Amin, der das komplette Gegenteil von Walid zu sein scheint. Seine Haare reichen ihm bis auf die Schulter, er wirkt auf den ersten Blick beinahe ein bisschen hippiemäßig. In seiner Hand hält er die ganze Zeit einen Schlüssel, den er unnachgiebig um den Finger dreht. Eine Eigenschaft, die mich nervös macht, zu der ich aber nichts sagen will. Amin hält seine Vorstellung knapp, berichtet weder von Frau oder Kindern. Mit seiner ungewöhnlich hell klingenden Stimme bekräftigt er jedoch am Ende, dass er sich auf das Projekt freut. Und mein Herz macht dabei einen kleinen Hüpfer.

Khaled und Said sitzen nebeneinander und sehen sich obendrein auch noch erstaunlich ähnlich. Beide haben lockige Haare und einen leichten Bartschatten. Während Khaled jedoch bereits 28 Jahre alt ist, ist Said der Jüngste in der Runde, wie er mit Stolz verkündet. Außerdem ist Said einen guten Kopf größer als Khaled und überragt wahrscheinlich auch mich ein ganzes Stück.

Aus dem Mann neben Khaled werde ich nicht schlau. Sofiane ist ebenfalls sehr hochgewachsen und sitzt ziemlich verkrampft dort. Ein dichter Bart verdeckt jede Emotion auf seinen Lippen, aber die Augen sehen ununterbrochen traurig aus. In meinem

Magen brodelt sofort Mitgefühl für den Mann auf, obwohl er kein Wort darüber verliert, was der Grund für seine traurige Aura ist. Und die anderen scheinen diesen Umstand entweder zu ignorieren oder aber sie merken es nicht. Er verrät außer seinem Namen nichts und weil ich das Gefühl habe, dass es ihm an diesem Ort unangenehm wäre, wenn ich ihn löchern würde, belasse ich es dabei.

Der Mann ganz rechts von mir stellt sich als Nizas vor. Er fällt sowohl mit seinem Erscheinungsbild als auch mit seiner Art aus der Reihe. Nizas ist der Erste, bei dem ich das Gefühl habe, ich würde ihn schon ewig kennen. Meine Schwester würde ihn ohne zu zögern als »Kuschelbär« bezeichnen. Auch er ist groß, hat breite Schultern und eine Menge Muskeln vom vielen Arbeiten. Und vor allem ist er der einzige Mann in der Runde, der keine athletische oder schlanke Figur hat. Stattdessen macht sich ein deutlicher Bauchansatz bemerkbar. Und er ist derjenige, der am Ende sagt: »Jetzt musst du aber auch von dir erzählen!«

Die Aufforderung ist natürlich gerechtfertigt, aber nun, da mich sieben Augenpaare gespannt und interessiert anschauen (sogar das vom traurigen Sofiane), werde ich nervös. Was, wenn ich mit meinem nur halb-guten Französisch irgendetwas falsch sage und die vielen Menschen vor mir einen schlechten Eindruck von mir bekommen? Oder wenn ich sogar etwas Peinliches verkünde? Trotzdem weiß ich, dass ich aus der Nummer nicht rauskomme. Und auch gar nicht rauskommen will.

»Ich komme aus Frankfurt und bin 29 Jahre alt. Wahrscheinlich habe ich spätestens heute Mittag Sonnenbrand und dann möchte ich, dass ihr mich nicht auslacht.« Leises Lachen wabert durch den Raum. »Ich habe eine Schwester, die fünf Jahre jünger ist als ich. Ich habe in Deutschland eine Ausbildung gemacht und dann bei einem Floristen gearbeitet, ehe ich vor fünf Jahren angefangen habe, bei einem großen Gartenbaubetrieb in Frankfurt zu arbeiten. Und heute bin ich hier.« Meine letzten Worte werden begleitet von einem breiten Grinsen.

»Bist du verheiratet?«, fragt Semi frech schmunzelnd – und bekommt dafür prompt den nächsten Schlag auf den Oberarm verpasst. Auch Nizas schaut seinen Kollegen von der anderen Seite des Tisches böse an. Ich bin froh, dass ich die kleine Diskussion, die daraufhin aufkommt, aufgrund mangelnder Sprachkenntnisse nicht verstehen kann. Sogar Sofiane legt seinen traurigen Gesichtsausdruck kurz ab, um Semi böse anzustarren.

Ich habe das Gefühl, dass ich etwas sagen muss und versuche meine Stimme laut, aber nicht hysterisch klingen zu lassen. »Ich finde, das ist eine berechtigte Frage, nachdem ihr auch über eure Familien erzählt habt«, sage ich und augenblicklich verstummt der Raum. Dann wende ich mich an Semi. »Nein, ich bin nicht verheiratet.«

Sichtlich auf den Schlips getreten nickt Semi nur kurz und schaut dann auf die Tischplatte. Die Situation ist mir unangenehm und dennoch glaube ich, dass Semi damit nur einen witzigen Kommentar abgeben wollte.

Von rechts höre ich ein lautes Magengrummeln, das an einen Bären erinnert. Mit großen Augen wendet sich die ganze Truppe an Nizas, dem sofort die Röte auf die Wangen schießt. »Sorry Leute, ich habe halt Hunger«, murmelt er dann. Das Team lacht – mich eingeschlossen. Also beschließe ich, die erste richtige Ansage an mein Team zu machen, und fühle mich für einen Moment wie ein weiblicher Edgar.

»Was haltet ihr davon, wenn wir uns heute Nachmittag um 14 Uhr noch einmal treffen? Dann könnt ihr etwas frühstücken und ich schaue mir derweil die Anlage einmal an. Dann sprechen wir uns heute Nachmittag wegen des Konzepts für Monsieur Clément. In Ordnung?«

»In Ordnung«, tönt es fast synchron aus sieben verschiedenen Tonlagen, nur eine Sekunde später werden die ersten Stühle nach hinten geschoben und die Männer erheben sich nach und nach. Semi ist der Erste, der durch die Tür verschwunden ist. Nicht allerdings, ohne mir noch einmal einen peinlich berührten und entschuldigenden Blick zuzuwerfen, der es mir unmöglich macht, auch nur eine einzige Minute sauer auf ihn zu sein.

8

Es ist kurz nach acht und glücklicherweise ist von meiner erschlagenden Müdigkeit nichts mehr übrig geblieben. Die Vorfreude und die Aufregung der letzten Stunde hat alle Schlafgeister verscheucht. Ein paar wenige Urlauber kommen mir auf dem Weg in die Lobby entgegen, einige schlurfend, andere motiviert, aber immer mit hungrigem Ausdruck in den Augen. Ich werfe einen raschen Blick in den Speisesaal, aber von meiner Position aus kann ich außer einem Mitarbeiter, der jeden Gast persönlich begrüßt, nichts erkennen. Leckere Gerüche sammeln sich um mich herum, aber bei mir will sich noch kein Hunger einstellen. Das späte Sandwich liegt mir noch im Magen. Oder aber es ist doch die Nervosität. Trotzdem muss ich Wassim Clément früher oder später fragen, wo die Mitarbeiter essen können. Edgar hat letzte Woche noch irgendetwas von Verpflegung gemurmelt. Ich verschiebe den Gedanken auf später.

Auf meinem Handy suche ich rasch die Telefonnummer meiner Airline, um mich nach meinem verschollenen Koffer zu erkundigen. Für einige schreckhafte Sekunden erwarte ich die Hubba Bubba Frau am anderen Ende der Leitung, aber tatsächlich begrüßt mich eine jung klingende Frauenstimme. Sehr freundlich macht sie mir nach mehreren Entschuldigungen klar, dass der Koffer mir nachgeschickt werden würde und es noch ein paar Tage dauern könne. Zwar knickt meine Laune beim Gedanken an weitere unfrisierte und ungeschminkte Tage kurz ein, aber schließlich bedanke ich mich doch, wünsche der Frau einen schönen Tag und versuche, das Beste aus der Situation zu machen.

Mit meiner Mappe unter dem Arm trete ich schließlich durch eine Glastür in der Lobby hinaus ins Freie. Es ist noch kühl und wieder weht sanfter Wind, aber auch um diese frühe Uhrzeit merkt man deutlich die Kraft, die die Sonne hat. Beinahe ehrfürchtig bleibe ich einen Moment stehen und genieße den Augenblick. Spatzen landen direkt vor meinen Füßen, schauen mich ein paar Sekunden erwartungsvoll an, und wuseln dann weiter. Nur zwei, drei Flügelschläge später landen sie am nahe gelegenen Pool. Aus einem Instinkt heraus folge ich den Tieren und laufe ganz nah am Wasser vorbei. Ich merke deutlich die Kühle, die davon aufsteigt. In ein oder zwei Stunden wird es hier von Urlaubern wimmeln, nun ist alles, was ich sehe, ein junger Mann, der die Liegen möglichst parallel zueinander aufstellt und sich dabei in einer Tour die Haare richtet, weil sie ihm jedes Mal in die Stirn fallen, wenn er sich bückt. Ich beschließe, einen Rundgang zu machen, und laufe grüßend an dem Poolboy, wie ich ihn insgeheim taufe, vorbei. Rechts von mir steht ein kleines Häuschen, das aussieht wie ein Bungalow. Davor sind ein paar Tische und Stühle aus Metall platziert, aber alles in allem wirkt dieser Bereich wenig herzlich. Ich erkenne auch hier einige Mitarbeiter, die putzen und aufräumen. Wahrscheinlich ist das hier die Poolbar. Ich zücke meine Mappe, in der ich wie immer auch einige leere Blätter verstaut habe, um mir bei jeder Gelegenheit Notizen und Skizzen machen zu können. Unter der Überschrift »Poolbar« schreibe ich meine Gedanken auf.

- *Große bepflanzte Blumenkübel (Terrakotta?)*
- *Sitzkissen für die Metallstühle (bunt – vorher noch die Sitzfläche ausmessen!)*
- *Outdoor-Teppiche (gibt es sowas hier?)*

- *Schild »Poolbar« anbringen*
- *Vielleicht die Wand streichen? (helles Orange?)*

Ein letzter Blick auf den Bereich vor mir werfend, nicke ich. Dass ich mich auch um Accessoires und Deko kümmern kann, ist einer der großen Vorteile an meinem Job. Und einer der Gründe, weshalb ich ihn so sehr liebe! Ich hatte schon immer ein Auge für Ästhetik, was nur eines meiner Motive war, weswegen mein erster richtiger Job nach der Ausbildung bei einem Floristen war. Und dass ich dann bei Edgars so bekannten Firma einsteigen konnte, die über viele Grenzen hinweg als eine der besten und luxuriösesten Unternehmen für Gartengestaltung bekannt ist, habe ich ebenfalls dieser Charaktereigenschaft zu verdanken. Ich habe schon so viele wunderschöne Projekte begleiten dürfen und wurde immer wieder gelobt, was für einen guten Blick ich auch für Kleinigkeiten hätte.

Mein Weg führt mich weiter an einen geschotterten Weg, auf dem meine Sohlen laut rascheln. Schnell kritzele ich den nächsten Punkt auf meine Liste.

- *Weg pflastern*

So nah am Poolbereich glaube ich eher, dass das Knistern der Schuhe auf dem Boden hier nervtötend werden kann, wenn man den ganzen Tag am Pool liegen möchte, um zu entspannen. Und gut für nackte Füße ist es wirklich nicht. Außerdem ergänze ich auf meinem Zettel, dass der Weg dringend eine Bepflanzung nötig hat, denn so, wie es aktuell ist, wirkt es kahl und nur wenig einladend.

Der Ausblick allerdings ist wunderschön. Leicht abschüssig geht es auf diesem Pfad in Richtung Strand. Rasenflächen befinden sich rechts und links von mir und werden gerade sanft bewässert. Auf ihnen sind unzählige Dattelpalmen platziert, bestimmt zehn Meter hoch, und spenden Schatten. Das Meer schimmert in der Morgensonne – es ist einfach wunderschön hier! Dort, wo der Schotterweg endet, geht es hinaus zum Strand. Ein Security Mitarbeiter nickt mir knapp zu, ich tue es ihm nach und wende mich dann weiter nach links. Hier hört der Weg plötzlich auf und macht somit einen Rundgang unmöglich. Auch das schreibe ich auf und beschließe, den Hoteldirektor irgendwann nach diesem Punkt zu fragen.

- *Rundgang mit gepflastertem Weg erschaffen?*

Weil mir nichts anderes übrig bleibt, laufe ich den Weg zurück. Vor mir baut sich beinahe bedrohlich das Hotel auf. Es ist atemberaubend. Die Balkone der Zimmer sind mit golden bemalten Gittern versehen und auch hier spiegeln sich alle Arten von Sand- und Beigetönen wider. Weiße Fensterrahmen spiegeln die Sonne, die nun von hinter mir kommt. Diese Architektur ist wirklich eine wahre Freude. Nicht zuletzt deswegen überkommt mich erneut das Gefühl, dass ich auch aus dem, was abseits des Gebäudes liegt, eine Landschaft wie aus dem Bilderbuch schaffen will. Ein weiterer Punkt schleicht sich auf meinen Notizzettel.

- *Dekorationselemente in Gold besorgen*

Ich laufe am Pool entlang nach rechts. Schon aus der Ferne erkenne ich, dass in diesem Bereich weit mehr gemacht werden muss. Weiter hinten erkenne ich einen mit Gitterzäunen abgetrennten Sportplatz. Tennisnetze flattern im Wind, Basketballkörbe beten die Sonne an und Fußballtore stehen still da und warten auf Beute. Ein anständiger Weg dorthin fehlt allerdings. Das Areal vor mir sieht aus, als wollte man ursprünglich eine Art Garten anlegen, hätte es sich im letzten Moment dann aber doch anders überlegt. Dabei reicht der Platz durchaus, um auch hier etwas richtig Tolles zu schaffen. Die Ideen sprudeln nur so aus mir heraus

- *Sitzmöglichkeiten auf der Rasenfläche*
- *Beete mit Blumen und Kräutern anlegen*
- *Kleine Obstbäume pflanzen*
- *Stelle für abendliches Lagerfeuer?*

»Mona! Sind Sie schon fleißig?«, höre ich da unverkennbar die Stimme von Wassim Clément. Ich halte beim Schreiben inne und sehe den Direktor auf mich zueilen.

»Ja, in der Tat«, sage ich lächelnd. »Ich konnte es nicht erwarten, endlich loszulegen.« Was bei anderen vielleicht wie ein Versuch klingen würde, sich einzuschleimen, ist bei mir die pure Wahrheit.

»Das freut mich sehr. Kommen Sie kurz mit, ich zeige Ihnen unser neuestes Projekt!« Zum zweiten Mal in nicht einmal vierundzwanzig Stunden folge ich dem davoneilenden Hotelmanager und muss mich dabei ordentlich sputen. Schließlich erkenne ich, wohin er mich führen möchte. Hinter einer Hecke, die wahrscheinlich als einziges Überbleibsel des ursprünglich geplanten Gartens geblieben ist, steht ein halb fertiger Pavillon. Baulich fehlt an ihm fast nichts mehr. Als letzte Aufgabe müssen anscheinend bloß noch Mosaiksteine an der Innenseite angebracht werden. Stolz bleibt Wassim Clément stehen und deutet auf den Pavillon. »Unser neues Schmuckstück«, schwärmt er. Und das ist es tatsächlich: Der aus hellbraunem Holz gezimmerte Pavillon ist rund zehn Meter breit und vier Meter hoch. Von allen Seiten offen und mit einem spitz zulaufenden Dach, das vor der Sonne schützt, lädt er zum Verweilen ein. Allerdings fehlen neben dem Schmuckstück an sich noch jegliche Bepflanzung, Möblierung und Dekoration.

»Ich will Ihnen keinesfalls in Ihre Pläne reinpfuschen, aber ich wäre Ihnen sehr verbunden, wenn wir diesen Ort hier als Erstes fertigstellen könnten.« Der Hoteldirektor wirkt etwas nervös, als habe er Sorge, dass ich ihm widersprechen könnte. Stattdessen formt sich bereits eine perfekte Idee für diesen Ort und ich antworte:»Gerne. Ich habe auch schon etwas im Kopf.«

»Sie sind ein Schatz, Mona!«

Kurz reiße ich an, was mir für den Pavillonbereich vorschwebt. Die Augen meines gegenüber werden immer größer und strahlender.

»Wirklich Mona, das ist grandios«, sagt er, als ich ende.»Es wird dem Team gefallen. Und auch allen anderen Mitarbeitern. Wann legen Sie los?«

»Wann darf ich denn?«, stelle ich die Gegenfrage, begeistert von so viel Anerkennung.

»Morgen?«

»Dann bin ich morgen früh hier!«, erkläre ich lächelnd.

Im Anschluss führt der Hoteldirektor mich wieder ins Innere des Hotels. Nachdem ich unabsichtlich fallen gelassen habe, dass ich noch kein Frühstück hatte, hat er große Augen gemacht und mich erschrocken zurück in den Speisesaal gedrängt. Nun sitze ich in der Ecke, die in der Nebensaison einzig den Mitarbeitern des Hotels vorbehalten ist, und rühre in meinem grünen Tee. Ein Kaffee wäre mir lieber gewesen, aber Koffein ist Koffein. Und das brauche ich nun, da ich an den Plänen für den Pavillon sitze. Der Kaffee sah derart dünnflüssig aus, dass ich mich dagegen entschieden habe.

Ich blende die Lautstärke um mich herum aus, genauso wie die vielen Gerüche, und zeichne wie wild. In meinem Kopf sehe ich den genauen Umriss des Pavillons, ich habe die Umgebung des neu gebauten Schmuckstücks noch exakt vor Augen. Ein Talent, das mir schon immer gut bei meiner Planung helfen konnte. Genauso wie meine Versessenheit, etwas Angefangenes so schnell wie möglich zu einem Ende zu bringen. Deswegen bin ich nach einer halben Stunde fertig, habe eine Liste geschrieben mit Material, das wir brauchen und kleine Skizzen aufgezeichnet, die visualisieren sollen, wie ich mir die Dekoration vorstelle. Wenn Wassim Clément und das Team am heutigen Nachmittag einverstanden sind, dann können wir gleich morgen starten. Vorfreude macht sich in mir breit und ich nutze sie für eine kleine Statusmeldung für die Lieben zu Hause.

Guten Morgen! Hier ist alles super. Ich habe das erste Treffen hinter mir und stellt euch vor: Ich habe ein ganzes Team zur Seite gestellt bekommen! Bin aufgeregt, freue mich aber auch. Morgen geht es schon richtig los. Bei euch alles gut?

Es dauert nur kurz, bis meine Schwester eine Antwort getippt hat.

Wow, klingt spannend! Bin stolz auf dich, Schwesterchen. Frag nicht, im Büro drehen alle durch. Dienstage sind die schlimmeren Montage. Sonst ist hier alles gut. Wie ist das Essen bei dir?

Dahinter hat sie einen sabbernden Smiley gesetzt – typisch Louisa. Schmunzelnd tippe ich weiter.

Habe außer einem Sandwich und ein bisschen Obst noch nichts probiert. Werde ich aber gleich nachholen. Ich esse eine Portion für dich mit, dann teilen wir uns auch die Kalorien, muhaha.

Und genau das mache ich, lege mein Handy und meine Unterlagen neben mich auf den Stuhl und laufe zum reich gefüllten Buffet. Nur noch wenige Urlauber laufen mit schlurfenden Schritten und knallenden Flip Flops über den Fliesenboden und ich habe fast freie Auswahl. Meine Entscheidung fällt auf ein Brötchen, das ich mir mit Schafskäse belege, und herzhafte Spiegeleier, die in Tomatensoße schwimmen. Auf dem Weg zurück zu meinem Tisch nehme ich mir noch eine Orange von einem Stapel – und lasse diese prompt fallen, als ich sehe, wer sich wie selbstverständlich an meinen Tisch gesetzt hat.

In voller Pracht, mit blonden Haaren und dem eitlen Gesicht, sitzt Bruno Baake dort und schaut unverblümt in meine Unterlagen, die ich liegen lassen habe. Es darf nicht wahr sein!

Ich lege einen Zahn zu und klappe wütend die Mappe zu. »Was soll das denn?«, fauche ich.

»Heeeeey, nicht gleich wütend werden. Man sollte im Urlaub nicht arbeiten! Wollte nur mal schauen, was du hier so eifrig gekritzelt hast.«

Seine nasale Stimme geht mir noch mehr auf den Senkel als gestern. »Ich bin aber nicht hier, um Urlaub zu machen.«

»Ach, nein?«. Bruno Baake schaut mich perplex an. Am liebsten würde ich ihn einfach verscheuchen, aber dann würde er vielleicht nie Ruhe geben. Wenn ich ihm erkläre, was ich hier mache, dann lässt er mich vielleicht in Frieden arbeiten. Ich hoffe nur, dass uns niemand hier sieht. Was würde das denn für einen Eindruck machen?

»Ich bin engagiert worden, um die Anlage neu zu gestalten. Und das da«, ich zeige auf meine Mappe, »ist deswegen streng vertraulich und sollte nicht einfach in Ihre Hände gelangen, damit Sie darin herumstöbern.«

»Und ich dachte, wir wären schon beim Du?«

Mir fällt keine schlagfertige Antwort ein. Waren wir das? Ich kann mich nur sehr dunkel an den gestrigen Tag und die knappen drei Stunden im Flugzeug erinnern. Weil ich nicht komplett minderbemittelt und unkonzentriert erscheinen will, entschuldige ich mich also kleinlaut und sage »achso«. Dass dieser Bruno kein einziges Wort über meine Ansage verloren hat, weder Anerkennung noch eine reumütige Entschuldigung, weil er in meiner Mappe geschnüffelt hat, bringt mich zusätzlich aus dem Konzept.

»Setz dich doch«, sagt er dann und macht eine gönnerhafte Geste gen Stuhl neben sich. Abgesehen davon, dass das hier eigentlich *mein* Tisch ist, ärgere ich mich darüber, dass ich erneut vor ihm kusche und mich setze. Mittlerweile habe ich Hunger. Großen Hunger. Ich will einfach nur, dass Bruno Baake sich verzieht und ich mich voll und ganz dem Spiegelei auf meinem Teller widmen kann. Stattdessen will dieser Mann doch tatsächlich Konversation betreiben. »Woher kommst du denn?«

Ich werfe ihm einen unfreundlichen Blick zu. »Frankfurt.« Vielleicht helfen knappe Antworten ja dabei, ihn schnellstmöglich loszuwerden. Ich verfluche meine Eltern dafür, dass sie mich so gut erzogen haben. Andere Frauen würden Bruno einfach eiskalt wegschicken. Aber ich, die liebe Mona Wolf, bringt das natürlich nicht über ihr schwaches Herz.

»Schöne Stadt. Ganz schöne Stadt.« Dabei zieht er das Ö gewaltsam in die Länge. »Ich komme aus Kiel. Auch ganz toll. Warst du schon dort? Ich kann dir sehr empfehlen, einfach abends am Wasser zu sitzen, ein Gläschen Wein in der Hand, die Möwen um deinen Kopf. Es ist fabulös.«

Um Himmels Willen, wer benutzt denn noch Worte wie »fabulös«?

»Ich mag Wein nicht besonders«, sage ich, kann meinen Schock über seine Wortwahl dabei nicht ganz verbergen. Er scheint das falsch zu interpretieren. Lachend gibt er zurück: »Oh meine Liebe, das braucht dir nicht unangenehm sein. Jeder trinkt doch gerne mal was.«

»Vergessen Sie es«, murmele ich und beiße in mein Brötchen.

»Na, na, wir waren doch schon beim Du!«

Es wird einen Grund haben, dass ich im Geiste immer wieder die distanziertere Anrede wähle, denke ich, kaue aber weiter, ohne etwas zu sagen. Das scheint Bruno Baake auch nicht im Geringsten zu stören. Er spricht einfach weiter. »Also ich habe diesen Urlaub ja dringend gebraucht. Nur Stress. Ich leite ein Unternehmen und bin völligst ausgelaugt. Hätte ich nicht mal die Bremse getreten, dann wäre das sicherlich nicht gut für mich ausgegangen. Dass ich dann auch noch auf eine Verbündete treffe, die genauso wenig von ihrer Arbeit abschalten kann wie ich, hätte ich in meinen kühnsten Träumen nicht geahnt!«

Mit offenem Mund starre ich ihn an, während er sich die blonden Haare wieder an Ort und Stelle legt.

»Ich bin wirklich zum Arbeiten hier«, stammele ich perplex. Habe ich das nicht eben gerade noch erklärt?

Bruno seufzt. »Rede dir das nicht ein, meine Liebe. Es nützt einfach nichts. Ich habe deine kleine Lüge durchschaut.« Allen Ernstes zwinkert er mir zu. Es ist nicht zu fassen, dass er das wirklich denkt. Wie kann man die Wahrheit nur so lange verdrehen, bis sie einem am besten passt?

»Hör zu, ich«, setze ich an, will ihm endlich sagen, dass ich einfach in Ruhe frühstücken möchte. Doch Bruno Baake macht ein nasales »tztztzt« und bringt mich damit zum Schweigen. Dieser eitle, arrogante Snob! Langsam wird mein Geduldsfaden so sehr gespannt, dass ich für keine meiner nächsten Worte mehr zu Rechenschaft gezogen werden dürfte. Doch ich komme nicht dazu, noch etwas zu sagen. Im nächsten Augenblick springt Bruno Baake aus Kiel auf, klopft sich die Jeansshorts ab. »Die Wassergymnastik geht los! Ich muss dann!« Er wendet sich ab und läuft aus dem Speisesaal, nicht aber ohne noch ein letztes »War schön mit dir zu frühstücken, Mona!« in meine Richtung zu schmettern.

9

Ich habe mein Frühstück mit Blick auf den in Badeshorts herumhampelnden Bruno Baake bei der Wassergymnastik beendet. Seine Haut war blass und die Haare standen ihm komisch vom Kopf ab. Diesen Anblick werde ich so schnell nicht vergessen. Als Strafe für seine nervige Art wünsche ich ihm für heute Abend einen fetten Sonnenbrand.

Abseits dieser unangenehmen Begegnung und des noch viel unangenehmeren Anblicks bin ich aber glücklich und satt um Punkt zehn Uhr aus dem Frühstückssaal gegangen und habe mich auf mein Zimmer verzogen, um dort noch einmal den Termin am Nachmittag vorzubereiten. Zugegeben: Ich bin außerdem für ein paar Minuten eingeschlafen, diesmal aber rechtzeitig aufgewacht.

Die vielen Eindrücke und Ideen in meinem Kopf lassen mich auch nun nicht los, als ich wieder auf dem Weg hinunter in den Saal bin, den wir schon in den Morgenstunden als Besprechungszimmer genutzt haben. Auf meinem Kurs komme ich an der Bar vorbei, wo ich mich dazu aufraffe, einen Cappuccino zu probieren. Die kleine Tasse, in der das Getränk mit erstaunlich wenig Milchschaum hin und her schwappt, trage ich mit mir zu meinem Termin. Aus der Ferne erkenne ich, wie Bruno mir mit einem Cocktailglas aus der einen Ecke der Bar zuprostet, tue aber so, als hätte ich ihn nicht gesehen. Der fehlt mir gerade noch.

Dieses Mal bin ich die Erste, die im abgedunkelten Zimmer sitzt. Und im Gegensatz zu heute Morgen bin ich froh darüber, dass die Klimaanlage so zuverlässig arbeitet. Während ich an meinem Kaffee schlürfe (er ist erstaunlicherweise nicht übel), breite ich die Unterlagen vor mir aus und versinke erneut darin, ehe mich eine Stimme aus meiner Trance reißt.

»Hi Mona. Die anderen sind gleich da, wir mussten noch rasch duschen gehen.« Neben mir auf den Platz lässt sich Nizas fallen und stöhnt kurz auf. »Sorry. Clément hat uns so gestresst. Immer, wenn Karim nicht da ist, spielt er sich auf wie der Chef.«

»Zum Kotzen ist das«, meckert nun auch der nächste Ankömmling. Walid tupft sich Schweiß von der Stirn. Sein weißes T-Shirt ist dreckig und er sieht ähnlich müde aus wie Nizas.

»Woran habt ihr denn gearbeitet?«, erkundige ich mich und kratze dabei unablässig an meinem Hals herum. Irgendwas hat mich dort sicherlich gestochen.

Walid setzt sich ebenfalls. »Am Pavillon. Clément hat erzählt, dass er schnell fertig werden muss.«

Sofort greift mein schlechtes Gewissen um sich. »Oh, ich fürchte, daran bin ich nicht ganz unbeteiligt. Ich habe vorhin einen Rundgang über die Anlage gemacht und bin dabei auf Monsieur Clément getroffen. Wir haben uns darauf geeinigt, dass das das erste Projekt wird. Ihm scheint das wichtig zu sein.«

Verlegen beiße ich mir auf die Unterlippe. Oh je, hoffentlich habe ich mit meiner ambitionierten Art niemandem auf den Schlips getreten. Doch Nizas winkt ab. »Schwachsinn, entschuldige dich nicht. Wir wissen, wie wichtig ihm der Pavillon ist. Es ist bloß die Art, wie er mit uns umgeht.«

»Zu mir war es wirklich nett bisher. Soll ich mal mit ihm sprechen?«, biete ich selbstbewusster an, als ich mich fühle.

Nizas und Walid wechseln einen Blick, dann lächeln beide beschwichtigend. »Auf keinen Fall. Er lässt seine strenge Ader gerne mal an uns aus. Karim wird mit ihm sprechen«, sagt

Walid. Anerkennend fügt Nizas hinzu: »Aber danke, Mona.« Eindringlich schaut er mich an. Von der Teddybärmentalität ist nichts mehr übrig, stattdessen sprechen Ehre und Sympathie aus seinen Zügen. Ich wende mich von den beiden ab, weil ich erröte, und bekomme keine Gelegenheit, danach zu fragen, wer dieser Karim ist, von dem Nizas die ganze Zeit spricht, weil dann bereits die restliche Truppe auftaucht. Laut auf Arabisch sprechend suchen sie sich ihre Plätze, als Letzter betritt Wassim Clément den Raum. Nur wenige Sekunden später liegen alle Blicke auf mir und ich hoffe, dass man mir meine Verlegenheit nicht mehr ansieht. Außerdem verstehe ich, dass man mich hier innerhalb kürzester Zeit akzeptiert, sodass ich mich nun bloß hinstellen und meine Pläne vorstellen muss. Und genau das mache ich in den darauffolgenden zwanzig Minuten. Ich zeige meine Skizzen, versuche zu erläutern, was ich an welchen Stellen umsetzen will. Hier und da fehlt mir das korrekte Wort auf Französisch, aber wir überlegen so lange gemeinsam, ich auf Deutsch, die anderen auf Arabisch und mithilfe von diversen Google-Suchen, bis es schließlich doch klappt. Am Ende erstellt sich jeder eine Liste mit Dingen, die zu tun sind. Khaled und Sofiane erklären sich bereit, mich an diesem Nachmittag mitzunehmen und mit einem der hoteleigenen Transporter die Deko-Läden Mahdias abzuklappern. Denn auch, wenn es dem typischen Urlauber nicht oder nur selten auffällt, gibt es diese Art von Läden selbstverständlich auch hier. Nur eben etwas abseits von den Gebieten, wo sich Touristen normalerweise aufhalten. Said, Nizas und Amin wollen die letzten Materialien für den Bau besorgen und Semi sowie Walid bleiben auf der Anlage, um weiterzuarbeiten. Der Hoteldirektor scheint mit meinen

Ideen zufrieden zu sein, denn er sitzt die ganze Zeit über nickend am anderen Ende des ovalen Tisches.

Abgesehen von Bruno Baake könnte mein erster Tag in Mahdia kaum besser laufen.

Ich hatte mit ziemlicher Sicherheit drei Herzinfarkte auf dem Weg hierher. Eingezwängt zwischen Sofiane und Khaled in einem weißen, aber dreckigen Transporter, halten wir auf dem winzigen Parkplatz vor einem unscheinbar aussehenden Laden. Markisen mit hässlichen Mustern spenden ein wenig Schatten unmittelbar vor der Eingangstür. Von außen spricht hier definitiv alles gegen ein Geschäft, das angeblich Dekorationen und kleine Möbel verkaufen soll.

Khaled grinst mich an, als ich keine Anstalten mache, den Wagen zu verlassen. »Hast du etwa Angst?«, zieht er mich auf und ahnt nichts davon, wie nahe er mit seinem scherzhaft gemeinten Kommentar an der Wahrheit liegt. Tatsächlich überfordert mich die Situation massiv. Sofiane ist gefahren – ähnlich schlecht wie mein Taxifahrer gestern – hat aber ansonsten nicht viel gesprochen. Der traurige Gesichtsausdruck scheint bei ihm geradezu angewachsen zu sein. Das verunsichert mich auf der einen Seite, sorgt auf der anderen aber auch dafür, dass ich mir unablässig Gedanken mache, woran das bloß liegen könnte.

»Na komm, wir werden dich nicht auffressen«, sagt Khaled und grinst spitzbübisch. Im Licht der hoch stehenden Sonne erkenne ich einige grau schimmernde Haare in seinem Bart. Er hält mir seine Hand hin, damit ich besser aus dem Wagen komme und weil mir weder eine passende Erwiderung einfällt und ich genauso wenig noch länger im warmen Transporter sitzen möchte, greife ich danach und lasse mir hinaushelfen.

»Danke«, murmele ich und erspähe Sofiane schon am Eingang. Gebannt starrt dieser auf sein Handy und würdigt uns auch dann keines Blickes, als wir an ihm vorbei in das Geschäft laufen.

Komischer Typ.

Das Innere des Ladens ist deutlich vielversprechender. Ich entdecke eine Menge schön gearbeiteter Stücke und auch wenn ich jedes Mal Ewigkeiten brauche, um den Preis in meinem Kopf in Euro umzurechnen, muss ich feststellen, wie günstig hier alles ist. Und dabei sieht alles sehr hochwertig aus.

Sofiane und Khaled laufen mir hinterher und unterhalten sich leise auf Arabisch. Wahrscheinlich regen sie sich darüber auf, dass ich so sprunghaft in Zickzacklinien laufe und ständig eine andere Sache entdecke, die ich mir näher ansehen will. Und spätestens, als ich Sofiane als menschlichen Packesel missbrauche und ihm Vasen und Sitzpolster in Rottönen hinhalte, kann Khaled nicht mehr an sich halten und fängt an zu lachen. Ich meine sogar, auch auf dem Gesicht des traurigen Sofiane eine Regung erkennen zu können, die mehr in Richtung Fröhlichkeit geht als alles, was ich in der letzten Stunde in seiner Mimik gesehen habe.

Als beide Männer voll mit Dekorationsutensilien sind und ich einen der Mitarbeiter eingespannt habe, damit er mir eine Reihe schwarzer Loungemöbel reserviert und in den Transporter bringen lässt, beschließe ich, dass das für den Pavillon genug ist. Weitere zehn Minuten später haben wir mit vereinten Kräften alles in unserem geliehenen Transporter untergebracht und Sofiane lässt den Motor an.

Glücklich schweigend genieße ich dieses Mal die Fahrt zurück ins Hotel.

»Diese verdammten Mücken«, fluche ich und kratze mich am Schienbein. Und am Oberschenkel. Und an der fürchterlich dünnen Haut am Ellenbogen. Diese Viecher kommen im Stillen, beißen zu und lassen dich zum Sterben allein. Und die tunesische Variante scheint ganz besonders bösartig zu sein. Noch dazu werden die kleinen Tierchen nahezu von dem Schweiß angezogen, der mir die Wirbelsäule herunterläuft.

Mittlerweile ist es fast sieben Uhr am Abend und noch immer herrscht am Pavillon rege Betriebsamkeit. Letzte Bodenplatten werden gelegt, Semi bessert kleine Unebenheiten am Mosaikdach aus und Said pinselt die oberen Querbalken mit Schutzlasur an. Wegen seiner Körpergröße kommt er mühelos auch an die abgelegensten Stellen. Die anderen Männer tragen Schutt weg oder erledigen andere Kleinigkeiten, die ihnen auffallen. Und ich selbst habe schon vor langer Zeit damit aufgehört, die Truppe nur zu beobachten, und habe stattdessen selbst begonnen, mitzuhelfen.

Erst Morgen soll eine ganze Wagenladung Erde geliefert werden und ich nutze die Abendstunden für eine Aufstellung der Pflanzen, die ich benötige, damit wir diese Morgen früh bestellen können. Am liebsten wäre es mir gewesen, wenn ich diesen Schritt schon heute hätte erledigen können, aber der Hoteldirektor hat mich auf den morgigen Tag vertröstet und ich hatte nicht genug Kraft, um ihm zu widersprechen. Er hat irgendetwas von einer Absprache gemurmelt und einen französischen Halbsatz hinzugefügt, den ich weder akustisch noch sprachlich verstehen konnte. In meinem Kopf steht jedoch schon fest, welche Pflanzen es werden sollen. Um die Säulen herum plane ich Rosen in Weiß und Dunkelrot. Um den Pavillon herum sollen

Duftgeranien mit kleinen Blüten in Hellrot gepflanzt werden und sich dabei mit kleinen Zitronenbäumchen abwechseln.

Ich höre erst auf mit meinen Skizzen, als Nizas neben mich tritt.

»Machen wir Feierabend für heute«, sagt er. Die Hotelanlage leert sich langsam und die Urlauber ziehen sich entweder in ihre Zimmer oder in den Speisesaal zurück, um am späteren Abend noch einmal auszuschwärmen. Kurz bleibe ich stehen und beobachte meine immer ruhiger werdende Umgebung. Nizas scheint mein Verhalten falsch zu deuten und ergänzt: »Du hast viel gemacht heute. Morgen ist auch noch ein Tag.« Damit klopft er mir auf die Schulter und verschwindet ebenso. Diese Geste ist so freundschaftlich, dass man meinen könnte, wir würden uns länger als gerade einmal ein paar Stunden kennen. Es fällt mir schwer, mich von meiner Arbeit zu lösen, aber innerlich gebe ich Nizas recht. Dankbar darüber, dass er gemerkt hat, dass man mir ins Gewissen reden musste, trete auch ich den Weg in das hoteleigene Restaurant an und verschlinge zwei große Portionen Couscous, von dem ich immer noch schwärme, als ich schließlich in meinem heruntergekühlten Hotelzimmer liege und auf seligen Schlaf warte.

10

Ich schlage die Augen auf und brauche einen Moment, um mich zu orientieren. Es ist stickig in meinem Zimmer, weil ich die Klimaanlage am Abend zuvor noch rasch ausgestellt habe, um mich nicht zu erkälten. Mit Blick auf mein Handy stelle ich fest, dass ich weit vor meinem Wecker aufgewacht bin und beschließe, trotzdem wach zu bleiben. Müde schäle ich mich aus der dünnen Bettdecke und trete nur mit meinem Schlaf-Shirt bekleidet auf den Balkon. Mein Hals brennt, weil ich so durstig bin, und Kopfschmerzen hämmern mir leise gegen die Schädeldecke. Außerdem sind einige der Mückenstiche erstaunlich schnell zu schmerzenden Placken angeschwollen und brennen wie die Hölle selbst. Vielleicht, denke ich betrübt, habe ich es gestern Abend doch ein bisschen übertrieben. Aber aus dem Impuls heraus, möglichst rasch zu überzeugen und trotz meiner zugeteilten Rolle als eine Art Chefin dieser bunt durchmischten Truppe nicht nur dazustehen und den anderen beim Arbeiten zuzuschauen, ist ein etwas übereifriger Abend entstanden. Hätte Nizas mich nicht zum Feierabend gedrängt, hätte ich wahrscheinlich noch gewerkelt, während die Urlauber in der Bar zu Modern-Talking-Klängen die Hüften schwingen und ein Cocktail nach dem nächsten geflossen wäre.

Je länger ich auf dem Balkon stehe, die frische Morgenluft genießend, entspannen sich meine Schultern ein wenig mehr. Nach und nach merke ich, dass dadurch auch die nagenden Kopfschmerzen nachlassen und ich mit jeder Minute bereiter für den anstehenden Tag werde. Ich habe noch eine gute

Stunde, bis wir uns direkt am Pavillon treffen, und beschließe die Zeit mit einer ausgiebigen Duschpartie zu nutzen. Ich stelle fest, dass meine Unterarme von der gestrigen Sonne leicht rot sind und bereue es gleich doppelt, dass meine Sonnencreme mir ebenfalls erst mit meinem Koffer nachgeschickt wird.

Nach dem Abtrocknen verteile ich die kleine vom Hotel gestellte Cremetube auf meiner Haut und schmiere vorsichtig auch etwas davon in mein rot geschrubbtes Gesicht. Dann gebe ich mir viel Mühe beim Glattföhnen meiner Haare, schlüpfe in die Jeans von gestern und wähle ein dunkelgraues, lockeres Top. Ich freue mich auf den anstehenden Tag, freue mich auf das Projekt Pavillon, die neuen Eindrücke, das Kennenlernen des Teams, mit dem ich gemeinsam arbeite. Einmal mehr bin ich froh, dass Edgar mich hierhergeschickt hat und beschließe, ihn am Abend anzurufen. Sicher ist er gespannt, was ich zu berichten habe. Beflügelt trete ich in den Flur und ziehe die Tür hinter mir zu. Aber Moment …

Oh nein, bitte nicht.

»Verdammt«, fluche ich und klopfe wie wild auf meiner Hosentasche herum. Mein Handy habe ich hineingestopft, nicht aber die Schlüsselkarte für das Zimmer. »Scheiße!«, fluche ich nachdrücklich und hoffe, dass keiner der Zimmernachbarn mein deutsches Schimpfwort versteht.

Was mache ich jetzt? Aufgelöst an der Rezeption aufkreuzen? So tun, als wäre alles gut und das Problem auf nachher verschieben? Schnell lernen, wie man in Hotelzimmer einbricht?

Ich entscheide mich für die erste Variante. Mit nun deutlich gedämpfter Stimmung nehme ich den Aufzug ins Erdgeschoss und stelle mich an der Rezeption an. Trotz der frühen

Morgenstunden sitzt ein Grüppchen im Eingangsbereich. Deutsche Wortfetzen schwappen zu mir herüber und schnell finde ich heraus, dass es sich bei der knapp bekleideten und schon deutlich vorgebräunten Gesellschaft um eine Ausflugsgruppe zum Kamelreiten handelt.

»Ja bitte?«, ruft mich die Dame am Tresen in der dunklen Hoteluniform. Aus meinen Gedanken gerissen trete ich wie paralysiert vor sie und schildere ihr leise mein Anliegen. Mir ist es unendlich peinlich, dieses dumme Missgeschick zuzugeben, aber die Frau lächelt nur und versucht mich zu beruhigen.

Nachdem sie nach meinem Namen und der Zimmernummer gefragt hat, zaubert sie aus einem Schubkasten eine weitere Karte, läuft kurz in einen angrenzenden Raum, um die Karte freizuschalten, und reicht sie mir im Anschluss über den Tresen hinweg. Dabei strahlen ihre dunkelbraunen Augen, als würde sie in diesem Moment nichts lieber tun, als mir zur Seite zu stehen und mein Schlüsselproblem zu lösen. Wären bloß alle Menschen auf der Welt so unendlich freundlich!

Am liebsten würde ich sie umarmen, belasse es dann aber doch bei einem mehrfach gemurmelten Dankeschön und grinse sie beim Davongehen an, als hätte sie mir mein Leben gerettet. Was immerhin auch irgendwie stimmt.

Mit dem strengen Vorsatz, endlich nicht mehr so durcheinander und verpeilt zu sein, oder wenigstens so zu wirken, als hätte ich mein Leben total unter Kontrolle, trete ich den Gang in Richtung Pavillon an.

Ich höre etwas, was klingt wie eine Diskussion. Nur, dass ich den Inhalt nicht verstehen kann. Und es kommt vom Pavillon. Eine der Stimmen kann ich nicht zuordnen, die andere gehört eindeutig Nizas, den ich einige Schritte weiter erkennen kann. Wild gestikulierend steht er im Inneren des Pavillons, von den anderen Männern keine Spur. Sein Gesprächspartner steht allerdings so unvorteilhaft hinter einer der Säulen, dass ich ihn erst erkennen kann, als ich quasi direkt danebenstehe.

»Oh, guten Morgen Mona«, wechselt Nizas auf Französisch. Ihm scheint die Situation unangenehm zu sein. Nach einigen stillen Momenten, in denen ich noch überlege, wie ich auf seine etwas distanzierte Art und das von der Debatte noch gerötete Gesicht reagieren soll, ergänzt er: »Das ist Karim, unser Chef.«

Er zeigt mit einer unpassend schlaksigen Handbewegung auf den Mann, mit dem er eben noch gestritten oder zumindest heftig diskutiert hat.

Heiliges Kanonenrohr.

Vor mir steht ein fast zwei Meter großer Mann, der mich durchdringend aus grünlich-grauen Augen ansieht. Die Stirn ist leicht in Falten gelegt und ein Dreitagebart, der eher ein Neuntagebart ist, ziert sein Gesicht. Seine Haare sind einige Nuancen dunkler als meine eigenen und zur Seite gekämmt. Man erkennt deutlich einige hellere Strähnen darin. Mein Blick wandert weiter hinunter. Mit vor der Brust verschränkten Armen steht er vor mir und macht dabei deutlich, dass seine Armmuskeln vom vielen Arbeiten an der frischen Luft nicht nur ordentlich gebräunt, sondern vor allem deutlich sichtbar sind. Er trägt eine Kapuzenjacke in hellem Blau, darunter ein graues Shirt und eine schwarze Hose.

Dieser Mann ist ein guter Grund dafür, dass es mir schwerfällt, einen vernünftigen Ton herauszubekommen.

»Karim Baccouche«, stellt er sich vor. Seine Stimme klingt tief und melodisch, aber sein Ton ist distanziert. Ich ergreife die Hand, die er mir zur Begrüßung hinhält. »Mona Wolf«. Meine Stimme klingt kratzig.

»Ich sehe, Sie haben schon ziemlich viel geplant für einen Tag«, fährt Karim Baccouche fort, lässt meine Hand los und wendet sich ab.

Schade eigentlich.

Sein Französisch ist nahezu perfekt, man hört nur einen minimalen Akzent heraus. Deswegen gebe ich mir bei der Betonung meiner Antwort besonders viel Mühe. »Ja, ich habe gleich mit dem Team angefangen, wir wollten keine Zeit verlieren.«

Er quittiert meine Aussage mit einem skeptischen Blick, der seine Stirn noch ein wenig mehr in Falten legt. »Mit meinem Team also, ja?«, knurrt er dann beinahe.

Habe ich etwas Falsches gesagt? Ich bin etwas irritiert. Karim scheint also der Chef dieser Runde zu sein. Wo war er dann gestern?

»Karim, bitte«, ermahnt Nizas ihn, aber der Angesprochene winkt bloß ab. Ich blicke zwischen den beiden Männern hin und her.

»Ich behalte Sie im Auge, Madame Wolf. Und heute Nachmittag will ich Ihre Pläne sehen. Dann entscheide ich, ob Wassim Clément das Recht hat, Ihnen zu erlauben, die Führung dieses Teams zu übernehmen.«

Mein Mund steht ein wenig offen bei seinen barschen Worten. Er spricht auf eine Art und Weise mit mir, die fast schon verletzend klingt. Heruntergekühlt. Distanziert. Wieso kann Nettigkeit nicht wenigstens in diesem Fall parallel zu gutem Aussehen sein? Wahrscheinlich ist er enttäuscht, weil ihm als

Chef der Gruppe eine wichtige Entscheidung abgenommen wurde.

Karim Baccouche wendet sich zum Gehen, ohne eine Antwort abzuwarten. Und statt einer Bejahung seiner Frage sage ich etwas ganz anderes, etwas, was mir in letzter Sekunde in den Sinn gekommen ist.

»Mademoiselle Wolf«, murmele ich.

Als wäre das in irgendeiner Weise wichtig.

11

»Ärgere dich nicht. Manchmal ist er ein *mufle!*«

Ich stehe einfach dort und warte, bis mein Schreck sich gelegt hat. Nachdem gestern alles so harmonisch verlaufen ist, ich beinahe das Gefühl hatte, schon Ewigkeiten in Mahdia zu sein und mit den Männern um mich herum zu arbeiten, war diese Reaktion ein herber Rückschlag. Sowohl für meine Laune als auch für meinen Stolz.

Nizas steht noch neben mir und rührt sich ebenso wenig, versucht mir aber gut zuzureden.

»Manchmal ist er eine ... Hundeschnauze?«, murmele ich nach einer Weile auf Deutsch und Nizas sieht mich skeptisch an. Das kann er ja wohl nicht gemeint haben, oder? Das wäre ein ziemlich lahmes Schimpfwort, wenn es denn eines gewesen sein sollte. Gott, warum lassen mich meine Französischkenntnisse ausgerechnet jetzt im Stich?

»*Mufle* ist die Nase von einem Hund?«, versuche ich meine Verwirrung zu erklären. Daraufhin lacht Nizas so lange, bis er sich den Bauch halten muss. Währenddessen befrage ich mein Handy nach der korrekten Bedeutung und ... oh. *Mufle* bedeutet zwar durchaus Hundeschnauze, aber es ist auch das Wort für Rüpel. Sichtlich geht mir ein Licht auf und ich falle in das Gelächter von Nizas mit ein. Gott, tut das gut!

»Das sollte ich mir besser merken«, japse ich zwischen zwei Atemzügen und kann mich nur schwer wieder von der amüsanten Situation loseisen. Erst, als ich den wütenden Blick von Karim Baccouche auf meinen Wangen spüre, verlässt mich die gute Laune wieder.

»Was habe ich falsch gemacht?«, wende ich mich an Nizas.

»Du? Du hast nichts falsch gemacht. Er ist mit schlechter Laune hier aufgekreuzt.«

»Warum habt ihr gestritten?«, bohre ich weiter.

Kurz scheint der große Kuschelbär-Mann neben mir verwundert zu sein, dass ich diese Frage stelle. Auf sein rundes Gesicht wandert ein Ausdruck, der mich an ein kleines Kind erinnert, das bei einem Streich ertappt wurde.

»Wir diskutieren, das ist kein Streit. Eigentlich sind wir gute Freunde. Und wir wissen auch, dass er es nicht immer einfach hat. Aber er führt sich manchmal einfach unmöglich auf.«

»Das habe ich gemerkt«, sage ich leise. »Und Karim ist euer Chef?«

Langsam nickt Nizas. »Ja, er ist quasi der Projektleiter. Er steht irgendwo in der Mitte der Kette. Wir haben einen übergeordneten Chef, das ist der Leiter der Baufirma, für die wir arbeiten. Und wenn es neue Projekte gibt, dann werden die verschiedenen Teams immer mit einem Projektleiter losgeschickt – in unserer Konstellation ist das Karim. Wir arbeiten schon jahrelang so zusammen. Und wir sind immer hier in der Gegend hier zugange. Karim kennt hier alle möglichen Leute – und er wird eben auch dafür in die Mangel genommen, wenn man was nicht rund läuft.«

Das erklärt definitiv, warum er so negativ mir gegenüber war. Es war einfach eine Art Vorsichtsmaßnahme. Eine Überreaktion auf mein Auftauchen. Wahrscheinlich wurde ich ihm einfach vor die Nase gesetzt, als Unterstützung, die er eigentlich gar nicht braucht. Karim hat nicht in einer Situation so gewirkt, als hätte er irgendetwas nicht im Griff. Vielmehr habe ich den Eindruck, dass er alles etwas zu gut im Griff haben will – und dass er dadurch auch einmal seine freundliche Ader verliert. Aber ich werde das Gefühl nicht los, dass da noch ein wenig mehr dahintersteckt als das, was ich mir eben zusammengereimt habe.

Okay, das erklärt seine Art immerhin ein wenig. Ist aber dennoch keine Entschuldigung.

In dieser Sekunde klopft mir jemand auf die Schulter.

»Mona? Wohin sollen die Sachen, die wir gestern gekauft haben?« Sofiane tritt neben mich.

»Guten Morgen erst mal«, will ich ihn necken, aber seine Miene bleibt auf diese bemitleidenswerte Art traurig-ausdruckslos. Ich seufze. »Ich würde sagen, dass wir alles direkt neben dem Pavillon abladen. Aber sei so gut und sprich noch einmal mit deinem Chef.«

»Mit Karim? Wozu?«, hakt er nach.

»Tu mir bloß den Gefallen«, behaupte ich. Ein Gefallen sieht eigentlich anders aus. Aber er folgt meinen Worten und trottet davon. Ich beobachte, wie er mit Karim spricht. Dieser hebt die Hände in die Luft, als wolle er sich darüber aufregen, warum er mit solchen Kleinigkeiten behelligt wird.

Wie man es macht, macht man es also falsch.

Dann hallt Sofianes helle Stimme über den Platz. »Bringt alles hierher!«

Sofort herrscht rege Betriebsamkeit und auch die anderen Männer erscheinen nach und nach, bringen letzte Lieferungen für den Pavillon und laden das aus, was ich gestern zusammen mit Sofiane und Khaled gekauft habe. Innerlich warte ich darauf, wie ein vor Wut schäumender Karim Baccouche auf mich zukommt, aber von dem Mann ist keine Spur mehr zu sehen. Er ist wie vom Erdboden verschluckt. Ich könnte mir allerdings gut vorstellen, dass er sich hinter einem der vielen Fenster versteckt hält und mich aus sicherer Entfernung mit einem Voodoozauber belegt, damit ich ihm nicht weiterhin in die Quere komme.

Guter Rat ist in diesem Moment teuer. Ich will das Problem, das augenscheinlich zwischen ihm und mir herrscht, aus der Welt schaffen, aber mir fällt keine Taktik ein, wie ich das anstellen könnte. Ich verstehe nicht einmal, wo genau sein Problem liegt. Sieht er mich als Konkurrenz? Ich kann schon verstehen, dass er sich von mir und meinem schnellen Handeln etwas in die Enge getrieben fühlt, aber ich konnte ja nicht einmal wissen, dass es hier noch so etwas wie einen Chef gibt.

Natürlich könnte ich wie ein Kind zum Hoteldirektor laufen, ihm erklären, was vorgefallen ist. Ich könnte es auf die hinterhältige Art und Weise machen und noch mehr Energie darauf verwenden, dass der Rest der Gruppe mich mag und Karim nichts anderes übrig bleibt, als mich zu akzeptieren. Ich könnte die Zähne zusammenbeißen, aber dafür ist mein Wunsch nach Harmonie zu groß. Und ich zu schwach. Also bleibt mir nur eins: Ich muss heute Nachmittag mit diesem *mufle* sprechen und dafür sorgen, dass er mich nicht hasst.

Es ist heiß. Unglaublich heiß. Die Sonne brennt wie Feuer auf meinem nackten Rücken. Schon bevor ich mich für eine halbe Stunde zum Frühstücken verabschiedet habe, war das erste Shirt nassgeschwitzt und ich habe es gegen ein noch lockereres Tanktop ausgetauscht.

Wir arbeiten bereits seit drei Stunden und der mosaikgeschmückte Pavillon erhält immer mehr Glanz. Von Karim Baccouche immer noch keine Spur, auch Wassim Clément hat sich noch nicht blicken lassen. Vielleicht fliegen die Fetzen hinter den Kulissen. Mein schlechtes Gewissen darüber, dass ich bereits Dekorationselemente und die ersten Möbel aufstelle, hält sich in Grenzen. Nach meinem anfänglichen Schock habe ich mich darauf berufen, dass ich eine eindeutige Anweisung direkt vom Hoteldirektor habe. Ihm ist dieser Pavillon wichtig und jeder, der vorbeigeht, kann sehen, wie wunderbar er wird. Dieses Projekt lasse ich mir nicht streitig machen. Aber ich weiß nun auch, warum man mich wegen der Pflanzenbestellung noch warten ließ. Wahrscheinlich ist das ein Punkt, über den ich mit dem *mufle* sprechen soll.

Warum hat man mich dann eigentlich hergeholt? Meine Laune ist nicht direkt schlecht, aber immerhin doch angespannt. Ich weiß nicht, wann und wo Karim mich treffen will, dabei würde ich mich davor eigentlich noch recht gerne umziehen. Natürlich nicht, um ihn zu beeindrucken. Vielmehr, damit ich mich selbst besser fühle.

Red dir das nur ein, flüstert der Teufel auf meiner Schulter. Ich verjage ihn mit einem rachsüchtigen Blick und baue weiter Möbel auf, während meine Gedanken immer öfter den Wunsch äußern, einfach in den Pool zu springen. Zwischen die kreischenden Kinder, die Jugendlichen, die Wasserball spielen oder die Damen, die sich an Wassergymnastik probieren. Wobei, dann wäre da sicher auch wieder Bruno Baake. Ich schüttele den Kopf heftig, um den Gedanken zu vertreiben.

»Kommen Sie?« Ich erschrecke heftig, so sehr war ich in meiner eigenen Welt versunken. Abrupt drehe ich mich um und blicke in die grau glänzenden Augen von Karim Baccouche. Unvorteilhaft knie ich vor seinen Füßen. Ist er absichtlich so nah an mich herangetreten, damit ich dieses unterlegene Gefühl habe?

Ich stehe möglichst elegant auf (gelingt mir nicht) und verstaue einige lose Strähnen meines Zopfes hinter dem Ohr. »Jetzt?« Mir wird mein Erscheinungsbild bewusst. Verschwitzt, ohne rechte Frisur, nach wie vor ungeschminkt. Ich habe schon weitaus vorteilhafter ausgesehen.

»Würde ich sonst fragen?« Die Eiseskälte in seiner Stimme ist deutlich.

Ich widerstehe dem Drang, mich zu entschuldigen, denn dafür gibt es nicht den geringsten Grund. Stattdessen straffe ich die Schultern und sage: »Gern. Ich hole nur noch meine Mappe mit den Skizzen.«

Er nickt mir kurz zu, was ich als Aufforderung verstehe, und bleibt dann stocksteif an Ort und Stelle stehen, bis ich mich wieder zu ihm gesellt habe. Ich warte darauf, dass er irgendetwas sagt, aber Fehlanzeige. Stattdessen dreht er sich einmal um die eigene Achse und pirscht voran ins Gebäude, in die entgegengesetzte Richtung des Speisesaals. Mir bleibt keine Gelegenheit dazu, mich zu fragen, wohin er mich führen wird. Vielleicht sperrt er mich irgendwo ein?

Karim Baccouche steigt durch eine Tür, die von bodenlangen Vorhängen in dunklem Lila zu einem großen Stück bedeckt ist. Dahinter befindet sich ein kleiner und verwinkelt wirkender Raum mit einigen kniehohen Mosaiktischen und niedrigen Sofas in Lila- und Blautönen, die sich die komplette Wandseite entlangziehen. Kleine Hocker stehen außerdem im engen Gang herum, noch sauber an die Tische geschoben. Außer uns ist nur ein junges Paar hier, das abwechselnd an einer Shisha raucht, der traditionellen Wasserpfeife der Tunesier. Wenn mein Vater wüsste, dass ich an solch einem Ort wichtige Gespräche führe, würde er sich die Halswirbel vor Kopfschütteln ausrenken.

»Setzen Sie sich.«

Ich folge Karims Anweisung zögernd. Er selbst hat noch nicht Platz genommen. Entweder will er abwarten und sich den Platz aussuchen, an dem er am überlegensten wirkt, oder er hat irgendwo tief in sich drin einen Kern, der von einem Gentleman zeugt. Wahrscheinlich Ersteres.

Ich setze mich auf das Sofa und knautsche mir ein Kissen mit Ornamenten aus silbernem Garn in den Rücken. Der Sitz ist unwahrscheinlich bequem und viel weicher, als ich auf den ersten Blick vermutet habe. Karim Baccouche setzt sich auf den Hocker mir gegenüber und schaut mich direkt und ohne irgendein Zögern an. Seine Augen machen mich nervös. Er wendet nur für ein paar Momente den Blick ab, um dem Mitarbeiter der Shishabar eine Anweisung zu geben, die ich nicht verstehen kann. Augenscheinlich spricht er mit jedem Menschen auf diese distanzierte Art und Weise. Dann wandern seine Pupillen zurück zu mir. Meine Arme und Beine kribbeln schon vor Nervosität und ich packe meinen ganzen Mut am Schopf und beginne zu sprechen, ehe ich es mir anders überlege oder er mich aus der Fassung bringen kann.

»Ich habe hier alle Ideen aufgezeichnet und zu allen Baustellen und Projekten Notizen gemacht«, erkläre ich und übe mich dabei in einem falschen Lächeln auf meinen Lippen. Ich erkläre detailreich, was ich mir an welcher Stelle überlegt habe. Zwischendrin bringt der Kellner uns zwei kleine Teegläser, in denen frische Minzblätter und einige angeröstete Pinienkerne schwimmen, sowie eine Wasserpfeife für Karim. Ich unterbreche meine Ausführungen nur kurz für sein gemurmeltes »*shukran*« und schiebe dann die nächste Skizze über den Tisch in seine Richtung. Etwas außer Atem beende ich meinen

Monolog rund zehn Minuten später. Wassim Clément hat die Ideensammlung erst für Samstag angefordert, aber ich merke jetzt schon, dass sie eigentlich so gut wie fertiggestellt ist – zumindest in meinen Gedanken, auch wenn ich noch nicht dazu kam, alles auf Papier zu bringen.

Ein langes Schweigen macht sich breit. Ich höre für unendlich lange Momente nur das Blubbern der Wasserpfeife, rieche etwas, das Weintraube sein könnte, und schaue gespannt in die eingefrorenen Gesichtszüge des Mannes, der mir gegenübersitzt. Seine Wangenknochen sind in seinem schlanken Gesicht deutlich sichtbar und einige Bartstoppeln tanzen aus der Reihe. Ein Umstand, der mir nur aus in dem schwummrigen Licht und aus dieser Distanz auffallen kann. Schließlich beißt er sich konzentriert auf die Unterlippe und fängt dann an zu nicken.

»Sie sind gut, Mona. Ich weiß, warum man Unsummen dafür bezahlt, Sie in diesem Hotel leben zu lassen und eine deutsche Firma beauftragt, um die Gestaltung dieser miserablen Anlage zu übernehmen. Wassim hat ein Händchen dafür.« Er trinkt schlurfend einen Schluck Tee und rasch tue ich es ihm nach, damit ich nicht antworten muss. Eine süße und trotzdem herbe Explosion breitet sich auf meiner Zunge aus, wird aber gedämpft bei den nächsten Worten, die mein Gehör erreichen. »Ich finde Ihre Ideen gut. Nicht alles wird funktionieren, das muss Ihnen klar sein. Und denken Sie bloß nicht, dass es so einfach und reibungslos bleibt. Aber mit diesen Plänen«, er tippt mit seinen großen Händen auf meine Mappe, »gewinnen Sie Wassim. Wenn Sie es nicht mit Ihrer Art ohnehin schon getan haben.«

Ich bin mir nicht sicher, ob der letzte Teil seiner Ausführungen als Kompliment gemeint war. Wünschen würde ich mir es, aber gleichzeitig bezweifle ich es stark. Sehr stark sogar. Noch ein Schluck Tee. Und noch mehr Worte von Karim. »Mich wickeln Sie nicht so leicht um den Finger, Mademoiselle Wolf.« Er betont die Anrede so künstlich, dass es fast schon wieder zum Schmunzeln ist. Aber im selben Tonfall steckt auch etwas, das mich daran hindert, dem Drang zu lächeln nachzukommen. »Ich werde Sie beobachten. Wir arbeiten ab sofort gemeinsam. Sie bringen die Ideen, aber ich halte meinen Kopf am Ende hin. Und ich möchte meinen Kopf noch eine Weile behalten.«

Zitternd atme ich ein. Wenn das keine Kampfansage war. Und schon die zweite dieser Art innerhalb eines halben Tages. Dieser Mann kann mich wirklich nicht ausstehen. Enttäuschung trifft mich mit voller Wucht. Denn obwohl ich ihn mit meinen Plänen sehr wohl überzeugen konnte, ist mir der menschliche Aspekt wohl irgendwann in den letzten zwanzig Minuten verloren gegangen. Aus den Fingern geronnen wie heißer Wüstensand.

»Okay«, sage ich also mit piepsiger Stimme. Karim Baccouche wirft mir einen Seitenblick zu. Für den Bruchteil einer Sekunde denke ich, Reue in seinen Zügen zu erkennen. Aber Fehlanzeige. Statt weitere Worte an mich zu verschwenden zieht er sein Handy aus der Tasche und tut so, als wäre ich nicht direkt vor ihm.

Jetzt zittert nicht nur meine Stimme und meine Lunge beim Atmen, sondern auch meine Hände. Allerdings vor Wut.

Mufle, mufle, mufle, leiere ich in Gedanken herunter, stehe abrupt auf, ignoriere das Kissen, das vom Sofa auf den Boden fällt, klaube meine Unterlagen zusammen und gehe mit lauten Schritten und ohne ein weiteres Wort hinaus.

Es hat eine halbe Stunde gedauert, bis ich endlich Wassim Clément erwischt habe. Er stand an der Hotelbar im Gebäudeinneren und hat aus vermeintlich sicherer Entfernung seine Angestellten kontrolliert. Ein Blinder hätte gemerkt, dass er dabei ausnutzen wollte, dass keiner der Arbeitenden ihn ertappt hat, aber mit meiner unbändigen Wut im Bauch bin ich trotzdem auf ihn zugegangen. Mit meinen zusammengeschobenen Augenbrauen und den verkniffenen Mundwinkeln muss ich ihn ziemlich erschreckt haben. Jedenfalls hat er in meiner knapp dreiminütigen Ansprache bloß an seiner Krawatte gezupft. Nur die Überlegung was zum Teufel auf seinem Schlips abgebildet sein soll, hat mich für eine kurze Phase aus dem Konzept gebracht. Jetzt schüttele ich darüber den Kopf, denn es ist egal. Er hat mir nun offiziell die Erlaubnis gegeben, die Pflanzen für den Pavillon zu bestellen. Karims Worte – allein beim Gedanken daran wird mir sofort wieder warm vor Ärgernis – habe ich frei heraus als Aufforderung verstanden, weiterzumachen.

In der hinteren Ecke der Bar sitzend, wische ich auf meinem Tablet herum. Es hatte nur noch drei Prozent Akku, also musste ich mir den einzigen Platz mit Zugang zu einer Steckdose aussuchen. Harte Holzarmlehnen stechen mir in die linke Rippengegend, weil ich mich unvorteilhaft zur Seite beugen muss, um den Stecker nicht wieder zu ziehen. Aber immerhin versorgt die Belegschaft mich immer wieder mit frisch dampfendem Cappuccino. Das ist das einzige Kaffee-Mischgetränk, was man hier zu sich nehmen kann, weil man am wenigsten von dem faden Espresso schmeckt. Trotzdem stürze ich eine Tasse nach der anderen in mich hinein.

Ich brauche lange, bis ich mich auf den tunesischen Internetseiten zurechtfinde. Nicht alle davon sind von sich aus auch auf Französisch verfügbar. Zwar bietet mir der Explorer an, die Seiten in deutsche Sprache zu übersetzen, aber das klappt beim ersten Versuch so unsagbar schlecht, dass ich lieber das Französisch-Wörterbuch auf meinem Handy öffne und nebenbei die mir unbekannten Wörter nachschlage.

Das nächste Problem besteht darin, die richtige Firma zu finden. Zwar gibt es einige Lieferanten in und um Tunis, der tunesischen Hauptstadt, aber die ist zu weit weg und eine Lieferung ist entweder nicht möglich oder würde das Hotel in die Insolvenz stürzen. Vorausgesetzt, so etwas gibt es hier überhaupt.

Ich sammele meine Gedanken wieder ein und versuche mich auf mein Tablet zu konzentrieren. Gerade bin ich auf einer in Neonfarben gestalteten Seite gelandet, die mir sofort in den Augen brennt. Die Adresse verrät allerdings, dass sie anscheinend in Mahdia ist, also widerstehe ich dem Impuls, die Homepage wieder zu schließen. Eifrig bin ich auf der Suche nach einem Ansprechpartner, finde aber nur eine Telefonnummer. Seufzend will ich bereits kapitulieren. Niemals rufe ich eine tunesische Nummer an! Nicht mit meinem Französisch, nicht als Deutsche. Das kann nur in einer Blamage enden. Konzentriert beiße ich auf meinen Daumen und such nach Alternativen. Mir fällt nur eine einzige Möglichkeit ein. Schnell trinke ich den lauwarmen Kaffee leer, winke der Bedienung zu und klemme mir mein Tablet unter den Arm, als ich die Tür direkt zum Außenbereich nehme und schnurstracks zum Pavillon laufe. Dort sitzen alle auf einem Fleck und unterhalten sich gestikulierend miteinander. Auch Karims Gesicht entdecke ich darunter.

Am liebsten will ich umkehren und mir die Decke über den Kopf ziehen, aber so wurde ich nicht erzogen. Mona Wolf kämpft für das, was sie will! Und das hier will ich unbedingt. Die größte Hitze von heute Mittag ist verflogen und ich schicke einen Dankesgruß an den Himmelsbewohner, der das veranlasst hat. Wir nähern uns der Achtzehn-Uhr-Marke, was auch heißt, dass die Jungs bald Feierabend machen. Aber einen Gefallen müssen sie mir noch tun. Und ich habe auch schon einen ganz genauen Plan, wie diese Hilfe aussehen wird.

»Semi?«, rufe ich aus der Entfernung. Nicht nur eines, sondern gleich acht Gesichter wenden sich mir zu. Voller Absicht schaue ich aber nur den Angesprochenen an und ergänze: »Ich könnte deine Hilfe gebrauchen.«

Den Halbsatz *wenn es okay ist* lasse ich gekonnt weg. Karims Blicke erdolchen mich, Semi aber springt aus seinem Schneidersitz vom Boden auf und trabt auf mich zu.

»Aber natürlich«, sagt er charmant.

»Freu dich nicht zu früh, Kleiner«, necke ich ihn und grinse süffisant, dabei weiß ich, dass er derjenige von uns beiden ist, der den anderen in Sekundenschnelle um den Finger wickeln kann.

Semi zuckt mit den Schultern. »Ich fürchte, du hast sowieso noch was gut bei mir, nachdem ich so frech war.«

Ich beschließe, diese Offerte anzunehmen. »Deswegen bin ich hier. Schau mal«, ich klappe mein Tablet auf und zeige ihm die gefundene Seite. »Könntest du hier vielleicht Pflanzen bestellen?«

Semi nickt eifrig, ohne überhaupt zu fragen, weshalb ich das nicht einfach selbst erledige. Entweder hätte er in diesem Moment alles getan, um mich zufriedenzustellen und seine Wiedergutmachung damit abzuarbeiten, oder er versteht mein Problem auch ohne viele Worte.

»Was brauchen wir?«

Diese drei Worte setzen in mir eine Welle der Zufriedenheit in Gang. Anscheinend wurde ich vom Team noch nicht ausgemustert, egal was Karim Baccouche auch erzählt hat über die Deutsche, die in sein Revier eingedrungen ist.

»Vier Zitronenbäumchen, zwei Dutzend Duftgeranien in hellem Rot und sechs Rosensträucher, drei in Dunkelrot, drei in Weiß. Ach ja und kleine Zitronenstämmchen für die Tische.«

Semi hat bereits sein Smartphone herausgeholt und beginnt die Nummer einzutippen, während er mir aufmerksam zuhört. »Wie viele von den kleinen Zitronen?«, hakt er dann nach. Pfiffiges Kerlchen!

»Wir haben fünf Tische, also auch fünf Stämmchen.«

Semi zwinkert und wendet sich mit dem Telefon am Ohr ab. Ich beiße mir auf die Lippe, während ich ihn dabei beobachte, wie er auf Arabisch mit dem Menschen am anderen Ende der Leitung telefoniert. Irre ich mich, oder scheinen die beiden sich zu kennen? Wobei, wenn ich eines gelernt habe ich zwei Tagen Tunesien, dann, dass hier alle auf diese Art und Weise miteinander kommunizieren. Naja, außer Karim natürlich. Semi lacht noch einmal, wobei die Grübchen in seinem Gesicht überdeutlich werden, und legt dann auf. »Übermorgen liefern sie alles.«

Sprachlos, weil das so reibungslos funktioniert hat, strahle ich ihn an. »Perfekt!«, hauche ich dann. Am liebsten würde ich ihn in den Arm nehmen!

»Feierabend«, knurrt da eine allzu vertraute Stimme neben uns und ein eisiger Luftzug weht meine Strähnen vor dem Gesicht durcheinander. Es ist ein Befehl, kein Angebot. Und es kam von Karim, dem es schon wieder nicht passt, dass etwas in unserem Projekt glatt läuft.

»Bis morgen, Mona«, rufen mir die Männer nach und nach zu. Ich schweige hingegen und überlege, wie man diese Karim-Nuss knacken kann.

12

»Ich baue heute die letzten Möbel auf und morgen kommen dann die Pflanzen«, erkläre ich Edgar zwischen zwei Bissen Toast mit Feigenmarmelade. Könnte ich davon bitte ungefähr hundert Gläser mit auf mein Zimmer nehmen, um darin zu baden?

»Nicht schlecht«, kommentiert mein Chef. Ich habe das Gefühl, dass er nicht ganz bei der Sache ist und obwohl ich dieses Verhalten schon oft an ihm beobachten musste, stört es mich jetzt gerade massiv. Ich will ihn eigentlich nicht auflaufen lassen, mache es aber dennoch: »Wie findest du denn meine Ideen?«

So eine einfache Frage. Aber anstatt einfach zu lügen – so ein schlechter Chef ist er dann nämlich doch nicht – fängt Edgar an herumzudrucksen. »Also, ehm. Ja. Ich denke«, zischend atmet er ein. »Alles, was du anfasst, wird super, Mona. Da mache ich mir gar keine Gedanken.«

Na fein, da hat er sich ja wahrhaftig gut hinausgerettet. Mir bleibt nichts anderes übrig, als die Augen zu verdrehen und mich knapp bei ihm zu bedanken. Ich könnte ihm auch davon berichten, dass ich plane eine überdimensionale Statue von Britney Spears auf dem Hotelgelände zu bauen und er würde mich für meine Arbeit loben.

Edgar ist keinesfalls ein schlechter Chef. Aber er ist eben sehr eigenartig. In den fünf Jahren, die ich bei ihm arbeite, hat er sich sehr verändert. Mit dem Erfolg kam erst die Trennung von seiner Frau, dann eine neue Gefährtin an seiner Seite und mit ihr diese Art, immer ein wenig abwesend zu sein. Ich habe es lange Zeit darauf geschoben, dass er einfach zu viele Baustellen im Kopf hat, zu viele Geschäfte und Projekte, an die er denken muss. Irgendwann ist mir klar geworden, dass er sich so stark davor fürchtet, irgendwann einmal zu versagen, dass er dadurch wie gelähmt wirkt. Ich glaube, dass Edgar ein Mensch ist, der seinen großen Erfolg noch nicht eine Sekunde einfach genossen hat. Und seit ich ihn kenne, habe ich mir geschworen, dass ich niemals so sein werde. Stress und Hektik gehören zu unserem Beruf dazu wie zu so vielen anderen auch. Aber ich habe mich darin geübt, auch einmal innezuhalten und auf das zu blicken, was ich schon geschafft habe. Für mich ist das das Geheimrezept für meinen Erfolg. Es scheint aufzugehen.

»Halte ich dich von irgendwas ab, Edgar?«, will ich betont freundlich wissen. Ein bisschen Sorge mischt sich trotz seiner distanzierten Art in mein Bauchgefühl. Meine Menschenkenntnis flüstert mir zu, dass irgendwas nicht stimmt.

Ein tiefer, von Herzen kommender Seufzer ist die Antwort, gefolgt von einer wirklich deprimierten Edgar-Stimme, die durch mein Telefon rauscht. »Ich weiß nicht, wo mir der Kopf steht. Wir haben einen großen Auftrag verloren. Ich habe dir doch von dem Projekt am Main erzählt. Die Gestaltung direkt an der Innenstadt. Jedenfalls war es alles so gut wie sicher und nun macht die Stadt doch eine Ausschreibung. Die anderen Bewerber ... naja, sagen wir mal so: Wir können denen nicht das Wasser reichen. Einer der Bewerber kommt aus Dubai, einer aus der Provence, ein Dritter aus Mailand. Ich glaube, das können wir vergessen.«

Verständnis ploppt in mir auf und ich vergesse kurz den Feigenmarmeladentoast in meiner Hand. »Aber wäre es nicht viel sinnvoller, wenn die Stadt ein Unternehmen beauftragt, dass sogar selbst aus Frankfurt kommt?«

»Wäre, wäre. Ja. Eigentlich schon. Aber du kennst doch den Wettbewerb.«

Nun ist es an mir, zu seufzen. »Stimmt natürlich. Oh man Edgar. Das wird schon. Und selbst wenn wir diesen einen Kampf verlieren, gibt es doch noch viele andere, bei denen wir wieder glänzen können.«

Ich bin stolz auf meine Wortwahl und kann mir gut vorstellen, wie Edgar auf seinem Stuhl sitzt, hinter seinem Rücken die Skyline, und lächelt.

»Mein Hoffnungsträger bist wie immer du«, sagt er dann. Mein Herz geht auf. Er hat es mal wieder geschafft, seine abwesende Art in Vergessenheit zu rücken. Und er sorgt damit gekonnt dafür, dass ich ihm nichts von der Fehde zwischen Karim Baccouche und mir erzählen werde. *Ich* werde nicht diejenige sein, die ihm weitere Sorgen bereitet. Da muss ich ganz alleine durch.

»Danke Edgar, ich weiß das sehr zu schätzen«, sage ich und widme mich wieder meinem Toast. Er erzählt derweil noch für ein paar Minuten über seine Freundin Janine, und diesmal ist es an mir, nicht mehr richtig zuzuhören. Also höre ich ihm zu, mache an den richtigen Stellen einen Kommentar, und warte indes sehnsüchtig darauf, dass er zu seinem nächsten Termin muss, damit ich mich dem Rest meines Frühstücks widmen kann. Auf mich wartet noch dieser unverschämt leckere Donut-Kringel, der, frittiert, wie er ist, zwar absolut schädlich für die Fettpölsterchen, dafür aber umso besser für eine glückliche Seele ist. Nach unendlich wirkenden Minuten, in denen mir beim Gedanken daran bereits das Wasser im Mund zusammenläuft, verabschiedet sich mein Chef tatsächlich. Knapp wünsche ich ihm einen schönen Tag und bin in der nächsten Sekunde auf dem Weg zum Buffet.

Es zwickt in meinem Rücken und ich stöhne leise auf. Die Augen zusammengekniffen warte ich, bis der Schmerz nachlässt, was zum Glück nicht lange dauert. Diese Möbel hier aufzubauen ist definitiv nicht mit Billy-Regalen vergleichbar. Wer braucht schon Anleitungen? Oder passgenau geschnittene Teile? Hätte Amin mir nicht einen großen Werkzeugkoffer neben den Pavillon gestellt, hätte ich vermutlich bereits aufgegeben. Aber ich will und muss mir und allen anderen hier beweisen, dass ich das sehr wohl kann. Ich war noch nie ein Mensch, der andere arbeiten lässt und nur mit einem Klemmbrett danebensteht. Schon als Kind habe ich meinem Papa immer geholfen, wenn er irgendetwas aufgebaut hat. Und auch bei den Projekten, die ich betreue, bin ich immer mit dabei.

Der bauliche Teil des Pavillons ist abgeschlossen. Was fehlt, ist nun noch der Weg dorthin sowie die Bepflanzung. Dieser Umstand sorgt dafür, dass die ganze Truppe heute etwas fahrig wirkt. Nur am Rande habe ich mitbekommen, wie Amin beim Rüberbringen des Werkzeugkoffers mit Karim gesprochen hat. Den genauen Wortlaut habe ich nicht verstehen können, aber die Anweisung ist wohl, dass wir mit weiteren Arbeiten warten, bis Wassim Clément die Pläne am Samstag abgenickt hat. Bis dahin bleibt ein großer Teil der Aufgaben an mir hängen. Und am Lieferanten der Pflanzen. Denn die Bepflanzung ist definitiv meine Aufgabe, auch wenn mir ein so großes Team zur Seite steht. Wegen diesem Teil meines Jobs bin ich immerhin hier.

Ich habe mich nur für einen kurzen Moment darüber geärgert, dass Karim sich schon wieder einmischen muss und seinerseits Anweisungen verteilt. Ziemlich schnell aber habe ich diesen Gedanken beiseitegeschoben. Immerhin war ich es auch, die vor ein paar Tagen noch den absoluten Graus davor hatte, für die Männer so etwas wie die Chefin zu sein. Das geht immer mit einer Menge Verantwortung daher. Und die will ich schon in Deutschland nur ungern tragen. Ich bin mit meiner Rolle als Planerin und Helferin in allen Garten- und Dekobereichen mehr als zufrieden. Soll Karim doch der schreiende Anführer hier sein, immerhin scheint sein Ego genau das zu brauchen.

Eine Glasplatte findet ihren Platz auf einem der erstandenen Tische. Die Möbel sind in Schwarz gehalten und sollen später mit roten Sitzkissen aufgepeppt werden. Passend zu den darum herum gepflanzten Blumen und dem traumhaft schönen Mosaikdach. Im Schneidersitz auf dem Boden sitzend blicke ich nach oben, genieße das Projekt und schnaufe einen Moment durch. Es gibt kurze Zeit nur mich, die zwitschernden Vögel und die lachenden Kinder in einiger Entfernung, bis sich ein eigenartiges Geräusch unter diese Kulisse mischt. Es klingt wie … ein rollender Koffer?

Mein Kopf schießt nach unten. Und dann springe ich vor Freude beinahe auf. Wassim Clément kommt mit meinem verloren gegangenen Koffer auf mich zu. Weihnachten und Geburtstag zusammen!

»Ich habe etwas für Sie!«, ruft er, sobald er in Hörweite ist. Wahrhaftig filmreif nehme ich den Koffer entgegen. »Du hast mir ja so gefehlt!«, rufe ich aus. Zum Glück auf Deutsch, aber der Hoteldirektor muss trotzdem lachen. Versteht er mich am

Ende vielleicht sogar doch? So wie Ennis in seinem Taxi? Aber nein, das glaube ich nicht.

Dankbar schaue ich ihn an und recke einen Daumen in die Höhe. Dabei erkenne ich seine Krawatte des Tages - auf ihr ist ein Sonnenuntergang am Meer abgebildet.

Was für ein Schwachsinn!

»Soll ich den Koffer auf Ihr Zimmer bringen lassen?«, will er wissen. Ich nicke eifrig. »Das wäre super. Ich will gerne alle Möbel heute fertig aufbauen.« Ausladend mache ich eine Geste hinter mich und Wassim Clément beginnt, anerkennend zu nicken. »Vergessen Sie aber nicht schon wieder Ihre Mittagspause«, tadelt er und dreht sich um. Er hat recht. Das Mittagessen habe ich, seit ich hier bin, sträflich vernachlässigt. Zum einen, weil ich schlichtweg zu beschäftigt war, und zum anderen, weil mein schlechtes Gewissen schon groß genug ist. Ich wohne hier und esse mindestens zweimal am Tag, von Getränken ganz zu schweigen. Und der Lohn, der mir für dieses Projekt zusteht und über Umwege von Edgar überwiesen wird, ist auch nicht eben klein. Ein Traumprojekt mit Traumbezahlung. Da will ich nicht mehr Zeit im Speisesaal als auf den Baustellen verbringen.

»Genau, Mona, hör auf, immer mittags zu fasten!« Nizas tritt neben mich und knufft mich freundschaftlich in die Seite. Sein T-Shirt ist ein wenig zu klein und sein Bauch schaut minimal heraus, was ziemlich ulkig aussieht. »Genieß das gute Essen, so lange noch kein Ramadan ist. Dann ist hier alles fad und schlecht gewürzt.«

Stimmt, denke ich bestürzt, im Islam gibt es den Fastenmonat Ramadan. In diesem Monat wird von Sonnenauf- bis Sonnenuntergang weder gegessen noch getrunken. Stattdessen wird derer gedacht, denen es schlechter geht als einem selbst, und es kommt vor allem auf das Gemeinschaftsgefühl an. Darauf, dass man den Alltag durchbricht. Der Geist des Ramadans ist es, Menschen zusammenzubringen und abends, beim Iftar, das Fasten gemeinsam zu brechen. Eine uralte Tradition, die mich mit Bewunderung erfüllt.

»Wann fängt der Ramadan dieses Jahr an?«

»Am 3. Juni. Genieß die Zeit davor also noch«, zwinkert Nizas. »Besonders Semi und Walid sind dann ziemlich unausstehlich, merk dir das. Semi ist wie ausgewechselt, nicht so aufgedreht und hippelig. Und Walid leidet darunter, dass seine vier Kinder in dieser Zeit besonders aktiv sind und durch die Wohnung turnen.«

Ich lache düster auf. »Ich hätte jetzt eher gedacht, dass du Karims Namen nennst.«

Kurz schweigt er, scheint nachzudenken. »Karim ist nicht immer so.«

»Es ist nett, dass du deinen Chef in Schutz nimmst. Sicher ist er dir ein guter Freund. Aber er macht es mir nicht leicht, mit ihm klarzukommen.«

»Gib ihm ein bisschen Zeit. Und wenn nötig, dann ignoriere ihn. Das kann er nicht gut leiden.«

»Er kann *mich* nicht gut leiden, das ist alles.«

Ich merke plötzlich, wie sehr mir dieser Umstand etwas ausmacht. Mein Geist schreit geradezu nach Harmonie.

Nizas schaut mich an, als hätte er die Musterlösung für alle Probleme. »Lenk dich ab, bis er sich beruhigt hat. Er mag es nicht, wenn sich in seinen gewohnten Abläufen etwas verändert. Das tut es aber gerade – sowohl im Job als auch privat. Verschwende deine gute Laune nicht an ihn.« Dann beginnen seine Augen zu glänzen. »Kommst du heute Abend?«

Fragend schiebe ich eine Augenbraue nach oben und bekomme kaum Gelegenheit, weiter über seine Worte über Karim nachzudenken. Vielleicht sollte ich sie einfach unkommentiert hinnehmen. »Was ist heute Abend?«

»Einmal im Monat gibt es hier den Tunesien-Abend für die Hotelgäste. Wir kennen ihn schon zu Genüge, gehen aber trotzdem jedes Mal hin. Ist ziemlich lustig, die Touristen zu beobachten. Und für dich wäre es doch auch der perfekte Zeitpunkt.«

»Hmm«, überlege ich. Klingt verlockend, aber ich werde nicht für das Besuchen von Abendprogrammen bezahlt. »Ich bin nicht sicher, ob das so eine gute Idee ist.«

Nizas legt den Kopf schief. »Na komm Mona. Wir sind alle da. Das Essen ist fantastisch und es wäre doch schön, nicht jeden Abend auf dem Hotelzimmer zu sitzen. Semi und Said leben auch hier in den Zimmern und erzählen immer, wie öde es ist.«

»Warum wohnen sie hier?«, will ich wissen. So habe ich wenigstens eine Erklärung dafür, dass ich Semi im Aufzug getroffen habe. Nizas antwortet: »Said kommt aus Hammamet und Semi aus Bizerte. Die zwei arbeiten noch nicht so lange bei uns und haben noch keine Wohnung gefunden.« Also ist es hier wohl ähnlich schwierig, als junger Mensch an Wohnungen zu kommen, wie in Frankfurt. »Aber du lenkst ab«, reißt Nizas mich aus meinen Gedanken. Auffordern schaut er mich an. »Na los, sag ja!«

Ich kneife die Lippen zusammen. Eigentlich ist mir nicht zwingend nach Touri-Abend. Eigentlich wollte ich den Wein aus der Minibar öffnen und mich mit einem Buch auf den Balkon setzen, bis mir die Augen zufallen.

»Na gut, ich komme«, sage ich dennoch. Lesen kann ich auch noch morgen. Und Wein gibt es dort sicherlich auch irgendwo. Außerdem muss ich es feiern, dass mein Kulturbeutel und damit mein Make-up wieder da ist. Die ehrliche Freude auf Nizas Gesicht ist zudem genug Bestätigung dafür, dass ich die richtige Entscheidung getroffen habe.

Der Wasserstrahl kommt so schwach durch den Duschkopf, dass ich doppelt so lange benötige, als üblich. Hunger nagt außerdem an mir und ich beginne, meine zickige Ader zu spüren. Eigentlich habe ich so gar keine Lust auf diesen Abend. Aber als notorischer Ja-Sager und jemand, der schnell mal sein Rückgrat vergisst, musste es ja früher oder später so kommen. Mit diesen Gedanken bin ich etwas hart zu mir selbst, muss ich zugeben. Ganz so schlimm ist es um mich noch nicht geschehen.

Ich föhne mir meine Haare glatt und brauche auch dafür eine Ewigkeit, dabei wird es in dem kleinen Hotelbadezimmer immer wärmer. Das wiederum sorgt dafür, dass die Haare sich an den Spitzen schon wieder zu kräuseln beginnen. Na prima!

Ich würde am liebsten direkt noch einmal duschen gehen, aber stattdessen habe ich nun die Möglichkeit, meine geröteten Wangen zu schminken. Dezent trage ich etwas Make-up auf und tusche mir die Wimpern, bis ich mich wie ein neuer Mensch fühle. Auf Zehenspitzen schleiche ich dann zum riesigen Kleiderschrank, in dem meine Klamotten mickrig aussehen, obwohl ich wirklich viel mitgenommen habe. Aber in Luxushotels scheint es eine Nachfrage nach derart viel Platz zu geben.

Ich nehme mir ein schwarzes Kleid mit orangenen Blütenstickereien am Saum heraus und wähle dazu das einzige Paar

Sandaletten, das ich eingepackt habe. Ich bin davon ausgegangen, dass ich tagtäglich nur Sneaker trage. Auf einen tunesischen Abend war ich nicht vorbereitet – wobei ich es eigentlich hätte wissen müssen.

Schon im Aufzug riecht es verführerisch. Nach Gewürzen, nach angebratenem Fleisch und – das Beste daran – nach Couscous. Irgendwo meine ich außerdem eine feine Marzipannote wahrzunehmen. Weihnachten im April? In einem Land, in dem kein Weihnachten gefeiert wird?

Die Schlange vor dem Speisesaal ist gigantisch. Ich fürchte, dass ich keinen Platz mehr bekomme, weil die Hoteldirektion auch den Mitarbeiterbereich umfunktioniert hat, aber als ich schließlich selig lächelnd meinen fast schon angestammten Tisch in der hinteren Ecke wahrnehme, kommt zum ersten Mal das Gefühl auf, dass der Abend doch gut werden könnte. Auf dem Weg zu meinem Sitzplatz nehme ich mir eine kalte Limonade aus einem Kühlschrank. Zwar bedienen sich die Hotelmitarbeiter, die hier speisen, auch am Buffet, aber eine Bedienung gibt es selbstverständlich nicht. Und weil es mich vor Softgetränk-Zapfanlagen graut, rede ich mir die viel zu süße tunesische Limonade gut. Ich hoffe sehr, dass die Abbildungen auf dem Etikett stimmen, denn danach gehend müsste es sich um Zitrone handeln. Lesen kann ich die Aufschrift jedenfalls nicht.

Ich nutze die Hektik am Buffet, um die Menschen um mich herum zu beobachten. Einen Tisch weiter sitzt eine Gruppe Frauen, die ich in meiner Erinnerung als Mitarbeiterinnen an der Rezeption einstufe. Laut kichernd und wild gestikulierend sitzen sie zu viert an dem runden Tisch, eine von ihnen wirft den Kopf gerade nach hinten und fängt an zu lachen, bis ihr die Tränen kommen. Ohne zu wissen, um was es geht, muss auch ich schmunzeln. Dann wende ich meinen Blick auf die Menschen, die sich an den Essensstationen bekriegen. Freundliches Miteinander sieht anders aus. Zwei Männer – eindeutig zu identifizieren als Deutsche, weil sie trotz festgelegter Kleiderordnung noch ihre Badehosen tragen und die obligatorischen Tennissocken gegen die Klimaanlagenkälte – streiten sich gerade lautstark vor der Pizza. Der eine Mann scheint dem Sohn des anderen das letzte Stück mit Thunfischbelag weggeschnappt zu haben und nachdem er darauf angesprochen wurde, hat er demonstrativ in den Teig gebissen. So macht man bei uns Besitzansprüche deutlich! Die beiden sind so intensiv in ihren Streit vertieft, dass sie nicht merken, dass der Mann an der Pizzastation längst neue Thunfischpizza gebacken und ausgelegt hat und die Hungrigen nach den Streithähnen schon fast wieder alles weggefuttert haben. Ich rolle mit den Augen und wende den Blick ab. Es wird aber nicht besser. Kinderhände, die in Schalen mit Pommes greifen und Mitarbeiter, die daraufhin die gesamte Portion austauschen müssen. Ein betagter Herr, der an der monströsen Getränkezapfanlage steht und direkt davor immer wieder sein Glas leer trinkt, es neu auffüllt, wieder trinkt. Familien, die ihre Kinder mit Filmen auf Tablets ruhigzustellen versuchen – allerdings auf der höchsten Lautstärke. Was dafür sorgt, dass die russische Kindersendung die französische übertönt. Also muss dem französischen Kind das Elektrogerät so nah vor das Gesicht geschoben werden, bis es gar nicht mehr anders kann als nur den Ton aus genau diesem Lautsprecher wahrzunehmen.

Zwei Mädchen Anfang zwanzig echauffieren sich lautstark darüber, dass die jeweiligen Freunde, mit denen sie hier sind, gar keine Zeit für sie haben und lieber mit Melinda und Annie essen gehen. Was für eine Frechheit!

Ich habe genug von meiner stillen Beobachtung. Das ist ja kaum auszuhalten. Pauschalurlaube sehen einfach immer ähnlich aus. Eine freie Lücke tut sich auf und ich nutze sie rasch, bevor sie sich mit neuen Klischees aus der All-inclusive-Welt füllt.

Nizas hat nicht übertrieben. Das Essen sieht köstlich aus. Ich nehme mir Zeit und lese die Schildchen, um zu wissen, was für tunesische Spezialitäten auf mich warten. Es gibt hier natürlich immer viel regionales Essen, aber heute mit ganz besonders aufwendiger Dekoration, mit noch mehr Auswahl. Ich nehme mir ein kleines Schüsselchen *Chorba*, eine mit Harissa gewürzte Suppe mit Tomaten, Zwiebeln, Kichererbsen, Koriander und Frik. In Deutschland würde man dazu wahrscheinlich Weizenschrot sagen. Auf jeden Fall duftet sie himmlisch! Ich stelle die Schüssel auf einen großen Porzellanteller und bediene mich am Inhalt der Tajine. Die traditionellen Gefäße aus gebranntem Lehm werden eigentlich über dem Feuer platziert und so der vielfältige Inhalt gegart. Hier tut es wahrscheinlich ein großer Herd, aber das spielt keine Rolle. Ich nehme mir gegartes Hähnchenfleisch aus der Tajine und garniere es mit ein paar Streifen dickem Gemüse. Ein bisschen Couscous kommt an die Seite und dann laufe ich mit wässrigem Mund zurück an meinen Tisch.

Es ist ein seltsames Gefühl, alleine zu essen. Klar, daheim geht es mir nicht anders, aber hier inmitten all der Menschen aus verschiedenen Ländern ist es dennoch eine unangenehme Situation. Als wäre mir der Partner abhandengekommen oder als hätte ich keine Freunde – was beides nicht stimmt. Dass mein Ex-Freund Pierre und ich uns vor zwei Jahren getrennt haben, war die beste Entscheidung. Und ich bin dankbar dafür, dass es nicht mit einem großen Knall passiert ist, sondern bei einem Glas Wein auf seiner Terrasse. Wir haben beide gemerkt, dass wir uns auseinandergelebt haben. Es war fast wie ein gemeinsamer Entschluss. Deswegen war es danach natürlich trotzdem schwer. Wenn man fünf Jahre mit einem anderen Menschen sein Leben teilt, dann ist es ungewohnt, wenn dieser plötzlich weg ist. Ich habe keinen Kontakt mehr zu Pierre. Dieses ganze Freunde-Bleiben-Ding funktioniert nicht, da bin ich fest überzeugt. Aber dank des immer noch gemeinsamen Freundeskreises weiß ich, dass Pierre mittlerweile glücklich verheiratet ist und ein Kind hat. Ich gönne es ihm von ganzem Herzen. Und ich trauere weder uns noch der Tatsache, dass ich seitdem Single bin, hinterher.

Ich kratze den Rest meines Hauptgangs vom Teller und stelle enttäuscht fest, dass ich schon so gut wie satt bin. In diesem Moment stelle ich aber auch noch eine weitere Sache mit noch mehr Enttäuschung fest: Das komplette achtköpfige Team – sogar samt Karim, dem Kotzbrocken – kommt in den Mitarbeiterbereich. Semi hampelt herum und bringt damit alle anderen zum Lachen. Auch die Urlauberinnen auf neun Uhr, die ihn verstohlen mustern. Auch ihnen scheint er also aufgefallen zu sein. Hoffentlich haben wir bei der Arbeit nicht bald Zuschauer. Was mich in meine geknickte Stimmung versetzt ist aber nicht das Auftauchen der Männer, sondern der Umstand, dass sie sich nicht einmal annähernd in meine Nähe setzen. Die einzigen Menschen, die ich hier kenne und mit denen ich mich irgendwie unterhalten hätte können. Zumindest mit sieben von acht von ihnen. Nizas winkt mir zu und dass sie mich tatsächlich entdeckt haben und sich trotzdem wegsetzen, ist fast noch schlimmer.

Ich schnaube. *Jetzt* fühle ich mich doch einsam. Und wie jede vernünftige Frau fange ich erst an zu zicken (ich winke Nizas nicht zurück, aus Prinzip!) und dann stehe ich auf, um mir etwas Süßes zu holen.

Ich nehme mir mehr, als ich essen kann. Makroud, kleine Grießgebäckstücke mit einer Dattelpaste, die in Honig getränkt werden und ein Stück Dattelkuchen landen auf meinem Teller. Außerdem kann ich den kleinen Keksen, die ein bisschen aussehen wie deutsche Weihnachtsplätzchen, nicht widerstehen. Als ich mit einer Zange drei davon neben den Kuchen lege, weiß ich auch, woher der Marzipanduft kommt. Köstlich! Wenn das so weitergeht, dann werde ich einige Pfunde zulegen, aber sie werden sich lohnen.

Erhobenen Hauptes quetsche ich mich zurück auf meinen Platz und spüre deutlich, wie ich beobachtet werde. Es ist mir vollkommen egal. Ich bin viel zu sehr damit beschäftigt, ein Stöhnen zu unterdrücken, als ich all die fabelhaften Leckereien vor mir verschlinge. Dabei tropft mir Dattelsirup auf mein Kleid. Oh, wow. DAS ist ja nun ganz große Klasse. Ich greife panisch nach der Serviette, um den Fleck aus dem Stoff zu rubbeln. Dabei übersehe ich allerdings, dass die Limonadenflasche zur Hälfte darauf steht. Ich lasse einen quietschenden Schrei los, fange die Flasche in letzter Sekunde auf. Aber natürlich liegen jetzt noch mehr Blicke auf mir und meinem immer roter werdenden Gesicht. Peinlichkeiten beim Essen sind so ziemlich das Schlimmste, was es geben kann. Und ich habe in meinen 29 Lebensjahren schon viel davon erfahren müssen. Cola, die einem nach dem Verschlucken aus der Nase kommt, Rotwein, der am Glas vorbei auf deine schneeweiße Bluse läuft. Wassermelonenkerne an der Oberlippe, die aussehen wie ein Bärtchen, das man in dieser Form lieber nicht mehr tragen sollte. Ich hatte auch schon Parmesan in der rechten Augenbraue. Fragt einfach nicht.

Jedenfalls ist mir das hier zu blöd. Nun da mich noch mehr Menschen anstarren und *mein* Team mich anscheinend auslacht. Sogar Karim hat einen Mundwinkel nach oben gezogen. Nur Sofiane schaut betreten auf den Teller vor sich. Endlich mal ein sympathischer Mann in dieser Runde! Ich weiß durchaus, dass ich gerade eingeschnappt reagiere, aber ich gehe trotzdem aus dem Saal heraus. Am liebsten will ich auf mein Zimmer. Das Essen war gut und fertig. Blöd nur, dass ich ganz genau weiß, dass ich in der Ruhe dort ganz sicher über das halbe Karim-Lächeln nachdenken würde. Und darüber, dass dieser Mann zwar ein Arsch vor dem Herrn ist, aber viel zu gut für diese Welt aussieht.

Die kämpferische Ader in mir auslebend, folge ich einem Ehepaar, das so aussieht, als sei es auf dem Weg zu dem tunesischen Abend, den Nizas angepriesen hat. Laut ihm soll der schließlich mehr als nur gutes Essen beinhalten. Wie vermutet führt mich meine Sherlock-Holmes-Aktion direkt in einen Raum, den ich bisher noch nicht von innen gesehen habe. Er ist riesig und es gibt keinen Zentimeter, der nicht geschmückt ist. Eine Bar ist am Rand aufgebaut, vor dem sich einige lachende Menschen tummeln. Zu Dekorationszwecken stehen Wasserpfeifen auf kleinen Tischen, ein Mann mit Glatze verkauft typisch tunesische Gewürze an einem kleinen Stand. Bunte Lampen werfen dank der Teelichter in ihnen schöne Muster auf die Wände und in der Mitte ist eine freie Fläche – im Moment allerdings unbenutzt. Vielleicht wird hier später zu deutschen Schlagersongs getanzt?

Noch kannst du flüchten, Mona!

Doch das habe ich gar nicht mehr vor. Sitzgarnituren laden zum Verweilen ein und was auch immer heute Abend hier noch passiert, ich werde mich jetzt irgendwo häuslich einrichten und es mir live anschauen. Zurückgelehnt an die gepolsterte Sitzbank fühle ich mich einen Moment wie ein richtiger Tourist. Meine Waden zirpen ein bisschen. Ich habe normalerweise kein Muskelkater vom Arbeiten. Jedenfalls nicht mehr. Aber die Anspannung vor der ungewohnten Situation hier in einem anderen Land, mit lauter Fremden in Kombination mit der Hitze scheint meinen Körper vor neue Herausforderungen zu stellen. Geistesabwesend versuche ich, den Dattelfleck von meinem Kleid zu bekommen. Das Kleid ist eines meiner Liebsten, ich will es mir nicht versauen. Es war damals das einzige Stück in Größe 46 und ich habe mich beinahe mit einer anderen Frau darum geprügelt. Naja, ganz so dramatisch war es nicht, zugegeben. Aber es war definitiv der Aufreger des Tages. Dass ich mit diesem Kleid nun hier sitze zeugt von meiner Willenskraft, die ich habe, wenn ich sie nicht gerade irgendwo zwischen zwei Buchdeckeln oder auf Instagram verloren habe.

»Dürfen wir uns zu dir setzen?« Ohne eine Antwort abzuwarten lässt Khaled sich neben mich fallen. Nizas setzt sich auf meine andere Seite und mir bleibt nur die Möglichkeit, perplex einem nach dem anderen dabei zuzuschauen, wie sie sich um *meinen* Tisch herum platzieren.

Amin streicht sich die langen Haare aus dem Gesicht, Semi erzählt schon wieder irgendwas und hampelt dabei auf seinem Hocker herum. Es fällt mir schwer, keine Bemerkung darüber zu machen, dass ich jetzt gut genug bin, beim Essen aber keiner für nötig gehalten hat, sich zu mir zu setzen. Dann beschließe ich aber, dass ich aufhören sollte, so kleinlich zu sein. Vielleicht dachten sie ja, ich würde lieber alleine essen.

»Du bist wütend«, sagt Nizas. Es ist keine Frage, sondern eine Feststellung. Trotzdem antworte ich mit einem lauten Nein. Diese Art von Nein, die Frauen immer dann sagen, wenn es eigentlich eine Lüge ist. Direkt vor *Alles gut.*

»Du schaust, als hättest du eine unangenehme Begegnung mit einem Kamel gemacht«, sagt Said gegenüber von mir, und schmunzelt.

Ich seufze gespielt dramatisch. »Ich hatte eine unangenehme Begegnung mit Dattelsirup, das ist alles.«

Die Männer lachen.

»Meine Schwester schwört auf Backpulver. Vielleicht klappt das«, will mir Khaled einen Rat geben, wird aber sofort unterbrochen.

»Das ist Unsinn!«, ruft Nizas aus. »Meine Mutter macht das mit Gallseife und Mineralwasser.«

»Ihr habt doch alle keine Ahnung. Fragt meine Frau. Die bekommt alle Flecken aus den Klamotten unserer Kinder. Und sie nimmt immer nur Milch«, mischt sich nun auch noch Walid ein.

Wo bin ich denn hier plötzlich gelandet? Nizas lässt etwas auf Arabisch fallen und ich tippe stark auf ein Schimpfwort. Ansonsten bleibt mir nicht viel übrig, als den dreien weiterhin stumm dabei zuzuschauen, wie sie über die beste Methode zur Fleckentfernung diskutieren. Freundlicherweise auf Französisch, damit ich etwas daraus lernen kann. Allerdings ist der Dattelfleck mittlerweile so eingetrocknet, dass ich ihn ohne viel Arbeit einfach aus dem Baumwollstoff herausknibbeln kann.

»Der Fleck ist raus«, sage ich in die Runde und bringe damit kurzzeitig alle zum Verstummen. Schockiert schauen Khaled, Walid und Nizas sich untereinander mit offenen Mündern an. »Na bitte, so eine tolle Leistung war das jetzt auch nicht«, beschwere ich mich, weil sie so tun, als habe ich den Nobelpreis gewonnen. In Physik.

Da unterbricht ein anderes Geräusch meine Gedanken. Ein Lachen, das ich noch nicht kenne, noch nie gehört habe, das mir aber in den Ohren klingelt, weil es so ungewöhnlich scheint, weil ich die Stimme dazu zu kennen glaube. Meine Augen müssen die Umgebung kurz absuchen, um den Verursacher auszumachen. Und tatsächlich. Karim sitzt zwischen Semi und Amin und ... *lacht.*

Leise zwar und mit angestrengtem Blick, weil er seinerseits die Unterhaltung zwischen seinen Nebenmännern ausblenden muss, aber er lacht. Allerdings beherrscht er sich schnell wieder, als er sieht, dass ich ihn ertappt habe. Dabei würde ich ihn auch noch ein paar Minuten länger dabei anschauen können.

Die Gespräche wenden sich wieder anderen Themen zu, Nizas aber hat mich ganz genau beobachtet. »Was ist?«, frage ich und meine Stimme klingt schrill.

»Nichts, nichts«, winkt Nizas ab, aber er grinst ganz komisch.

Zum Glück werde ich in den folgenden zwei Stunden so stark abgelenkt, dass ich mir weder über Nizas Beobachtungen noch über Karims Lachen Gedanken machen muss. Der Abend ist wirklich magisch und wie aus 1001 Nacht. Bauchtänzerinnen tanzen auf der Freifläche – zum Glück nicht zu Helene Fischer – und es gibt Livemusik von einer Band, die arabische Lieder spielen. Manche der Takte kommen mir unheimlich bekannt vor. Als Highlight wird ein riesiger Raubvogel herein-gebracht – welcher genau es ist, kann ich nicht verstehen, weil ich im Französischunterricht nie einen Vokabeltest über Vogel-arten schreiben musste. Außerdem tanzt eine Frau mit einer rie-sigen Schlange um den Hals im Raum herum. Beides ist wirk-lich beeindruckend, auch wenn Nizas neben mir murrt und sich beschwert, dass das eigentlich nichts mit ihrem Land zu tun hätte. Mir ist es egal, ich finde die Show großartig und genieße sie bei meinem ersten Glas Rotwein nach ganzen drei alkohol-freien Pina Colada. Beschwingt wende ich mich an Nizas. »Danke«, flüstere ich und sein leicht schiefes Lächeln erwärmt meine Seele. Er scheint sich wirklich zu freuen. »Es ist ein toller Abend. Gut, dass du mich gezwungen hast.«

»Oh, mein Augenstern!«

Moment. Das war jetzt aber nicht Nizas. Zwar war die Situ-ation gerade ziemlich vertraut, aber niemals, NIEMALS würde er mich so nennen. Außerdem kenne ich nur eine Person, die diese nasal-norddeutsche Stimme hat.

Hinter mir taucht Bruno Baake auf, beugt sich zu mir herun-ter und gibt mir einen Kuss auf die Wange. Ich bin so perplex, dass ich versäume, die feuchte Stelle auf meinem Gesicht abzu-wischen.

»Jetzt, wo ich dich gefunden habe, können wir den Abend endlich gemeinsam verbringen!«

Mein Mund steht offen. Ich bin absolut sprachlos. Das kön-nen wir nicht. Das möchte ich nicht. Lass mich in Ruhe. Nerv eine andere Frau. All das spukt mir im Kopf herum, aber nichts davon kommt über meine Lippen. Was ich stattdessen mache, ist eine richtige Mona-Aktion. Anstatt mich der Situation zu stellen, flüchte ich.

»War schön mit euch. Bis morgen früh«, sage ich, nuschle dabei aber so stark, dass man mich aller Wahrscheinlichkeit nach nicht verstanden hat. Ich nehme mein Weinglas an mich, nicht ohne dass dabei die Flüssigkeit darin gefährlich hin und her schwappt und den Männern beinahe wieder die Grundlage zur Diskussion über Fleckentfernung bietet, und trete den Rückzug an.

Meine Beine haben mich nicht ins Hotelzimmer gebracht. Denn nachdem ich von der Lobby aus den silber glitzernden Mond auf der Wasseroberfläche des Meeres habe sehen können, habe ich alle Vorsätze, die etwas mit schlafen zu tun hatten, über den Haufen geworfen, und bin ans Meer gelaufen.

Die Sandalen ziehe ich aus und stecke die Zehen in den Sand. Das erste Mal, seitdem ich hier bin. Das erste Mal, seitdem ich alleine aufgebrochen bin, um in einem fremden Land zu arbeiten, das erste Mal seitdem ich ein ganzes Dutzend neuer Leute persönlich und einige mehr flüchtig kennengelernt habe. Und auch das erste Mal seitdem ich plötzlich mit etwas konfrontiert wurde, was ich nicht kenne. Doch was heißt eigentlich *nicht kennen*? Woran genau liegt es, dass vor allem Karim Baccouches Art mir zu knabbern gibt? Seine strenge Art ist es nicht. Auch nicht der Umstand, dass er dazu neigt, Dinge zu kontrollieren. Wenn ich die Reaktionen und Erklärungen zusammenführe und richtig deute, dann ist Karim so etwas wie der Projektleiter. Und dann ist es seine Aufgabe, eben genau das alles zu tun. Warum aber war er dann am ersten Tag nicht hier? Und warum hat er so angegriffen auf mich reagiert? Wäre er doch bloß einfach nur streng und laut. Dann wäre es so wie mit dem Hoteldirektor. Keiner, mit dem ich gerne einen Kaffee trinken gehen würde, aber auch niemand, bei dem sich die Haare auf meinen Armen in einer Mischung aus Wut und Angst aufstellen.

Ich seufze laut und trinke einen großen Schluck Wein. Ein langes Gespräch mit meiner besten Freundin Bella könnte helfen. Aber was sollte ich ihr erzählen? Entweder sagt sie, dass ich mich nicht so anstellen soll und dass ich mich, wenn ich es mit Edgar aushalte, ja wohl darüber nicht beschweren kann. Oder sie merkt, dass mehr dahintersteckt als nur dieses Gefühl der beruflichen Abweisung. Dass ich das Gefühl habe, dass es zwischen Karim und mir ein persönliches Problem ist und ich es sogar begründen kann. Weil er meine Entwürfe nämlich für gut befunden hat.

Nachdenklich blicke ich auf das Meer vor mir. Seetang wird angespült, es rauscht laut in meinen Ohren und kleine Muscheln piksen mich an der Ferse, als ich ein paar Meter weiter in Richtung Wellen laufe. Ich beschließe, meine Freundin nicht anzurufen und stattdessen die Kühle des Wassers zu genießen, den schönen Himmel anzuschwärmen und mir selber Mut zuzusprechen. Ich habe den Vorsatz, mich an diesem Ort zu beweisen, nicht aufgegeben. Und das werde ich auch nicht. Dafür ist die Chance zu besonders, die Aufgabe mit zu viel Spaß verbunden und dieses Land viel zu schön. Ich muss aufhören, an Karim zu denken, über ihn nachzugrübeln. Ganz einfach.

Bleibt nur die Frage, weshalb ich mir dann wünsche, dass er wie in einem sehr schnulzigen Film hinter mir am Strand auftaucht und alles einfach gut ist?

13

»Es ist ja noch einmal alles gut gegangen«, murmelt Semi neben mir. Er wirkt ein wenig geknickt.

»Hör auf, dir die Schuld zu geben«, beschwichtige ich und stelle das letzte Zitronenbäumchen im Terrakottatopf auf den Loungetisch. Die für Donnerstag angekündigte Lieferung der Pflanzen kam erst Freitagabend um 19 Uhr abends und hat Semi literweise Schweiß produzieren lassen. Denn der Geschäftsführer des Unternehmens wollte ihn darauf festnageln, dass er den Samstag als Liefertermin genannt hätte und die Firma ihm eigentlich nur einen Gefallen tun wollte und die georderten Rosen, Geranien und Zitronenbäume schon vor der vereinbarten Zeit geliefert hatte.

Für mich kann diese Geschichte vorne und hinten nicht stimmen und ich bin eindeutig auf Semis Seite. Zwar konnte ich nicht verstehen, was er auf seiner Muttersprache am Telefon geordert hat und vor allem, für wann er dies tat, aber warum sollte er lügen? Zumal dieser Umstand uns allen eine fast schlaflose Nacht beschert hat, Wassim Clément uns mit wütenden Argusaugen beobachtet hat und die Stimmung deutlich gekippt ist.

Auf meine drei Stunden Bettruhe hätte ich jedenfalls getrost verzichten können, da sie ohnehin alles andere als erholsam verlaufen sind. Seit gestern Mittag kann ich an nichts anderes denken als den bevorstehenden Termin mit dem Hoteldirektor. Heute ist die Deadline. Heute will Wassim Clément alle Pläne sehen und ich kann nur beten, dass er sein Go gibt. Anstelle eines Frühstücks bin ich heute um fünf Uhr noch einmal alles durchgegangen, habe sogar einen Kostenvoranschlag erstellt. Erst nachdem ich einen Strich darunter gezogen habe und die Endsumme berechnen wollte, ist mir klar geworden, dass die wie selbstverständlich von deutschen Preisen ausgegangen bin und damit wahrscheinlich ein ganzes Stück über den Kosten liege, die man hier zahlen muss. Jedenfalls waren die Zahlen auf dem Lieferschein der Pflanzen der pure Witz. Den Rest des Morgens habe ich mit dem Feinschliff des Pavillons verbracht und Semi – getrieben durch sein schlechtes Gewissen – hat mich dabei unterstützt. Vom Rest des Teams ist noch keiner da.

»Es tut mir wirklich leid, Mona«, wiederholt Semi zum zwanzigsten Mal. Eindringlich schaue ich ihn an. »Hör jetzt auf! Ich glaube dir, ich bin nicht wütend, es ist alles prima. Oder hast du von Karim einen Einlauf bekommen?«

Das jedenfalls wäre so typisch gewesen. Doch er schüttelt den Kopf. »Nein, er glaubt mir auch.« So kleinlaut wie aktuell kenne ich den sonst so aufgedrehten Semi gar nicht.

»Dann weiß ich nicht, warum wir die ganze Sache nicht einfach abhaken.«

Semi nickt, wirkt aber nach wie vor wenig überzeugt.

»Was hältst du davon, wenn wir uns einen Kaffee holen und hier auf die anderen warten?«, schlage ich vor, weil mir nur wenig danach ist, hier herumzustehen und Löcher in die Morgenluft zu starren.

Semi nickt. »Ihr Deutschen mit eurem Kaffee«, schmunzelt er, bedeutet mir dann aber mit einer Geste den Vortritt. Froh darüber, dass er seinen wahren Charakter unter dieser Schicht Selbstmitleid wieder zu finden scheint, folge ich der Aufforderung. Zusammen durchqueren wir den Speisesaal und stellen

uns an einer Schlange hinter sehnsüchtig auf Getränke Warten-
den an.

»Du hast heute den Termin beim Chef, oder?«, versucht Semi
die Wartezeit mit Konversation zu füllen. Mit diesem Satz sorgt
er aber vor allem dafür, dass mein Herz wie wild zu schlagen
beginnt.

»Ja, um 15 Uhr. Ich sterbe vor Aufregung«, gebe ich zu. Mein
Gegenüber schaut mich verdutzt an. »Weshalb?«

»Ich weiß nicht, ob es ihm gefällt. Am Ende muss ich alles
neu machen. Oder noch schlimmer: Er schickt mich nach
Hause.« An die zweite Variante habe ich bisher überhaupt nicht
gedacht und ein Kloß bildet sich in meinem Hals. Und in meinem Magen. Fehlt nur noch, dass ich einfach umkippe. Ich fühle
mich schlagartig an die Situation am Flughafen zurückversetzt.
Eigentlich bin ich ein selbstbewusster Mensch, aber ich habe
schlichtweg Angst davor, dass dieser Traum an sein Ende gelangen könnte, bevor er wirklich losgegangen ist.

Jetzt bloß keine Panik, Mona. Du stehst inmitten von diversen Nationalitäten in einer Kaffeeautomatenschlange morgens
um acht. Einen peinlicheren Ort zum Hyperventilieren gibt es
nicht.

Semis kantige Züge entgleisen, seine Grübchen verschwinden in einem ungläubigen Ausdruck. »Das denkst du aber nicht
wirklich, oder?«

Mittlerweile sind wir an der Maschine angelangt. Ich stelle
eine Tasse darunter und blicke Semi fragend an, aber der winkt
ab und brüht sich stattdessen einen Tee auf. *Das* hätte ich nun
wirklich wissen können. Auf meinen Cappuccino wartend beantworte ich seine Frage zögernd: »Ich weiß es nicht. Wassim
Clément ist immer freundlich, aber mir entgeht nicht, dass er

bisweilen auch immer mal wieder ziemlich düster dreinblickt. Er hat hier das Sagen, wenn er mich loswerden will, braucht er nur mit dem Finger zu schnippen. Und es gibt genug andere Firmen in Deutschland, die für dieses Projekt alles geben würden.«

Semi macht einen Mischlaut auf Schnalzen und Zischen (das will ich auch können, klingt eindrucksvoll!) und schüttelt gleichzeitig den Kopf. »Wassim macht sich gerne wichtig. Er ist eitel, wie sein Vater. Der war hier vorher der Hoteldirektor und lebt jetzt irgendwo an der Côte d'Azur in einer Villa, für die ich fünf ganze Leben schuften müsste. Versteh mich nicht falsch, ich gönne es ihm. Er ist ein guter Mann, ich habe ihn vor ein paar Wochen kennenlernen dürfen. Aber er hat seinen Sohn ein bisschen zu sehr verwöhnt, fürchte ich.«

Ich bin erstaunt, wie offen Semi über ihn spricht. »Das würde er sicherlich nicht gerne hören.«

Er hängt einen Teebeutel in die Tasse und kippt kiloweise Zucker hinein. »Oh, er muss es ja nicht erfahren«, stellt er zwinkernd klar. »Und Karim auch nicht. Er hat es nicht gern, wenn wir schlecht über unsere Auftraggeber sprechen. Dabei glaube ich, dass er selbst auch manchmal so denkt. Vor allem über Wassim.«

Damit wären wir schon wieder bei Karim, denke ich.

»Wie bitte?«, fragt Semi nach und erst da wird mir bewusst, dass ich die Worte laut ausgesprochen habe – allerdings auf Deutsch.

»Ach, es ist ein bisschen kompliziert zwischen Karim und mir. Ich hatte die ganze Zeit das Gefühl, dass er mich eigentlich nicht hier haben will. Aber weil er der Chef ist kann ich verstehen, dass er mich vielleicht als so etwas wie seine Konkurrenz ansieht.«

»Er ist einfach sehr perfektionistisch«, will Semi das Gesagte herunterspielen. Aber damit lasse ich mich nicht abspeisen. »Aber das bin ich auch. Und es wäre einfacher, wenn er mich nicht ignorieren, sondern mit mir gemeinsam arbeiten würde.« Denn genau das hat er in den letzten Tagen gemacht. Er kam mehr als einmal viel zu spät aus der Pause, ist gestern früher gegangen, während alle anderen bis tief in die Nacht den Pavillon fertigzustellen versuchten. Und dabei immer dieser grimmige Blick und die Dolche, die er dadurch direkt durch seine grünlich-grauen Augen in mein Herz zu schießen versucht hat.

Semi und ich treten zurück in die Morgenluft und steuern auf den Pavillon zu.

»Du musst versuchen, es zu ignorieren«, gibt Semi mir den Ratschlag, den auch Nizas schon vorgebracht hat. Ich schüttele den Kopf. »Das kann ich einfach nicht. Am liebsten würde ich ihn darauf ansprechen.«

Semi schaut mich schief an. Wir setzen uns nebeneinander auf die frisch in Position gebrachten Loungemöbel. »Na dann tu das doch«. Dabei schmunzelt er wieder.

»Ach, ich weiß nicht«, gebe ich auf. »Wechseln wir das Thema!«

»Ich bin schlecht in sowas. Ich neige dazu, Frauen dann zu fragen, ob sie schon verheiratet sind.« Wir beide müssen laut lachen. Apropos. Ob Karim wohl eine Frau hat? Vielleicht sollte ich bei Gelegenheit mal genauer auf seine Hände schauen. Obwohl … gibt es hier eigentlich so etwas wie Eheringe?

»Mona?«

»Was, oh, sorry!« Ich lächele entschuldigend. »Was hast du gesagt?«

»Ich wollte wissen, ob ich die Jungs mal anrufen soll. Es ist ein bisschen komisch, dass noch keiner hier ist.«

»Ja, gute Idee«, sage ich, aber ich hänge noch meinen Gedanken nach. Und hoffe, dass Semi meine gedankliche Abwesenheit nicht falsch interpretiert hat.

Ein Unfall und ein gesperrter Kreisel haben dafür gesorgt, dass außer Said, der ebenfalls im Hotel wohnt, alle zu spät gekommen sind. Und Karim – wie sollte es anders sein – ist erst gar nicht aufgetaucht. Semi konnte es sich nicht nehmen lassen und hat den anderen brühwarm davon erzählt, dass ich so große Zweifel an meiner Planung habe. Da hat Sofiane – der sonst so ruhige und traurige Kerl – angeboten, dass wir einen Rundgang machen und ich meine Pläne schon einmal vorab mit dem Team teile. Bis auf ein paar kleine Anmerkungen, die allesamt gut und wichtig waren, war die ganze Mannschaft hellauf begeistert. Und meine Angst hat sich immer mehr verflüchtigt.

Ich sitze in der Lobby, mit dem Tablet und meiner Planung auf dem Tisch vor mir. Vor rund einer Stunde hat Karim dem Rest des Teams den Nachmittag über freigegeben und ich will das Gespräch, das mir bevorsteht, einfach nur hinter mich bringen. Vielleicht habe ich ein paar Minuten Zeit, um in den Pool zu springen oder wenigstens einen kleinen Spaziergang am Strand zu machen.

Direkt über mir hängt ein Kronleuchter in Miniaturformat und hinterlässt symmetrische Lichtkreise auf meinen Oberschenkeln und den Händen, die ich darin zusammengefaltet habe, als würde ich beten. Tatsächlich versuche ich dadurch einzig und allein meine zitternden Finger unter Kontrolle zu halten.

Der Aufzug öffnet sich mit einem leisen Geräusch und in diesem Moment vernehme ich laute Männerstimmen. Der Direktor kommt mit Karim im Schlepptau auf mich zu. Die beiden lachen über irgendetwas und Karim wirft ein klein wenig den Kopf in den Nacken. Ein ungewohntes Bild im Gegensatz zu der lächerlichen Krawatte, die Clément trägt. Aufgeschnittene Wassermelonen. Mehr möchte ich darüber nicht nachdenken.

Schnell wende ich den Blick ab, damit nicht der Eindruck entsteht, als würde ich die beiden taxieren. Ich muss wenigstens so wirken, als würde es mir nichts ausmachen, dass alles von diesem Gespräch abhängt.

»Mona«, ruft Clément freundlich. Ich hebe meine Hand, um zu winken, und will mich dann erheben, aber Karim mischt sich ein. »Bleiben Sie sitzen, wir sprechen einfach hier.«

Nachdem ich den ganzen Vormittag so freundschaftlich mit seinen Teammitgliedern umgegangen bin und wir uns unterhalten haben, als wären wir schon seit Jahren bekannt miteinander, fühlt es sich nun komisch an, wieder von allen Seiten aus gesiezt zu werden.

Die beiden Männer nehmen Platz und ohne eine weitere Anweisung schauen sie mich erwartungsvoll an.

Das ist das, was du am besten kannst, Mona.

Außerdem habe ich mit genau diesen Plänen schon vor Karim bestanden – und ich glaube, dass er derjenige ist, der mehr Ahnung hat. Wahrscheinlich berät er den Hoteldirektor in solchen Angelegenheiten. Wenn er mich also nicht in die Pfanne hauen möchte, dann wird das hier sicherlich gut.

Und das wird es. Zum zweiten Mal in dieser Woche rede ich eine gute halbe Stunde voller Inbrunst und Begeisterung von den geplanten Projekten. Bei meinem Kostenvoranschlag scheint sogar Karim überrascht zu sein. Und ich merke aus dem Augenwinkel, dass er immer dort, wo ich etwas ergänzt habe, seine Mimik verändert. Er hat meine Skizzen genau im Kopf.

»Mit was würden Sie beginnen?«, fragt Wassim Clément, als ich geendet habe. Ist das eine Fangfrage?

Verunsichert schaue ich zu Karim, kann in seinen Zügen aber nichts lesen. Also reagiere ich so, wie es ihm am besten gefallen sollte.

»Das ist keine Entscheidung, die ich treffen kann, Monsieur.«

Clément kneift die Augen zusammen. »Warum nicht?«

»Weil«, setze ich an, schaue Karim wieder an. Und dieser schüttelt ganz leicht, beinahe unmerklich, den Kopf. Nur ich kann es sehen. In diesem einen Moment verstehen wir uns ohne Worte und ohne, dass wir uns sonderlich gut kennen würden. Und auch, wenn diese winzige Geste alles bedeuten könnte, weiß ich augenblicklich, was er damit andeuten will. Also ändere ich meine Antwort in der Sekunde, bevor sie meine Lippen verlässt. »Weil ich dazu gerne Sie befragen würde, Monsieur. Sie sind der Direktor und Sie sollten das entscheiden.«

Um Karims Mundwinkel zuckt es. Ganz zu schweigen von Wassim Cléments Gesicht.

Erfolgreich gebauchpinselt, denke ich und erwidere das Strahlen. »Sie sind ein echter Gewinn für uns, Mona.«

»Und dieses Projekt für mich«, sage ich. Habe ich jetzt zu dick aufgetragen? Aber Clément klatscht drei Mal in die Hände, auffordernd und motivierend klingt der Ton, der in der Lobby nachhallt. »Beginnen Sie mit den Wegen. Die sind ein Graus, wirklich! Ich frage mich, was mein Vater sich dabei gedacht hat. Und dann machen Sie weiter mit der Poolbar, solange die Hauptsaison noch nicht begonnen hat.« Er spricht weiter, aber ich höre nur noch mit einem Ohr zu. Karim schaut seinen Auftraggeber von der Seite an und hat ein eigenartiges Lächeln auf den Lippen. Zum ersten Mal wirkt dieser *mufle* zufrieden. Und leider auch ziemlich zum Anbeißen. Eine Strähne fällt in sein Gesicht. Sein ordentlich gestutzter Bart bekommt auch ein wenig von den Lichtreflexen des Kronleuchters über uns ab und zum ersten Mal, seit ich ihn kenne, hat er diese verkrampften Stirnfalten abgelegt. Ich genieße diesen Moment und starre ihn unverhohlen an. Im Geiste natürlich eine gute, kollegiale Zusammenarbeit vor Augen. Was denn auch sonst? Mir fällt rein gar nichts ein, weshalb ich ihn sonst ausgiebig mustern sollte.

Da schaut er mich plötzlich direkt an. Sofort ist mir mein Verhalten peinlich, ich erwarte einen verkniffenen Mund, mehr Stirnfalten denn je und einen wütenden Blick. Doch was ich ernte, ist etwas ganz anders. Sein Lächeln schwindet zwar, aber er sieht dennoch nicht unfreundlich aus. Vielmehr ... bewundernd. Für unendlich lang wirkende Sekunden schauen wir uns direkt in die Augen, dann holt mich der Hoteldirektor wieder zurück ins echte Leben. Er steht auf und hält mir die Hand hin. Schnell erhebe auch ich mich und ergreife Sie.»Karim wird mich täglich über den Stand der Dinge informieren.« Er schüttelt meine Hand vielleicht ein bisschen zu heftig und zu fest, sogar meine Schulter knackt bei seinem Griff. Ich bringe nur ein ganz leises »Okay« zustande, ehe er mit wehender Wassermelonenkrawatte und Karim im Schlepptau davonrauscht.

Was ist eben passiert und wieso zum Teufel kribbelt es plötzlich in meinem Magen?

14

Mit ziemlicher Wahrscheinlichkeit werde ich jeden Moment platzen. Ich muss auf alle Fälle aufhören, jeden Abend so viel zu essen. Es ist schon richtig so, dass Hotelzimmer standardmäßig keine Waagen im Badezimmer stehen haben. Mit diesem vollgeschlagenen Bauch kann ich jedenfalls unmöglich einfach so ins Bett fallen, weswegen ich mich für einen kleinen Spaziergang entscheide. Dabei wähle ich bewusst nicht die Außenanlage aus, weil ich dann gedanklich bloß wieder an der Arbeit hängen würde. Stattdessen nehme ich den Gang rechts von mir. Der gebohnerte Boden unter mir sieht derart glatt aus, dass ich mit dem Gefühl, ich müsse jederzeit ausrutschen, meinen Weg etwas langsamer als geplant fortsetze. Mein Kopf spielt mir hier eindeutig einen Streich, weil meine Turnschuhe natürlich sehr wohl merken, dass dem nicht so ist und sie obendrein ein so gutes Profil haben, dass selbst Blitzeis meist kein Problem ist. Aber gut. Mit vollem Bauch handelt es sich manchmal irrational.

Ein paar spielende Kinder rennen mir entgegen – ihnen muss der Boden keine Probleme bereiten – und ich lächle sie an. Was ich ernte, ist aber nur ein etwas erschrockener Blick, dann wenden sie sich schnell von mir ab. Manchmal würde ich meine Gefühle auch gerne mal auf diese offensichtliche Art zum Ausdruck bringen.

Abrupt halte ich inne, weil ich beinahe gegen ein etwa kopfhohes Schild gelaufen wäre. Alle Hirnzellen müssen sich jetzt erst einmal vom faszinierenden Boden abwenden und die Aufschrift des in selbstmörderischer Höhe angebrachten Metallteils vor meiner Nase entziffern.

Ich habe den Wellnessbereich gefunden! Na, den braucht man allerdings auch, wenn man sich zuvor hier die Nase gebrochen hat, denke ich säuerlich. Trotzdem merke ich mir den Weg so gut es geht, auch wenn ich weiß, dass ich mich am Ende doch niemals trauen werde, mir hier eine Massage zu genehmigen. Der Gang geht allerdings noch weiter, diesmal nach links ab. Unsicher spähe ich hinein. Das Letzte, was ich jetzt gebrauchen kann, ist ein unbefugtes Betreten eines Ganges, der eigentlich nur für Mitarbeiter gedacht ist. Das wäre sogar auf meiner Peinlichkeitsskala ziemlich weit oben angesiedelt. Wobei … streng genommen arbeite ich hier ja auch! Also nichts wie rein dort.

Schnell wird mir klar, dass meine Befürchtung unbegründet war. Links und rechts von mir zweigen sich kleine Geschäfte ab. Das Erste verkauft Schmuck – der sieht allerdings nicht wirklich hochwertig aus. Außerdem gibt es einen Friseur (warum so viele Leute sich in einem fremden Land die Haare machen lassen, ist mir seit jeher ein großes Fragezeichen) und ein Geschäft, das jeden erdenklichen Krimskrams verkauft. Von Sonnencreme über Handtücher bis hin zu Seife in Geschenkverpackungen und gefälschter Markenkleidung. Außerdem kann man hier zwischen einem aufblasbaren Schwimm-Donut mit Schoko- oder Erdbeerglasur wählen.

Schmunzelnd laufe ich weiter. Die Geschäfte sind allesamt verwaist, ich komme wahrscheinlich zu spät. Nur ein Licht brennt noch etwas weiter vorne und wider besserer Pläne laufe ich ihm entgegen. Tatsächlich tun sich hier noch zwei weitere Geschäfte auf, die etwas hochwertiger anmuten. Das eine verkauft ebenfalls Klamotten, ist aber auch geschlossen. Nur ein Laden hat noch offen und ich werfe einen Blick hinein. Kleine Anhänger aus Stoffen oder geknüpften Bändern sowie feine

Schmuckstücke mit simplen und minimalistischen Anhängern liegen auf den weißen Tischen in der Mitte des Raumes. An den Wänden hängen Taschen – ich würde jede von ihnen tragen. »Hallo!«, ruft da eine freundliche Stimme. Ich habe die Frau, die hinter dem Verkaufstresen gerade etwas eingeräumt zu haben scheint, gar nicht bemerkt. Ich erwidere ihren Gruß rasch und frage: »Haben Sie noch geöffnet?«

»Für Deutsche immer«, antwortet sie – auf meiner Muttersprache. Meinen schockierten Blick quittiert sie mit einem Lachen und kommt dann strahlend auf mich zu. »Man hört es einfach an unserer Aussprache. Und der Frage danach, ob man irgendwo eintreten darf, wenn es doch offensichtlich ist, dass noch geöffnet ist. Sowas machen nur die Deutschen.« Die quirlige Frau steht nun vor mir und reckt mir die Hand hin, ohne dass ich zu einer Antwort ansetzen kann.

»Ich bin Agatha«, stellt sie sich vor. Sie ist mir auf Anhieb sympathisch.

»Mona«. Ich schüttele ihre kühle Hand, an der sie mehrere silberne Ringe trägt. Ihre Bewegungen sind voller Energie. Schmuck in der gleichen Farbe findet sich auch an ihren Ohren wieder, an denen große, dickbauchige Creolen baumeln. Ihre rotblonden Haare wellen sich ganz leicht und fallen ihr auf den Rücken, als sie, begleitet von den Worten »Schau dich gerne um!« eine ausladende Geste macht. Kurz verweilt mein Blick noch auf ihrem elfenhaft schönen Gesicht mit dem knallroten Lippenstift und einer dezenten Schicht Wimperntusche unter dünnen, perfekt gezupften Augenbrauen. Dann schaue ich mir die ausgelegten Schmuckstücke etwas genauer an. Besonders die bunten Armbänder mit kleinen Anhängern aus Edelsteinen haben es mir angetan.

»Sind die Sachen alle selbst gemacht?«, will ich von Agatha wissen. Am liebsten würde ich sie sofort löchern, was sie als Deutsche hier in einem Souvenirshop in Mahdia macht, das erscheint mir aber etwas zu aufdringlich. Und für den Schmuck interessiere ich mich tatsächlich, ich würde ohne mit der Wimper zu zucken alle Teile kaufen.

»Ja, ich habe noch einen Laden in der Innenstadt, an den auch eine kleine Werkstatt grenzt, wo ich alles selbst herstelle und nähe. Deswegen bin ich auch nur samstags und mittwochs hier im Hotel, die restliche Woche über dann im anderen Laden.« Agatha kommt noch einen Schritt näher zu mir. Sie scheint gerne und viel zu reden, aber ich genieße es. Ein bisschen erinnert sie mich an meine Schwester – auch wenn es rein äußerlich überhaupt nicht passt.

»Das hier ist ein Stein, der für Familie steht. Ein Karneol«, klärt Agatha mich auf, als ich ein besonders schönes Exemplar in die Hand nehme. Rötlich-weiß schimmert er und ist ganz leicht durchscheinend.

»Hast du vielleicht drei Stück davon?«, frage ich begeistert.

Agatha scheint verwundert, aber auf eine amüsierte Art und Weise. »Willst du gleich drei Familien auf einmal?«, neckt sie mich.

»Oh je, nein, eine reicht mir«, scherze ich, »aber ich würde jeweils meiner Mutter und meiner Schwester ein Armband schicken. Ich glaube, mein Papa findet Armbänder nicht so schön.«

Nun lachen wir beide und Agatha sucht in einer Schublade unter der Theke nach zwei weiteren Armbändern. »Machst du mit deinem Mann Urlaub hier?«

»Oh, nein, ich arbeite hier«, sage ich, merke aber, dass das als Antwort nicht reicht und ich dringend ein wenig mehr Erklärung hinterherschieben muss, also erläutere ich, was ich hier mache und wie es dazu gekommen ist.

»Das ist ja ein wunderbarer Job! Dann gehörst du zu der Horde Männer, die hier die ganze Zeit werkelt und die Blicke der Damen auf sich zieht?«

»Die wurden mir quasi zugeteilt«, sage ich und klinge dabei wenig begeistert, was Agatha sofort zu merken scheint.

»Schlechtes Thema?«, will sie mit qualvoll verzogener Mimik wissen. Ich winke ab und verneine. »So ist es nicht. Die Jungs sind alle nett. Fast alle jedenfalls. Aber es ist auch sehr ungewohnt.«

»Die Mentalität ist hier eben auch eine ganz andere. Als ich damals hergekommen bin, war ich schockiert und beeindruckt zugleich. Es gibt hier so viele Menschen, die wenig oder fast gar nichts haben, sich jeden Tag den Hintern abschuften, um Geld für die Familie zu verdienen, und doch wirken sie immer zufrieden. Es liegt, glaube ich, an einer Mischung aus dem Meer vor der Tür, dem unerschütterlichen Glauben und den großen Familien, die sich immer gegenseitig auffangen. Aber ich kann es bis heute nicht ganz erklären. Ich weiß nur, dass ich dieses Land liebe.«

Ich denke kurz über ihre Worte nach. Mittlerweile haben mir so viele Menschen gesagt, dass sie das Land lieben, dass ich gar nicht mehr glauben kann, dass ich anfangs überhaupt Zweifel hatte. Denn sie alle haben recht. Es ist wunderbar hier.

»Wie bist du hier gelandet?«, will ich ehrlich interessiert wissen.

»Das war wie aus einem Buch herauskopiert«, lacht Agatha und packt meine drei Armbänder in kleine Papiertüten ein. »Ich habe von einer Tante einen kleinen Laden in Mahdia geerbt. Die ist einfach nicht mehr aus ihrem Winterurlaub zurückgekehrt, hat der Familie einen Brief geschrieben, dass sie hier bleibt. Damals war sie fünfzig und ihr Mann war zwei Jahre vorher verstorben. Sie hat hier ein Café aufgemacht und ich glaube, es lief miserabel. Die ganze Familie hat bis zu ihrem Tod nicht verstanden, was die Aktion sollte. Sogar ihre eigenen Geschwister und Kinder haben sich darüber lustig gemacht, sie nie besucht. Ich bin hingegen jedes Jahr in den Osterferien zu ihr geflogen. Also hat sie mir den Laden vermacht. Ich habe allerdings das Glück, dass meine Familie hinter mir steht. Eigentlich wollte ich nur für ein oder zwei Jahre hierbleiben, aber dann kam die Liebe in Form eines Mannes, der für seine Mutter verzweifelt ein Geschenk gesucht hat. Heute bin ich mit Ali verheiratet und das war sie, meine Geschichte.«

Ich hänge noch immer an den rot bemalten Lippen, als Agatha längst fertig ist, von sich zu sprechen. »Eine schöne Geschichte«, kommentiere ich seufzend.

»Glaub mir, hier kann man sein Glück finden. Man muss nur vielleicht etwas Geduld haben.«

Ihre Worte klingen wie eine Prophezeiung und ich möchte sie wirklich gerne glauben. Mein Gesicht aber scheint eine andere Sprache zu sprechen. Mitleidsvoll schaut Agatha mich an. »Wenn du quatschen willst, dann komm einfach her«, bietet sie an. »Oder du fährst mit dem Taxi in die Stadt und besuchst mich dort.« Mit diesen Worten dreht sie sich um und kritzelt etwas auf einen kleinen Zettel. »Die Adresse von dem Laden.

Er wirkt vielleicht etwas unscheinbar, aber vorne steht eine Kreidetafel. Du wirst es schon sehen.«

»Das ist so lieb von dir«, sage ich etwas perplex und nehme den Zettel entgegen.

Agatha nimmt mich kurzerhand in den Arm. »Ist doch selbstverständlich. Wir müssen doch zusammenhalten.«

Als ich mit meinen neu erstandenen Armbändern wenig später den Laden verlasse, habe ich das Gefühl, ich hätte soeben eine neue Freundin gefunden und trotzdem fühlt es sich bei jedem Schritt mehr danach an, als würde ich sie schon mein halbes Leben lang kennen.

Agathas Geschichte geht mir nicht aus dem Kopf, weswegen ich beinahe den Anruf meiner Mutter verpasse, der mein Handy wild vibrieren lässt. In der Hoffnung auf guten Empfang gehe ich ran.

»Hey Mama«, begrüße ich sie. Die Anrufe, die ich meinen Eltern eigentlich vor meiner Abreise versprochen habe, habe ich in den letzten Tagen sträflich vernachlässigt.

»Mein Mäuschen«, tönt die aufgeregte Stimme aus dem Handy und ich muss grinsen. Auch mit 29 Jahren nennt meine Mama mich noch immer so. »Ich stelle dich auf Lautsprecher, ja? Dein Papa und deine Schwester sind auch hier.«

Gerade will ich etwas erwidern, da höre ich nur ein lautes Poltern, ein Kratzen und dann die unverkennbare Stimme meiner Schwester. »Och Mutti. Komm, lass mich das machen.«

Noch mehr kratzende Geräusche. Das Klimpern der Fingernägel meiner Schwester auf dem Display.

»Hi Schwesterherz. Jetzt bist du wirklich auf Lautsprecher geschaltet.«

»Deine Mutter muss das noch üben mit dem Ding da«, schreit mein Vater dazwischen. Ich kann förmlich sehen, wie Mama ihm einen wütenden Blick zuwirft.

»Hi Papa. Du musst nicht schreien. Ich kann dich auch gut hören, wenn du einfach normal sprichst.«

»Jetzt ist es fast so, als würdest du bei uns am Tisch sitzen«, schwärmt meine Mutter ungeachtet meines Einwandes. Papa schnaubt nur. Er kann es nicht leiden, wenn man ihn belehrt, vor allem nicht, wenn es um Themen geht, von denen er keine Ahnung hat. Er hat die seltsame Eigenschaft, dass er stets so tun muss, als könnte er sich neue Dinge einfach problemlos selbst beibringen. Und ein Smartphone zu benutzen gehört definitiv zu diesen neuen Dingen dazu.

»Das haben Telefone so an sich, Mutti«, kommentiert meine Schwester mit tonloser Stimme. Ich muss kichern, unterdrücke es aber, damit meine Eltern nicht denken, dass ich mich über sie lustig mache. Louisa und ich verstehen uns und unsere kleinen, liebgemeinten Spitzen gegenüber unseren Eltern auch so.

»Nun erzähl schon, wie läuft es?«

»Bei dem Essen hier muss ich definitiv überlegen, ob ich wirklich zurück nach Deutschland kommen will«, beginne ich meine Ausführungen mit einem Scherz, werde dann aber von Papas Schnauben unterbrochen. »Deine Mutter kocht besser.«

»Holger, rede nicht so, als wäre ich nicht mit dir im selben Raum.«

Ich verdrehe die Augen.

»Könntet ihr Mona vielleicht mal erzählen lassen?«, springt Louisa wieder auf meine Seite. Danach folgt eine bedächtige Stille, die ich genau dafür nutze. Dabei lasse ich die Themen, die ich beim letzten Telefonat oder in den Nachrichten, die ich geschickt habe, aus. Stattdessen konzentriere ich mich vor allem auf das, was in den kommenden Tagen ansteht. Diesmal unterbricht mein Vater mich nicht. Allerdings spricht auch, nachdem ich geendet habe, erst einmal keiner mit mir. Kurz denke ich, dass die Verbindung vielleicht abgebrochen ist.

»Diese Wette habe ich dann wohl gewonnen«, ist die einzige Antwort, die ich bekomme, ehe meine Schwester in ein falsches Gelächter einstimmt, das an eine Hexe erinnert.

»Was für eine Wette?«, frage ich. Dass ich etwas irritiert und auch etwas wütend bin, kann ich dabei nicht verbergen.

Keine Antwort.

»Hallo, Leute? Was für eine Wette?«

»Wir sind keine Leute, wir sind deine Familie«, druckst Papa herum, Louise lacht noch mehr und meine Mutter schweigt.

»Und du musst nicht immer um das eigentliche Thema herumreden, Paps«, versuche ich mich an einem versöhnlichen Ton, aber es gelingt mir nur zur Hälfte. »Also, was habt ihr gewettet?«

Es dauert eine Ewigkeit, bis meine Mutter anfängt zu erzählen. Ich kann mir regelrecht vorstellen, dass sie das nur macht, weil mein Vater und meine Schwester sie mit Blicken dazu gezwungen haben.

»Papa und ich haben gedacht, dass du es nicht länger als eine Woche schaffst. Und dass du irgendwann sagst, dass du zurückwillst. In zwei Tagen ist die erste Woche rum und du schwärmst. Also hat Louise gewonnen.«

Ich bin schockiert und amüsiert zur gleichen Zeit. »Na dann Glückwunsch, Schwesterchen«, ist daher alles, was ich dazu sage.

Danach quatschen wir noch ein bisschen über das, was in Frankfurt gerade los ist. Meine Eltern streiten sich mit den Nachbarn herum, im Bad hat das Waschbecken einen Sprung und meine Schwester hat sich mal wieder von ihrem aktuellen (naja, nun eher ex-aktuellen) Freund getrennt. Es ist also das übliche Chaos, das mich bis hinauf in mein Hotelzimmer begleitet.

»Du bist nicht wütend wegen der Wette, oder?«, will meine Mutter beim Abschied wissen. Ich beschwichtige sie erfolgreich. Was ich nicht sage, ist, dass es meinen Eltern ganz recht geschieht, dass sie nun die teure Telefonrechnung für den Anruf ins Ausland zahlen müssen und schlafe mit einem schelmischen Grinsen auf den Lippen ein.

Freitag, 14. April, Mahdia

15

Erbarmungslos brennt die Sonne vom Himmel, obwohl es bereits kurz nach achtzehn Uhr ist. Es ist eindeutig der heißeste Tag, seitdem ich vor knappen zwei Wochen in Mahdia eingetroffen bin, und ich bekomme erst jetzt ein Gefühl davon, wie es hier im Hochsommer sein muss. Habe ich wirklich jemals gedacht, in Frankfurt wäre es heiß?

Auch, wenn hier stets ein laues Lüftchen weht, rinnt mir der Schweiß die Wirbelsäule entlang. Ich habe mir eine kurze Hose und ein lockeres Top angezogen, nachdem ich unter der Dusche meine wunden Hände und schrammigen Schienbeine abgewaschen habe und jeden Tropfen Duschgel in den frischen Wunden verflucht habe.

Seit Montag schuften wir jeden Tag von früh bis spät. Nizas hat mehr als einmal gesagt, dass ich nicht so viel machen müsse und die schwere Arbeit den Jungs überlassen könne. Aber das habe ich – vielleicht auch gerade weil er es gesagt hat – nicht machen wollen. Der Muskelkater am Ende des Tages ist nach wie vor die beste Belohnung für einen erfolgreichen Tag.

Begeisterung habe ich den Augen der Männer nicht finden können, als Karim am Sonntag eröffnet hat, dass wir mit dem Pflastern des neuen Weges beginnen. Hilfesuchend haben mich ein paar Mitglieder der Mannschaft angeschaut, aber ich habe nur mit den Achseln zucken können und Karim unser Schicksal damit besiegeln lassen.

Nachdem wir drei volle Tage gebraucht haben, um den Schotterweg abzutragen, sind wir am Mittwochabend halb tot ins Bett gefallen. Doch Karim hat keinem von uns Ruhe gegönnt – einzig er selbst war zwischendrin auf mysteriöse Art und Weise immer mal wieder für ein paar Stunden verschwunden. Anscheinend aber bin ich die einzige Person in unserer Gruppe, der das auffällt.

Edgar erstatte ich fast täglich Bericht, aber die ganz anstrengende Arbeit verschweige ich ihm. Denn ich weiß, dass ich dafür eigentlich nicht eingeplant bin. Für grobe bauliche Projekte bin ich nicht nach Mahdia geflogen – aber der Knackpunkt ist, dass auch das mir Spaß macht, deswegen halte ich besser den Mund. Edgar wird es früher oder später erfahren und dann wird meine Zeit hier bereits so weit vorangeschritten sein, dass er mich vom Projekt nicht mehr abziehen kann und will.

Karim hat uns in Dreiergruppen gesteckt. Meine Gebete wurden erhört und ich bin glücklicherweise nicht mit ihm in einem Kleinteam gelandet. Das hätte mir gerade noch so gefehlt. Stattdessen arbeite ich mit Nizas und Walid zusammen – und bin heilfroh. Während Nizas und ich immer mehr eine Freundschaft entwickeln, ist Walid auch für mich so etwas wie der Papa der Runde geworden. Er ist die meiste Zeit damit beschäftigt, mir die Arbeit abzunehmen, die er für zu gefährlich hält – was eine ganze Menge ist. Aber immer dann, wenn er gerade nicht hinsieht, schleppe ich trotzdem Pflastersteine in der Gegend herum oder schleppe Kisten mit Werkzeug von A nach B. Nur um mir dann einen angesäuerten Blick von ihm zuwerfen zu lassen, den ich mit einem Lächeln entwaffnen kann.

Wir haben nach zwei Tagen Arbeit nicht einmal ein Viertel des Weges komplett fertig. Und es gestaltet sich schwer, inmitten der Touristen möglichst effizient zu werkeln. Kinder wollen helfen, ältere Herren, die schon seit vielen Jahren ihren Ruhestand genießen, wissen prinzipiell alles besser. Und immer mit dabei sind Wassim Clément und seine lustigen Krawatten. Der Mann sitzt uns mehr und mehr im Nacken, was verständlich ist, denn noch sind wenige Urlauber hier. Sobald die Saison im nächsten oder übernächsten Monat dann aber ganz anläuft, will er nicht mehr, dass schwitzende Männer und eine schnaufende Deutsche auf der Anlage herumrennen, sich anschreien oder sich einfach geplättet auf der Rasenfläche niederlassen, um für ein paar Minuten durchzuatmen.

Ich lege meine Beine auf den Stuhl mir gegenüber und trinke einen Schluck Wein. Weil es in meinem Zimmer viel zu warm ist, habe ich mich vor einer halben Stunde an die Poolbar gesetzt und beobachte ein paar letzte im Wasser spielende Kinder, deren Eltern bereits hungrig am Beckenrand stehen.

»Was sitzt denn da für eine schöne Frau?«

Neben mir ertönt das Geräusch, das entsteht, wenn Metallstühle über Stein geschoben werden und nur eine Sekunde später sitzt Bruno Baake so dicht neben mir, dass ich den Kopf instinktiv so weit nach hinten ziehe, dass ein beachtliches Doppelkinn entsteht.

»Ist der Wein nach deinem Gusto?«

»Hallo Bruno«, sage ich genervt und rutsche demonstrativ ein Stück von ihm ab. Himmel, warum tut sich denn keine Fluchtmöglichkeit auf? Und warum muss dieser Mann sich denn so seltsam ausdrücken mit seinem norddeutschen Akzent?

»Ich habe dich überall gesucht.«

»Ach, wirklich?«

Noch ein Schluck Wein. Größer diesmal.

»In der Tat«, sagt er und mustert mich eingehend. Dabei fällt mir auf, wie strähnig sein blondes, dünnes Haar ist.

Ich muss diesen Mann dringend irgendwie abwimmeln. Ich will doch bloß meine Ruhe haben!

»Bruno, hör mal zu-«. Weiter komme ich nicht.

Er legt mir die Hand auf den Arm. »Nein, sag es nicht. Ich kann es auch fühlen. Da ist eine tiefe Verbundenheit zwischen uns, die Luft knistert förmlich, wenn ich dich ansehe.«

»Bruno, lass das.«

Er macht unbeirrt weiter. »Es ist ein Zeichen, dass wir uns hier getroffen haben. Im Flugzeug wusste ich bereits, dass du eine besondere Frau bist.«

Angewidert schaue ich ihn an. Ich rümpfe meine Nase, als würde er unangenehm riechen (wenigstens das ist nicht wirklich der Fall) und ziehe eine Augenbraue in die Lüfte. Dann schüttele ich meinen Arm, um ihn dazu zu bewegen, mich loszulassen. Entweder aber ist er sozial völlig inkompetent, oder er will mich hier verarschen. Denn er macht einfach weiter, greift stattdessen nach meiner Hand. Auch die schüttele ich, als wäre er ein lästiges Insekt.

»Mona, wir müssen unbedingt diese Verbindung ausbauen. Du und ich, das ist einfach großartig, die große Lie-«

»Stopp, warte mal.« Jetzt springe ich auf. Seine aufgerissenen Augen mustern mich. Ich mache bei meinem Fluchtversuch eine halbe Pirouette. Nun sehe ich auch, dass Karim und Sofiane einige Meter hinter uns Platz genommen haben und uns anschauen. Das Schauspiel lassen sie sich natürlich nicht entgehen. Endgültig werde ich rot. Das hat mir ja gerade noch gefehlt. Nicht nur ein aufdringlicher Bruno Baake, sondern auch Karim, der die ganze Szene mit angesehen hat. Samt ungewollter Streicheleinheiten meines norddeutschen Landsmannes. Großartig!

»Ich habe kein Interesse. Nicht an dir, nicht an deinem Leben. Lass mich einfach in Frieden.« Ich zische die Worte wie eine wütende Schlange, und sie verfehlen ihr Ziel nicht.

»Aber-«

»Nein, diesmal lasse ich dich auch nicht ausreden. Du hast da irgendetwas völlig missverstanden. Da war nie irgendetwas zwischen uns.«

Zwar sieht Bruno Baake mich an wie ein verletzter Hundewelpe, aber es ist mir egal. Es tut mir nicht leid, wie ich reagiert habe. Nicht ansatzweise. Meinen Wein lasse ich stehen und rausche davon. Leider muss ich in genau die Richtung, in der Karim und Sofiane sich befinden. Und was ich noch viel mehr bedaure, sind die Wuttränen, die sich in meinen Augen gesammelt haben. Was für eine Szene muss das bloß abgegeben haben? Sofiane will gerade den Mund aufmachen, um etwas zu sagen, als ich knapp einen Meter vom Tisch der beiden entfernt bin. Karim raunt ihm etwas auf Arabisch zu und Sofianes Mund klappt wieder zu, als hätte er sich doch gegen aufmunternde Worte entschieden. Soll mir bloß recht rein. Ich frage mich ohnehin, wie ich mein gutes Ansehen nach dieser Szene hier wiederherstellen soll. Sofiane schaut auf den Tisch vor sich. Karim hingegen wendet den Blick keinesfalls ab und unsere Augen treffen sich trotz des Tempos, das ich an den Tag gelegt habe, für den Bruchteil einer Sekunde. In diesem winzigen Aufeinandertreffen meine ich tausende Empfindungen gleichzeitig in seinem Ausdruck zu sehen. Wut. Empörung. Traurigkeit. Verletztheit. Und noch irgendwas, das ich überhaupt nicht lesen kann.

Bruno schreit irgendwo außerhalb meiner Wahrnehmung verzweifelt meinen Namen, aber ich rausche bloß mit trampelnden Schritten davon.

Die sollen mir einfach alle meine Ruhe lassen!

16

Lebensgroße, fettige Haarsträhnen mit Bruno Baakes nasaler Stimme, die meinen Namen schreit, haben mich die ganze Nacht begleitet. Dementsprechend miserabel habe ich geschlafen und dementsprechend früh bin ich wach. Ich fühle mich, als wäre ich drei Mal mit einem Nudelholz platt gedrückt und dann in kochendes Wasser geworfen worden und muss meine dunkelgrauen Augenringe mit doppelt so viel Schminke wie gewöhnlich überdecken, bevor ich meinen Weg zur Baustelle antrete. Nizas und Walid arbeiten bereits, als ich etwas außer Atem neben ihnen auftauche und ein hastiges Guten Morgen murmele, ehe ich beginne, den Bereich neben dem schon vollendeten Pflastersteinweg mit einer Schaufel umzugraben und so zu bearbeiten, dass man ihn in Kürze bepflanzen kann. Ich merke mir für später, dass ich Semi unbedingt bitten muss, erneut eine Pflanzenbestellung aufzugeben. Zwar waren sowohl die Lieferung als auch der Umgang mit uns alles andere als professionell, aber dafür war es preiswert und die Pflanzen von erstaunlich guter Qualität.

»Ihr seid ganz schön lahm!«, ruft Said uns zu. Er arbeitet mit Sofiane und Amin zusammen an einem anderen Teilstück des Weges. Wenn wir uns etwas ranhalten, dann können wir noch vor dem Mittagessen mit dieser Geraden fertig werden.

»Sie arbeiten ja auch nur zu zweit im Gegensatz zu euch!«, rufe ich zurück, was bloß dafür sorgt, dass beide Teams sich nun noch mehr anstrengen und ich mit meinem Randbeet kaum mehr hinterherkomme. Während die Männer schuften, lassen sie es sich aber nicht nehmen, auch mal ein paar blöde Sprüche zu klopfen, und irgendwann halte ich mir vor Lachen den Bauch. Um kurz nach elf fallen wir in Einklang nebeneinander in das Gras. Auf der anderen Seite können wir Karim, Semi und Khaled ausmachen, bei denen es so scheint, als wären sie in der letzten Stunde nur mit Ach und Krach einige wenige Meter vorwärtsgekommen. Was daran liegen könnte, dass Wassim Clément und seine pinkfarbene Krawatte anwesend sind. Er scheint Karim alle paar Minuten etwas zu fragen.

»Hätte ich gewusst, was du für Pläne hast, dann hätte ich dich nicht so herzlich willkommen geheißen«, ächzt Nizas. Mittlerweile weiß ich, wie es gemeint ist, und schlage ihm spielerisch auf den Arm. Ich lege mich nach hinten auf den Rücken, mitten in das von der Mittagssonne aufgeheizte Gras und sage: »Hätte ich gewusst, dass es hier schon im April so heiß ist, dann hätte ich gar nicht erst zugesagt.« Was natürlich eine Lüge ist. Auch, wenn es hier achtzig Grad wären, hätte ich bei diesem Abenteuer mitmischen wollen.

»Erzähl uns von Deutschland«, fordert Sofiane mich auf. Ich habe ihn bisher so selten reden gehört, dass seine Stimme erst einmal völlig fremd klingt. Ein wenig richte ich meinen Kopf wieder auf. Er erscheint mir zum ersten Mal nicht traurig zu sein, sondern einfach nur aufrichtig interessiert. Also will ich seinen Wunsch nicht abschmettern, zumal auch die anderen gespannt auf meine Antwort warten.

Also erzähle ich von Frankfurt und von den Wolkenkratzern, den Banken und den süßen Vierteln, in denen man sich so gar nicht fühlt, als sei man mitten in einer Großstadt. Irgendwann fällt die Sprache auch auf meine Familie und Sofianes Blick verfinstert sich augenblicklich. Seine traurige Art muss also seinen

Ursprung irgendwo in einer Familienangelegenheit haben. Fest entschlossen, endlich mehr über ihn zu erfahren, wende ich mich direkt an Sofiane. »Und jetzt erzählst du von dir!«

Er scheint zu ahnen, dass er kaum eine Chance hat. Er hat damit angefangen, nun muss er auch ehrlich auf meine Frage reagieren. »Ich bin hier in Mahdia aufgewachsen. Kennst du die Innenstadt?«

Bedauernd schüttele ich den Kopf.

»Dann musst du das unbedingt ändern. Morgen früh gibt es einen Markt, da gibt es alle tunesischen Gewürze, Obst und Gemüse, so viel kannst du niemals in einem Leben essen. Meiner Familie gehört ein kleiner Hof, wir haben auch immer auf diesen Märkten verkauft. Immer nur hier in der Umgebung, wir haben ein Grundstück, auf dem viele Obstbäume stehen. Ich habe drei Schwestern, alle packen dort mit an. Und mein Vater und meine Mutter. Ich bin der Einzige in der Familie, der noch nie etwas mit Landwirtschaft anfangen konnte. Also habe ich Karim gefragt, ob er nicht jemanden in seinem Team braucht. Mein Glück.« Er zwinkert mir zu.

»Ihr kanntet euch schon vorher?«

Nun tritt wieder ein bedrückter Ausdruck in seine Augen. »Ja, unsere Familien kennen sich schon länger. Meine Tochter ist mit seinem Neffen befreundet.« Sofianes Blick wandert in die Ferne, als müsse er über etwas nachdenken.

»Du hast eine Tochter?«, kommt es von mir. Sehr intelligent klingen meine ständigen Nachfragen ja nicht unbedingt. Aber mit einer Tochter habe ich bei ihm nun wirklich nicht gerechnet.

»Ja. Sie heißt Chirine. Im Moment ist sie bei ihrer Mutter. Aber morgen kann ich sie holen.«

Daher weht der Wind. Auch ohne weiter nachzuhaken weiß ich instinktiv, dass das etwas mit seiner bedrückten Erscheinung zu tun haben muss.

»Gehst du morgen zum Markt?«, will Said wissen. Er scheint die sich gerade ziemlich rasch verändernde Atmosphäre zu spüren und will das Thema wechseln, ehe ich Sofiane noch weiter auf den Zahn fühlen kann. »Mal hier raus aus diesem Hotel.« Er weiß, wovon er spricht, immerhin wohnt er selbst in Ermangelung einer eigenen Wohnung hier.

»Da muss ich erst Karim fragen«, sage ich zögernd und lasse mich wieder zurück ins Gras fallen. »Aber schön wäre es. Ich kann mir nicht vorstellen, meinen ganzen Aufenthalt hier zu verbringen. Vielleicht kann ich bei der Gelegenheit mal schauen, es irgendwo eine freie Wohnung für mich gibt.«

»Als ob Karim dazu Nein sagen würde«, sagt Amin.

»Oh, das würde er«, beharre ich. Wut mischt sich in meine Stimme.

»Stress im Paradies?«, will nun auch Said mich ärgern und ich rolle mit den Augen. Er macht erneut den Mund auf, aber ich unterbreche ihn: »Wovon redet ihr denn da? Karim ist mir bloß nicht sehr … freundlich begegnet, als wir uns das erste Mal gesehen haben. Und das hat sich nicht gebessert. Das ist alles. Er hat einen ziemlichen Drang, alles zu kontrollieren. Deswegen glaube ich nicht, dass er mir einfach einen Vormittag freigibt.«

Ich habe das Gefühl, mich bei diesem Thema im Kreis zu drehen. Schweigen ist die einzige Antwort, die ich bekomme.

»Ich würde ihn einfach fragen«, kommt es nach einiger Zeit klug und lieb gemeint von Walid. Aber ich bleibe skeptisch. Außerdem will ich gar nicht über dieses Thema sprechen. Ich weiß nicht, wie es passieren konnte, dass sich schon wieder alles um mich dreht. Ein Umstand, den ich nicht mag.»Mal sehen«, ist daher alles, was die Jungs von mir hören. Ich war viel zu sehr damit beschäftigt mit der Wahl einer unverfänglichen Antwort, dass ich nicht mitbekommen habe, wie alle fünf Männer vor mir spitzbübisch zu grinsen begonnen haben. Dieser Umstand wird mir erst bewusst, als ich Karim hinter mir höre. Ihn und seine eisige Stimme.

»Was soll sie mich fragen?«

Wo ist das Loch im Boden, in das man verschwinden kann? Wenn ich eine Fluchtmöglichkeit dieser Art in meinem Leben frei habe, dann bitte jetzt. Wie viel hat er mitbekommen? Wie lange steht er schon dort? Und vor allem: Was muss er jetzt bloß von mir denken?

Außer einem peinlich berührten Herumdrucksen bekomme ich nichts zustande. Halbfertige Wörter verlassen meine Lippen, gespickt mit allen verfügbaren Tonlagen von »Ehms« und »Öhms«.

»Mona will sich morgen mal die Stadt anschauen und wollte dich fragen, ob sie dafür den Vormittag freinehmen kann.«

Anscheinend hat das Gespräch von eben irgendeine innere Verbindung zwischen Sofiane und mir hergestellt, denn dass er mir so zur Seite springt, hätte ich nicht erwartet.

»Bist du jetzt schon ihr Babysitter?«, gibt Karim frech zurück und ich schnaube innerlich. Seine nächsten Worte bringen mich jedoch auch äußerlich auf die Palme.»Wenn sie es schafft, bis dahin alle Wegbegrenzungen für die Bepflanzung vorzubereiten, dann bekommt sie den ganzen Tag frei.«

Ohne Karim anzusehen, merke ich, dass er sich entfernt. Said und Walid schauen sich verblüfft an. Von Nizas hingegen ernte ich einen mitleidigen Blick, Sofiane hat statt vor Trauer nun eine wütend verzerrte Visage.

»Puh. Was ist los mit ihm?«, fragt Said in die Runde. »Ich dachte eigentlich, dass Mona übertreibt. Aber aus seinem Mund kommen ja keine Worte, das sind Eisblöcke.« Damit wendet er sich skeptisch an mich. »Was hast du ihm denn angetan?«

Meine Schultern sacken ab und ich blicke in die Ferne. Versuche, die Wellen des Meeres aufzufangen und meine aufgeregte Seele damit zu beruhigen. »Was ich ihm angetan habe?«, wiederhole ich seine Frage. »Ich existiere.«

Den restlichen Nachmittag muss ich meine eigene schlechte Laune aushalten.

17

Mein wadenlanges Kleid weht mir um die Beine, als ich in Ennis Taxi steige. Es ist früher Vormittag und mich plagt Muskelkater an Stellen, von denen ich nicht wusste, dass sie existieren. Wie durch ein kleines Wunder habe ich Ennis – den Taxifahrer, der mich an meinem ersten Abend ins Hotel gebracht hat – vor dem Hoteleingang getroffen. Strahlend hat er mich sofort auf seinen Beifahrersitz gelotst. Und ich bin dem nur zu gerne nachgekommen. Ich hatte meine Bedenken, ob ich wirklich ganz alleine den Weg in die Stadtmitte Mahdias antreten soll. Zumal ich versäumt habe, nachzufragen, wo genau der Markt ist.

»Wohin dürfen wir fahren?«, fragt Ennis mich strahlend. Kurz stutze ich, bis mir wieder einfällt, dass er sein Auto wie ein Familienmitglied behandelt und ihm sogar einen Namen gegeben hat. Bei den vielen Eindrücken in letzter Zeit ist das beinahe untergegangen.

»Ich habe gehört, dass es irgendwo einen Markt in der Stadt gibt. Da wollte ich gerne mal hin. Und von da aus dann die Stadt erkunden.«

»Ah. Ja, ja, diese Markt gut.«

Mit diesen Worten tritt Ennis auf das Gaspedal und verfehlt das vor ihm stehende Taxi beim Ausparken nur um wenige Millimeter. Schlagartig fällt mir wieder ein, dass ich in diesem Wagen meine ganze Energie darauf verwenden muss, nicht auszuflippen oder zu schreien. Und dass ich unter keinen

Umständen das Fenster öffnen darf, um mein Frühstück auf dem Gehweg neben uns zu verteilen.

»Bist du ganz schön braun geworden«, stellt Ennis anerkennend fest und schaut mir dabei eine Spur zu lang nicht auf die Fahrbahn, sondern auf meine Wenigkeit.

»Achtung, Esel«, kommentiere ich daher das, was vor uns auf der Spur passiert und gebe ihm damit den nötigen Anstoß, um sich wieder dem Fahren zuzuwenden.

»Musst du unbedingt gehen zu diese eine kleine Café. Heißt *Le monde du café*. Gehört meiner Schwester. Sagst du liebe Gruß von Ennis und Mohamed und sie gibt dir Kaffee umsonst.«

Eigentlich war mein Plan ja, die Stadt selbst zu erkunden. Aber ich mag auch nicht undankbar erscheinen und den Vorschlag meines Taxifahrers einfach abschlagen. Deswegen frage ich ihn höflich nach der Adresse, die er mir zwar nennt, dann aber noch eine Erklärung hinterherschiebt. »Musst du laufen Richtung Meer, wenn du bist bei Markt. Dann du läufst zehn Minuten geradeaus und siehst eine hellgelbe Haus mit rote Streifen. Dann du bist da.«

»Das kann ich mir merken«, sage ich. Wer weiß, vielleicht habe ich wirklich irgendwann Lust auf einen richtigen Kaffee. Einen, der nicht nur aus brauner Farbe und etwas Wasser besteht wie im Hotel. Vom Cappuccino aus der Hotelbar habe ich mittlerweile auch genug. Es ist schon so weit, dass ich mittlerweile selbst am Morgen einen Tee trinke.

Wenn das meine Eltern wüssten, die mich wegen meines übermäßigen Kaffeekonsums immerzu gemaßregelt haben.

Wir fahren eine enge Straße entlang. Ich bete, dass uns hier kein anderes Auto entgegenkommt, aber meine Angst bleibt zum Glück unbegründet. Ennis fährt den leicht bergauf gehenden Weg einfach so schnell, dass er jedes andere Gefährt einfach von der Straße hinab mitten ins Meer stoßen würde.

Auch gut.

Erst als wir oben sind, traue ich mich wieder, Luft zu holen. Und in genau diesem Moment stellt Ennis sich mit dem Taxi an die Seite und stellt den Motor ab.

»Weiter als hier geht nix mit Taxi. Aber du kannst laufen diese Straße rein, dann du bist gleich bei Markt.«

Die Straße, die er zu meinen scheint, ist eher eine Gasse. Und eigentlich würde ich lieber nicht dort hineingehen. Skeptisch schaue ich ihn an. »Da rein?«

Er nickt eifrig. Nun gut, denke ich mir. Das wäre nicht das erste Abenteuer in diesem Land, das ich meistern muss.

Ich zücke mein Portemonnaie, und gebe Ennis umgerechnet fünf Euro, obwohl er nur drei haben wollte. Dann öffne ich die leicht klemmende Tür, verziehe schmerzverzerrt das Gesicht, weil meine Muskeln beim Aussteigen zu explodieren drohen, und laufe schnell in die mir angewiesene Richtung, ehe ich es mir in letzter Sekunde anders überlege.

Tatsächlich empfängt mich immer lauter werdendes Stimmengewirr, je näher ich der Häuserschlucht komme. Im Gegensatz zu Frankfurt sind die Gebäude hier natürlich ein Witz, aber ich muss auch zugeben, dass ich sie für tunesische Verhältnisse ungewöhnlich hoch finde. Ich laufe vorbei an klapprigen Fensterläden, die mit hellen Gardinen vor Blicken geschützt sind, und Kindern, die auf der Treppenstufe vor der Eingangstür sitzen und sich gegenseitig etwas auf ihren Handys zeigen. Sie mustern mich beim Vorbeigehen und erwidern mein zaghaftes Lächeln. Dann stehe ich plötzlich mitten auf einem großen Platz, bei dem es sich augenscheinlich aber noch nicht um den

Marktplatz handelt. Ennis nach zu urteilen muss ich für diesen noch ein bisschen mehr in Richtung Stadtmitte laufen. Aber auch hier gefällt es mir gut. Ich habe den ganzen Tag Zeit, denke ich, und drehe eine Runde. In der Mitte steht ein Baum, eingerahmt durch Sitzbänke aus Stein. Ich inspiziere die Bepflanzung etwas genauer – eine Berufskrankheit, die ich einfach nicht abstreifen kann. Die weit ausladenden Äste spenden Schatten und obwohl ich mich noch kein bisschen angestrengt habe, setze ich mich dennoch kurz dorthin und genieße den Moment. Ich habe das Gefühl, dass die Stadt gerade erst aufwacht. Diese Zeit des Tages wird in jedem Land meine liebste sein. Dann, wenn viele noch schlafen, wenn andere noch dem Tag entgegenfiebern, bin ich gerne schon mittendrin. Ich kann mich am Morgen am besten konzentrieren und auch am Wochenende kann es mir nicht früh genug mit dem Aufstehen gehen. Der Gedanke an geregelte freie Zeiten klingt für mich schon nach knapp zwei Wochen in Tunesien wie ein weit entferntes Gebilde. Hier bekommt man frei, wenn man etwas geschafft hat. Und viele im Hotel scheinen gar keinen freien Tag zu haben. Die Kellner zum Beispiel sind jeden Morgen, jeden Mittag und jeden Abend im Restaurant zugange. Da gibt es so etwas wie ein Wochenende nicht. Und ich vermisse es auch nicht, nicht hier.

Ein Spatz landet neben mir. Ich bin mittlerweile so sehr in der französischen Sprache drin, dass ich ihn mit einem leisen *bonjour* begrüße. Dabei wird es dem Vogel vollkommen egal sein, welche Sprache ich spreche. Er schaut mich dennoch an, als hätte er mich verstanden, spreizt dann aber die kleinen Flügel und verschwindet wieder. Das nehme ich als Aufforderung, ebenfalls weiterzugehen.

Meine Füße tragen mich den mit großen, unebenen Steinen eingefassten Weg entlang bis zu einem weiteren Platz, an dem der Markt schließlich beginnt.

Unzählige Stände mit Sonnensegeln oder selbst gebauten Markisen erscheinen in meinem Blickfeld. Tatsächlich hat sich hinter dieser unscheinbaren Gasse mein Ziel verborgen – und ich ärgere mich innerlich, dass ich zu Beginn so skeptisch war. Immerhin wurde ich hier schon das ein oder andere Mal überrascht und müsste es mittlerweile besser wissen.

In der mir so fremden Sprache wird um mich herum gefeilscht, gerufen, diskutiert und ich fühle mich ein bisschen wie ein Eindringling. Allerdings ist dieser Eindruck nur von kurzer Dauer. Denn obwohl ich ganz augenscheinlich nicht von hier stamme und den Eindruck einer Touristin erwecken muss, werde ich von allen Seiten herzlich begrüßt. Instinktiv richtig auf Französisch. Ich laufe vorbei an prallen Orangen und hoch aufgestapelten Zitronen. An Äpfeln in allen Formen und Farben. Und an Gemüse, jedes davon doppelt so groß wie in deutschen Supermärkten. Die Auswahl ist regional und daher etwas kleiner gehalten. Irgendwo hier muss auch der Stand von Sofianes Familie sein, denke ich. Schade, dass ich vergessen habe, ihn nach einem Erkennungsmerkmal zu fragen. Ich schlendere weiter, sauge alle Eindrücke in mich auf. Es dauert nicht lange, ehe ich bei einem Stand mit allerlei Gewürzen halte. Das hier, denke ich sehnsüchtig, ist genau das Bild, das man vor Augen hat, wenn man an Tunesien denkt. Bunte Farben, Gewürze in Schalen aufgetürmt zu riesigen Pyramiden. Ich meine, den Geschmack bereits auf der Zunge zu haben, und kann nicht widerstehen. Umgerechnet zwanzig Euro lasse ich bei der lieben Verkäuferin mit dem blumig-bunten Kopftuch und erstehe sechs kleine Tüten mit verschiedensten Gewürzen. Am Ende versichere ich ihr, dass es sicher nicht mein letzter Besuch war, und sie freut sich, als hätte sie im Lotto gewonnen. Drei Mal wünscht sie mir alles Gute, dann packe ich meinen Einkauf in meine Handtasche und setze meinen Weg fort.

Und das Geldausgeben fällt mir weiterhin leicht. Obwohl ich im Hotel gut gefrühstückt habe, komme ich nicht umhin, eine Handvoll verführerisch gut riechender Kekse in allerlei Formen zu kaufen. In dem Wissen, wie wunderbar alles Gebäck hier schmeckt, beschließe ich, nach meinem Besuch hier ein ruhiges Plätzchen zu suchen und die ganze Tüte zu verputzen. Zuvor aber bleiben mir noch drei ganze Reihen mit allerlei Lebensmitteln, durch die ich schlendern will.

Am Ende kaufe ich noch eine Schale Erdbeeren und zwei Orangen. Der Drang, noch viel mehr einzukaufen, ist riesig, allerdings wüsste ich nicht, wann ich all das essen soll.

Als ich den letzten Stand hinter mich gebracht habe, merke ich, wie voll es plötzlich geworden ist. Anscheinend habe ich gerade eine sehr gute Zeit erwischt, um meinen ersten Marktbesuch in Mahdia zu absolvieren. Die Geräuschkulisse um mich herum wird immer lauter, die Menschen wuseln wild durcheinander. Zeit für mich, diesen Ort hier zu verlassen. Blindlings laufe ich in eine weitere Gasse hinein, um zu schauen, was sich hier verbirgt. Nachdem ich erst so skeptisch war, bin ich nun überzeugt, noch viele weitere tolle Plätzchen finden zu können, wenn ich nur etwas Vertrauen und Geduld mitbringe. Es dauert nicht lange, da erkenne ich einen Schriftzug, der mir entfernt bekannt vorkommt. Sofort fängt mein Gehirn an zu rattern. *Agatha's* steht dort auf der anderen Straßenseite mit geschwungenen Lettern, die an Kalligraphie erinnern.

Und dann fällt es mit endlich wie Schuppen von den Augen, als ich eine rotblonde Frau hinter den Schaufenstern erspähe: Das muss der Laden von Agatha sein.

Ich überquere waghalsig die Straße, vorbei an knatternden Mofas, Männern, die Lieder vor sich hin pfeifen und einem Reisebus, der Touristen ausspuckt, und schaffe es nur knapp, keinen Unfall zu verursachen. Freudestrahlend trete ich ein, eine kleine Klingel läutet über meinem Kopf. Als Agatha mich erkennt, erwidert sie mein glückliches Gesicht und wir nehmen uns in den Arm.

»Was führt dich hierher?«, will sie wissen und bedeutet mir, an einem kleinen runden Tisch Platz zu nehmen. Ihre Frage, ob ich einen Tee haben möchte, bejahe ich sofort. Er wird zwar nur wenig gegen meinen aufkommenden Durst ausrichten können, aber immerhin.

»Mir wurde heute gnädigerweise frei gegeben, nachdem ich mir gestern den Hintern abgeschuftet habe. Also bin ich auf einen Tipp hin in die Stadt gekommen, um auf den Markt zu gehen und mir Mahdia ein bisschen anzusehen«, fasse ich in aller Kürze zusammen, was mich umtreibt. Wir teilen uns die von mir erstandenen Kekse und die Erdbeeren und reden über Gott und die Welt wie Freundinnen, die sich schon seit dem Kindergarten kennen.

»Sag mal, ist dein Chef eigentlich dieser gut aussehende Kerl mit den grünen Augen? Der, dem alle Frauen hinterherschauen?«, will Agatha irgendwann von mir wissen und stopft sich eine weitere Erdbeere in den Mund.

»Du meinst Karim, ja. Der ist mein Chef.« In meiner Antwort schwingt nur wenig Begeisterung mit.

»Du redest nicht gerne über ihn?«, will Agatha mit schräg gelegtem Kopf wissen.

Kurz muss ich überlegen. »Ich glaube, das Problem ist eher, dass ich ein bisschen zu viel über ihn rede. Aus irgendwelchen Gründen rückt er immer wieder in den Mittelpunkt.«

Stirnrunzelnd sieht Agatha mich an. »Das ist doch klar wie Kloßbrühe.«

»Wie meinst du das?«

»Oh Mona. Ich glaube, du bist die Einzige, die es nicht merkt.«

»Was merken?«

Ich fühle mich auf eigenartige Weise an den gestrigen Tag erinnert, an dem auch die Jungs mich so komisch angesehen haben und Said den Kommentar von wegen Ärger im Paradies loswerden musste.

»Was merke ich nicht?«, frage ich erneut, diesmal eindringlicher.

Agatha seufzt. »Dass er dich mit seinen schönen Augen verschlingt? Dass er immer anfängt, wie blöd zu grinsen, wenn du irgendwo auftauchst? Dass er absichtlich jedes Mal an dir vorbeigeht, wenn er irgendwas erledigen muss?«

Ich pruste. »Wer hat dir denn diesen Schwachsinn erzählt?«

Agatha legt beschwichtigend die Hand auf meine. »Das muss mir niemand erzählen, Schätzchen. Das sieht jeder, der Augen im Kopf hat. Und ich habe es gemerkt, obwohl ich nur zwei Tage in der Woche im Hotel bin.« Mein Kopfschütteln quittiert sie mit einem Lächeln. »Es wundert mich ein wenig, dass die anderen Arbeiter dich damit noch nicht aufgezogen haben. Normalerweise zeigt dieser Mann – wie heißt er, Karim?«, schiebt Agatha ein und ich nicke. »Naja, jedenfalls zeigt dieser Karim sonst nie auch nur ein klitzekleines Lächeln. Irgendwas muss ihm seine Fröhlichkeit genommen haben.« Kurz denke ich, dass Agatha über Sofiane reden muss, aber da passt die äußerliche Beschreibung nicht. Dann erst wird mir klar, wie recht sie hat. Auch um Karim wabert diese Blase aus Sorgen und Traurigkeit. Er tarnt sie allerdings gekonnt unter einem Mantel aus Stinkstiefeligkeit.

»Er ist eben ein *mufle*«, sage ich wie immer, wenn ich an ihn denke. Was ziemlich oft der Fall ist. Leider.

Agatha lächelt noch immer. »Findest du ihn denn nicht auch ziemlich hübsch?«, will sie dann wissen. Als wären wir in der Pubertät.

»Um Himmels willen, jeder, der ihn einmal gesehen hat, muss ihn hübsch finden. Hübsch ist gar kein Ausdruck.«

Ich bin selbst ein wenig erschrocken über meinen emotionalen Ausbruch. Nur Agatha scheint das einfach so hinzunehmen und kommentiert: »Erwischt.«

Genervt schüttele ich den Kopf. »Es spielt gar keine Rolle. Erstens ist er leider ein ziemlicher Arsch. Zweitens ist er so etwas wie mein Chef. Und drittens bin ich in nicht einmal einem halben Jahr zurück in Frankfurt.«

»Ja«, überlegt Agatha, »das sind drei ziemlich gute Gründe. Aber wer kann schon Gründe gegen die Liebe anbringen?«

Ich lache hysterisch auf. So laut, dass eine Kundin, die vor der Eingangstür stand und sich die Ware angesehen hat, mit großen Augen flüchtet.

»Tut mir leid«, sage ich geknickt und beruhige mich notgedrungen. Agatha winkt ab. »Halb so wild. Versuch Karim ein bisschen Verständnis vorzubringen. Ich bin sicher, sobald sich das alles ein bisschen beruhigt hat, wird er auch wieder ein bisschen umgänglicher.«

Von was redet sie da? Was soll sich beruhigen? Ich will gerade zu einer nachdrücklichen Frage ansetzen, da werden wir bei unserem Gespräch unterbrochen. Ein großer Mann, der trotz der Wärme ein langärmeliges Shirt trägt, kommt in den Verkaufsraum.

»Liebling, deine Mutter hat eben angerufen«, wendet er sich an Agatha. Bei dieser Anrede wird es sich vermutlich um ihren Mann handeln. Seine Augen, die hinter einer Brille stecken, schauen mich freundlich an. »Hi, ich bin Ali. Bist du die Deutsche, die meine Frau im Hotel kennengelernt hat?«, stellt er sich tatsächlich auf Deutsch vor. Ich bin kurz sprachlos, ehe ich mich ebenfalls vorstelle: »Ja, ich bin Mona. Freut mich.«

»Ich bin gleich wieder da«, ruft Agatha im Weggehen. Ein Blick auf die Uhr verrät mir allerdings, dass ich schon über eine Stunde hier bin. Zeit für mich, weiterzuziehen, denke ich. Außerdem habe ich wenig Lust, weiterhin über Karim zu sprechen. Was Agatha mit ihrer letzten Andeutung genau gemeint hat, kann ich sie noch immer wann anders fragen.

»Kannst du Agatha sagen, dass ich sie im Hotel wieder besuche? Ich würde dann langsam wieder weiterziehen, bevor mein einziger freier Tag schon wieder rum ist.«

Ali nickt verständnisvoll und streckt mir zum Abschied noch einmal die Hand hin. »Aber natürlich. Viel Spaß!«

Ich schultere meine Tasche und gehe hinaus. Erst jetzt merke ich, dass meine Wangen erhitzt sind von unserem Gespräch. So ganz kalt lässt mich das Thema einfach nicht. Was könnte Agatha bloß gemeint haben? Wenn der Start mit Karim nicht so katastrophal gewesen wäre, würde ich ihn kurzerhand selbst fragen. Ich bin doch sonst auch immer dafür, mit jemandem ganz persönlich Probleme aus der Welt zu schaffen. Nur bei ihm klappt es nicht. Ich muss mir eingestehen, dass ich mich bei ihm anders verhalte, weil ich nervös bin. Und er interpretiert das wahrscheinlich falsch. Denkt, ich hätte ein Problem mit ihm, weil ich mit den anderen Männern auf eine ganz andere Art und Weise umgehe. Aber daran liegt es nicht.

Könnte ich nicht vielleicht auch Nizas auf das ansprechen, was Agatha gemeint hat? Immerhin sehe ich in ihm so etwas wie einen Freund. Aber nein. Dann wüsste er, dass ich in meiner freien Zeit über seinen Chef spreche, das wäre mindestens genauso unangenehm. Dann lieber abwarten. Und Tee trinken. Das scheint immerhin gut in die Mentalität hier zu passen. Im Moment ist mir allerdings eher nach Kaffee. Es ist bereits vierzehn Uhr. Durch die Kekse und die Erdbeeren habe ich nicht den geringsten Anflug von Hunger, aber mein deutscher Geist verlangt bei dem Gedankenchaos in meinem Kopf nach einem ordentlichen Schuss Koffein aus Bohnen – nicht aus Teeblättern.

Allerdings habe ich zu meinem Bedauern vollkommen die Orientierung verloren. Ich versuche, über mein Handy herauszufinden, wo ich bin und wie ich laufen muss, aber ich habe hier natürlich kein Internet. Mir bleibt nichts anderes übrig, als zurück zum Marktplatz zu laufen und dann in Richtung Meer – so, wie es Ennis beschrieben hat. Und dann nach einem bunten Haus Ausschau halten. Was war es noch gleich? Lila? Grün? Gelb?

Verdammt, sogar das habe ich vergessen. Wieso kann ich mir nicht ein Mal etwas merken? Aber kein Problem Mona, du bist ja bloß in einem fremden Land, in dem sie deine Sprache nicht sprechen. Verlauf dich also ruhig. Irgendwann wird man nach dir suchen. Allerdings würde mein Papa sich dann ins Fäustchen lachen und behaupten, er hätte immer gewusst, dass das keine gute Idee ist. Der Gedanke an sein Siegerlächeln lässt mich neue Energie schöpfen. Im Zweifel habe ich zwei gesunde Füße, mit denen ich wieder zurücklaufen kann. Ich merke mir einfach, wo ich langlaufe. Ich könnte alternativ natürlich auch eine Spur aus Orangen legen, aber auch dann besteht die Möglichkeit, dass ich nicht nach Hause zurückkehre, weil sie die verrückte Deutsche einsperren.

Ich danke allen guten Geistern dafür, dass ich mich in letzter Sekunde dazu entschlossen habe, ein Paar Turnschuhe anzuziehen und keine Sandalen. Ohne festes Schuhwerk hätte ich mich wahrscheinlich bereits wie ein Kleinkind auf dem Boden zusammengerollt und würde weinen.

Also stolziere ich mit gut gebetteten Füßen wenige Minuten später zurück auf den Marktplatz – oder zumindest auf das, was davon übrig geblieben ist. Denn die Stände sind höchstens noch zur Hälfte sichtbar, die letzten Geschäfte werden gemacht. Ansonsten ist der Platz wie leer gefegt. Hin und wieder liegt etwas Müll auf den ehemaligen Wegen, hier und da stehen kleine Grüppchen und unterhalten sich. Sofort habe ich das Gefühl, mich hier im Herzen der Stadt zu befinden und mein aufgeregter Puls beruhigt sich ein bisschen. Hier war ich immerhin schon einmal. Mit zusammengekniffenen Augen suche ich die Umgebung ab. Da! Dort hinten blitzt ein kleiner Streifen Meer auf, das muss meine Richtung sein. Ich sehe wahrscheinlich aus wie Hans im Glück, wie ich mit federnden Schritten quer über den Platz laufe. Aber den kennt hier sicher keiner. Und einen Stock habe ich auch nicht. Mein Kleid wird jedoch fast von einer

Windbö nach oben geschoben, in letzter Sekunde kann ich es festhalten. Das wäre definitiv ziemlich peinlich geworden.

Ich quetsche mich erneut durch eine enge Gasse, die zur Hälfte mit einer Gruppe Jugendlicher und einem Mofa belegt wird. Die Jungs nehmen keine Notiz von mir. Der Weg ist leicht abschüssig und das Meer vor meinen Augen wird immer breiter. Möwen flattern über meinem Kopf hinweg, Spatzen picken kleine Krümel aus den Ritzen zwischen den Steinen und flüchten, sobald meine Schritte näherkommen. Idyllisch sieht es hier aus, der Trubel vom Marktplatz ist innerhalb weniger Meter wieder verflogen. Hier gibt es nur wenig Möglichkeit, sich vor der Sonne zu schützen und ich spüre bereits einen Sonnenbrand auf meinen Schultern. Das bisschen Creme von heute Morgen ist längst verdunstet und natürlich habe ich vergessen, Nachschub in meine Tasche zu packen. Da muss ich durch. Irgendwann wird auch das röteste Rot zu einem Braun. Jedenfalls in diesen wenigen Tagen, bevor die Haut sich dann fleckig schält. Aber das ist eine Sorge, die ich mir für einen späteren Zeitpunkt aufhebe.

In meinem Sichtfeld erscheint ein hellgelbes Haus mit roten Streifen und sofort habe ich Ennis Akzent im Ohr. Das muss das Café seiner Schwester sein. Zehn Minuten bin ich allerdings noch nicht gelaufen. Trotzdem, der Schriftzug spricht Bände. *Le monde du café.*

Bevor ich eintrete, spähe ich ins Innere. Es gibt nur etwas über zehn Tische, dafür umso mehr Blumengestecke. Ein Café ganz nach meinem Geschmack. Ohne auch nur eine weitere Sekunde zu überlegen, trete ich ein. Sofort umhüllt mich der Geruch nach frisch gemahlenem Kaffee. Meine Sinne explodieren förmlich. Das ist gar kein Vergleich zu dem, was die

164

Kaffeemaschine im Hotel ausspuckt. Ich entscheide mich für einen Sitzplatz am Fenster. Mein Hintern berührt nicht einmal den Stuhl, da kommt bereits eine kleine Frau auf mich zu. Sie hat blaue Augen, die in totalem Kontrast zu ihrer dunklen Haut stehen. Sie sagt etwas, was ich nicht verstehen kann. Anscheinend kommen nur wenige Touristen hierher.

»Entschuldigung, ich komme nicht von hier«, erkläre ich meinen verständnislosen Blick.

»Ah, dann bist du die Freundin von Ennis«, sagt sie freundlich auf Französisch. Nun ja, Freundin ist vielleicht etwas zu hoch gepokert. Aber ich will sie nicht von ihrem Glauben abbringen und nicke. Dann bestelle ich einen Latte macchiato und trotz des schon vollen Magens ein kleines Törtchen, das so wunderschön garniert ist mit Schokoladentropfen und kleinen Stücken aus Blattgold, dass ich sofort ein Foto schießen muss. Ich logge mich ins WLAN des Cafés ein. Unzählige Mails trudeln ein – wie sehr ich die Ruhe der letzten Stunden genossen habe. Ganz bewusst schaue ich mir keiner der Nachrichten an, sondern öffne sofort den Chat mit meiner besten Freundin Isabella und schicke ihr das Bild zusammen mit einem sabbernden Smiley. Die Antwort erhalte ich quasi noch in der gleichen Sekunde.

Oh wow, bist du in elitäre Kreise aufgestiegen?

Ich muss kichern. Tatsächlich sieht es so aus. Ich will nicht wissen, was das Törtchen kostet, denn so genau habe ich das kleine Schildchen von hier aus nicht erkennen können.

Ich bezahle seit fast zwei Wochen keinen Cent für Essen und Trinken. Da hab ich mir ein vergoldetes Törtchen wirklich verdient!

Als Antwort bekomme ich bloß zwei lachende Gesichter zugesendet und packe mein Handy zurück in die Tasche, um den Rest meines Törtchens mit Vanille-Himbeer-Geschmack in Ruhe genießen zu können.

Ich habe schließlich noch einen weiteren Latte macchiato bestellt und Ennis' Schwester nach einer knappen Stunde Aufenthalt in ihrem Café nur mit Trinkgeld bezahlt, weil sie – ähnlich wie ihr Bruder – nichts von mir verlangen wollte. Außerdem habe ich sie gefragt, ob es in der Nähe so etwas wie eine Einkaufsstraße gibt, und sie hat mir geduldig den Weg erklärt. Vielleicht finde ich ein neues Kleid oder ein paar schöne Mitbringsel für meine Familie. In der festen Überzeugung, Geld auszugeben, stand ich wenig später tatsächlich vor einem Kreisel, der mit einer Girlande aus kleinen Tunesien-Fähnchen geschmückt ist und von dem eine hell gepflasterte Straße durch einen Torbogen hindurch in eine Straße führt, die von Souvenirläden und weiteren kleinen Cafés gesäumt wird. Ich habe ein bodenlanges Kleid erstanden. Dunkelblau, verziert mit beigen Bordüren, die an Makramee erinnern, habe ich mich sofort in das Stück verliebt. In ebendiesem Laden habe ich mir außerdem einen Sonnenhut aufschwatzen lassen, den ich wahrscheinlich niemals tragen werde. Der Charme des Verkäufers aber hat seinen Teil dazu beigetragen und mir weitere zwanzig Dinar abgeknöpft.

Auch viele andere Verkäufer wollten mich in ihre Läden lotsen, was mir auf Dauer ein wenig zu anstrengend war. Deswegen habe ich mir am frühen Abend eine kleine Pizzeria gesucht, die ausschließlich Pizzen mit Meeresfrüchten anbot. Selten habe ich so gut zu Abend gegessen.

Nun sitze ich mit nackten Füßen am Strand. Ich schaue der Sonne dabei zu, wie sie langsam weiterwandert. Es ist verrückt, wie schnell sie sich zu bewegen scheint. Genauso wie es verrückt ist, wie schnell mein Tag hier vorbeiging. Mir schmerzen die Knie und die Waden vom vielen Laufen, aber es hat sich gelohnt. Trotz meiner Erschöpfung bin ich noch nicht bereit, wieder zurück ins Hotel zu fahren. Dabei ist mir schmerzlich bewusst, dass es morgen in aller Frühe mit der Bepflanzung des Weges weitergeht – vorausgesetzt, dieses Mal kommen die Pflanzen pünktlich an. So oder so werden wir eine Menge zu tun haben. Ich schließe die Augen und muss an die Worte von Agatha und auch von Emilie denken. Ja, ich habe mich bereits selbst in dieses Land verliebt. Trotz der Arbeit fühlt es sich an wie im Paradies. Ein Gefühl, das ich in Frankfurt schon lange nicht mehr hatte. Dort geht immer alles schnell. Es ist laut und stickig. Alles also, was Mahdia nicht ist. Hier gibt es nur fantastische Gerüche, eine immerscheinende Sonne und eine Mentalität, die trotz weniger Luxus viel mehr Zufriedenheit ausstrahlt.

»Mona?«

Mein Herz macht einen Hüpfer. Nicht nur, weil ich mich fürchterlich erschrecke, sondern auch, weil ich diese Stimme kenne. Bevor ich mich umdrehen kann, rauscht ein kleiner Junge an mir vorbei und stellt sich mit den nackten Füßen in die sanften Wellen, die an den Strand gespült werden. Nur einen Augenblick später lässt ein Mann sich neben mich in den Sand fallen.

Karim.

Mein Mund steht offen. Mit vielem habe ich gerechnet, aber nicht damit. Nicht mit ihm. Gerade jetzt, als meine Gedanken einmal nicht um ihn herum gespukt sind, taucht er im echten Leben auf.

Wieso ist die Welt manchmal so klein?

»Wie war dein freier Tag?«, fragt er mich und schaut dabei auf das Meer. Oder auf den kleinen Jungen. Hat Karim einen Sohn? Oh Gott. Habe ich etwa alles immer nur falsch gedeutet? Sicherlich ist er längst verheiratet, hat gleich mehrere Kinder und arbeitet deswegen so hart. Wie kann man nur so blöd sein? Daran hätte ich sofort denken müssen! Und ich spreche mit Agatha darüber, wie hübsch er ist! Wahrscheinlich reagieren deshalb immer alle so seltsam, wenn die Sprache auf das Verhältnis zwischen Karim und mir kommt!

Jetzt wendet Karim seinen Blick vom Wasser ab und schaut mich an. Als sich unsere Augen treffen, ist mein Kopf wie leer gefegt. Er hingegen zieht einen Mundwinkel nach oben.

»Bekomme ich keine Antwort?«

Nur mit viel Mühe kann ich meinen Kopf ein wenig drehen, damit sein Anblick mir nicht weiter die Sprache verschlägt.

»Doch. Ich hatte einen schönen Tag.«

Ich möchte nicht so einsilbig klingen, aber ich kann es nicht ändern. Warum ist er plötzlich so zutraulich? Warum tut er so, als würde er an anderen Tagen nicht vor allem durch seine kratzbürstige Ader hervorstechen. Oder liegt es daran, dass wir hier alleine sind. Oder dass sein *Sohn* hier ist? Ich sollte die beiden unbedingt alleine lassen. Wobei Karim sich freiwillig neben mich gesetzt hat. Ziemlich nahe neben mich sogar, wie mir siedend heiß bewusst wird.

Puh.

Karim lacht tonlos, aber es klingt nicht amüsiert. »Wahrscheinlich habe ich es verdient«, sagt er dann, »dass du mich mit Schweigen strafst und sauer auf mich bist.«

Seine Worte bringen mich auf die Palme. Was bringt ihn dazu, so gönnerhaft mit mir zu sprechen? Hat seine Frau es verdient, dass er sich so dicht neben mich setzt? Und dann wird mir ganz plötzlich etwas anderes klar.

»Seit wann duzt du mich?«

»Soll ich damit wieder aufhören?«, will er wissen. Es scheint ihn zu amüsieren, dass ich von allen Dingen, an die ich hätte sagen können, genau das ausspreche. Langsam schüttele ich den Kopf, dann sagt keiner von uns etwas. Eine ganze Weile schweigen wir, werden nur vom fröhlichen Quietschen des Kindes unterhalten. Seines Kindes.

Am liebsten würde ich aufstehen und gehen, aber etwas in mir sträubt sich dagegen, will den Platz nicht kampflos räumen.

»Ich bin nicht sauer auf dich«, kommt es schließlich unüberlegt aus mir heraus. Und dann rede ich mich in Rage: »Ich würde nur gerne wissen, was für ein Problem du mit mir hast. Erst dachte ich, du wärst wütend, weil du fürchtest, ich nähme dir deinen Job weg. Dann habe ich verstanden, dass du einfach gerne die Kontrolle behältst. Und dann irgendwann hatte ich das Gefühl, dass wir das Kriegsbeil begraben hatten, nur um mich eine Woche später wieder von dir herumkommandieren zu lassen. Was soll das, Karim?«

Ich muss Luft holen, so schnell habe ich gesprochen. Gleichzeitig tut es aber auch gut, ihn endlich zur Rede zu stellen. Wieder wendet er den Blick von dem Jungen ab und schaut stattdessen mich an. Nur allzu deutlich spüre ich seine Augen auf meiner Haut brennen. Karim atmet hörbar aus, dann tritt wieder das sanfte Rauschen der Wellen in den Vordergrund.

»Du musst mir auch nicht antworten«, sage ich schließlich leise. »Ich sollte sowieso zurück ins Hotel.«

Es fällt mir schwer, aber ich nehme alle Kraft zusammen und stehe auf, löse mich aus dieser Situation, von der ich mir trotz allen offensichtlichen Hindernissen einen anderen Ausgang gewünscht hätte.

Ich bin bereits einige Schritte gegangen, da spüre ich, dass Karim meine Hand greift. Er ist mir hinterhergelaufen. Ein Gefühl, das sich gleichzeitig wie brennende Nadeln und sanfte Flügelschläge anfühlt, beginnt an meinen Fingern. Von da aus, wo er mich berührt hat, wo er mich noch immer festhält, durch meinen Arm hindurch und schließlich prickelnd in mein Herz.

»Was ist?«, frage ich. Meine Stimme klingt viel zu flehend, viel zu ängstlich. Schwach.

»Mona, bitte verzeih mir. Ich bin ein Idiot. Ich habe dich bloß so behandelt, weil-« Karim hält inne, scheint nachzudenken. Als nach unendlich langen Sekunden immer noch nichts weiter kommt als das, ergänze ich leise seinen Satz. »Weil du eine Frau und ein Kind hast? Weil du willst, dass ich dich einfach in Ruhe lasse?«

Mit einer ruckartigen Bewegung entreiße ich ihm meine Hand. Ich drehe mich erneut von ihm weg, diesmal laufe ich jedoch schneller. Karim ruft meinen Namen, aber ich ignoriere ihn. Irgendwas sagt er noch, aber das Rauschen in meinen Ohren übertönt alles.

Wir zwei haben schon mehr als genug Probleme miteinander. Und er mag einer der gutaussehendsten Männer sein, die mir je untergekommen sind. Aber an einen verheirateten Mann mache ich mich nicht ran.

18

Einen ganzen Monat bin ich jetzt in Mahdia. Ein Monat voller Sonne, voller Arbeit und voller Möglichkeiten, mich in etwas zu üben, was ich eigentlich überhaupt nicht kann: Ignoranz. Seit dem zufälligen Aufeinandertreffen von Karim und mir am Strand haben wir nur die allernötigsten Worte gewechselt. Er hat mehrfach versucht, mich zu einem längeren Gespräch zu überreden, aber ich habe abgeblockt. Obwohl ich innerlich eigentlich darauf gehofft habe, dass sich nach ein paar klärenden Worten von ihm einfach alle Sorge in Luft auflöst. Dass ich da was falsch verstanden habe. Oder es eine andere Erklärung gibt. Stattdessen habe ich die verrücktesten Versuche unternommen, mich vor einem Gespräch zu drücken. Einmal bin ich sogar lieber mit Bruno Baake essen gegangen und habe mir zwei Stunden lang seine Lebensgeschichte angehört (er hat mich natürlich nicht zu Wort kommen lassen, aber wenn wir ehrlich sind, hat niemand auf diesem Planeten etwas anderes erwartet).

Außerdem versuche ich, niemals alleine zu arbeiten. Immer hänge ich mich an einen der Männer aus der Truppe, damit Karim bloß nicht auf die Idee kommt, an Ort und Stelle ein emotionales Gespräch anzufangen. Ich fürchte mich davor, dass er mich mit seinem Charme in die Enge treibt und ich irgendwann geblendet nur noch allem zustimme und die Realität dabei aus den Augen verliere.

Meine Taktik funktioniert nicht nur ganz prima, sie sorgt auch dafür, dass ich mich mit ausnahmslos jedem aus dem

Team mittlerweile hervorragend verstehe. Und das wiederum sorgt dafür, dass wir viel zügiger vorankommen als geplant und gedacht.

Der Weg ist vollständig bepflanzt. Wegen der vielen rennenden und spielenden Kindern habe ich hier bewusst auf Rosen verzichtet, weil ich befürchtet habe, dass es sonst früher oder später fiese Dornen in weichen Kinderknien geben wird. Stattdessen säumen Jasminpflanzen den Weg – und verströmen dabei einen wunderbaren Duft. Als die Nationalblume Tunesiens macht sich der Jasmin hervorragend mit Blick auf das Meer und eignet sich für viele als Fotomotiv. Vor allem, weil im Hintergrund die tunesische Flagge im Wind weht. Zwischendurch haben wir weiß bemalte Holzbänke aufgestellt, rechts und links flankiert durch Buchsbäumchen. Nachdem Wassim Clément sich noch ein paar farbliche Akzente gewünscht hat, sind in die Leerräume zwischen den Jasminpflanzen noch bunte Blumen gewandert.

Genauso oft, wie ich absichtlich mit Nizas und Co meine Zeit verbringe, telefoniere ich auch mit meinen Eltern oder mit meiner Schwester, um mir Karim vom Hals zu halten. Nachdem ich die ersten Tage sträflich wenig mit meiner Familie gesprochen habe, ist das sogar eine ziemlich gute Idee gewesen, um die Wogen wieder zu glätten. Nur wissen wir nun oft nicht, was wir uns erzählen sollen. Edgar halte ich ebenfalls auf dem Laufenden. Gerade bin ich dabei, von der Poolbar ein paar Fotos zu schießen, um sie ihm heute Abend zukommen zu lassen. Es sieht ein wenig wüst aus, aber ich bin sicher, dass mein Chef einer der Menschen ist, der hinter dem Chaos das sieht, was einmal daraus werden soll. Das ist nicht nur unser Job, sondern auch das, was meinen Chef und mich am meisten ähneln lässt.

Nachdem ich ein Dutzend Fotos geknipst habe, wende ich mich wieder dem Farbeimer zu meiner Rechten. Wir haben ein helles Orange geliefert bekommen, was zwar nicht ganz so aussieht, wie ich mir das vorgestellt habe, aber beim Streichen dann doch überzeugen konnte. In einem unachtsamen Moment kleckere ich mir Farbe auf mein Dekolleté und fluche. Super, Mona. Man zieht auch auf jeden Fall ein weißes T-Shirt an, wenn man Wände streicht. Und dann lässt man die Farbe natürlich genau dort kleckern, wo es am auffälligsten ist.

Würde ich für Tollpatschigkeit bezahlt werden, dann bräuchte ich nicht einmal bis September ausharren.

Khaled baut hinter mir Möbel auf, bekommt glücklicherweise aber nichts von meinem Fauxpas mit. Mittlerweile rinnt mir die Farbe zwischen meinen Brüsten mitten auf den BH. Gibt es denn hier nirgends ein Tuch? Fragend schaue ich mich um. Vielleicht in dem kleinen Raum, in dem die Köche den ganzen Nachmittag Crêpes zubereiten? Vorsichtig lege ich die Farbrolle wieder in die Schale neben mir uns husche verkrampft in das Zimmer. Vielleicht kann ich den größten Schaden ja tatsächlich beheben, ehe mich jemand sieht.

Ein letzter Kontrollblick nach hinten, dann trete ich durch den noch türlosen Durchgang mitten in den Raum – und pralle direkt gegen jemanden. Jemand, der auch ein weißes Shirt trägt und nun einen schönen Fleck in hellem Orange am Bauch hat.

Oh nein. Bitte lass das nicht …

Ich hebe meinen Kopf. Und blicke in Karims bestürztes Gesicht.

»Gibt es hier irgendwo ein Tuch? Ich denke, du könntest jetzt auch eins gebrauchen.«

Es ist mehr als deutlich, dass Karim ein gutes Stück größer ist als ich. Sonst hätte er den Fleck nämlich auch an der Brust. Dann könnte man vielleicht denken, dass wir an der gleichen Wand gearbeitet haben ... oder?

»Hier«, sagt er und reicht mir etwas, das in Deutschland als Billigvariante von einem Zewa gelten würde. Es saugt rein gar nichts auf – keine Cola, kein Wasser, kein Garnichts. Natürlich auch keine Wandfarbe.

Hektisch reibe ich mir mit dem Tuch über die Brüste und verreibe die Farbe damit noch weiter in alle Himmelsrichtungen. Karim schaut mir dabei in einer Seelenruhe zu. Naja, nicht ganz. Eigentlich beißt er sich fest auf die Lippe, um mich nicht lautstark auszulachen. Resigniert lasse ich das Tuch sinken.

»Verkackte scheiß Scheiße«, fluche ich auf Deutsch. Etwas Ausdrucksstärkeres ist mir nicht eingefallen.

»Hör auf damit«, sagt er und greift nach meinem Arm, damit ich in der Bewegung innehalte. Erneut schaue ich mir den Fleck auf seinem Shirt an.

»Tut mir leid.«

»Kein Problem«, sagt er und wegen des Lächelns in seinem Gesicht glaube ich ihm.

»Dann ist das ja geklärt«, murmele ich leise und wende mich wieder ab. Gut, laufe ich eben mit einem fetten Fleck auf der Brust herum. Soll mir recht sein. Viel dringender muss ich aus diesem Raum heraus. Ist es hier so heiß, oder liegt es daran, dass meine Wangen vor Peinlichkeit glühen?

Nur noch wenige Zentimeter trennen mich von der Freiheit und der hoffentlich weniger stickigen Luft draußen. Ich will möglichst so tun, als sei das alles nicht passiert und als sei nicht gerade das dreihundertste peinliche Erlebnis in

Zusammenhang mit diesem Stinkstiefel passiert. Doch dazu komme ich nicht. Stattdessen schiebt sich ein sehnig-muskulöser Arm direkt vor mein Gesicht. Ich bleibe so abrupt stehen, dass meine Turnschuhe ein quietschendes Geräusch von sich geben.

»Bevor du diesen Raum wieder verlässt, möchte ich mit dir sprechen.«

Ich will Nein sagen. Ich will sagen, dass er sich zum Teufel scheren soll, dass er aufhören soll, immerzu so zu tun, als läge ihm in irgendeiner Art und Weise etwas an mir. Und deswegen schaue ich ihn nicht an. Weil ich auch weiß, dass mein Vorhaben dann bröckeln wird, wenn ich in seine flehenden Augen schaue. Ich habe mich nicht umsonst in den letzten Tagen rar gemacht und immer eine Ausrede gefunden. Also starre ich weiterhin auf seinen Arm. Was nur unbedeutend besser ist. Denn auch der verursacht ein komisches Kribbeln in meinem Bauch.

»Schau mich an, Mona.«

Zur Hölle mit diesem Mann! Kann er etwa Gedanken lesen?

»Warum sollte ich?«, erwidere ich und muss mir wirklich fest auf die Lippen beißen, damit meine Stimme den Klang bekommt, den sie erhalten soll. Das, was Karim dann macht, lässt meinen Körper dann eine ganz unerwartete Mischung aus vielen Dingen gleichzeitig machen. Er greift zärtlich mit dem Finger an mein Kinn und ohne mich zu wehren, lasse ich mir von ihm mein Gesicht in seine Richtung ziehen. Gleichzeitig schnappe ich nach Luft und verschlucke mich beinahe an meiner eigenen Zunge. Und mein Bauch macht derweil Purzelbäume, als hätte ich zu viele Datteln auf einmal gegessen.

Wie kann ein Mensch ein so ebenmäßiges Gesicht haben und dabei doch auf diese attraktive Art und Weise verwegen wirken? Karims Anblick sorgt jedenfalls dafür, dass auch meine Gehirnzellen sich abschalten.

»Jetzt schaue ich dich an«, sage ich. Dabei bin ich so leise, dass ich mich selbst fast nicht verstehen kann.

»Und du hörst mir jetzt mal zu. Es gibt da nämlich etwas, was ich dir schon seit zwei Wochen sagen will. Aber entweder ist ein anderer Mann wichtiger, oder du scherzt lieber mit meinem Team. Jetzt bist du gezwungen, dir anzuhören, dass es nicht stimmt, was du denkst. Ich habe keine Frau und kein Kind, Mona. Das war mein Neffe Issam, der Sohn meiner Schwester. Du hast da etwas Grundlegendes falsch verstanden. Oder dir falsch zusammengereimt.«

Ich muss meine Gedanken ordnen, aber es fällt mir schwer. Mein Hirn arbeitet wie eine breiige Masse und nur zähflüssig tröpfeln die Worte in meinen Verstand. Habe ich ihn richtig verstanden, oder haben sich die französischen Wörter so verdreht, dass ich das gehört habe, was ich hören wollte?

»Nicht dein Sohn?«, wiederhole ich dümmlich. Karim grinst schief und bestätigt meine Worte geduldig noch einmal.

Ich fühle mich besiegt. Und gleichzeitig bin ich trotzdem irgendwie sauer auf ihn. Er hätte mit mehr Nachdruck ...

Jetzt bist du zu hart zu ihm.

Meine innere Stimme hat recht. Ich konnte nach meinem Abgang unmöglich erwarten, dass er mir hinterherrennt wie ein Dackel, er hat doch sogar versucht, es mir zu erklären! Und obwohl ich das weiß, will ich es ihm jetzt nicht leicht machen. Auch, wenn das Teufelchen auf meiner Schulter mir zuraunt, dass ich einfach alles vergessen soll. Es rät mir dazu, mich ihm an den Hals zu werfen. Aber das bringe ich nicht über mich. Das sollte ich auch gar nicht über mich bringen.

»Okay«, sage ich deswegen nur. Karim grinst weiterhin, ich schaue ihn noch immer an. Die Welt um uns herum scheint stehen zu bleiben. Es fällt mir unheimlich schwer, hart zu bleiben, aber mit aller Kraft wende ich mich ab von seinem schönen Gesicht.

»Frieden?«, bietet er mir an. Ich schaue derweil an seinem Arm vorbei zum Pool, dessen glitzernde Oberfläche ich von hier aus sehen kann.

»So einfach ist das nicht.«

Gut so, Mona. Gib ihm Kontra!

Mein Innerstes ficht einen brutalen Kampf aus, aber es scheint für einen kurzen Moment so, als würde mein Vorsatz, ihm mit der gleichen Kälte entgegenzukommen, funktionieren.

»Was hältst du von einem Deal?«

Karim nimmt die Hand vom Türrahmen und verschränkt die Arme vor der Brust. Knapp darunter prangt der Fleck. Wäre ich bloß nicht so dämlich gewesen, direkt in ihn hineinzulaufen! Er scheint sich ziemlich sicher zu sein, dass ich nun nicht mehr abhaue. Und damit hat er – sehr zu meinem Leidwesen – recht.

»Was für ein Deal?«

Knick jetzt nicht ein!

»Verbring ein paar Tage mit mir. Ich zeige dir die Stadt und das, was unser Land ausmacht, auf meine Art und Weise. Und ich werde dir beweisen, dass ich nicht so ein Arschloch bin, wie du von mir denkst. Wenn du dann immer noch vor mir davonlaufen willst, dann akzeptiere ich das.«

Sag Nein.

Meine Fassade bröckelt. Ganz gewaltig.

Ich tue so, als müsse ich überlegen. Aber Karim hat längst gewonnen. Wie könnte ich ernsthaft dieses Angebot ausschlagen? Ich weiß, wie dumm es ist. Ich weiß auch, dass mein Herz naiv ist, aber der Gedanke an sein Angebot macht jegliche gut überdachte Entscheidung hinfällig. Es klingt einfach zu verlockend.

Zittrig antworte ich. »Okay.«

Auf seinen Lippen macht sich ein noch auffallenderes Grinsen breit.

Ich bin nicht mehr ich selbst, fürchte ich. Ich bin sogar total bescheuert. Er wird mich spätestens übermorgen wieder zur Weißglut bringen.

»Karim?«, frage ich. Seinen Namen über meine Lippen zu bringen fühlt sich seltsam an. Fragend legt er den Kopf schräg und fordert mich so auf, weiterzusprechen.

»Warum machst du das?«

Mehr Erklärung braucht es nicht. Er weiß genau, was ich mit *das* meine.

»Weil ich glaube, dass du es wert bist.«

Dann lockert er die verschränkten Arme, grinst mich noch ein letztes Mal an und verschwindet aus dem Raum.

Ich bleibe noch ein paar Sekunden starr stehen. Vielleicht sind es auch Minuten. Karims letzte Worte hallen in meinen Gedankengängen nach. Wie kann er plötzlich so tun, als hätte er mich nicht noch vor wenigen Tagen höchstens mit dem Hintern angeschaut? Wann ist das alles passiert? Diese Spannung zwischen uns, dieses Kribbeln. Er musst das doch auch gespürt haben, oder? So hat es sich für einen Moment schon einmal angefühlt, bei dem Termin mit dem Hoteldirektor und ihm. Aber ich war der festen Überzeugung, dass ich mir das Prickeln nur eingebildet habe, weil er nämlich schon wenig später wieder zum *mufle* wurde.

»Mona?« Die Stimme von Wassim Clément hallt über den Außenbereich. Wenn man vom Teufel spricht, schießt es mir durch den Kopf. Leise fluche ich. In jedem anderen Moment wäre eine Unterredung mit ihm kein Problem, aber jetzt fühle ich mich wirklich nicht in der Lage dazu, mit ihm über Geschäfte zu sprechen. Mein Hirn ist matschig.

Trotzdem verlasse ich die schützenden vier Wände und suche die Poolbar nach ihm ab. Schnell werde ich fündig: Mit wehender Kaffeebohnen-Krawatte rast er auf mich zu. Sofort überlege ich, was ich falsch gemacht haben könnte.

»Was gibt es denn?«, frage ich betont unschuldig.

Etwas außer Atem steht er vor mir. »Im Foyer ist ein Mann, der nach Ihnen sucht. Ein Herr Becker oder ... so ähnlich.« Wassim Clément kratzt sich am frisch rasierten Kinn. »Er will noch mit Ihnen sprechen, bevor er abreist.«

»Ich kann doch jetzt nicht einfach hier verschwinden«, versuche ich ihm ins Gewissen zu reden. In Wahrheit will ich mich in diesem Aufzug und den noch leicht geröteten Wangen nur ungern anderen Gästen zeigen. Und ich habe eine Vorahnung, um wen es sich bei diesem mysteriösen Herr Becker handeln könnte.

»Die Zufriedenheit unserer Gäste ist unser oberstes Gut«, kommentiert Wassim Clément bedeutungsvoll und für meinen Geschmack etwas zu hochtrabend. »Also würde ich Sie bitten, sich kurz ins Foyer zu begeben. Danach können Sie weiter machen mit ... was auch immer Sie eben getan haben.«

Ich bekomme nicht die Gelegenheit, ihm auf den Zahn zu fühlen, ob er irgendetwas mitbekommen hat oder wie genau er seinen letzten Satz gemeint hat, denn schon rauscht er wieder davon. So schnell, wie er aufgetaucht ist, ist er auch wieder vom Gelände verschluckt.

Na fein. Ich verschränke die Arme vor der Brust, um das Schlimmste zu kaschieren, und gehe dazu über, meinen Blick auf den Boden zu richten. Wenn mich jemand auslacht, dann sehe ich es wenigstens nicht.

Natürlich war meine Vermutung vollkommen korrekt. Kein Herr Becker, sondern ein Herr Baake. Ich hadere zwischen Freude über seine Abreise und Wut über die Art, wie er mich zu sich bestellt hat. Ich bin doch kein Baby, das man zum Abschied noch einmal durch die Reihen reicht! Aber ich muss auch zugeben, dass ich ihm vermutlich falsche Hoffnungen gemacht habe, als ich ihn vergangene Woche zum Essen begleitet habe.

Bruno Baake steht mit dem Rücken zu mir, seinen roten Koffer in der rechten Hand, und wartet auf den Transfer zum Flughafen.

»Hey, Bruno«, sage ich und trete hinter ihn. Er erschrickt und wendet sich zu mir. Sofort schimmern Tränen in seinen Augen und für den Bruchteil einer Sekunde macht ihn das sympathisch. Allerdings nur, bis er anfängt, zu sprechen.

»Oh Mona, mein Herzblatt. Wie soll ich nur ohne dich ausharren? Seit Tagen fürchte ich mich vor diesem Moment. Wie soll das nur weitergehen mit uns, wenn ich erst einmal wieder im Kiel bin? Ach, was rede ich da? Die Meute wird sich auf dich werfen, sobald ich das Hotel verlasse und die Männer hier ihre Chance wittern.«

Er reicht mir einen Zettel, den ich vollkommen perplex an mich nehme.

»Bitte, Liebste, ruf mich an. Jederzeit.«

So amüsant sie Situation auch ist (ich kann mir ein Lachen darüber, wie verkehrt dieser Mann die Welt sieht, nur sehr schwer verkneifen), bin ich zu gut erzogen, um ihn einfach mit falschen Hoffnungen ziehen zu lassen.

»Bruno, ich muss dir wirklich dringend etwas sagen. Es geht um uns zwei.«

Er macht große Augen und sieht auch wie ein ziemlich großes Kind.

»Ich fürchte«, fahre ich ungeachtet dessen fort, »dass du dich da etwas verrannt hast. Du bist sicherlich ein netter Kerl, aber das mit dir uns mir funktioniert nicht. Nicht nur wegen der Entfernung, die selbst zu groß wäre, wenn ich in Frankfurt wäre. Auch charakterlich passt das nicht, Bruno.«

Fühlt es sich so an, wenn man Schluss macht? Vermutlich schon. Ich kenne dieses Gefühl nicht, die Trennung von Pierre war ja doch ziemlich einvernehmlich. Ich hoffe bloß, dass Bruno Baake nicht zu weinen anfängt, doch die Tränen in seinen Augen werden immer mehr und sammeln sich langsam, aber sicher, zu Sturzbächen an. Das Glück ist aber auf meiner Seite, denn in dem Moment, wo er den Mund öffnen will, hupt draußen ein Kleinbus. Erschrocken dreht er sich um und macht einen bestürzten Laut. Sofort bin ich Schnee von gestern.

»Muss den Bus erwischen, Mona!«, ruft er und weg ist er. So viel also zur großen Liebe. Ich scheine ihn nicht wirklich verletzt zu haben und beschließe, dass mein Gewissen durchaus rein sein kann und muss. Den Mann werde ich nie wieder sehen und zum Glück auch nicht mehr hören. Ein wahrlich schräger Vogel.

Auf dem Weg zurück auf das Außengelände zerfetze ich den Zettel mit seiner Handynummer in hunderte kleine Stücke und werfe sie in einen Mülleimer, auf dem eine nur halb ausgedrückte Zigarette noch ihr Unwesen treibt, und kehre zum Team zurück.

Meine Hoffnung, dass keiner von meinem Fernbleiben etwas mitbekommen hat, löst sich allerdings in Luft auf. Es scheint vielmehr so, als hätte irgendjemand zu einer gemeinsamen Mittagspause aufgerufen. Die Männer sitzen teils auf dem Boden und teils auf den von Khaled aufgebauten Möbeln. Sogar Karim ist dabei.

Weggeweht sind alle Gedanken an Bruno Baake, als ich Karim dabei beobachte, wie er sich lachend mit Sofiane unterhält. Wie gerne würde ich auch mal so mit ihm zusammen lachen!

»Bist du sehr traurig?«, wendet Semi sich an mich und gleich mehrere Köpfe drehen sich in meine Richtung. Wenn jemandem der zu Karims korrespondierenden Fleck auf meiner Brust auffällt, dann lässt derjenige sich das freundlicherweise nicht anmerken.

Ich bin vieles, denke ich, aber nicht traurig. Ich bin verwirrt, wütend, aufgeregt, angespannt.

»Warum sollte ich traurig sein?«, frage ich verblüfft nach und lasse mich neben ihn auf den Boden gleiten. Ob mein Unterbewusstsein mich absichtlich so positioniert, dass ich Karim aus dem Augenwinkel noch immer beobachten kann?

»Na jetzt, wo dein Schatz weg ist, könnte man das ja meinen.«

Mit zusammengekniffenen Augen schaue ich Semi an, der mühsam ein Lachen unterdrückt.

»Siehst du das in meinem Gesicht?«, frage ich und umrahme rhetorisch mit meinen Händen meine Wangen. »Das ist der vernichtende Blick einer Frau, die man mit solchen Themen bloß in Ruhe lassen sollte.«

Semi fängt laut zu lachen an und auch ich verliere meine gespielte Ernsthaftigkeit schneller, als mir lieb ist.

»Hast du also mit ihm Schluss gemacht?«, mischt sich auch Khaled ein.

»Das Gefühl hatte ich eben auch«, gebe ich amüsiert zu. Ich spüre Karims Blick auf mir und frage mich für einen kurzen Moment, ob ich die Einzige bin, die das merkt. Oder ob ich mir am Ende nicht doch irgendetwas einbilde.

Versehentlich streiche ich eine Wand, die eigentlich hätte weiß bleiben sollen, ebenfalls in Orange. Ein Fehler, der mir erst auffällt, als ich schon die Hälfte der Fläche bemalt habe. Und nicht der einzige Fehler, der mir an diesem Nachmittag unterläuft.

Ich stehe völlig neben mir.

Zum Glück merken es die anderen nicht. Oder sie sind einfach zu freundlich und sagen nichts. So oder so bin ich froh, dass ich über einen weiten Teil des Tages in Ruhe gelassen werde. Dass ich morgen die falsch gestrichene Wand noch einmal weiß übermalen muss, passt mir so gar nicht in den Zeitplan. Viel lieber hätte ich bereits morgen mit der Bepflanzung der Kübel begonnen, die wir in unregelmäßigen Abständen in der Poolbar aufstellen und so bunte Akzente setzen wollen.

»Mona, hast du eine Minute?«

Hinter mir höre ich Schritte. Kurz bleibt mein Herz stehen, dann aber realisiere ich, dass es bloß Nizas ist.

Kurz befürchte ich, dass ich mir eine Rüge abholen muss, weil ich mit meinen Fehlern den Zeitplan durcheinanderbringe, aber seine strahlenden Augen sprechen eine andere Sprache.

»Hast du eigentlich einen Termin, an dem du dein Hotelzimmer wieder verlassen musst? Ich weiß von Semi und Said, dass Wassim ihnen gesagt hat, dass sie zur Hauptsaison eine eigene Wohnung beziehen sollen.«

Ich muss kurz nachdenken, ob der Hoteldirektor irgendwann mal etwas in diese Richtung gesagt hat, schüttele dann aber entschieden den Kopf. »Nein, nicht das ich wüsste. Aber ich kann mir nicht vorstellen, dass es bei mir anders ist. Und ehrlich gesagt«, ich zucke leicht mit den Schultern, »will ich das Angebot auch nicht bis in die Unendlichkeit ausnutzen.«

Nizas Strahlen wird noch deutlicher. »Dann hast du vielleicht Glück. Meine Cousine zieht um, weil sie in Paris studiert. Und macht dadurch eine Wohnung frei. Eigentlich hatte meine Mutter schon einen Nachmieter, aber der ist in letzter Sekunde abgesprungen. Da habe ich an dich gedacht.«

»Gehört deiner Mutter die Wohnung?«

Nizas nickt. »Ja. Sie ist zugegebenermaßen ziemlich klein. Aber sie ist mitten in der Innenstadt. Und ich wohne selbst ganz in der Nähe, ich könnte dich morgens also vielleicht hierher mitnehmen.«

Das sind in der Tat ziemlich viele schlagende Argumente. Trotzdem denke ich eine Spur zu lange nach und Nizas scheint das Gefühl zu haben, noch mehr Vorteile anbringen zu müssen.

»Die Wohnung ist im zweiten Stock, das schafft man ohne Aufzug. Und die Möbel bleiben drin, meine Cousine kann sie schlecht mit nach Frankreich nehmen. Außerdem würde sie dich auch nicht viel kosten, ungefähr 950 Dinar im Monat.«

Ich überschlage die Kosten kurz im Kopf und stutze. Nur knapp 300 Euro? Das erscheint mir für eine Wohnung mitten in der Stadt sehr wenig. Obwohl man die Preise hier wahrscheinlich nicht mit denen in Frankfurt vergleichen kann, wo man mit viel Glück eine Zweizimmerwohnung für mehr als das Doppelte bekommt und dann auch noch in einer der weniger guten Gegenden wohnt.

Nizas deutet meinen Blick falsch und sagt mit erhobenen Händen:»Natürlich musst du nicht. Aber ich dachte, es wäre besser als hier. Überleg es dir.«

»Ab wann ist denn die Wohnung frei?«, will ich wissen.

»Sie ist schon frei, du kannst theoretisch morgen einziehen.«

Noch so ein Unterschied zu Deutschland, wo immer alles mit Wartezeiten verbunden ist. Dem Bangen, ob man eine Wohnung wirklich bekommt. Kautionen, Gesprächen, Behörden, Bürokratie.

»Meine Mama hat dich morgen zum Tee eingeladen.« Nizas zwinkert mir zu. »Und keine Angst, ich habe Karim schon Bescheid gegeben. Es ist kein Problem, wir sind gut im Zeitplan.«

Ich muss lachen. »Eigentlich ist es also schon beschlossene Sache?«

Nizas nickt. »Ja, eigentlich akzeptiert keiner ein Nein. Schon gar nicht meine Mama.«

Ergeben schlage ich ein in die Hand, die mein Kollege mir hinhält. »Ich freue mich.«

Freitag, 5. Mai, Mahdia

19

Die beste Taktik für einen Umzug ist definitiv die, sich acht Männer zu suchen, die fast alles für einen übernehmen. An meinem gestrigen letzten Abend im Hotel habe ich mir den Magen derart vollgeschlagen, dass ich heute mit Sodbrennen direkt aus der Hölle aufgewacht bin. Am liebsten hätte ich mich den ganzen Tag im Bett verkrochen und bin tatsächlich länger liegen geblieben, als ich es hatte tun wollen. Als ich dann eine halbe Stunde nach dem vereinbarten Treffpunkt an meiner neuen Übergangswohnung aufgetaucht bin, links und rechts flankiert von meinen treuen Koffer-Begleitern, saß das ganze Team schon verteilt in meinem plötzlich noch winziger wirkenden Wohnzimmer.

Mein Wohnzimmer. Verrückt!

Zwischendrin habe ich immer wieder Schnappschüsse an meine Familie und natürlich an Bella geschickt. Ich glaube, mein Vater hat insgeheim ein bisschen Angst, dass ich nicht mehr nach Hause komme. Obwohl er keine Zweifel geäußert hat, merke ich sie vor allem dadurch, dass er gar nichts mehr geschrieben hat.

Am Nachmittag wurde pünktlich mein neues Bett und das Sofa geliefert, und nachdem sich alle beinahe aufopferungsvoll darum bemüht haben, dass meine wenigen eigenen Möbel schnell stehen und ich meiner Gabe für gute Dekoration nachgehen kann, sind die Jungs nach einem letzten Tee nach und nach verschwunden.

Mittlerweile sind nur noch Nizas und Karim da und unterhalten sich leise am Esstisch, der in die Küche integriert ist. Ich kann nicht leugnen, dass ich ihnen zuhöre, während ich die vielen Mitbringsel in die Schränke einräume. Nizas Mutter hat mir Kekse gebacken und mir einen ganzen Korb mit Lebensmitteln zusammengestellt, wofür sie prompt eine lange Umarmung von mir geerntet hat. Sofiane hat mir einen Teekocher geschenkt, Khaled eine ganze Tüte voller von seiner Frau genähter Kissenbezüge. Semi und Said haben aus dem Hotel zwei Obstschalen mitgebracht – ich will nicht genau wissen, wie sie daran gekommen sind, aber sie machen sich gut auf meinem Tisch im Wohnzimmer. »Als Erinnerung an deine Hotelzeit«, hat Semi gesagt und dabei verbrecherisch gegrinst. Ich habe die beiden auch gefragt, warum sie nicht in diese Wohnung gezogen sind, aber sie haben abgewunken und behauptet, erst einmal gemeinsam eine Wohnung zu suchen und dass diese hier zu klein wäre.

Sogar Wassim Clément hat mir ein kleines Geschenk gemacht und Karim eine große Vase mit typisch tunesischen Handbemalungen samt einem großen Blumenstrauß für mich mitgegeben. Ich bin überwältigt von so viel Freundlichkeit und vor allem von so viel Freundschaft. Glücklich tänzele ich zurück in die Küche, wo ich gerade sehe, dass Nizas sich erhebt.

»Willst du schon gehen?«, frage ich, in meiner Bewegung innehaltend. Es wundert mich, dass nicht Karim derjenige ist, der als nächstes geht. Und es erfüllt mich mit Unsicherheit, dass das im Umkehrschluss bedeutet, dass ich gleich mit ihm alleine in der Wohnung bin. Kurz tauschen die Männer einen Blick. Sehe ich so etwas wie Genugtuung in Karims Augen?

»Ja«, sagt Nizas knapp und bleibt mir eine weitere Erklärung schuldig. Es ist natürlich sein gutes Recht, seinen Abend nach seinen Plänen zu gestalten. Ich schweige und er nimmt mich stattdessen in den Arm, um sich zu verabschieden. »Wenn was ist, dann ruf mich an«, bietet er noch an, gibt dann Karim freundschaftlich die Hand und ich begleite ihn widerwillig zur Tür.

»Danke für alles«, sage ich, bevor er ins Treppenhaus verschwindet und mir nichts anderes übrig bleibt, als zurück in die Küche zu gehen. Karim hat sich keinen Zentimeter bewegt. Abwartend schauen wir uns an, keiner scheint in diesem Moment zu wissen, was er sagen soll.

Ist es hier schon wieder stickig drin? Eben war es doch noch gut. Nun habe ich das Gefühl, ich müsste dringend alle Fenster sperrangelweit aufreißen.

»Wollen wir uns auf den Balkon setzen?«

Kam das gerade aus meinem Mund?

Karim nickt und erhebt sich. Er wirkt viel zu groß für diese Wohnung mit seinen fast zwei Metern, aber dennoch wirken seine Bewegungen geschmeidig, als er mir den Vortritt lässt. Mit jedem Schritt hadere ich mehr mit mir. Ob das eine gute Idee war? Aber jetzt geht kein Weg mehr zurück. Vielleicht will Karim aber auch gar nicht bleiben und sucht schnell nach einem Vorwand, hinter dem er sich verstecken und abhauen kann. Das, stelle ich bestürzt fest, wäre aber noch weniger in meinem Interesse.

»Das zählt aber noch nicht zu unserem Deal«, stellt Karim klar. Ich habe auf dem Balkon nur eine Zweiergarnitur aus Rattan stehen, was im Umkehrschluss bedeutet, dass wir uns direkt nebeneinandersetzen müssen.

Auch hier lässt er mich als erstes hinsetzen und ich rutsche ganz an den Rand, damit er genug Platz hat. »Du machst die Regeln«.

Karim schmunzelt. Für eine Weile schauen wir beide auf das in einiger Entfernung schwappende Meer und die Situation erinnert mich an unser Zusammentreffen am Strand. Nur, dass ich dieses Mal keine falschen Schlüsse gezogen habe. Mein Hirn rattert und sucht nach einer Möglichkeit, ein möglichst unverfängliches Gespräch in Gang zu setzen, aber es gelingt mir nicht. Glücklicherweise scheint es dem Mann neben mir nicht anders zu gehen und er spricht das, was uns beiden im Kopf herumgeht, laut aus. »Es gibt so viel zu sagen und mir fällt trotzdem nicht ein, wie ich beginnen soll.«

»Geht mir genauso.«

»Bist du immer noch sauer?«, fragt er dann leise. Und ich komme um eine ehrliche Antwort nicht herum.

»Ich bin eigentlich nie wirklich sauer gewesen. Ich habe mich geärgert, dass du mich so behandelt hast, als wärst du besser als ich. Ich habe einfach den Grund nicht verstanden. Und dann habe ich einfach selbst falsch reagiert. Ich bin einfach ein bisschen chaotisch und meine Gedanken sind manchmal ganz ähnlich.«

Langsam wird die Luft um uns herum ein wenig kühler, der Abend bricht herein und die Sonne macht sich auf den Weg in die Nacht.

»Ich wollte nie so sein, und das tut mir leid. Ich hatte viel um die Ohren und ich glaube, irgendwo auf dem Weg habe ich für einen Moment meine guten Manieren verloren. Ich habe nicht damit gerechnet, dass plötzlich eine Frau auftaucht, die alles auf den Kopf stellt. Aber ich habe dir schon versprochen, dass ich dir beweisen will, dass ich auch anders als unfreundlich kann.«

»Ich bin gespannt«, gebe ich herausfordernd zurück. Mich würde dennoch interessieren, warum und weswegen er so viel um die Ohren hatte. Hat er womöglich noch einen anderen Job? Oder liegt es an seiner Familie? Ich versuche, die Nachfrage möglichst schonend zu verpacken. »Ist dein Neffe oft bei dir?«

»Issam?«, hakt er nach. Ich nicke. »Ja, Issam verbringt viel Zeit bei mir. Meine Schwester ist krank und kann nicht immer bei ihm sein. Und ihr Mann arbeitet hart und nimmt sich nur frei, um sie zum Arzt zu bringen oder abzuholen.«

Bestürzt schaue ich nun Karim an. »Ich wollte kein unangenehmes Thema ansprechen.« In seine Augen ist Traurigkeit getreten, die Falten auf seiner Stirn sind so rasch zurückgekehrt, dass man meinen könnte, sie wären nie weggewesen.

»Es gehört zum Leben dazu. Vor drei Monaten wurde Neyla gesagt, dass sie Krebs hat. Sie ist eine echte Kämpferin. Ich glaube, sie ist von uns allen die Stärkste. Sie weigert sich einfach, aufzugeben. Und wenn Gott will, dann wird sie das alles überstehen.«

Ich halte die Hand vor den Mund. Krebs? Sofort bereue ich meine Nachfrage. Nicht etwa, weil ich mich nicht mit Karims Problemen beschäftigen will, sondern vielmehr, weil ich nun weder weiß, wie ich korrekt reagiere, noch weil ich will, dass der ganze Abend nun von Traurigkeit überschwemmt wird. Ich habe mich mit dem Thema noch nie beschäftigt. Noch nie beschäftigen müssen.

»Ich bewundere deine Schwester«, sage ich daher nur.

»Wir alle tun das. Und das ist der Grund, weshalb ich so oft nicht da bin. Weshalb ich manchmal einfach verschwinde, mitten am Tag, mitten in der Arbeit. Ich bringe sie so oft es geht irgendwo hin, hole sie ab, kümmere mich um Issam. Meine Gedanken kreisen ziemlich oft darum, was passiert, wenn sie es nicht schafft. Wir sind unzertrennlich – ich weiß ehrlich gesagt nicht, ob ich überhaupt damit klar kommen würde, wenn sie eines Tages nicht mehr da wäre. Deswegen habe ich das Gefühl, dass ich nicht noch mehr Platz für irgendetwas anderes in meinem Leben habe. Das Leben, was ich momentan lebe, scheint irgendwie schon zu reichen. Aber das hier ist kein Abend, um die schlechten Dinge des Lebens zu thematisieren. Lass uns über etwas anderes sprechen.«

Seine ehrlichen Worte lösen eine ganze Flut an Gefühlen aus. Redet er von einer Beziehung, wenn er meint, das kein Platz für etwas Anderes ist? Oder von mir? Oder hat es womöglich gar nichts mit der Situation zu tun, in der wir uns befinden? Zu viele Fragen, die ich alle nicht zur Sprache bringe. Stattdessen sage ich: »Nur, wenn du mir versprichst, dass du mir Bescheid sagst, wenn ihr irgendwie Hilfe braucht. Egal, was es ist. Ich tue, was ich kann.«

Karim schaut mich dankbar an. Bewundernd. »Das musst du nicht tun, Mona.«

»Ich möchte es aber tun, es ist mir ganz egal, was du davon hältst.«

»Danke«, flüstert er. Unterdrückte Tränen machen seine Stimme kratzig.

»Nicht deswegen«, sage ich. Ich fühle mich schlecht, dass ich jemals wirklich sauer war, dass er ständig kommentarlos verschwindet. Wieder einmal wird mir klar, dass man über Menschen nicht urteilen sollte, wenn man deren Geschichte nicht kennt. Und dass ich in diesem speziellen Fall viel zu heftig reagiert habe, dass ich sein Verhalten auf mich übertragen habe.

Aus einem Impuls heraus greife ich tröstend nach seinem Arm. Er lässt es geschehen, schaut auf die Stelle, wo meine und seine Haut sich berühren. Es wirkt so, als könnte er es nicht glauben, was hier passiert. Zumindest denke ich das, denn so geht es mir. Nach einer Zeit, die eine gefühlte Ewigkeit angedauert hat, löse ich den Griff wieder. Im selben Moment wundere ich mich, woher ich die Bereitschaft genommen habe, das zu tun. Woher der Mut kam. Er hätte mich genauso gut zurechtweisen können, er hätte weglaufen können. Er hätte sich wieder in einen Stinkstiefel verwandeln können. Aber nun, da ich glaube, den Grund dafür zu kennen, ist diese Angst schwächer geworden.

Beim Gedanken an den Spitznamen, den ich ihm gegeben habe, muss ich urplötzlich lächeln.

Karim entgeht das nicht. »Was ist los?«, will er wissen. Nicht vorwurfsvoll oder skeptisch. Einfach interessiert.

»Ich habe nur daran gedacht, wie komisch das Leben manchmal sein kann und was es für Überraschungen bereithält.«

»Manchmal muss man aber ziemlich lange auf die Überraschung warten«, ergänzt Karim und kurz frage ich mich, ob wir das Gleiche denken. Trotzdem nicke ich.

»Erzähl ein bisschen von dir«, fordere ich ihn auf. Zum einen, weil ich endlich das Thema wechseln will, zum anderen aber auch, weil ich feststellen muss, dass die Geschichte seiner Schwester das einzig Private ist, das ich von ihm kenne.

Erst scheint er unsicher zu sein, streicht sich nachdenklich durch den dunklen Bart. »Was willst du denn wissen?«

Ich schmunzle. Alles, schreit mein Geist, aber das spreche ich nicht laut aus. Stattdessen frage ich:»Kommst du aus Mahdia?«

»Nein, eigentlich stamme ich aus Tunis. Ich bin dort geboren, aber mit achtzehn bin ich ausgezogen. In Tunesien ist man erst mit zwanzig volljährig, aber das hatte damit eigentlich nichts zu tun. Ich habe mein Baccalauréat professionnel gemacht. Ich weiß nicht, wie man das in Deutschland nennt.«

Fragend schaut er mich an.

»Wahrscheinlich ist das bei uns das Abitur«, stelle ich fest, bin mir aber nicht sicher. Karim muss bei dem von mir auf Deutsch eingeschobenen Wort schmunzeln und versucht es nachzusprechen, was ihm nur sehr schlecht gelingt.

»Wie auch immer, danach bin ich hierher gekommen, um bei einem Bauunternehmen zu arbeiten. Die gibt es natürlich auch in Tunis, aber ich fand den Gedanken viel reizender, dass man in der Tourismusbranche arbeitet. Den ganzen Tag mehr oder weniger am Meer verbringt. Und irgendwann bin ich dann vom einfachen Bauarbeiter zum Projektleiter aufgestiegen.«

»Und dann kommt die Deutsche und will dir alles kaputtmachen«, necke ich ihn. Karim macht ein verzweifeltes Gesicht. »Ich werde diese Seitenhiebe für immer aushalten müssen.«

Für immer.

Die Worte klingeln in meinen Ohren. Sie haben etwas Endgültiges, aber auch etwas Verschwörerisches an sich.

»Ich wollte dich nicht unterbrechen«, murmele ich schnell. Ihm scheint seine Wortwahl keine besonderen Probleme zu bereiten, und er fährt rasch fort:»Vor sechs Jahren ist dann meine Schwester ebenfalls hergekommen. Sie hat in einem Hotel hier in der Nähe gearbeitet. An der Rezeption. Und dort hat sie dann ihren jetzigen Mann Ahmed kennengelernt.«

Weiter muss Karim die Geschichte nicht ausführen, weil ich mir den Rest denken kann. Issam wird in etwa vier sein. Ob der Kleine überhaupt mitbekommt, dass seine Mama so krank ist? Wie schlimm muss das alles für die Kleinsten sein? Oder ist er noch in einem Alter, in dem man das Negative auf der Welt anders wahrnimmt?

»Ich habe noch eine Schwester und drei Brüder, aber sie wohnen wie meine Eltern noch in Tunis.«

»Sind sie jünger oder älter?«, will ich wissen.

»Ich bin der Zweitälteste, aber nur ganz knapp. Mein Bruder Fares ist 33, also nur zwei Jahre älter. Er benimmt sich aber eher so, als wäre er fünf Jahre jünger«, witzelt Karim. »Meine jüngste Schwester ist gerade erst 16 geworden.«

»Es muss schön sein, einen großen Bruder wie dich zu haben«, sage ich. Schon wieder verlassen Worte meine Lippen, die ich normalerweise nur denken würde. Hoffentlich interpretiert er jetzt nicht irgendwas verkehrt. Aber ich mache mir wieder zu viele Gedanken, denn Karim lächelt bloß und sagt: »Sag ihr das mal. Ich glaube, es ist auch manchmal gar nicht so einfach. Wenn ich an Neylas Mann denke«, Karim zieht scharf die Luft ein, »tut er mir schon etwas leid. Er trägt meine Schwester auf Händen, aber wir haben es ihm nicht einfach gemacht. Und unser Vater auch nicht.«

»An meiner Schwester hättet ihr euch die Zähne ausgebissen. Sie lässt sich rein gar nichts sagen.«

»Ist sie auch jünger?«

»Ja, sie ist 24. Und ich glaube nicht, dass sie schon wirklich weiß, was sie im Leben will.«

»Weißt du es denn?«, fragt Karim. In der ersten Sekunde will ich sofort antworten, dass ich genau das mache, was ich immer wollte. Dass ich meinen Job liebe. Aber dann habe ich das Gefühl, dass er nicht nur auf meinen Beruf anspielt, sondern vielmehr auf mein Leben. Ich denke über eine Antwort nach, die nicht zu verzweifelt, aber auch nicht zu defensiv klingt. »Ich glaube, ich hatte immer eine ziemlich genaue Vorstellung davon, wie mein Leben ablaufen soll. Irgendetwas hat dennoch nie funktioniert, meine Pläne hatten immer eine Schwachstelle. Aber ich bin ein zufriedener Mensch. Ich bin vielleicht nicht an dem Punkt, an dem ich mit achtzehn noch dachte, dass ich es heute bin. Dafür blieben manche Dinge auf der Strecke. Und andere Gelegenheiten kamen dazu, mit denen ich nie gerechnet hätte. So wie das hier alles«, ich mache eine ausladende Handbewegung. »Wer hätte gedacht, dass ich mal in einer tunesischen Stadt lebe und arbeite und auf meinem Balkon sitze und das Meer beobachte?«

»Das Leben macht manchmal verrückte Dinge«, schließt Karim mit ähnlichen Worten, wie ich sie selbst bereits vor einigen Minuten ausgesprochen habe. Ich antworte mit einem Nicken. Für diese Erkenntnis brauche ich mich nur nach links zu wenden und ihn anzusehen.

Die Sonne ist noch ein ganzes Stück weiter gewandert und wird in höchstens einer halben Stunde hinter dem Horizont versinken.

»Frierst du?«, fragt er mich mit Blick auf meine ineinander verschränkten Arme. Langsam nicke ich. Tatsächlich ist auch die Wärme ziemlich schnell verflogen. Vielleicht liegt es aber auch daran, dass ich immer müder werde. Trotz dieses Abends voller verschiedener Gefühle und der Aufregung in meinem Herzen, war der Tag doch anstrengend. Genau wie die letzten Tage. Wie zur Verdeutlichung gähne ich.

»Du solltest bald schlafen gehen, damit du morgen fit bist«, sagt Karim. Ich verdrehe die Augen. »Ich werde pünktlich sein.«

Der Mann neben mir lacht leise. »Das meine ich nicht. Morgen Vormittag habe ich den Jungs frei gegeben. Aber ich habe einen anderen Plan für dich. Wir fangen morgen erst nach dem Mittagessen an mit der Arbeit auf der Anlage.«

Verschwörerisch schaut er mich an, als wüsste ich, was das bedeutet. In meinem Kopf aber herrscht Chaos.

»Und das bedeutet?«, frage ich daher zögernd.

»Das bedeutet, dass ich dich morgen früh abhole und wir unseren Deal endlich einlösen. Um sieben Uhr bin ich da.«

Karim steht auf, streift sein Shirt glatt und wartet, bis auch ich mich erhebe. Ich merke bereits, dass ich keinerlei Chance habe, aus dieser Nummer herauszukommen.

Und wenn ich auf meine innere Stimme höre, möchte ich es auch nicht.

Ich begleite ihn nach drinnen, wo er sich seine Jacke vom Küchentisch klaubt und dann zur Tür geht.

»Abgemacht?«, will er sich vergewissern.

»Ja, abgemacht«, hauche ich. Kurz schauen wir uns in die Augen, dann öffnet er die Tür, die leise in den Angeln quietscht.

»Ich freue mich. Schlaf gut, Mona«, flüstert er und gibt mir einen Kuss auf die Stirn, der meine Sinne zum Explodieren bringt, ehe die Ruhe meiner Wohnung mich wieder in ihre Arme nimmt.

20

»Ein Motorrad?«, rufe ich erschrocken aus, als ich dem eindringlichen Hupen gefolgt bin und nun, um kurz nach sieben, draußen auf der Straße vor meiner Wohnung stehe. Karim sitzt auf einem Motorrad und hält mir abwartend einen Helm hin.

»Nur über meine Leiche«, sage ich und verschränke wie ein trotziges Kind die Arme vor der Brust. Vor allen Gefährten mit nur zwei Rädern habe ich einen gesunden Respekt, der schnell in Hysterie umschlagen kann.

»Es ist ein Mofa. Schneller als fünfzig fährt es nicht.«

»Und du meinst, dass mich das beruhigt? Das ist trotzdem zu schnell!«

»Ich bin ein guter Fahrer.«

»Und ich bin ein guter Angsthase. Jeder hat seine Qualitäten.«

Demonstrativ wende ich den Blick ab und schaue in die Ferne, weil ich Zweifel habe, dass Karim mich mit seinem eindringlichen Blick doch wieder überzeugen kann. Statt seines beschwörenden Augenpaares erkenne ich allerdings eine ältere Dame, die an ihrem Fenster steht und uns beobachtet. Ihr eingefallenes Gesicht und die zittrigen Hände sind alles, was ich durch das geöffnete Fenster von ihr sehen kann. Und sie scheint sich köstlich zu amüsieren. Als sie merkt, dass ich sie entdeckt habe, ruft sie in sehr bröckeligem Französisch etwas in meine Richtung.

»Traust du dich endlich.« Dann lacht sie gackernd.

Na super, jetzt werde ich schon von alten Frauen ausgelacht.

Ich knurre leise und stapfe dann auf Karim zu. Sein siegessicheres Grinsen entgeht mir nicht, als ich ihm den Helm aus der Hand reiße – und prompt Probleme habe, ihn aufzusetzen. Irgendwas hat sich verhakt und ich kann den Helm nicht weiter auf meinen Kopf schieben. Ich will ihn absetzen und hebe ihn an, dann aber verheddern sich meine Haare in der Schnalle und ich schreie leise auf.

»Autsch.«

Karim muss vom Mofa absteigen und mir helfen, weil der untere Teil des Helmes mein komplettes Sichtfeld verdeckt und ich nichts erkennen kann. Leicht taumle ich hin und her, sodass er kurzerhand den Arm um meine Taille legt, damit ich nicht einfach nach hinten umfalle und auf dem Hintern lande.

Mir fällt keine Situation ein, die peinlicher sein könnte. Entgegen dem hier ist sogar die Szene mit der Farbe auf meinem Shirt angenehm. Aber gleichzeitig fühlt sich Karims Arm um meine Taille auch irgendwie … gut an.

Langsam holt Karim Strähne um Strähne aus der Schnalle und aus der kleinen Schraube, die das Visier am Helm befestigt. Ich kann ihn nicht sehen, aber ich höre an seiner Stimme, dass er den Moment lustig findet. »Wie hast du das bloß angestellt?«

»Hilf mir lieber, anstatt blöde Fragen zu stellen, auf die ich keine Antwort habe«, murre ich und weiß, dass ich mich kindisch verhalte. Aber es tut weh. Und es ist peinlich. Also ist die einzige Konsequenz, die eine Frau nun noch hat, das Herumzicken. Kennen wir doch alle.

Karim scheint es Gott sei Dank mit Humor zu nehmen. Nach geschätzten zwanzig, wahrscheinlich aber nur zwei Minuten, hat er alle meine Strähnen aus ihrer misslichen Lage befreit. Er lässt mich los.

»Wie wäre es, wenn du dir einen Zopf machst und es dann noch einmal versuchst?«, neckt er mich und deutet auf das Haargummi, das ich standardmäßig um mein Handgelenk trage. Ich folge seinem Rat und schweige – das kann ich gut. Der zweite Versuch ist um einiges erfolgreicher und mit wenigen Handgriffen habe ich den Helm auf dem Kopf. Er ist bequemer als erwartet, aber es ist warm hier drin.

»Brauchst du Hilfe beim Aufsteigen?«

»Irgendwas werde ich ja wohl noch selbstständig hinbekommen«, gebe ich, immer noch angesäuert von meinem peinlichen Auftritt, zurück.

Karim zuckt mit den Schultern und schwingt sich in einer einzigen eleganten Bewegung zurück auf das Mofa. Ich sehe zu und sauge die Taktik, die er an den Tag legt, in mich auf. Es sieht einfach aus. Nah dran stellen, linkes Bein über das Gefährt hieven, auf den Sitz rutschen. Fertig. Ein bisschen wie bei einem Pony, und auf die bin ich als Kind doch auch draufgeklettert.

Allerdings stelle ich mich auch hier um einiges dümmer an, als erwartet. Statt einer geschmeidigen Bewegung hüpfe ich beim ersten Versuch unsanft auf einem Bein hin und her und stoße Karim samt Mofa dabei fast um. Nur mit Mühe kann ich das linke Bein wieder zurück auf den Asphalt bringen. Der zweite Versuch ist dann schon erfolgreicher, wobei auch dieser alles andere als elegant aussehen muss. Ich höre das Gackern der alten Frau bis hierher.

Aber gut, immerhin sitze ich nun. Und jetzt?

Karim zieht seinen eigenen Helm auch wieder auf und lässt den Motor an. Es ruckelt und vibriert und ist unangenehm, aber ich habe diese ganze Show nicht gemacht, um nun doch wieder zu kneifen. Anstatt loszufahren, scheint Karim jedoch auf etwas zu warten. Geduldig sitze ich hinter ihm. Dann höre ich seine Stimme über das Motorengeräusch hinweg: »Du willst aber nicht so sitzen bleiben, oder?«

»Doch«, sage ich laut, damit er mich auch verstehen kann. Immerhin muss meine Stimme durch den Lärm und den Helm hindurch bis an sein Ohr gelangen.

Ich sehe nur, wie er den Kopf schüttelt und dann den Lenker loslässt. Er greift nach hinten, bekommt meine Hand zu fassen, und legt sie sich an den Bauch.

Oh.

Diese Prozedur wiederholt er auch mit meinem anderen Arm, und wenn ich in zehn Minuten keinen Hexenschuss haben möchte, bleibt mir nichts anderes übrig, als mit meinem Hintern ein wenig mehr nach vorne zu rutschen und mich an ihn zu lehnen.

Doppelt oh.

»Bereit?«, will Karim wissen, aber es scheint eine rhetorische Frage zu sein. Denn anstatt eine Antwort abzuwarten, gibt er Gas. Automatisch verstärke ich den Griff um ihn herum, weil ich das Gefühl habe, sonst jämmerlich abzurutschen. Ich gehe im Geiste alle deutschen Schimpfwörter durch, die ich kenne, und erfinde obendrein auch noch ein paar mehr. Es dauert eine Ewigkeit, bis ich es schaffe, meine Augen länger als ein paar Sekunden zu öffnen. Und es dauert noch länger, bis ich anfange, die Situation gar nicht mehr so schlimm zu finden.

Karim fährt tatsächlich nicht besonders schnell – und er fährt vorsichtig. Wenn ich die Taxifahrten mit Ennis überlebt habe, dann ist das hier eigentlich ein Klacks. Wir fahren aus dem Wohnviertel heraus und biegen auf eine Straße ab, die direkt am Meer entlangführt. Salzige Luft berührt meine Haut, kitzelt mich in der Nase. Mit jedem zurückgelegten Meter entspanne ich mich ein bisschen mehr. Und ich kann nicht leugnen, dass die zwangsläufige Nähe zu dem Mann vor mir nicht auch eine Rolle spielt.

In dem Moment, in dem ich mich vollkommen in diese neue Situation fallen lasse, fährt Karim rechts ran und stellt den Motor ab. Ich weiß nicht, ob ich froh oder traurig darüber sein soll.

»Komm, ich helfe dir«, sagt er sanft und mitten an diesem riesigen Kreisel, an dem wir uns befinden, steigt er selbst vorsichtig ab, um mir im Anschluss erst den Helm vom Kopf zu heben und mir dann die Hand zu reichen, damit ich ohne ein Stolpern vom Mofa herunterkomme.

»War es so schlimm?«, will Karim eindringlich wissen, als ich wieder festen Boden unter den Füßen habe. Ich schüttele zaghaft den Kopf.

»Siehst du«, murmelt er. Er öffnet die Klappe unter dem Sitz und verstaut seinen Helm dort. Meinen hängt er bloß an den Lenker.

»Wird der nicht geklaut?«, will ich besorgt wissen. In Frankfurt würde der Helm hier keine zehn Minuten überleben. Aber Karim schüttelt entschieden den Kopf.

Ohne meine Hand loszulassen, zieht er mich mit sich und wir betreten einen kleinen, halb offenen Stand am Rand der Straße. Vorne hängt eine zerfledderte Markise an der mit Graffiti besprühten Hauswand, dahinter scheint sich ein etwas größerer Verkaufsraum zu befinden. Es ist eine Mischung aus Marktstand und Verkaufsraum und von Büchern über Backwaren bis hin zu kleinen Haushaltsgeräten scheint es hier alles zu geben. Karim wird herzlich von einer groß gewachsenen Frau mit einem lilafarbenen Kopftuch begrüßt. Mir schenkt sie einen knappen Blick, viel länger schaut sie auf die ineinander verschränkten Hände von Karim und mir. Die Situation sollte mir vermutlich etwas unangenehm oder zumindest befremdlich sein, aber ich fühle mich bloß wertgeschätzt und vor allen Dingen beschützt.

Karim bestellt etwas auf seiner Muttersprache und ich beobachte die Frau dabei, wie sie allerhand kleine Gebäckstücke in eine große Papiertüte packt. Dazu gesellen sich zwei Flaschen Wasser, ehe sie die blaue Tüte an Karim weiterreicht und dieser ihr im Gegenzug etwas Geld in eine kleine Schüssel legt.

»Shukran«, sagt Karim freundlich, lächelt ein letztes Mal voller Warmherzigkeit, und schon sind wir wieder am Mofa.

Froh darüber, nur eine kleine Umhängetasche dabeizuhaben, verneine ich, als er mich fragt, ob ich noch etwas im Mofa verstauen will. Ich stelle mich bereits neben den Sitz und will nach dem Helm greifen (der immer noch an Ort und Stelle hängt), aber es stellt sich heraus, dass wir gar nicht weiterfahren. Stattdessen holt Karim ein riesiges Handtuch hervor. Ich frage mich, wo er das alles verstaut hat – so groß ist das Gefährt doch überhaupt nicht. Mit einem lauten Klacken verschließt er das Fach erneut und schaut mich dann vorfreudig an. »Und jetzt wiederholen wir unseren Strandausflug noch einmal – aber mit Frühstück und guter Laune.«

Karim führt mich an einen wunderschönen kleinen Strand, an dem das Wasser noch ein Stückchen klarer ist, der Sand noch heller und heißer und an dem kaum eine Menschenseele unterwegs ist. Zu meinem Glück ist das Handtuch wirklich riesig, wir können problemlos nebeneinander darauf sitzen und zwischen uns passen obendrein die unfassbar leckeren Teilchen, die Karim gekauft hat.

Es ist erst halb neun. Die Luft ist klar und rein und ein bisschen salzig, weil der Wind gegen die Wellen peitscht. Ich ziehe mit dem Zeigefinger kleine Muster in den Sand neben mir, die Schuhe habe ich schon vor langer Zeit ausgezogen und meine Zehen unter Millionen kleiner Körnchen vergraben.

»Das ist wirklich das Beste, was ich seit langer Zeit gegessen habe«, murmele ich mit vollem Mund, weil ich einfach nicht anders kann. Erst, als mir ein paar Krümel vom Mundwinkel hinunter auf das Handtuch fallen, merke ich, wie wenig damenhaft ich mich verhalte.

Karim hat seine lockere Jeans ein wenig hochgekrempelt und ebenfalls seine langen Beine im Sand vergraben. Er hat sich nach hinten gelehnt und mit den Ellenbogen abgestützt. Von hier aus sieht diese Position unheimlich unbequem aus, aber er scheint Übung darin zu haben. Stumm, aber zufrieden, schaut er auf das Meer.

»Willst du schwimmen?«, frage ich ihn vorsichtig. An diese Möglichkeit habe ich noch gar nicht gedacht. Sind wir nur hier, um dazusitzen und zu essen, oder gehen seine Pläne weiter. Ich habe keine Badeklamotten dabei! Irgendwo in einem der Seitennetze meines Koffers habe ich zwar einen uralten Bikini verstaut, aber sehr wohl habe ich mich darin noch nie gefühlt. In Frankfurt war ich bestimmt schon seit mindestens zehn Jahren nicht mehr im Schwimmbad. Mit ein paar Kleidergrößen mehr fühlt man sich dort nämlich automatisch unwohl.

»Möchtest du schwimmen gehen?«, fragt er vorsichtig nach. Er macht den Eindruck, als habe er darüber nicht oder nur sehr wenig nachgedacht.

Behutsam schüttele ich den Kopf.»Ich habe nur das dabei, was ich anhabe.« Dabei zeige ich an mir herunter.»Verlockend wäre es vielleicht gerade deswegen«, scherzt Karim und zwinkert mir zu. Ha, dieser Schuft. Aber ein bisschen schneller lassen seine Worte mein Herz schon schlagen. Das kann man ja wohl eindeutig als Mini-Flirt einordnen, oder?»Das hättest du wohl gerne.« Mir fällt natürlich mal wieder nur der Standardspruch ein.»Also sind wir bloß zum Frühstücken hier?«

»Eigentlich sind wir hier, weil du hier die schönsten Muscheln sammeln kannst«, gibt er zurück. Ich bekomme große Augen.»Echt? Und das darf man?«

»Natürlich darfst du das. Du musst sie nur gut waschen, bevor du sie mit in die Wohnung nimmst. Oder in eine Tasche packst. Issam ist Meister darin, all seine Rucksäcke zu zerstören, weil sie innerhalb kürzester Zeit unwiderruflich nach Muscheln und Fisch stinken. Das magst du nicht riechen.«

Ich muss grinsen.»Worauf warten wir dann noch?« Ich springe auf. Für eine Stadtratte wie mich kann es mir mit unserem Vorhaben nun gar nicht mehr schnell genug gehen. Ich bin schneller mit den Füßen in der Brandung, als Karim überhaupt aufstehen kann. Die Wellen plätschern leicht um meine Knöchel. Wenigstens habe ich daran gedacht, meine Beine zu rasieren, schießt es mir durch den Kopf, da trete ich auf etwas Hartes und ziemlich Glitschiges. Angeekelt verziehe ich das Gesicht.

»Du sollst sie sammeln, nicht drauftreten«, lacht Karim und beugt sich zu der Stelle hinunter, an der sich meine Zehen befinden.

Zum Glück sind nicht nur die Beine rasiert, sondern auch die Nägel lackiert, weite ich meinen Gedankengang aus.

Er hebt eine Muschel hoch und legt sie mir in die Hand. Sie ist so groß wie mein Handteller. Staunend hebe ich die Augenbrauen. Die Wellen ziehen sich zurück und legen meine Füße frei, die voller Sand sind. Da erkenne ich für einen kurzen Moment, dass unzählige dieser Muscheln hier liegen.

»Woher kommen die alle?«, frage ich, eigentlich mehr zu mir selbst, aber Karim versteht mich trotzdem.

»Das weiß keiner so genau. Ich glaube, sie sammeln sich hier einfach an. Die Touristen kommen einfach nicht an diese Stelle hier, und die Einheimischen erkennen den Sinn im Muschelsammeln nicht.«

»Und du schon?«

»Ich erkenne den Sinn darin, Zeit mit dir zu verbringen. Und dir etwas zu zeigen, das dir genau dieses Lächeln auf die Lippen legt.«

Ohjehmine, ist das süß.

»Vorsicht«, sagt Karim da und hebt mich an der Hüfte hoch. Er hebt mich wirklich und wahrhaftig hoch und ich brauche einen Moment, um das zu begreifen. Die Berührung. Den Moment. Eine riesige Welle schießt an uns vorbei und trifft dank seines Einsatzes nicht mich, sondern nur ihn und seine Jeans.

Obwohl diese aus der Reihe tanzende Welle sich längst zurückgezogen hat, verharren wir auch danach noch eine ganze Weile in dieser Position. Es scheint ein Leichtes für ihn zu sein, mich auf diese Art und Weise hochzuheben. Die vielen Stunden auf Baustellen scheinen sich bei diesem Mann wirklich bezahlt zu machen, denke ich. Für anderes ist kein Platz mehr in meinem Kopf. Da sind nur noch seine Augen, seine warmen Finger, die Brandlöcher in mein Shirt zu brennen scheinen. Ein wahrhaftig magischer Moment, in dem die Welt um uns herum in den Hintergrund rutscht.

Aus irgendeinem Grund spüre ich, dass er in diesem Augenblick das Gleiche fühlt. Dass er genauso erstaunt über das ist, was er eben gemacht hat, dass er aber auch genauso wenig bereut, dass es passiert ist.

Ich weiß nicht, wie lange wir so dort stehen. Auf jeden Fall machen seine Knöchel noch einige Male Bekanntschaft mit weiteren Wellen, ehe er mich vorsichtig wieder absetzt.

»Sei vorsichtig«, murmelt er an mein Ohr, als er meinem Gesicht ganz nah ist. Langsam nicke ich und versuche dann krampfhaft zurück zum Normalzustand zu wechseln. Es fällt mir allerdings alles andere als leicht. Mit gesenktem Kopf laufe ich ein paar Schritte im feuchten Sand, Klumpen kleben mir zwischen den Zehen. Immer wieder bücke ich mich vorsichtig, um weitere Muscheln aufzuheben. Sie alle haben einen wunderschönen Pastellton aus einer Mischung aus Beige und Orange, und sie werden immer größer, je weiter ich den Strandabschnitt entlanglaufe. Ich bringe es nicht über mein Herz, Karim anzuschauen, weil ich befürchte, dass ich dann einen Vorwand suche, um ihm um den Hals zu fallen. Um die Berührung von eben zu wiederholen. Weil das nämlich trotz Muscheln und leckerem Essen und dem Mut, den ich beim Mofa-Fahren bewiesen habe das bisher Beste am Tag war.

Eigentlich sogar das Beste an meiner ganzen Zeit seit April.

Das Teufelchen auf meiner Schulter reibt sich Schabernack treibend die Hände, als wolle es sagen, dass es gewusst habe, dass es so enden wird.

Es war definitiv einfacher, als ich noch wütend auf Karim war.

Ein paar Minuten später habe ich so viele Muscheln gesammelt, dass ich sie nicht mehr in einer Hand festhalten kann, und wir kehren zum Handtuch zurück. Eine Möwe stolziert ganz in der Nähe unseres Platzes herum und wirft uns einen eingeschnappten Blick zu, als wir uns ihr nähern. Kurz bevor wir in ihrer Reichweite sind, nimmt sie dann aber doch Reißaus.

»Wie viel Zeit haben wir noch?«, frage ich, als wir beide uns wieder hingesetzt haben. Näher zueinander diesmal. Ob das Zufall ist?

»Ich habe den Jungs gesagt, dass wir um zwölf beginnen. Wassim fand es nicht besonders gut, aber was findet er schon gut?«

»Du meinst außer bunte ...«, beginne ich, doch das Wort für Krawatte fällt mir nicht ein. Also mache ich eine Bewegung, die dieses Kleidungsstück andeuten soll. Karim lacht.

»Ja, kein Mensch weiß, woher er diese Dinger bekommt. *Jamais sans une laide cravate.*«

Ich muss kichern. Cravate – so einfach und so logisch. Und ja, hässlich sind die Dinger allemal.

»Semi hat erzählt, dass der Vater von Wassim Clément das Hotel vorher geleitet hat.«

»Stimmt, aber er war kein guter Chef. Er hat sich nicht viel gekümmert um das, was passiert. Ihm ging es immer nur ums Geld, aber er hat nicht begriffen, dass man dafür auch mal investieren muss. Ich bin froh, dass sein Sohn das anders sieht und sich um das Aussehen des Hotels kümmert. Weil sonst hätten sie den Laden irgendwann dicht machen können.«

»Hast du schon unter seinem Vater gearbeitet?«, frage ich in etwa das, was ich auch schon von Semi wissen wollte.

Karim schüttelt den Kopf:»Ich habe ihn gekannt, weil er in der Nachbarschaft gewohnt hat. Und er hat mich immer mal wieder für verschiedene Projekte als Berater hinzugezogen. Aber gemacht hat er am Ende nichts.« Karim scheint sichtlich wütend darüber zu sein, dass man für dieses Nichts seine Zeit vergeudet hat, dann aber nimmt sein Gesicht einen sanfteren Zug an.»Aber vielleicht ist es auch besser so. Sonst wäre ich nicht in den Genuss dieses Ausflugs mit dir gekommen.«

»Und ich hätte nicht so wunderschöne Andenken«, antworte ich. Dabei will ich eigentlich noch so viel mehr sagen. Ich will sagen, dass ich dann nicht so einen faszinierenden Mann wie ihn kennengelernt hätte, dass ich nicht dieses Knistern spüren würde, wenn er mich berührt oder dass ich dann nicht das Gefühl hätte, dass er mich um jeden Preis vor allem schützen will, was mir irgendwie schaden könnte.

Eine gefährliche Kombination, die schon viele Herzen gebrochen hat.

Karim scheint nicht annähernd enttäuscht zu sein wegen meiner Antwort – ich an seiner Stelle könnte mir einen säuerlichen Blick wahrscheinlich nicht verkneifen. Da versucht man zu flirten und die einzige Antwort, die man bekommt, ist ein Satz über gesammelte Muscheln. Super, Mona. Bist eine echte Romantikexpertin.

»Hast du schon eine Idee für den nächsten Ausflug?«, lenke ich ab. Und irgendwie auch doch nicht. Es ist zum Verrücktwerden.

»Na klar. Oder hast du einen Wunsch? Wenn du gerne etwas Bestimmtes sehen willst, dann sag das.«

»Du meinst, ich soll dich als persönlichen Reiseführer missbrauchen?«, schmunzele ich und Karim nickt. Klingt verlockend, aber trotzdem habe ich einen Einwand:»Ich habe jeden verfügbaren Reiseführer über Mahdia gelesen. Viel lieber würde ich deine liebsten Orte sehen. Das ist doch viel mehr wert, als sich die klassischen Touristen-Stopps anzuschauen.«»Ich habe gehofft, dass du das sagst. Wobei ich nicht über die Touristen nörgele. Ich finde es toll, dass Menschen kommen, um unser Land anzusehen, sich hier zu entspannen und eine tolle Zeit verbringen wollen. Wir profitieren alle davon – und unsere Kultur.«

Darüber habe ich so noch nie nachgedacht.»Ich dachte immer, dass Einheimische es fürchterlich finden, wenn Urlauber in Scharen ankommen.« Wenn ich an die vielen Touristen mit ihren Fotoapparaten vor dem Frankfurter Römer oder am Main denke, dann kommt mir sofort Wut hoch. Aber ist das, was Karim sagt, nicht vielmehr das, was man empfinden sollte? Wieder einmal merke ich, wie unterschiedlich die Mentalität von uns beiden ist – und dass man sich eine dicke Scheibe von dem abschneiden kann, was die Tunesier denken. Hier ist alles ein bisschen entspannter, lockerer, freundlicher. Weg von der Hektik und dem Drang, es allen beweisen zu müssen. Stattdessen stolz über die Herkunft zu sein und hart dafür zu arbeiten, dass es so bleiben kann. Und dabei nie sich selbst aus den Augen verlieren, sondern einfach versuchen, selbst davon zu profitieren.

»Worüber denkst du nach?«, fragt Karim sanft, und ich merke, dass ich ein ziemlich verdrießliches Gesicht gemacht haben muss. Also teile ich meine Gedanken mit ihm. Langsam nickt er.»Ich glaube, da können unsere Kulturen noch viel voneinander lernen. Wir sind dafür manchmal vielleicht ein bisschen zu traditionell in allem.«

»Aber das ist doch auch eine gute Eigenschaft«, erwidere ich.
Karim zuckt mit den Schultern. »Das kommt ganz darauf an, wen du fragst.«

»Ich finde, Tunesien ist ein modernes Land. Ich habe es mir irgendwie anders vorgestellt.«

»Wie denn?«

Ich lache auf. »Oh je, das ist der Moment, in dem ich eigentlich nur etwas Falsches sagen kann.« Aber trotzdem erkläre ich, was ich meine. »Ich habe irgendwie nicht damit gerechnet, dass alle so unglaublich offen sind. Zueinander und auch zu Fremden wie mir. Hier ist alles viel einfacher – sowohl das Miteinander als auch das Arbeiten. Und trotzdem gibt es zu der Moderne, die überall aufkommt, auch den krassen Kontrast. So wie die Esel auf der Schnellstraße. Oder die traditionellen Gassen in der Innenstadt, die direkt neben neuen Modeboutiquen entlangführen. Es ist einfach dieser Kontrast.«

»Du hast uns also nicht so fortschrittlich eingeschätzt?«, hakt Karim nach, aber er sagt es nicht vorwurfsvoll. Ich erröte. Das trifft es auf den Punkt, aber es ist mir unangenehm, es zuzugeben. Er scheint meine Gedanken oder meinen Ausdruck aber lesen zu können. »Das ist nicht böse gemeint«, werfe ich ein.

Karim lächelt mich an. »Das habe ich auch nie so verstanden.«

»Mir haben so viele Leute gesagt, dass sie sich in das Land verliebt haben. Und ich habe gleich zwei Leute kennengelernt, die einfach hiergeblieben sind. Und ich kann es so gut verstehen.«

Ich denke an Emilie und Agatha, beide glücklich in diesem fremden Land, so weit weg von der Heimat. Trotzdem – für mich wäre das nichts. Weil ich ein Schisser bin. Ich würde einen solchen Schritt nie tun, mich nie trauen, alte Muster zu brechen und irgendwo neu zu beginnen.

Oder?

Anstatt einer Antwort greift Karim nach meiner Hand. Die Berührung trifft mich völlig unvorbereitet und bringt meine Gedanken weiter in Fahrt. Was passiert hier? Was mache ich, wenn Karim weiterhin so … ja, wie eigentlich? So lieb ist? So beschützend, so ehrlich, so charmant? So gut aussehend?

Meine Gefühle bekriegen sich in meinem Innersten. Und alles, woran ich denken kann, ist der Mann neben mir und dass das so gar nicht zu dem passt, was vor seiner Berührung noch in meinem Kopf genistet hat.

»Wir sollten uns langsam auf den Rückweg machen«, sagt er schließlich leise. Die Wellen übertönen seinen Satz beinahe, was offenbart, dass es ihm ebenso schwerfällt wie mir.

Nur schwer kann ich mich von dieser Situation loseisen, tue es dann aber doch.

Ich muss dringend auf mein Herz aufpassen.

»Was habe ich mir nur eingebrockt?«, jammere ich und halte mir die Hand an den schmerzenden Kopf. Nach unserer Ankunft im Hotel haben wir nur wenige Minuten Zeit für eine Besprechung gehabt, ehe wir bereits loslegen mussten. Wassim hat über die Anlage geschrien, dass wir uns beeilen sollen. Dabei war er am Tag davor noch einverstanden mit dem halben freien Tag, der uns vergönnt war. Und nun meint er, wir wären fürchterlich hinter dem Zeitplan. Was nicht stimmt, immerhin war ich diejenige, die ihn aufgestellt hat. Aber brüllende Löwen soll man nicht reizen, habe ich mir gedacht, und mir meinen klapprigen Spaten genommen, um mit der Arbeit zu beginnen.

Seit fast drei Stunden hebe ich nun den Graben aus, in dem der künstliche Fluss fließen soll. Mitten durch die Rasenfläche, mit kleinen Brücken aus Holz darüber, damit die Urlauber die Fläche auch nutzen können. Es ist anstrengend – wahrscheinlich das Anstrengendste, was ich seit meiner Ankunft hier gemacht habe. Der Boden ist trocken wie die Wüste und ich komme mit dem Spaten nur sehr schwer an die unter dem Rasen liegende Erde. Es ist zum Schreien. Aber ich werde nicht meckern, auch wenn es noch Tage dauern wird, bis ich wieder Blumenerde unter den Fingernägeln spüre und mich wieder der Bepflanzung widmen kann.

In Deutschland würde man für diese Arbeiten noch eine oder zwei andere Firmen konsultieren – hier kommt alles aus einer Hand. Was gut und schlecht zugleich ist. Aber nun, mit schmerzendem Kopf und noch mehr schmerzenden Gliedern, fallen mir nur die negativen Aspekte ein. Die anderen keuchen genauso und nur hin und wieder werfen wir uns einen gequälten Blick zu. Semi, der Schuft, hat sich derweil fein herausgeredet und kümmert sich in Absprache mit dem Personal um den letzten Feinschliff an der Poolbar. Karim hat sich bedeckt dafür eingesetzt, dass mir diese Aufgabe zufällt, aber meine mangelnden Arabischkenntnisse haben diesen Plan im Keim erstickt. Also wird gebuddelt.

Zwischen den schnaufenden Tönen der Männer um mich herum höre ich plötzlich einen anklagenden Laut, der definitiv nicht nach einem Menschen klingt. Erschrocken schaue ich mich um und versuche, das Geräusch zu lokalisieren. Lange suchen muss ich nicht: Hinter mir hat sich eine Katzenmama mit ihren drei Babys aufgestellt und schaut mich direkt an. Wie ein echter Tierfreund es macht, lasse ich vorsichtig den Spaten fallen und ignoriere die Tatsache, dass ich unbedingt arbeiten müsste. Stattdessen beuge ich mich herunter und nähere meine Hand langsam den Tieren. Die Mama ist ein prächtiges Tier, helles Fell mit hellbraunen Flecken und einem schwarzen Halbmond an der Stirn. Die Kleinen hingegen sind bunt durcheinandergewürfelt, als hätten sie um jeden Preis jegliche Farben, die Mama und Papa haben, aufgreifen wollen.

Zaghaft nähert die Katzenmama sich meinen Fingern. Lange Zeit wirkt sie skeptisch, kommt dann aber doch mit einem Satz näher und streift um meine Beine herum. Die unbequeme, hockende Position, die ich eingenommen habe, ist sehr ungünstig gewählt, aber nun traue ich nicht mehr, mich zu bewegen. Auch die Kätzchen streifen um mich herum, fallen tollpatschig auf die Nase oder kämpfen spielerisch mit einem der Geschwisterchen.

»Ihr seid ja echt zuckersüß«, murmele ich. Schnell scharen sich auch andere Leute um mich – die meisten davon Kinder. Ich will nicht wissen, auf wie vielen Urlaubsfotos ich nun drauf bin. Hoffentlich erwartet niemand eine Raubtierfütterung.

Plötzlich spüre ich außer dem Entzücken über die Tiere noch etwas anderes. Ein vertrauter Geruch, eine Wärme, die mir nur zu vertraut ist.

Karim kniet neben mir. Die Katzen beäugen ihn skeptisch, dann tapst die Kleinste auf ihn zu.

»Müssen wir einen Tierarzt rufen?«, frage ich, plötzlich voller Sorge.

Karim nimmt das Kätzchen auf den Arm und sogar die Mutter scheint damit kein Problem zu haben. Geduldig setzt sie sich neben ihn. Dieser Mann scheint also auch bei Tieren einen bleibenden Eindruck zu hinterlassen.

»Nein, die Katzenmama wohnt schon länger hier auf der Anlage. Und die Kleinen sehen gesund aus.«

»Dann sind das nicht die ersten Kätzchen, für die du Papa spielst?«, scherze ich leise, damit niemand von den Umstehenden etwas von unserem Gespräch mitbekommt.

Liebevoll schaut Karim von dem Kätzchen zu mir und erwidert genauso ruhig: »Nicht, dass du jetzt wieder etwas Falsches denkst. Aber ja, wir haben hier immer wieder Katzen. Und vor allen anderen laufen sie davon.«

Peinlich berührt denke ich an den Vorwurf, den ich ihm gemacht habe, als ich dachte, er hätte mir seinen Sohn verschwiegen.

»Bist eben auch für Katzen ein Held«, sage ich. Ein letzter verwegener Blick trifft mich, dann landet eine Möwe vom Tumult angelockt direkt neben uns. Die Katzenfamilie erschrickt und nimmt Reißaus – das Kätzchen, das von Karims Schoß gehüpft ist, hinterlässt mit den noch feinen Krallen einen losen Faden an seiner Arbeitshose.

Dann löst die Situation sich auf. Und ich muss feststellen, dass auch in meinem Kopf eine ganze Menge loser Fäden herumschwirren.

21

»Wassim Clément scheint sich wieder etwas beruhigt zu haben.«

Es ist ungewohnt, Edgar über das reden zu hören, was in Mahdia passiert. Als wäre mein altes Leben nur noch ein Schatten irgendwo in meiner Vergangenheit, als sei ich nicht immer noch mit meiner Heimat verwurzelt – in jeglichem Sinne. Die letzten anderthalb Wochen haben wir so viel gearbeitet, dass ich zwischenzeitlich nicht einmal mehr wusste, welchen Wochentag wir haben. Die vielen Abende, die ich in meiner Fantasie mit einem Wein oder zumindest einem eiskalten Glas Cola auf dem Balkon verbringen wollte, wurden mir kurzerhand von einer höheren Macht gestrichen. Ich musste jeden Tag bis zum Eintritt der Dunkelheit arbeiten – und morgens reichte die Zeit nur noch für ein knappes Frühstück in Nizas Auto. Wenn er mich nicht jeden Morgen zuverlässig abgeholt hätte, dann wäre ich vermutlich irgendwann einfach im Bett liegen geblieben.

»Ich verstehe immer noch nicht, warum er plötzlich so einen Druck gemacht hat. Ich habe doch den Zeitplan geschrieben. Ich weiß doch, wie gut wir in der Zeit liegen. Und dass der Flussbereich doch eigentlich erst Anfang Juni hätte fertig werden müssen. Jetzt ist es Mitte Mai und alles, was noch fehlt, sind die Pflanzen.«

»Er scheint Druck zu bekommen, nicht selbst machen zu wollen«, gibt Edgar am Telefon weise zurück. Ich habe mir für ein paar wenige Minuten eine Auszeit gegönnt und mich an den Rand in den Schatten gestellt, um zu hören, was mein Chef in Deutschland rausfinden konnte. Schon vor zwei Tagen habe ich eine Ewigkeit mit ihm telefoniert und mir ist rausgerutscht, dass es drunter und drüber geht. Etwas, was ich eigentlich lieber für mich behalten hätte. Es hat sich aber als hilfreich herausgestellt, denn so kam es zu einem wohl ziemlich intensiven Gespräch zwischen dem Hoteldirektor und Edgar. Wie sie sich genau verständigt haben, weiß ich nicht. Edgar spricht Englisch, als wäre es seine Muttersprache, aber bei allen anderen Sprachen stellt er sich etwas an. Und das Englisch von Wassim Clément ... nun ja, sprechen wir nicht darüber.

»Und wer macht ihm Druck?«, hake ich nach, bekomme aber nur ein kurzes Brummen.

»So genau hat er das nicht gesagt.«

Oder du hast es nicht verstanden, denke ich bitter. Aber dennoch ist das auf jeden Fall eine kleine Entschädigung dafür, dass wir in den letzten Tagen behandelt wurden wie Esel. Nicht einmal der von Clément so geschätzte Karim konnte in irgendeiner Art und Weise etwas ausrichten. Und auch ich habe erstaunlich wenig mit Karim sprechen können. Worüber ich mich vor einem Monat wohl noch sehr gefreut hätte, aber in der Zwischenzeit hat sich das Leben gedreht.

»Hat er vor, darüber irgendwann auch mal mit uns zu sprechen, oder behält er diese Information für sich?«

Edgar zögert:»Mona, ich glaube, dass ihm gar nicht bewusst ist, dass ihr unter seinem strengen Ton leidet.«

Das klingt derart oberlehrermäßig, dass es mir sauer aufstößt. Wie Edgar meinen Namen an den Anfang gestellt hat – das impliziert doch geradezu, dass er mir von oben herab ins Gewissen reden will. Und er verharmlost das alles ziemlich. Er hat keinen strengen Ton, er hatte gar keinen Ton mehr. Sein Ton war ein einziges lautes Herumbrüllen. Sogar die Urlaubsgäste haben uns mitleidig angesehen. Und vorgestern hat Clément es tatsächlich geschafft, mich zum Weinen zu bringen. Es hat mich angeschrien und mit dem Finger vor meiner Nase herumgefuchtelt, bis mir schwindelig war. Und das nur, weil die bestellten Blumen hellrot und nicht dunkelrot waren. Hätte ich wenigstens einen gravierenden Fehler gemacht, dann wäre das zwar auch nicht gerecht, aber immerhin ein bisschen verständlich. Danach hat das ganze Team den Abend über die Arbeit verweigert – und ich wusste nicht, ob ich mich geschmeichelt fühlen soll oder nicht. Und zum ersten Mal habe ich Karim und seine Anwesenheit ganz unverblümt als Anker genommen, nicht zu verzweifeln. Er hat mir mit seinen lieben Blicken immer wieder signalisiert, dass ich gut genug bin. Und immer dann, wenn keiner hingesehen hat, hat er sanft über meinen Handrücken gestrichen. Eine winzige Bewegung mit riesiger Wirkung.

Zwischendrin hat er geflüstert, dass er bald sein Versprechen einlöst. Kurz habe ich nicht verstanden, was er meint, so sehr waren meine Gedanken von der Arbeit hier geprägt. Es hat gedauert, bis ich verstanden habe, dass er unseren Deal meint.

Etwas, was in weite Ferne gerückt zu sein schien, bis er es wieder auf den Tisch gebracht hat.

»Bist du noch dran?«

»Entschuldigung, Edgar«, sage ich und versuche seinen Namen genauso zu betonen wie er meinen vor wenigen Sekunden. »Ich muss wieder zurück an die Arbeit. Die macht sich nicht von alleine, weißt du ja. Danke für deine Mühe.«

Dann lege ich auf. Ich bin sauer. Auf ihn, auf Clément, auf diese Situation. Und ein bisschen auf mich, weil ich mich davon so mitreißen lasse. Herrgott, es ist der erste Konflikt und ich will gleich den Kopf in den Sand stecken? Das ist eigentlich nicht meine Art. Und trotzdem hätte ich mir etwas mehr Unterstützung von Edgar gewünscht. Oder tue ich ihm damit unrecht? Was soll er von Frankfurt aus schon bewirken? Vielleicht sollte ich direkt den Direktor damit konfrontieren? Aber auch das erscheint mir unpassend.

Von Weitem höre ich bereits wieder sein Brüllen und nehme meine Beine in die Hand, damit ich mich unbemerkt hinzustehlen kann, ohne den nächsten Anschiss zu kassieren.

Wie konnte ich denken, dass es mit diesem Anruf besser wird?

»Er ist der Chef der Hotelkette. Ein bisschen so wie ein Geist. Keiner kennt ihn, aber jeder weiß, dass es ihn gibt. Und jeder fürchtet sich.«

Die Situation wirkt so vertraut und doch irgendwie anders. Es ist später Abend und Karim und ich haben aller Müdigkeit zum Trotz beschlossen, uns noch für eine Weile gemeinsam in die hoteleigene Shishabar zu setzen. Naja, eigentlich war es seine Idee, und ich habe bloß wie ein Schulmädchen genickt, weil ich froh war, überhaupt Zeit mit ihm verbringen zu können. So weit ist es also schon mit mir.

»Und warum schaltet er sich jetzt plötzlich ein?«, hake ich nach. Karim erzählt abwechselnd davon, was er heute bei einem Vier-Augen-Gespräch mit Wassim Clément herausfinden konnte (mehr als Edgar), und raucht Wasserpfeife. In regelmäßigen Abständen wird sein Gesicht von einer Wolke aus fruchtig riechendem Dampf verhüllt. Mir fällt auf, dass sein Bart ein wenig länger geworden ist und sich leichte Augenringe abzeichnen. Das macht ihn allerdings nicht weniger attraktiv. Ich habe das Gefühl, dass er sich zum ersten Mal seit langer Zeit wieder etwas entspannt hat, als wir vor einer halben Stunde hier eingetrudelt sind. Seine Schultern haben mehr und mehr an Spannung verloren, und statt sie zur Faust zu ballen, ruht seine Hand nun locker auf seinem Oberschenkel.

»Er scheint das schon die ganze Zeit zu beobachten. Und wir können nicht leugnen, dass das alles hier Geld kostet. Nicht zuletzt die Dame aus Deutschland, die extra eingeflogen wurde.«

Karim zwinkert mir durch den Rauch hindurch zu.

»Also nur zum Verständnis«, will ich seine Worte wiederholen, »der Chef vom Chef vom Chef kommt morgen her und will einschätzen, ob die Arbeit, die wir machen, wichtig genug ist, um sie weiterhin zu finanzieren? Weil er nämlich eigentlich in diesem Monat die Fassade des Hotels neu streichen wollte? Und beides zusammen geht nicht?«

»Es klingt noch verworrener, wenn du es so zusammenfasst, aber ja.«

»Das ist wirklich kleinlich«, stelle ich fest. Ich bin verwundert, dass man plötzlich auf Sparkurs zu sein scheint, spreche es aber nicht aus.

»Das hat auch nichts damit zu tun, dass es wirklich einen Plan gegeben hätte. Wahrscheinlich kam das mit der Fassade letzte Woche auf und man dachte sich ganz willkürlich, dass man dann doch einfach direkt alles auf den Tisch packt. Und dann hat man festgestellt, dass man das Hotel nicht in eine einzige Baustelle verwandeln kann.«

»Das verstehe ich so weit ja auch. Aber trotzdem gebe ich dir recht. Das ist die reinste Willkür.«

Karim lächelt mich bedauernd an. »So ist es hier manchmal. Schieb es auf das Land, hier geht alles ein bisschen wilder und unbürokratischer zu – sowohl in gute als auch in schlechte Richtungen. Aber ich bin mir sicher, dass nichts passieren wird.«

»Was soll denn passieren?«, frage ich verwundert und trinke einen Schluck vom Tee, der vor mir auf dem Tisch steht. Heute habe ich das Gefühl, dass er nahezu bitter schmeckt.

Der bedauernde Blick verstärkt sich noch. »Im schlimmsten Fall ... wird man entscheiden, dass das Projekt beendet ist.«

»Was?«, rufe ich aus. Das kann nicht sein Ernst sein? Hat er das wirklich gerade gesagt?

Meine Stimme war so laut, dass andere Gäste mich befremdlich anschauen.

Karim greift nach meiner Hand. »Das wird bestimmt nicht passieren. Warum sollten sie dich gehen lassen? Damit würden sie sich selbst ins Bein schießen.«

Die Verwunderung darüber, dass es dieses Sprichwort auch hier zu geben scheint, währt nur sehr kurz. Danach strömt erneut Panik durch mich hindurch. »Und dann? Bleibt der ausgehobene Graben unbepflanzt, der Wassergraben leer und die restlichen Projekte werden einfach gekappt?«

»In der Theorie ja. Praktisch werden sie das nicht machen, glaub mir das. Das ist einfach ein kleines Machtspielchen.«

Seine Worte beruhigen mich nicht im Geringsten. Ein Machtspielchen, das auf meine Nacken ausgetragen wird.

Mehr Tee, ich brauche mehr Tee, um die Tränen, die sich in meinem Hals sammeln, zu unterdrücken. Trotzdem fange ich an, unkontrolliert zu zittern. Hinter einer neuerlichen Dampfwolke schaut Karim mich besorgt an, dann fragt er mich, ob ich auch mal rauchen will. Es stößt mir sauer auf, dass er so tun will, als könnte nicht direkt morgen meine Welt zusammenbrechen. Und gleichzeitig kann ich ihm keinen Vorwurf machen. Ich will auf Teufel komm raus diesen Abend genießen – auch in Anbetracht der Tatsache, dass es vielleicht mein letzter hier sein könnte? Also greife ich nach dem Shishaschlauch und ziehe daran. Als Jugendliche habe ich gedacht, dass ich cool wäre, und habe hin und wieder mit ein paar Freunden hinter dem Schulhof geraucht, deswegen stelle ich mich nicht vollkommen blöd an. Und das hier schmeckt eindeutig viel besser. Nach irgendwas mit Lakritz vielleicht? Trotzdem muss ich ein bisschen husten. Und natürlich sieht Karim mich deswegen schmunzelnd an.

Wir schweigen eine Weile. Man hört die leise Musik im Hintergrund und die Gespräche von anderen Gästen, aber ansonsten konzentriere ich mich nur darauf, mich weder zu verschlucken, noch ein komisches Geräusch zu machen. Ich bin der tollpatschigste Mensch, den ich kenne, aber diese Aufgabe erfülle ich erstaunlicherweise gut. Langsam merke ich, wie ich etwas ruhiger werde. Vergessen kann ich zwar nicht, dass der Tag morgen entscheidend für alles Weitere sein wird, aber mir gelingt es immerhin, die Angst nicht schon in diesem Moment voll auszuleben. Es ist mehr ein Glühwürmchen aus Angst, das beschlossen hat, mir erst morgen früh wieder in mein Bewusstsein zu treten und sich dann wahrscheinlich schlagartig in eine wütende Hornisse verwandelt.

»Also komme ich morgen früh einfach hierher, als wäre alles normal. Wir warten gemeinsam auf diesen Chef, vor dem alle solche Furcht haben und versuchen ihn zu überzeugen, dass unser Projekt es wert ist. Und dann müssen wir wahrscheinlich schon am Nachmittag wieder schuften, als gäbe es kein Morgen«, versuche ich trotzdem noch einmal alles zusammenzufassen. Karim fängt währenddessen wieder an zu rauchen. Ich würde ihn gerne noch unverhohlener anstarren, aber ich begnüge mich mit ein paar unverfänglich-freundlichen Blicken immer dann, wenn er spricht. Er könnte gerne mehr sprechen. Viel mehr.

»Klingt nach einem guten Plan. Wir werden ihn überzeugen.«

Es erfüllt mich mit Stolz, dass Karim und ich hier nun sitzen und von einem »wir« sprechen. Während das letzte Treffen in diesem Raum noch alles andere als gemeinschaftlich verlief, ist es nun ein wahrer Segen, dass wir beide in dieser Arbeit und dieser Situation angekommen sind. Und dass wir uns angenähert haben. Ich muss zugeben, dass alles sich zum Guten gewendet hat. Und plötzlich bin ich ganz sicher, dass es das auch weiterhin wird.

Die letzten Meter zu meiner Wohnung laufe ich schnell, weil ich damit das Kribbeln in meinem Bauch vertreiben will, das Karim schon wieder verursacht hat. Statt wie normale Menschen mit dem Auto zur Arbeit zu kommen, scheint er regelmäßig das Mofa zu nehmen. Und er hat immer einen Helm dabei, um unschuldige Damen damit nach Hause bringen zu können. Das waren nicht ganz die Worte, die er benutzt hat, aber ich versuche mir einzureden, dass er mich quasi dazu gezwungen hat. Sonst wäre ich bestimmt auch ohne Probleme alleine nach Hause gekommen. Irgendwie.

Okay, ich gebe es zu, ich habe sehr gerne und sehr schnell sein Angebot angenommen, mich noch ein paar Meter in die Stadt mitzunehmen. Aus welchem Grund hätte ich auch Nein sagen sollen?

Mahdia ist in tiefe Dunkelheit getaucht und wird nur noch ein klein wenig vom Mond beschienen. Ich genieße die wenigen Schritte bis zur Haustür, atme die klare Luft ein und baue gleichzeitig eine innere Barriere in meinem Kopf auf, die keine schlechten Gedanken mehr hineinlässt. In diesem Moment versuche ich, alles ganz positiv zu sehen.

Mit dem Plan, endlich mal wieder ein paar Seiten zu lesen, betrete ich meine Wohnung. Meine Turnschuhe stelle ich akkurat neben die Tür und öffne im Laufen meinen Gürtel. Schon als ich im Schlafzimmer bin, habe ich die Klamotten vom Tag abgestreift und ziehe mir etwas Bequemeres an. Der Brunetti-Krimi, den ich mir vor einer gefühlten Ewigkeit am Frankfurter Flughafen gekauft habe, liegt auf meinem Nachtisch. Das sieht intelligent und gut aus, auch wenn ich in den letzten Wochen keine einzige Seite gelesen habe. Früher habe ich es ohne Probleme geschafft, zwei Bücher in der Woche zu lesen. Mein Herz blutet bei dem Gedanken daran, wie ich mein Hobby in letzter Zeit vernachlässigt habe. Deswegen nehme ich das Exemplar nun umso entschlossener an mich und setze mich mit einer Flasche Wasser auf den Balkon.

Zelebrierend öffne ich den Buchdeckel, da fällt eine Visitenkarte auf meinen Schoß. Ich erschrecke erst, dann aber fällt mir ein, woher sie stammt. Hamed hat sie mir am Flughafen gegeben. Und hat er nicht gesagt, dass ich mich melden soll, wenn ich Hilfe brauche?

Ich lasse das Buch Buch sein und greife stattdessen zu meinem Handy. Ich meine, ein genervtes Seufzen von Kommissar Brunetti zu vernehmen, das dann aber im Freizeichen meines Telefons untergeht.

»Hamed Amara?« Seine Stimme klingt verschlafen – was kein Wunder ist bei der Uhrzeit, zu der ich anrufe. Ein schlechtes Gewissen zwickt mich im Nacken.

»Hey Hamed, hier ist Mona«, stelle ich mich vor, »die Frau vom Flughafen.« Das muss als Erklärung genügen. Hamed macht einen Ton, den ich nur als Zeichen der Wiedererkennung deuten kann und sagt dann: »Schön von dir zu hören. Gibt es ein Problem?«

Ich bin ja so durchschaubar. Ich hätte mich wirklich schon früher melden können. Aber die Wahrheit ist nun einmal, dass ich Hameds Visitenkarte völlig vergessen habe. Als ich ihm genau das sage, lacht er nur.

»Du brauchst dich nicht rechtfertigen. Ich kann mir vorstellen, wie aufregend deine ersten Wochen hier waren. Alles ist gut. Außerdem helfe ich dir gerne – wo drückt denn der Schuh?«

Sofort sehe ich wieder die Herzlichkeit in den Augen von Emilie und Hamed – mein Gott, sie haben mich am Flughafen echt vor einem Rückzieher verwahrt. Und dass er so ohne Scheu erneut unter Beweis stellt, dass er da ist, um zu helfen, berührt mich. Ich bedanke mich gleich drei Mal, dann schildere ich ihm, was los ist. Es dauert nicht lang, weil ich auch nicht besonders viel weiß, aber Hamed untermalt meine Schilderung mit ein paar Lauten, die mir zeigen, dass er gut zuhört.

»Ich verstehe«, sagt er, als ich geendet habe. »Lass mich ein bisschen telefonieren. Ich melde mich morgen früh wieder bei dir. Ich muss dir allerdings dann eine Nachricht schicken, weil ich bei einem wichtigen Meeting bin. Aber ich verspreche dir, dass ich das klären werde.«

Einfach so? Will er mir nicht verraten, was genau er vorhat? Ich beschließe, meine negativen Gedanken für einen Moment auszublenden und ihm einfach zu vertrauen und ihn machen zu lassen. Etwas, was ich viel öfter machen sollte. Vielleicht schaffe ich es bis zu meiner Rückkehr nach Deutschland ja, nicht mehr so grundskeptisch zu sein.

»Danke dir tausendfach«, sage ich daher nur. »Und grüße Emilie von mir.«

Nachdem ich ihm das Versprechen abgenommen habe, dass er das machen wird, legen wir auf. Keine zehn Minuten hat das Gespräch gedauert. Ob es wirklich etwas gebracht hat?

Ich werfe einen Seitenblick auf Brunetti und greife nach dem Buch.

22

Die letzten Tage voller Arbeit und mit wenig Zeit für irgendetwas anderes fordern ihren Tribut, denn mein Kühlschrank ist bis auf eine angefangene Packung Milch komplett leer. Wenn ich etwas essen will, muss ich also zwangsläufig einkaufen gehen.

Genervt steige ich unter die Dusche und hasse das kalte Wasser, das durch die Leitungen kommt, an diesem Morgen mehr denn je. Was normalerweise eine Abkühlung ist und meinen Kreislauf in Schwung bringt, sorgt heute bloß dafür, dass meine Schultern sich noch mehr anspannen.

Ich habe richtig vermutet: Vor Nervosität vergesse ich zwischendurch sogar, wie man atmet. Und ich bin mir sicher, das Gefühl, das meine Brust zuschnürt, muss man auch bei einem Herzinfarkt haben.

Rasch stopfe ich mit noch nassen Haaren alles, was ich für den Einkauf brauche, in meine Tasche, und vertraue darauf, dass die feuchten Strähnen auf meinem Kopf bis zum Supermarkt getrocknet sind. Wobei das Wort Supermarkt vielleicht ein bisschen hochtrabend ist, denn so super ist der Laden nicht. Es gibt das Nötigste – was natürlich auch reicht. Aber ein Erlebnis ist es auch nicht unbedingt.

Ich brauche knappe zehn Minuten zu Fuß und auch um acht Uhr morgens ist es hier schon warm genug, dass meine Haare tatsächlich nur noch an den Spitzen davon zeugen, dass ich geduscht habe. Ich begrüße die Kassiererin mit einem freundlichen Lächeln. Die Mitarbeiter kennen mich hier schon und mir wird gleich von mehreren Seiten zugewunken und gefragt, wie es mir gehe. Ich lächele nur und nicke – das muss als Antwort genügen.

Ich stopfe Käse, ein bisschen Brot, Joghurt und verschiedene Sorten Fleisch in einen Einkaufskorb. Außerdem jeweils eine Packung Reis, Nudeln und Couscous. Ich kann nicht besonders gut kochen, aber da ich es nur für mich selbst mache, ist es in Ordnung. Und es ist vor allem schnell und einfach. Zum Schluss packe ich noch etwas Obst ein. Viel lieber wäre mir das vom Markt gewesen, aber das gibt meine Zeit leider aktuell nicht her.

»Wie geht es Ihnen?«, fragt die Frau an der Kasse mich erneut, eindringlicher diesmal. Ihre Schürze hat keine einzige Falte und sie sitzt so kerzengerade da, dass man auf den ersten Blick meinen könnte, sie sei eine Statue. Genauso unbegreiflich ist es mir, wie man so viel lächeln kann – und das am frühen Morgen. Ihre Laune ist ansteckend. »Gut, und Ihnen?«, will ich wissen. Das ist das Geplänkel, das wir immer austauschen, wenn ich hier bin. Ich kenne nur ihren Vornamen – Amira – weil er auf dem Schildchen an ihrem Kittel hängt. Ansonsten weiß ich nichts über die Frau, nur, dass ich sie sympathisch finde.

Etwas hektisch packe ich meine Einkäufe in eine Tüte und bin beim Bezahlen gedanklich schon wieder ganz weit weg. Hoffentlich werde ich nicht doch rausgeschmissen und das hier ist mein letzter Einkauf. Wie soll ich das meinen Eltern erklären? Und Nizas Mutter wäre bestimmt auch enttäuscht, dass sie schon wieder einen Nachmieter braucht. Hier im Supermarkt würde man sich fragen, wo die Deutsche geblieben ist. Und Agatha könnte ich auch nicht tschüss sagen. Ich muss unbedingt gleich auf mein Handy schauen und nachsehen, ob Hamed schon geschrieben hat. Aber wahrscheinlich ist es zu früh.

Ich denke, dass mein Kopf explodieren muss, als ich wieder hinaustrete. Meine Einkaufstüte ist viel zu schwer und ich habe nicht die geringste Lust, sie den ganzen Weg bis zur Wohnung zu tragen. Aber eine abenteuerliche Taxifahrt würde ich in meinem Zustand auch nicht überleben. Oder ich würde dem Fahrer die Innenausstattung für immer ruinieren. Nein, schlechte Idee.

»Entschuldigung? Mademoiselle?«, höre ich eine Frauenstimme rufen. Ich fühle mich jedoch erst angesprochen, als neben mir eine junge Frau auftaucht und mir mein Portemonnaie unter die Nase hält.

»Sie haben ihren Geldbeutel vergessen«, sagt sie dann, etwas außer Atem von ihren letzten Metern, die sie zu mir gerannt ist. Als müsste ich es überprüfen, werfe ich einen Blick in meine Handtasche – aber natürlich hat sie recht.

»Oh vielen Dank. Ich muss es liegen gelassen haben.« Mit zitternden Fingern nehme ich es entgegen. »Das ist sehr lieb, danke!«

»Gar keine Ursache.«

Mir fällt erst jetzt auf, wie wunderschön die Frau ist. Sie trägt eine dunkelblaue Jeans und eine lange weiße Tunika. Dazu senfgelbe Sandaletten, die exakt den gleichen Farbton haben wie ihr Kopftuch. Darunter schaut mich ein grünes Augenpaar an.

»Das wäre ein böses Erwachen geworden«, lasse ich noch eine Floskel fallen, weil ich nicht weiß, was ich sonst erwidern könnte. Wir lächeln uns noch einmal für ein paar Sekunden an, dann verabschieden wir uns. Beim Rückweg in meine

Wohnung werde ich das Gefühl nicht los, dass mir die Frau irgendwoher bekannt vorkommt.

Es ist neun Uhr und noch immer keine Nachricht von Hamed. Nervös klopfe ich auf den Griff an der Innenseite von Nizas Autotür.

»Du machst mich nervös mit deinem Gezappel, Mona«, tadelt er mich und biegt in die Einfahrt des Hotels ein, wo wir mit einem Nicken begrüßt werden und dann auf den Parkplatz fahren dürfen. Ich stolpere sofort aus dem Auto, ohne Nizas noch eine Antwort zu geben. Wenn ich etwas gesagt hätte, dann wäre es bestimmt zickig gewesen. Und auch Nizas ist ungewohnt angespannt. Hinter allen von uns liegt eine schlechte Nacht, fürchte ich.

Während wir die Lobby durchqueren und zum Treffpunkt an der Poolbar laufen, schaue ich unentwegt auf mein Handy. Hamed muss sich endlich melden! Er wird mich doch nicht vergessen haben? Mich im Stich lassen?

Wassim Clément hat heute eine bordeauxrote Krawatte mit nichts darauf an. Keine Kamele, Kaffeebohnen oder Katzen, einfach nur rot.

In diesem Moment weiß ich, wie ernst die Situation wirklich ist.

Karim sieht uns schon von Weitem, Nizas und ich scheinen die Letzten zu sein. Sein zaghaftes Lächeln macht mir nur ein kleines bisschen Mut und ich bin kaum in der Lage, es zu erwidern. Mein Herz macht dieses Mal nicht wegen ihm Saltos am laufenden Band. Ich lasse meinen Blick weiter schweifen und auch in den anderen Gesichtern ist deutliche Anspannung zu erkennen. Vor allem werfe ich aber ein Auge auf den Mann, der nun vom Meer hinauf zu uns läuft. Sofort weiß ich instinktiv, dass er das Objekt der Furcht und der Grund für einfarbige Krawatten sein muss. Er strahlt trotz seines weniger eindrucksvollen Äußeren eine Autorität aus, die ich zuvor noch nie an einem Menschen gesehen habe. Nicht an Edgar, nicht an Wassim, nicht an meinem Vater.

Seine spärliche Haarpracht wird vom Wind hin und her gerissen und er versucht nicht einmal, sie wieder in Form zu legen. Stattdessen hält er geschäftig eine Mappe in den Händen und schaut sich mit langsamen Kopfbewegungen in der Umgebung um. Seine Augen sind so dunkel, dass sie fast schwarz wirken, und die Farbe der Haare ist undefinierbar. Ein Mix aus Dunkelblond und Braun, einzelne ergraute Strähnchen, aber von allem nicht genug. Er ist groß – allerdings immer noch einen halben Kopf kleiner als Karim. Und er hat eine nichtssagende Figur. Weder schlaksig noch muskulös, nicht dick oder dünn. Nichtsdestotrotz starren ihn heute alle an.

Ich verstehe seinen Namen nicht, als er Wassim Clément die Hand reicht und sie mit etwas zu viel Druck schüttelt. Die nächsten Sekunden vergehen in Zeitlupe. Alle halten den Atem an, und es wirkt, als ginge eine Art Schein von dem Neuankömmling aus. Er hat die Augen zusammengekniffen, als würde er eine Brille brauchen und schaut sich um. Endlos lang schweift sein Blick. Dann klatscht er ein einziges Mal in die Hände, als würde er uns damit von unserer Trance lösen wollen, und öffnet den Mund, um etwas zu sagen. Mein Herz setzt aus, aber ich kann ihn nicht verstehen. Natürlich spricht er Arabisch. Obwohl ich dringend wissen will, was seine Worte sind, traue ich mich nicht, einen der anderen Männer anzusehen. Nicht einmal Karims Blick würde ich gerade standhalten. Mit einem Mal bin ich mir todsicher, dass dieser abscheuliche Mann gerade verkündet, dass mein größtes Projekt aller Zeiten sich wie Seifenblasen in Luft auflöst. Dass es hier und jetzt vorbei ist, dass wir keine Genehmigung mehr bekommen, dass das Geld weg ist. Dass ich mir gefälligst einen anderen Traum suchen soll.

Aber alles, was um mich herum passiert, sind Jubelschreie und sich umarmende Männer.

Huch, was ist denn jetzt passiert?

Der Chef-Chef-Chef lächelt besonnen und schaut mich skeptisch an, weil ich die einzige Person bin, die sich nicht freut. Dabei verstehe ich einfach nicht, was Sache ist. Als sein Blick allerdings geradezu hasserfüllt durchdringend wird, klatsche ich aufs Geratewohl einfach mal langsam in die Hände und beobachte die weiteren Reaktionen des Mannes. Wir taxieren uns weiter, da trifft mich plötzlich eine Wucht von der Seite, dass ich beinahe umfalle, dann zwei warme, starke Hände um meine Taille, die sich ungewohnt, aber bekannt anfühlen.

»Er hat das Projekt gelobt und uns gesagt, dass wir eine tolle Arbeit machen. Wir dürfen weitermachen«, sagt Karim glücklich an mein Ohr. Er hebt mich hoch und dreht mich einmal um sich herum. Nun lasse auch ich einen leisen Jubelschrei aus, weiß aber nicht, ob der von der guten Nachricht oder von Karims Umarmung herrührt. »Einfach so?«, will ich freudestrahlend wissen. Vorsichtig setzt Karim mich wieder ab.

Er antwortet ganz leise, sodass uns keiner hören kann. »Einfach so. Anscheinend stehen uns ziemlich gute Geister bei. Er hat keinen Grund genannt. Ich habe mit allem gerechnet, aber nicht damit.«

Kurz will ich wütend sein, weil er gestern noch so getan hat, als wäre das alles kein Problem und ein Leichtes, das Projekt fortzuführen. Ich besinne mich aber schnell, denn es gibt keinen Grund, Karim böse zu sein. Nicht, weil er mich beschützen wollte und erst recht nicht nach seiner Reaktion eben. Er war mindestens genauso nervös wie ich, für ihn hing genauso viel an dieser Entscheidung wie für mich.

Trotzdem bin ich verwundert.»Einfach so«, wiederhole ich ganz leise und schaue für einen Moment nachdenklich an Karim vorbei, der seinerseits aber so glücklich ist, dass er es nicht merkt. Ich werfe einen kurzen Blick auf mein Handy. Da ist eine ungelesene Nachricht.

Na, hat alles geklappt? ;-)

Hamed. Plötzlich muss ich grinsen. Wir hatten keine guten Geister an unserer Seite. Wir hatten einen guten Hamed.

Erneut umarme ich Karim fest und er wirkt erst ein wenig verwundert, erwidert meine Berührung dann aber ganz sanft und vergräbt das Gesicht in meinen Haaren. Ein leichter Kuss wird mir auf den Scheitel gedrückt und eine Gänsehaut überzieht meinen Nacken, dann meine Arme und gelangt schließlich in mein Herz.

Mir ist bewusst, dass gerade dutzende Augen auf uns liegen und uns bei dieser Geste, die vor wenigen Wochen noch keiner für möglich gehalten hätte, beobachten. Aber es ist mir vollkommen egal.

Die Stimmung könnte ausgelassener nicht sein. Wassim Clément hat uns frei gegeben und eine kurzfristige Party im

Hotel organisiert. Es gibt Alkohol, den kaum einer anrührt und auf den auch ich heute verzichte. Musik kommt aus Boxen, die in jeder Ecke des Raumes stehen, tanzende Menschen liegen sich in den Armen. Ein paar Hotelgäste haben sich selbstverständlich auch unter die Feiernden gemischt – eine Privatparty für Angestellte wollte Clément dann doch nicht machen. Aber das ändert nichts an der guten Laune und ich habe nun schon seit über einer Stunde ein Dauergrinsen im Gesicht.

Ich habe Hamed in einer ruhigen Minute angerufen. Er wollte erst nicht zugeben, was er genau gemacht hat, hat bloß etwas von Kontakten gesagt, aber ich habe nicht locker gelassen. Es hat sich schnell herausgestellt, dass er den Mann, der uns heute einen Besuch abgestattet hat, ein ehemaliger Kollege von Hamed ist. Durch ein bisschen Flunkerei und Dreistigkeit konnte Hamed ihn überzeugen, die Sache einfach auf sich beruhen zu lassen. Ihn dazu bringen, in diesem Fall nicht auf das Geld zu schauen und ihm zu versichern, dass das Projekt, das die Deutsche da durchführt, wichtig ist. In Tunesien ticken die Uhren anders, hat Hamed verschwörerisch gesagt. Und wenn ein Kollege aus der gleichen Branche einen Wunsch äußert, dann wird dieser wohl ziemlich häufig erfüllt. Gut für mich, gut für uns, das Hotel und unsere Truppe. Und für Hamed scheint dieser kleine Gefallen ein Leichtes gewesen zu sein. Also haben letztendlich alle irgendwie gewonnen.

Auch mit Emilie habe ich kurz gesprochen und es war, als würde ich mit einer alten Freundin quatschen.

Ich halte mich an einer Cola fest und beobachte Semi dabei, wie er mit einer jungen Frau tanzt. Sie muss seinem Charme völlig erlegen sein und lächelt ihn selig an, als würde sie ihn am liebsten vom Fleck weg heiraten.

»Na, ist der *mufle* doch keiner mehr?«

Nizas tritt neben mich, reicht mir eine weitere Cola und stellt das leere Glas auf das Tablett eines vorbeieilenden Kellners, der ihm einen angesäuerten Blick zuwirft.

Betont gleichgültig schaue ich zu ihm auf. »Ich weiß nicht, wovon du sprichst.«

»Leugnen bringt nichts. Du kannst deine Maske meinetwegen wahren, aber ich kenne Karim schon seit vielen Jahren, und den Blick, mit dem er dich vorhin angeschaut hat, habe ich an ihm noch nie gesehen.«

Das pubertäre Mädchen in mir jubelt. Es will zu gerne fragen, was das denn für ein Blick sei, aber ich will mich vor Nizas nicht outen und zugeben, dass seine Worte mich freuen. Mein gleichgültiger Blick wird dennoch sanfter und das merkt er sofort.

»Du machst aus ihm einen glücklicheren Menschen«, sagt mein Freund leise. Trotzdem legt sich dabei etwas Trübseligkeit auf meine nächsten Worte: »Aber ich bin nur noch knapp vier Monate hier.«

Nizas seufzt und spiegelt damit alle Emotionen wider, die auch ich in diesem Moment fühle. Anstatt mir zuzustimmen oder wenigstens tröstende Worte zu finden, sagt er aber etwas ganz anderes. »Wenn Gott will, dann klappt das trotzdem.«

»Und wenn Karim will«, murmele ich leise und unüberlegt. Wie ein Gewinner schaut Nizas mich an. »Hab ich doch gewusst, dass da was in deinem Herzen passiert ist.«

Ich erröte. Damit habe ich mich natürlich verraten. Und damit habe ich nicht nur dem Bär von einem Mann neben mir meine Gefühle offenbart, sondern auch endlich selbst zugegeben, dass ich mehr für Karim empfinde, als ich mir eingestehen wollte. Dass nicht nur dieses Land und seine Bewohner in kürzester Zeit mein Herz erobert hat, sondern auch der größte Stinkstiefel von allen. »Wo ist er eigentlich?«, will Nizas wissen und reißt mich aus meinen Gedanken.

Trotz der Aussicht auf eine Feier ist er ziemlich schnell gegangen, nachdem Wassim Clément uns einen freien Abend versprochen hat. Er hat nur gesagt, dass er zu seiner Schwester müsse, und ich habe nicht weiter nachgefragt. Innerlich hoffe ich aber, dass es nur eine Untersuchung ist und der Grund nicht darin liegt, dass es ihr schlecht geht. Ich weiß nicht, wie viel Nizas über Karims Leben oder das seiner Schwester weiß, deswegen stottere ich etwas bei meiner Antwort. »Er musste ... nochmal weg. Keine Ahnung, ob er wiederkommt.«

»Seine Schwester?«, hakt Nizas nach. Auch er scheint nicht genau zu wissen, wie viel er offenbaren kann und ob ich Bescheid weiß. Mit einem knappen Nicken bestätige ich seine Annahme und er schweigt zur Antwort. Anstatt weiter einen Seelenstriptease aufzuführen, halte ich den Mund und beobachte die vielen glücklich feiernden Menschen um mich herum. Semi flirtet immer noch, Walid behält alle im Blick, als müsse er aufpassen. Ich meine sogar, Sofiane lächeln zu sehen, was mich einen Moment aus der Bahn wirft. Und dann sehe ich etwas, was mich wohl für immer verstören wird. Wassim Clément hat seine Krawatte ausgezogen und wirbelt sie über dem Kopf in der Luft herum. Sein Arm macht kreisförmige Bewegungen und das Schlimmste daran ist, dass er ähnliche Kreise auch mit der Hüfte zieht.

Mein Augenlid zuckt. Ich werde ihn nie wieder ernst nehmen können. Um Schadensbegrenzung zu betreiben, wende ich den Blick lieber wieder ab und wie von Amor höchstpersönlich geplant, erscheint Karim in meinem Sichtfeld, sieht mich, und lächelt mir zu. Alle unangenehmen Bilder verschwinden sofort, plötzlich ist da nur noch er. Ich kann kaum glauben, dass ich noch dieses Jahr dreißig werden soll, weil mein Körper sich plötzlich so wackelig anfühlt, als wäre ich zum ersten Mal verliebt. Im zweiten Moment begreife ich, was anders ist. Karim trägt anstatt der sonst so lässigen Klamotten ein weißes Hemd mit schwarzer Jeans und er sieht höllisch gut aus. Die oberen Knöpfe sind offen und Himmel, könnte ihm vielleicht jemand das Hemd einfach vom Körper reißen? Wenn sich niemand anbietet, würde ich es meinetwegen auch selbst machen.

»Hi«, sagt er, als er Nizas und mich erreicht. Mir gibt er erneut einen Kuss auf den Scheitel und ich zerfließe beinahe vor Glück. Nizas bekommt eine knappere Begrüßung, scheint damit aber zufrieden zu sein.

»Habe ich was verpasst?«, will Karim wissen.

Zeitgleich zeigen Nizas und ich mit dem Finger auf unseren sonst so geschniegelten Hoteldirektor, dessen Haare ihm zu Berge stehen und der eindeutig Alkohol intus hat. Er tanzt mittlerweile mit einer betagten Dame und macht weiterhin sehr eigenartige Bewegungen. Mit allen Körperteilen.

Wir drei müssen laut losprusten und ich halte mir den Bauch, weil ich das Gefühl habe, vor Lachen keine Luft mehr zu bekommen. Es ist erfrischend, einfach hier zu sein und den Abend zu genießen. Wir lassen absichtlich alle schweren Themen aus und verziehen uns stattdessen in eine etwas stillere Ecke und genießen den Abend aus einiger Entfernung. Sofiane gesellt sich zu uns. Keinem entgeht mehr, dass Karim verdächtig nahe bei mir sitzt und hin und wieder meine Hand leicht mit seiner streift. Und ich habe es zwar nicht verstehen können, aber ich glaube, dass sowohl Nizas als auch Sofiane ihn mehrmals auf Arabisch gefragt haben, ob sie uns nicht alleine lassen sollen. Er hat bloß jedes Mal den Kopf geschüttelt und mich dann wie zur Entschädigung liebevoll angesehen. Vielleicht täusche ich mich aber auch und mein in die Pubertät zurückgebeamtes Hirn will mir etwas einreden, was nicht stimmt.

Erst um kurz vor eins löst sich auch der letzte Rest unserer illustren Gesellschaft langsam auf.

»Soll ich dich mitnehmen?«, fragt Nizas mich, als wir in die kühle Nachtluft treten. Gerade will ich ja sagen, da schneidet mir Karim das Wort ab. »Ich bringe sie nach Hause.«

Seine Wortwahl und die Art, wie er es sagt, lassen keinen Widerspruch zu und Nizas merkt das schnell. Er verabschiedet sich mit einem müde klingenden »bis morgen« von uns, winkt noch einmal, und dann bleibt mir nichts anderes übrig, als Karim zu seinem Mofa zu folgen. Ohne mich zu fragen, zieht er eine Jacke von sich zeitgleich mit dem Helm aus der Klappe unter dem Sitz und reicht sie mir. »Sonst ist es zu kalt«, fügt er an. Dankbar nehme ich beides entgegen. Diesmal gelingt mir das Aufsetzen des Helmes besser und auch wenn ich mich in Karims riesig wirkender Jeansjacke noch kleiner fühle, schwinge ich mich auf das Mofa und klammere mich gerade rechtzeitig an ihm fest, bevor er den Motor startet und den Hotelparkplatz verlässt.

Die darauffolgenden Minuten haben etwas von einem kitschigen Film, von dem ich nie dachte, dass ich einmal darin landen würde. Ein Film, den ich obendrein nicht einmal gerne anschauen würde, weil man mich mit solchen Filmen jagen kann.

Aber so muss es sich anfühlen, wenn man geradewegs auf ein Happy End zusteuert.

Wir fahren durch die Nacht und ich bin beinahe traurig, dass der Weg vom Hotel zu meiner Wohnung nur so kurz ist. Ich hätte nichts dagegen, wenn dieser Moment noch angedauert hätte. Etwas zittrig lasse ich mir von Karim vom Mofa helfen und merke nun, wo ich wieder auf den Beinen bin, wie unglaublich müde ich mich fühle. Beim Abstreifen des Helms berührt Karim sanft meine Wange und ich habe das Gefühl, dass er das nicht zufällig gemacht hat.

»Alles gut bei dir?«, flüstert Karim. Er sieht, dass ich etwas abgekämpft aussehe, und fügt hinzu:»War ein langer Tag.«

»Ich könnte mich trotzdem nicht besser fühlen«, erwidere ich müde lächelnd.»Und bei dir?«

Er zieht den Mundwinkel hoch. Auf diese Art, die mein Herz schneller klopfen lässt.»Du kannst dir gar nicht vorstellen, wie glücklich dieser Tag mich gemacht hat. Aber ich lasse dich jetzt schlafen.«

Schmunzelnd blicke ich zu ihm hoch, direkt in seine Augen. Soll ich ihn umarmen? Oder ist das schon ein Zeitpunkt für mehr? Ich könnte auch einfach an ihm vorbei gehen, aber diese Möglichkeit scheidet schon aus, weil ich es selbst nicht möchte.

Während ich noch überlege, scheint Karim in seiner Überlegung über den geeigneten Abschied bereits zu einem Ende gekommen zu sein. Zärtlich streicht er erst erneut über meine Wange, bis seine Hand an meinem Hinterkopf zum Halt kommt. Mein Atem setzt aus. Alles in meinem Inneren kribbelt wie aufgeregte Hornissen und wenn man mich später nach dieser Situation fragen wird, dann werde ich mich wahrscheinlich vor lauter Aufregung nicht mehr an Details erinnern können.

Karims Lippen treffen auf meine Stirn, sanft wie die Flügel eines Schmetterlings und doch so ausdrucksstark wie sonst nichts in meinem Leben. Ich schließe meine Augen, spüre die Nähe zwischen uns und fühle mich seltsam kalt, als Karim sein Gesicht entfernt und einen Schritt nach hinten macht. Ich versuche, seinen Ausdruck zu deuten, aber es gelingt mir nicht. Seine markanten, attraktiven Züge liegen im Dunkeln und alles, was ich wahrnehmen kann, ist der zärtliche Blick, den er auf mich richtet.

»Gute Nacht«, haucht er. Ich bin zu sprachlos, um etwas zu erwidern, also werfe ich ihm ein glückliches Lächeln zu und verschwinde mit einem Herzen voller Gefühle im Hauseingang.

23

Unser Deal scheint hinfällig zu sein, weil ich längst begriffen habe, dass Karim alles andere als ein Mistkerl ist. Gegen ein paar mehr gemeinsame Momente mit ihm hätte ich allerdings auch nichts. Stattdessen fühlt es sich momentan, als wären wir wieder etwas zurückgerudert.

Karim verhält sich nicht direkt abweisend, aber etwas abwesend. So als wären seine Gedanken in einem großen Luftballon gefangen und keiner hätte eine Nadel, um ihn aufzupieksen und die Gedanken wieder freizulassen. Man könnte es gewaltsam versuchen, aber dann besteht die Gefahr, dass er sich komplett verschließt. Ich schiebe sein Verhalten auf seine Schwester, weil das die einfachste und naheliegendste Lösung ist. Aber ich ertappe mich natürlich auch immer wieder dabei, dass ich in mir selbst den Grund für seine Veränderung sehe. So nah wie am Donnerstagabend waren wir uns jedenfalls nicht noch einmal.

Leider.

Ich arbeite gerade am Rand der Tennisanlage. Hier stehen zwar bereits einige Palmen, aber alles in allem wirkt der Bereich noch etwas kahl, also bepflanze ich ihn mit Jasmin und Oleander. Die beiden Blüten harmonieren wunderbar miteinander und zufrieden schaue ich mir den ersten Abschnitt an. Ich trete ein paar Schritte rückwärts, damit ich schauen kann, ob ich noch eine Lücke finde, an der die Pflanzen zu weit auseinanderstehen. Plötzlich merke ich nur, wie ich falle und unsanft auf meinem Rücken lande. Dabei verdrehe ich mir schmerzhaft den

Fuß und jaule gequält auf. Es dauert nur wenige Sekunden, bis Sofiane bei mir ist.

»Was ist passiert?«, fragt er besorgt und beugt sich zu mir herunter. Tränen treten in meine Augen. Das tut verdammt weh. Sowohl mein Rücken als auch mein Fuß, den ich gar nicht bewegen möchte. Vor Schmerz dauert es eine Weile, ehe ich die richtigen Worte auf Französisch gefunden habe. »Ich muss irgendwie gestolpert sein.«

»Wo hast du Schmerzen?«, hakt Sofiane nach. Unter seinem Bart verzieht er mit mir das Gesicht, als ich auf meinen verdrehten Fuß zeige.

»Hast du dich noch irgendwo verletzt?«

Langsam nicke ich. »Am Rücken. Aber das ist nicht so schlimm.«

»Okay«, ist alles, was ich als Antwort bekomme.

Okay? Na danke.

Doch mein Anflug schlechter Laune ist unbegründet, denn im nächsten Moment hat Sofiane seine Arme sowohl unter meine Knie als auch unter meinen lädierten Rücken geschoben und hebt mich sanft an. Er hat in einen beeindruckenden Modus geschaltet, in dem er einfach aus Reflex reagiert. Deswegen sind auch seine Antworten knapper als sonst. Ich bin in der Tat kein Leichtgewicht, aber ihn scheint es nicht im Geringsten anzustrengen, mich zu tragen. Die Szene ist mir fürchterlich unangenehm, aber ich habe zu viel Schmerzen, als dass ich mir darüber allzu große Gedanken machen könnte. Ich habe das Gefühl, dass ich mit jeder Sekunde blasser werde. Nicht nur die Verletzung an sich macht mir zu schaffen, sondern auch der Gedanke daran, was jetzt passiert. Würde ich hier von einem

Arzt behandelt werden? Muss ich dann viel Geld zahlen? Und zählt das eigentlich auch hier als Arbeitsunfall?

Im Kopf mache ich bereits eine Checkliste, wen ich alles informieren soll und muss und welche Behörden vielleicht etwas für mich regeln können.

»Was ist passiert?«

Sofiane bleibt stehen und ich merke, wie Walid neben uns tritt. Sein wettergegerbtes Gesicht schaut mich ebenso besorgt an.

»Keine große Sache«, versuche ich herunterzuspielen, stöhne aber auf, als ich versuche, meinen Fuß zu bewegen.

»Ja, das merkt man«, kommentiert Walid trocken. Wahrscheinlich hat er bei seinen vier Kindern schon einige Verletzungen miterlebt, was erklären würde, warum er trotzdem so ruhig bleibt. Er wechselt ein paar leise Worte mit Sofiane, aber ich höre nicht genau hin. Ohne viel darüber nachdenken zu können, werde ich ins Gebäude getragen. Ob es hier einen Arzt gibt?

Stattdessen legt Sofiane mich auf etwas Gepolstertes. Eine echte Wohltat für meinen Rücken nach seinen sehnigen Muskeln. »Warte hier«, sagt er und verschwindet. Er wird mich ja wohl jetzt nicht alleine hier lassen und weiterarbeiten gehen? Wo bin ich überhaupt? Ich bin mir sicher, in diesem Teil des Hotels noch nie gewesen zu sein. Vorsichtig schaue ich mich um, aber mir tut plötzlich alles weh, also lasse ich bloß den Kopf nach hinten sinken und schließe die Augen. Ich kann die Tränen nicht mehr halten. Es könnte doch alles so gut sein und jetzt so etwas! So viele Aufgaben zu erledigen, so viele Termine einzuhalten, so viele Menschen zufriedenzustellen. Der Perfektionist in mir würde sich am liebsten in den Kopf schießen. Zu dem Gefühlschaos in mir gesellt sich nun also auch noch ein körperliches. Als ein lauter Schluchzer meine Lippen verlässt, halte ich mir die Hand vor den Mund. Hoffentlich hört mich hier keiner. Es sollen mich einfach alle in Ruhe lassen, in Ruhe mit meinen Gedanken und meinen Ängsten und Sorgen und dem Gefühl, dass ich so schnell nicht wieder glücklich werden kann.

Ich weiß nicht, wie lange ich meinen übertrieben negativen Gedanken freien Lauf gelassen habe, bis mich eine warme Hand am Arm berührt und Nizas Stimme an mein Ohr dringt.

»Hey, Mona. Nicht weinen, alles wird gut.«

Ich öffne die Augen, wische mir ein paar übrig gebliebene Tränen weg und schaue ihn an. Neben Nizas ist auch Sofiane wieder zurückgekehrt. Beide schauen mich besorgt an, was mir sofort neue Tränen in die Augen schießen lässt. Wie lieb von ihnen, dass sie sich um mich kümmern!

»Wir haben dem Arzt Bescheid gesagt, dass er sich mal deinen Fuß anschaut«, erklärt Nizas.

»Und deinen Rücken«, ergänzt Sofiane.

Und wer untersucht mein Herz, denke ich, beiße mir aber auf die Lippe, um es nicht laut auszusprechen. Alles, was ich seit Donnerstag gefühlt und wieder verdrängt habe, kommt wieder hoch.

Ich habe mir erst eingestanden, dass ich mich verliebt habe, dann habe ich gemerkt, dass ich mir damit früher oder später selbst wehtun werde. Als ich Karim am Freitag gesehen habe, war mir das allerdings schon wieder egal. Nur straft er mich nun damit, dass er mir so gut wie keine Aufmerksamkeit mehr schenkt. Wenn das nicht für die ultimative Verwirrung sorgt, dann weiß ich auch nicht. Jedenfalls dachte ich, mit 29 wäre man reif genug, um dieses Chaos im Kopf nicht mehr zuzulassen.

Da hast du dich getäuscht, Mona.

Ein Mann mit wehendem Kittel kommt auf uns zu. Sein Bart reicht ihm fast bis auf die Brust und ist mehr grau als schwarz. Er bildet das dritte Augenpaar, das besorgt zu mir herunterblickt.

»As-salamu aleikum«, sagt der Doktor – was so viel wie guten Tag heißt. Ich werde im September zwar mit einem gebrochenen Herzen, dafür aber mit ein paar neuen Wörtern im Gepäck nach Deutschland fliegen.

Gerade gelingt es mir beim besten Willen nicht, positiv zu denken.

Ich gebe keine Antwort, weil ich schlichtweg nicht weiß, wie ich höflich und in seiner Muttersprache darauf reagieren soll.

Die kommenden Minuten sind äußerst schmerzhaft. Der Arzt drückt an meinem Fuß herum und Nizas fungiert als Übersetzer, denn der Doktor spricht nur schlecht Französisch und ich kein Arabisch. Seine Diagnose passt dann so gar nicht zum explodierenden Schmerz in meinem Fuß, denn angeblich habe ich mir nur den Knöchel ordentlich verstaucht. Auf meinen Rücken scheine ich nur etwas ungünstig aufgekommen zu sein, denn der tut kaum noch weh. Der Mann scheint meinen irritierten Blick zu sehen und sagt etwas, bevor er sich aufrichtet und mit wehendem Kittel davonrauscht.

Fragend schaue ich Nizas an, damit er übersetzt. »Er sagt, dass eine Verstauchung meistens noch viel mehr schmerzt als etwas anderes. Er bringt dir ein paar Schmerztabletten und stabilisiert den Fuß.«

Und tatsächlich kommt der Arzt nur wenig später wieder zu mir, legt eine ganze Packung Tabletten neben mich auf den Boden und beginnt dann, meinen Fuß mit einem festen Verband zu versehen. Darunter schmiert er eine Salbe, die sofort kühlt und sich ziemlich unangenehm anfühlt. Aber ich möchte keinesfalls meckern.

Eindringlich sieht er dann erst sein Werk an meinem Knöchel und dann mich an. Wieder sagt er ein paar Worte, wieder muss Nizas den Übersetzer spielen.

»Er sagt, dass du nur wenig und ganz vorsichtig laufen sollst. Viel Ruhe. Das wird eine Weile wehtun. Und dreimal am Tag eine Tablette, dann wird es bald wieder besser.«

Abwartend schaut der Arzt zwischen uns hin und her, dann nickt er, als sei seine Tat vollendet. »Shukran«, bedanke ich mich schüchtern und der Doktor grinst mich breit an, bevor er endgültig das Weite sucht.

»Na super«, seufze ich auf Deutsch, massiere mir kurz die Schläfen und setze mich dann langsam auf.

»Soll ich dich nach Hause bringen? Oder will Karim das lieber wieder machen?«, fragt Nizas mich. Während er beim ersten Teil der Frage noch Ernsthaftigkeit ausstrahlt, zeichnet ein schelmisches Grinsen den zweiten Satz.

»Mich fährt hier gar niemand nach Hause, ich muss weiterarbeiten«, sage ich entrüstet.

Sofiane mischt sich ein: »Ganz sicher nicht, Mona. Du bist verletzt.« Er deutet symbolisch auf meinen Fuß.

»Mag sein, aber die Arbeit macht sich nicht von alleine«, erwidere ich. Mir ist klar, dass ich mich wie ein bockiges Kind aufführe, aber mir liegt viel an diesem Job. Außerdem drehe ich durch, wenn ich den ganzen Tag mit meinen Gedanken alleine bin.

»Und die Arbeit kannst du auch noch nächste Woche machen.« Sofiane lässt nicht locker. So beharrlich hätte ich ihn gar nicht eingeschätzt.

Ein Argument habe ich jedoch noch. »Bis dahin sind alle Pflanzen kaputt.«

»Und du meinst, wir sind nicht in der Lage, die Blumen für dich zu pflanzen?«

»Aber ihr wisst nicht, wohin genau sie sollen.« Meine Stimme wird immer piepsiger. Sie haben ja so recht. Natürlich werde ich nicht zwingend gebraucht, erst recht nicht, nachdem Wassim Clément eingesehen hat, dass wir wirklich gut im Plan sind und nachdem wir sogar das Problem mit seinem obersten Chef in aller Kürze geregelt haben.

Naja, eigentlich hat Hamed es geregelt.

Die Männer werfen sich einen kurzen Blick zu. »Und was hältst du davon, wenn du uns alles noch einmal erklärst und ich dich dann nach Hause bringe? Wir können dir auch immer Bilder schicken, damit du überprüfen kannst, ob wir alles richtig machen«, schlägt Nizas vor. Ein Angebot, bei dem mir einfach kein Gegenargument mehr einfällt. Eine Bedingung habe ich aber doch noch. »Okay, ich ruhe mich aus. Aber ich möchte nicht nach Hause. Ich würde gerne noch hierbleiben.«

»Du willst uns also bei der Arbeit zusehen und dabei Limonade trinken«, witzelt Sofiane und ich nicke eifrig. »Dann sage ich den Jungs Bescheid, dass wir uns anders aufteilen. Schafft ihr das zu zweit?«

Nizas schaut seinen Kollegen angesäuert an. »Ich wiege dreimal so viel wie du, Sofiane. Ich kann sie auch tragen.«

»Dann weich Karims Blick aber aus, sonst erdolcht er dich. Ich spüre das Messer immer noch in der Rippe.«

Mit diesen Worten ist er weg. Stirnrunzelnd schaue ich ihn an. »Warum habe ich das Gefühl, dass ihr euch lustig darüber macht?«

Was genau mit *darüber* gemeint ist, brauche ich Nizas nicht zu erklären.

»Wir machen uns nicht lustig, Mona. Wir haben bloß alle Augen in Kopf. Und wir sehen, dass die von unserem Chef eindeutig nur noch auf dir kleben. Ich habe es von Anfang an gewusst, aber du wolltest es ja nicht wahrhaben.«

Ich winke ab. »Ihr seht da irgendwas gewaltig falsch. Er ignoriert mich doch schon wieder. Es ist fast so, als würde er jeden Tag seine Meinung auf ein Neues ändern. Das verwirrt mich.«

Kurz überlegt Nizas. Er sieht so aus, als wüsste er mehr über dieses Thema, als er mir sagen darf. Er verzieht den Mund leicht nach rechts, ehe er sagt: »Karim und Sofiane sind meine besten Freunde, nicht nur meine Kollegen. Wir wissen nicht nur fast alles voneinander, wir merken auch, wenn einer sich verliebt hat. Glaub mir.«

»Ich kann dir nicht glauben. Nach Donnerstag ist er total komisch geworden!«

»Was war am Donnerstag?«, hakt er nach. Aus unerfindlichen Gründen habe ich das Gefühl, dass er es längst weiß. Also erzähle ich von dem Kuss auf meine Stirn, von den Berührungen davor und meinen Gefühlen danach. »Und seitdem habe ich das Gefühl, dass er mir irgendwie ausweicht. Ich dachte, er würde irgendwann zugeben, dass er etwas fühlt, aber ich habe mich wahrscheinlich zu sehr darin verrannt.«

Langsam nickt Nizas. »Weißt du denn nicht, was dieser Kuss bedeutet hat?«

Fragend schaue ich ihn an und er antwortet: »Dann finde es heraus.«

»Du bist doch sonst nicht so schwer von Begriff!«, braust meine beste Freundin auf. Bella muss meinen verzweifelten Anruf erahnt haben, denn sie ist schon nach dem ersten Klingeln rangegangen und hat sofort gefragt, was los sei. Also habe ich endlich alles erzählt, was ich in den letzten Wochen mühsam unterdrückt habe. Als würde sich Karim in Luft auflösen, wenn ich ihn einfach nicht erwähne. Und als Retourkutsche ist Bella verständlicherweise vor allem eines: Sauer, dass ich nicht früher mit ihr darüber gesprochen habe.

»Ein besseres Zeichen kann es doch gar nicht geben. Ein Kuss auf die Stirn! Mensch Mona, die nächste Stufe ist quasi ein Heiratsantrag!«

Ich verschlucke mich an der Luft um mich herum. »Übertreib es nicht. Vielleicht hat er damit auch nur ausdrücken wollen, dass ich eine gute Freundin bin.«

»Erzähl keinen Schwachsinn. Okay, vielleicht gibt es doch noch ein paar Stufen dazwischen. Aber es bedeutet auf jeden Fall, dass er dich sehr, sehr gern hat. Google behauptet, dass das das Zeichen für eine Liebeserklärung ist.«

»Wie traurig, dass wir Google dafür fragen müssen.«

»Wie traurig, dass ich von dem Mann an der Seite meiner besten Freundin erst bei dem ersten Kuss erfahre«, gibt Bella eisig zurück.

»Okay, der Punkt geht an dich«, seufze ich, »aber es war nicht der erste Kuss und er ist nicht der Mann an meiner Seite.«

Die letzten Worte betone ich in diesem Bella-spezifischen Tonfall, den ich mittlerweile so gut drauf habe. Ich bin zugegebenermaßen ziemlich erleichtert, dass ich Karims abwesendes Verhalten auf einen Grund schieben kann. Das Gespräch mit Bella hat mir die Augen geöffnet – und ich kann mir mehr denn je vorstellen, dass Karims Verhalten sich bloß meinem eigenen angleicht. Er wird sich sicherlich auch seine Gedanken machen, wie es mit ihm und mir weitergehen kann und wird.

»Hör auf dich herauszureden, und erkläre lieber noch einmal die Szene mit dem Farbfleck.«

Bella kichert und reißt mich mit ihren Worten aus meinen Grübeleien. Die Story mit dem Fleck scheint ihr Tageshighlight zu sein.

»Ganz bestimmt nicht«, stöhne ich genervt und mache dabei eine Bewegung mit dem Bein, die ich sofort bereue. Schmerz schießt mir durch den Fuß und betäubt direkt ein Drittel meiner Gehirnzellen. Ich gebe unmenschliche Laute von mir und Bella lacht noch ein bisschen. »Stell dich nicht so an.«

Ich weiß nicht genau, ob sie ahnt, dass ich wegen meinem verstauchten Fuß solche Probleme mache oder ob sie es noch immer auf die Farbfleck-Story bezieht. Es ist mir auch egal. Eine letzte Frage brennt mir doch noch auf den Lippen, auch wenn ich das Thema eigentlich abschließen wollte. Aber ich weiß, dass ich sonst nie wieder schlafen können werde, wenn ich sie nicht wenigstens einmal laut ausgesprochen habe.

»Was soll ich machen, wenn ich wieder nach Deutschland fliege? Und wenn mein Herz dann hierbleibt?«

Meine Stimme ist leise, beinahe gebrochen, und meine Freundin schweigt so lange, dass ich bereits denke, dass sie aus der Leitung geflogen ist.

»Dein Schicksal wird dir schon den richtigen Weg zeigen. Und bis dahin kann ich dir nur einen Tipp geben: Lebe und liebe, als hättest du keine Sorgen. Um die kannst du dich nämlich auch dann noch kümmern, wenn sie wirklich auftauchen. Und nicht schon jetzt, wo sie höchstens schon mal anklopfen.«

Ich verschweige die stillen Tränen, die in meine Augen treten. Bella hat recht – aber es wird so wehtun. Ähnliche Worte hat bereits Nizas gesagt. Und ich möchte sie so gerne glauben. Möchte glauben, dass es eine Chance gibt, dass es eine Zukunft geben könnte. Ich möchte glauben, dass mein Herz hier glücklich wird und es bleiben kann und wenn ich die Augen schließe und an Karim denke, dann bin ich überzeugt, dass es klappen kann.

24

Mein Fuß pocht, als würden die Spartaner darin ihre Waffen testen. Für einen kurzen, irrationalen Moment muss ich an meinen Geschichtslehrer in der achten Klasse denken, der immer Filme mit uns angesehen hat und sich einmal eine ganze Doppelstunde darüber aufgeregt hat, dass jemand das Wort Arzt auch noch in der Oberstufe mit einem t vor dem z schreiben kann. Bevor ich mich in weitere Anekdoten vertiefen kann, setzt Sofiane sich neben mich und bringt mir eine neue Plastiktüte, die bis oben hin mit Eis gefüllt ist.

Ich lege sie vorsichtig auf meinen Fuß. »Danke«, sage ich und schaue ihn lächelnd an. Er erwidert meinen Gesichtsausdruck – ein Umstand, an den ich mich erst noch gewöhnen muss. Er hat irgendwann in den letzten Tagen aufgehört, die ganze Zeit wie ein leidender Hundewelpe zu schauen und ich muss feststellen, dass ihn das ungemein attraktiv macht.

»Wohin soll der Lavendel?«, will er wissen und zeigt auf Walid, der zwei der Pflanzen ungeschickt in den Händen zu balancieren versucht. Ich muss lachen. »Immer abwechselnd mit dem Feigenkaktus.«

Sofiane salutiert lachend und ich schaue ihm hinterher. Walid und er sind eine Weile beschäftigt, da bin ich mir ganz sicher.

Im Kopf erstelle ich eine Liste mit den Projekten, die jetzt noch anstehen. Als Erstes muss der Sportbereich fertig werden, an dem ich so gerne mitarbeiten würde. Der Tennisplatz ist beinahe fertig, es führt aber noch ein weiterer Weg ab und führt zu einer kleinen Bucht am Meer. Wassim Clément hat mir davon erzählt und mit bedauerndem Blick gesagt, dass man da aber ganz schön viel arbeiten müsste. Ich habe seine Anmerkung schweigend hingenommen. Unter normalen Umständen wäre ich sofort hingelaufen, aber das war eben nicht drin.

Außerdem fehlt noch eine Abgrenzung zum Meer. Ich habe mit Hecken geplant, die einen natürlichen Sichtschutz bieten. Wahrscheinlich würde ich da mit zwei Reihen arbeiten. Einmal die Hecke als Abgrenzung und davor noch ein breites Beet mit diversen Bodendeckern, die im Sommer schön blühen. So hat man auch noch was für das Auge.

Um die Eingänge am Gebäude herum plane ich außerdem ein paar weitere große Blumenkübel mit verschiedenster Bepflanzung – auch hier ist alles zwar schön, so wie es ist, aber doch noch sehr steril.

Als ein letztes richtig großes Projekt steht der vordere Bereich des Hotels an. Hier gibt es bisher nicht eine einzige Pflanze und ich schiebe diese Aufgabe bewusst ganz weit nach hinten, denn ich habe einen riesigen Respekt davor.

Und wenn das alles geschafft ist? Tja, dann wird es September sein und ich werde dieses großartige Land verlassen und in Deutschland so tun, als wäre es kein Problem.

»Oh, du hast ja schon Eis«, sagt Karim neben mir. Er sieht ehrlich unglücklich aus, wie er da so mit einer Tüte voller Eiswürfel steht. Genauso wie Sofiane es eben noch tat.

»Die sind schnell weg«, sage ich und greife nach der Tüte. Das französische Wort für »schmelzen« will mir nicht einfallen, aber er versteht mich auch so.

»Darf ich mich setzen?«

»Nur zu«, sage ich. Ich merke selbst, dass ich etwas unglücklich klinge, und Karim scheint es sofort auf sich zu projizieren. »Ich möchte dich nicht zu irgendetwas drängen.«
Die einzige Antwort, die er bekommt, ist ein Kopfschütteln. Er hat sich außer am Morgen nach meinem kleinen Unfall wieder nicht blicken lassen. Er hat schon wieder so abwesend gewirkt – und obwohl ich weiß, wie viel er um die Ohren hat, fühle ich mich nicht ernst genommen. Er kann mich doch nicht auf diese Art küssen und dann einfach so tun, als wäre nichts geschehen. Zwischen uns.

»Bist du wütend?«, flüstert er und streift meine Hand. Ich zucke zusammen und er nimmt es als Antwort auf seine Frage. Ich sehe, dass Schmerz in seinen Augen schimmert und dass er sich abwenden will. Dass er aufstehen und mich hier sitzen lassen will.

»Warum machst du das?«, sage ich, lauter als beabsichtigt, als Karim bereits steht.

Fragend schaut er mich an: »Was mache ich denn?«

Ich bin wütend, dass er es nicht zu merken scheint, wie er mich in jeder möglichen Situation zu ignorieren versucht. Selbst wenn er ähnliche Ängste über unseren Abschied in ein paar Wochen hat, ist das kein hinreichender Grund. »Vergiss es«. Demonstrativ schaue ich auf mein Handy in meinem Schoß. Soll er mich doch in Ruhe lassen. Dieses Chaos in meinem Kopf ist ja nicht auszuhalten. Aber gut, wenn er es so will, dann kann ich dieses Spiel gerne mitspielen. Ich kann gerne auch so sein wie er.

»Es war ein Fehler«, sagt er, »ein riesiger Fehler.«

Erst denke ich, dass ich ihn falsch verstanden haben muss. Aber mit jedem Schritt, den er sich weiter von mir entfernt, bin ich mich sicherer, dass meine Ohren mich nicht getäuscht haben.

Ein Schlag in die Magengrube wäre weniger schmerzhaft gewesen. Oder einer auf meinen lädierten Fuß.

Wut brodelt in mir. Ich bin vielleicht manchmal ein bisschen naiv, aber ich lasse nicht zu, dass man so mit meinen Gefühlen spielt.

Wieso nur fühlt es sich dann so an, als würde sich alles in mir drin urplötzlich in nichts auflösen?

25

Es ist der vierte Tag, an dem ich wieder ohne Schmerzen auftreten kann und nicht mehr humpeln muss. Und es ist der neunte Tag, an dem ich versuche, mir mein gebrochenes Herz nicht anmerken zu lassen.

»Der erste Tag ist immer der Schlimmste«, sagt Semi und kurz weiß ich nicht, wovon er spricht. Amin keucht auf und seine Reaktion erinnert mich wieder an den Grund der Lethargie um mich herum. Ich weiß, dass sie alle am liebsten fluchen würden, aber keiner tut es. Weil Ramadan ist.

Der Fastenmonat bricht über Mahdia herein und ich stecke mittendrin. Wohlwissend, dass ich zwar darauf achten werde, nicht gerade einen halben Liter Wasser neben den Männern zu trinken, es aber keinesfalls schaffen werde, ebenfalls zu fasten.

»Können wir nicht noch ein bisschen im Schatten bleiben?«, fragt Amin. Seine schulterlangen Haare liegen ihm platt am Kopf und er sieht unglaublich müde aus.

»Ich gehe schon mal vor. Lasst euch ruhig Zeit«, biete ich an. Ich habe Hummeln im Hintern und eine Menge Arbeit aufzuholen, nachdem ich wegen meinem Fuß so lange ausgefallen bin. Zugegebenermaßen hat das mit der Bepflanzung auch so gut funktioniert – aber ich mache diesen Job nicht, um anderen beim Arbeiten zuzusehen. Deswegen laufe ich im Eiltempo in Richtung Strand, wo sich bereits andere Teammitglieder versammelt haben und trotz ihrer augenscheinlichen Erschöpfung Steine für die Abgrenzung der neuen Blumenbeete hin und her schleppen.

»Es ist trotzdem falsch!«, ruft Karim in diesem Moment. Aufbrausend hebt er die Hände und zeigt dann auf ebendiese Steine. Gegenüber von ihm steht Said und wirkt alles andere als glücklich.

»Tut mir leid, Chef, aber die Steine sahen genauso aus wie auf dem Bild, das Mona gezeigt hat.«

Als mein Name fällt, werde ich doppelt hellhörig und begebe mich unauffällig in die Richtung der beiden.

»Dann frag sie doch selber«, argumentiert Karim, dann ruft er meinen Namen. Nun bin ich so nahe, dass ich unmöglich noch leugnen kann, dass ich ihn gehört habe.

Mist. Meine Neugierde hat mich mal wieder in eine unangenehme Situation gebracht – es könnte ja auch einfach mal alles ganz unauffällig funktionieren. Aber dafür scheine ich nicht der Typ zu sein. Ich muss Argumentationen physisch anziehen.

Erhobenen Hauptes nähere ich mich den beiden. Seit Karims verletzenden Worten haben wir nicht ein einziges Mal mehr miteinander gesprochen. Ich habe verstanden, was seine Absicht war. Und ich habe vor allem verstanden, dass es so besser ist. Vielleicht war es eine Schutzreaktion auf meine baldige Abreise, vielleicht umgeben diesen Mann doch noch andere Geheimnisse, von denen ich nichts weiß. Vielleicht war ich auf einfach nur eine kleine Eroberung, die er für seine Männlichkeit gebrauchen konnte.

Bis auf die erste Option passt das alles gar nicht zu ihm, denke ich traurig.

»Was ist denn?« Ich antworte zwar auf Karims Ruf, wende mich ihm aber nicht zu. Diese Genugtuung biete ich ihm nicht. Stattdessen schaut Said mich gequält an – und das liegt nicht nur daran, dass er seit einigen Stunden fastet, da bin ich mir sicher.

»Die Steine sind doch so, wie du sie wolltest, oder?«, fragt er leise. Das Rauschen des Meeres übertönt ihn beinahe. Ich will schon bejahen, da streift mein Blick das, was Walid von einem kleinen Container herunterhebt. Die Steine sind ... in einem hellen Lilaton gefärbt?

Meine Kinnlade plumpst herunter und meine Antwort bleibt mir im Halse stecken. Das ist definitiv nicht das, was ich wollte. Die Steine sind nicht einmal hübsch. Ehrlich gesagt sind sie sogar das Hässlichste, was ich seit langer Zeit gesehen habe. Aber ich bringe es dennoch nicht über mein Herz, Said das zu sagen.

Ich habe ihn damit beauftragt, nach hellen Sandsteinen zu suchen und zu bestellen.

»Sie waren ziemlich günstig«, rechtfertigt er sich. Seine Statur schrumpft immer weiter, weil er sich zu schämen scheint.

Karim schnaubt, dann ruft er laut: »Das ist ja wohl auch kein Wunder, so hässlich wie die sind!« Er wendet sich Said ab und ruft etwas auf Arabisch zum Rest des Teams.

»Was hast du ihnen gesagt?«, frage ich. Nun drehe ich mich doch zu ihm um.

Lass dich nicht wieder von seinem Äußeren beeinflussen, denke ich noch, aber es ist zu spät. Ich müsste mir schon die Augen zuhalten, um nicht darauf zu achten.

Karims Bart ist frisch gestutzt, die Haut noch ein bisschen dunkler. Das Poloshirt, das er trägt, entblößt ein paar dunkle Haare auf seiner Brust.

Mit aller Kraft löse ich meinen Blick davon und schaue ihm in die Augen. Jetzt nicht einknicken, Mona!

»Dass sie sofort aufhören sollen, die Steine auszuladen. Wir schicken die zurück. Kein Mensch will lila Steine haben!«

Puh. Was soll ich da noch sagen. Karim hat natürlich recht – es sieht fürchterlich aus. Obendrein bekommen die Steine einen schimmernden Glanz, sobald die Sonne auf sie scheint. Es wirkt fast so, als würden kleine Glitzerpartikel eingearbeitet worden sein.

»Vielleicht sollten wir Wassim fragen«, versuche ich mich an einer neutralen Antwort. Beide Männer starren mich an. Wieder schnaubt Karim, diesmal noch wütender.

»Du willst allen Ernstes den Mann fragen, der hier mit Abstand den schlechtesten Geschmack hat? Wenn es nach ihm ginge, wären kleine Kamele auf den Steinen abgebildet! Oder Kakteen mit Augen und Kussmund! Das kannst du unmöglich ernst meinen, Mona!«

Ich kann nichts dagegen machen. So sehr ich es auch zu unterdrücken versuche, muss ich plötzlich lachen. Ich stelle mir bildlich vor, dass genau das passieren könnte. Inmitten von wuchernden Jasminsträuchern. Sogar Said muss grinsen. Nur Karim schaut nach wie vor verdrießlich drein. Dieser Mann versteht wirklich kein Spaß, oder?

Alle anderen haben innegehalten und warten auf eine weitere Ansage von ihrem Chef. Er scheint seine Schäfchen gut unter Kontrolle zu haben. Dann seufzt er. »Ich werde Wassim fragen, ob er die Steine für einen anderen Bereich gebrauchen kann. Und du, Said, bestellst eine neue Ladung. Und diesmal die Richtigen!«

»Okay, Chef. Danke, Mona.«

Mit diesen Worten zieht er von dannen und lässt Karim und mich alleine. Zwischen uns stehen seine Worte von neulich wie eine unüberwindbare Mauer. Mit Stacheldraht und Graben davor.

»Sonst noch was?«, frage ich zickig.

»Nein«, gibt er knapp zurück. Er würdigt mich keines weiteren Blickes mehr, verschwindet in der sommerlichen Hitze Mahdias und lässt mich hier stehen, als würde ich ihm rein gar nichts bedeuten. Wir drehen uns im Kreis. Wir sind genau an dem Punkt, an dem wir schon einmal waren. Seine Idee mit der gemeinsamen Zeit kann er niemals richtig ernst gemeint haben. Wahrscheinlich war ich bloß ein Experiment für ihn. Ich würde mir wünschen, dass wir einfach wie zwei erwachsene Menschen miteinander reden könnten.

Seine neuerliche Abweisung sorgt dafür, dass ich arbeite wie eine Blöde. Ich schaufele Gräben, setze Pflanzen, stutze Hecken und bewässere die neu angelegten Beete, bis sie beinahe schwimmen. Nizas muss mir die Gießkanne aus der Hand reißen, damit ich endlich Feierabend mache. Wieder einmal ist er es, der mich stoppt. Und wieder einmal hätte ich auch nur auf ihn gehört. Er jetzt merke ich, dass es bereits spät ist. Als er mir sagt, dass er bald nach Hause fahren will – darin versteckt das Einvernehmen, dass ich jeden Morgen und jeden Abend mit ihm fahre, schüttele ich nur den Kopf. »Ich werde laufen.«

»Du kannst unmöglich die ganze Strecke laufen.«

»Doch.«

»Mona, ich bitte dich. Dein Fuß ist immer noch-«

Meine Stimme wird lauter, als ich ihn unterbreche: »Oh meinem Fuß geht es prima! Mach dir keine Sorgen deswegen. Ich komme alleine zurecht!«

Erschrocken wirft er mir einen Blick zu. Ich habe nicht nur laut gesprochen, sondern regelrecht geschrien, was mir noch im selben Moment leidtut. Und natürlich haben es alle anderen auch mitbekommen.

Ich gebe einen undefinierbaren Laut von mir. Wut, Enttäuschung und unterdrückte Tränen liegen darin. Meine Laune war noch nie so sehr am Tiefpunkt wie heute. Ich würde nur zu gerne alles hinschmeißen, mich in den Flieger nach Frankfurt setzen. Und das alles nur wegen diesem Mann und weil er mich behandelt, als wäre ich Luft.

Nein, ich muss mich korrigieren. Weil er mich behandelt, als wäre ich Luft, *nachdem* ich dachte, dass da etwas wäre zwischen uns.

Bevor ich mich abwenden kann, fangen die Tränen bereits an zu laufen. Ich fühle mich so unglaublich elend. Und alle können es sehen. Ich sehe nur, wie Nizas mich in den Arm nehmen will. Er muss schockiert darüber sein, wie oft ich momentan weine. Ich schiebe seine Hand weg, die er vorsichtig auf meine Schulter gelegt hat. Er sieht zwar aus wie ein großer Teddybär, aber heute interessiert mich das nicht im Geringsten. Ich möchte bloß weg. Und das ist es, was ich tue. Stampfenden Schrittes verlasse ich das Hotelgelände und laufe in die Richtung, von der ich denke, dass sie richtig ist. In mir brodelt es noch immer so sehr, dass ich den Ausblick um mich herum kein Stückchen genießen kann. Ich habe einzig und allein Augen für den Boden unmittelbar vor meinen Füßen und schaue nur hin und wieder auf, um mich zu vergewissern, dass ich in die richtige Richtung laufe. Ich muss aber auch zugeben, dass ich mir nicht wirklich sicher bin. Ein paar Mal überlege ich, mir ein Taxi anzuhalten, aber ich habe weder Lust auf einen fragwürdigen Fahrstil, noch auf jemanden, der unbedingt mit mir sprechen will. Ich will bloß meine Ruhe haben.

Es dauert eine knappe Stunde, bis ich in die Straße einbiege, in der meine Wohnung liegt. Mein Kopf ist wie leer gefegt, als ich den Schlüssel im Schloss drehe und endlich meine drückenden Schuhe von den Füßen streifen kann. Erschöpft lasse ich mich noch im Flur auf den Boden sinken, ziehe die Knie ganz nah an den Körper und umschlinge sie mit meinen Armen. Ich gebe ein mickriges Bild ab, aber ich brauche diesen Moment. Vor den Fenstern wird es langsam dunkel. Ich habe das Bedürfnis, weinen zu wollen, aber es kommt keine Träne. Stattdessen kann ich mich nicht dabei stoppen, die Situation noch einmal von vorne bis hinten zu analysieren.

Karim war von jetzt auf gleich einfach da. Und hat nicht nur eine Faszination auf mich ausgeübt, sondern mich gleichzeitig auch in den Wahnsinn getrieben mit seinem Verhalten. Er hat mein Herz auf gute und schlechte Weisen zum Rasen gebracht und hat sich irgendwann für die schlechten Momente entschuldigt. Wir haben Zeit miteinander verbracht – wenig Zeit zwar, aber schön war sie trotzdem. Und dann, als ich dachte, wir wären auf einem richtigen Weg, spult er all das noch einmal ab. An einem einzigen Tag. Ignorieren, nicht anwesend sein und dann plötzlich dieser Kuss auf die Stirn. Dieses Besitzergreifende in seiner Art und sein Charme, mit dem er mich einmal mehr unwiederbringlich in seinen Bann gezogen hat. Nur, um sich die nächsten Tage wieder rar zu machen und mich dann von sich zu stoßen und mich als Fehler zu bezeichnen.

Ich glaube, ich habe die Übung in diesen Gefühlsdingen gänzlich verloren, nachdem ich lange gut mit mir alleine zurechtkam. In der vielen Zeit, in der meine Prioritäten auf allem, aber nicht auf der Liebe lagen, habe ich vergessen, wie schön es sein kann, wenn man einen Menschen trifft, der etwas in einem berührt. Karim ist so ein Mensch. Einer, der um meine Tollpatschigkeit weiß und der hartnäckig bleibt, obwohl ich manchmal so stur bin. Er hat mich schon mit seiner stinkstiefeligen Art nicht losgelassen, mit der charmanten Art erst recht nicht.

Ich begreife, dass ich am Gipfel meiner Emotionen angelangt bin. Dass das hier der Punkt ist, an dem ich mich entscheiden muss – endgültig.

In diesem Moment klingelt es an der Tür. Ich schrecke zusammen, überrascht von dem ungewohnten Ton, der noch lange in meinen Ohren nachhallt.

Wer könnte um diese Uhrzeit noch etwas von mir wollen? Nur sehr zögerlich erhebe ich mich von meinem Platz auf dem kühlen Boden und richte im Aufstehen noch rasch meine Haare.

Man weiß ja nie.

Als ich die Tür vorsichtig einen Spalt öffne, fühle ich allerdings nur Verwunderung.

»Habe ich noch mehr als nur mein Portemonnaie vergessen?«, frage ich verwirrt anstelle einer Begrüßung. Vor mir steht die hübsche junge Frau, die mir meine Geldbörse hinterhergetragen hat, als ich sie im Supermarkt vor Nervosität vergessen hatte.

Ich öffne die Tür ein weiteres Stück. Das Gesicht vor mir lächelt herzlich. Ist sie vielleicht eine Nachbarin und kam mir deshalb so bekannt vor? Dann wäre ihre Vorstellung allerdings reichlich verspätet. Braucht sie vielleicht etwas Butter?

»Haben Sie heute Abend was vor?«, fragt sie mich. Erschrocken reiße ich die Augen auf. Was will sie von mir?

»Ehm …«, gebe ich ausweichend zurück. Was soll ich denn darauf bitte antworten? Ich kenne diese Frau doch gar nicht!

Aber ich werde einen Teufel tun und ihr das genau so sagen, denn sie wirkt ehrlich interessiert und außerdem ist sie mir auf Anhieb sympathisch. Trotzdem werde ich meinen Abend nicht mit ihr verbringen, nur weil sie mich davor bewahrt hat, mein Portemonnaie zu verlieren.

Ich befinde die Taktik, einfach zu schweigen, für die beste. Und werde entlohnt. Die Frau lacht, dann streckt sie mir ihre Hand hin. »Ich bin Neyla.«

»Hey, Neyla«, sage ich, lasse es aber eher wie eine Frage klingen. Vielleicht merkt sie dann, dass sie sich noch etwas mehr erklären sollte.

»Dieser Schuft hat nicht einmal verraten, wie ich heiße«, tadelt sie dann kopfschüttelnd. Ich verstehe nichts mehr.

»Was für ein Schuft?«

»Er ist wirklich unverbesserlich«, steigert die Frau sich hinein, ohne eine Antwort auf meine Frage zu geben.

Also versuche ich es erneut: »Wovon sprechen Sie?«

»Nicht siezen, das ist ja fürchterlich«, sagt sie und tritt einen Schritt näher. »Er hatte recht, du bist wirklich unfassbar hübsch.«

»Ich fühle mich geschmeichelt, aber wer hat das gesagt?« Mein Ton wird langsam ungehalten. Nicht alles, dass diese Frau einfach in mein Wohnzimmer spaziert und sich eine Netflix-Serie anmacht. Was will sie von mir? Und von wem spricht sie?

»Karim natürlich«, erklärt sie, als wäre es das Selbstverständlichste der Welt. »Ich bin seine Schwester.«

»Ka … Karim?«, stottere ich. Neyla lacht bloß. »Oh, er spricht viel von dir, wenn ich ehrlich bin. Er ist nicht so oberflächlich, wie es jetzt rüberkam. Aber dass du hübsch bist, das war das

Erste, was er gesagt hat. Ich will jetzt nicht alles wiederholen, aber ich verstehe, was er meint.«

Neyla wirft einen Blick ins Innere meiner Wohnung. Ich stehe nur wie betäubt zwischen den Türangeln und starre sie an.

»Also, was ist jetzt? Du kommst mit, oder? Ich müsste bald wieder los, Karim beaufsichtigt das Essen und ich habe ein bisschen Angst, dass meine Wohnung in Flammen aufgeht. Er tut immer so, als könne er alles, aber kochen gehört definitiv nicht dazu.«

Ich bin verwirrt. Diese lebensfrohe, viel redende und glücklich aussehende Frau vor mir ist Karims Schwester. Nur schwer kann ich glauben, dass das die Person sein soll, die vom Schicksal so gebeutelt ist. Dass dieser fröhliche Mensch eine fürchterliche Krankheit in sich trägt. Ich bewundere diese Frau und kann sie nur weiterhin mit offenem Mund anstarren.

»Dir hat es die Sprache verschlagen, was?«, kommentiert Neyla genau diesen Umstand schließlich. Ich reiße mich zusammen, schlucke hörbar.

»Warum soll ich mitkommen?«, frage ich heiser.

»Beim Fastenbrechen sollte man nicht alleine sein«, gibt sie zurück, als müsste ich das wissen. Gerade will ich widersprechen und sagen, dass ich nicht faste, da greift sie nach meiner Hand. Langsam habe ich das Gefühl, dass sie Gedanken lesen kann. »Du fastest zwar nicht, aber wir wollen dich trotzdem bei uns haben. Bitte komm mit.«

Dass sie mich schon aus meiner Wohnung gezerrt hat, scheint sie kaum zu merken.

»Warte, warte«, stoppe ich sie und muss lachen. »Lass mich erst noch meine Schuhe anziehen.«

»Ich wusste, dass ich gewinnen würde.«

Neyla grinst.

Wie war das noch gleich mit einer endgültigen Entscheidung, was meine Gefühle angeht? Ich verschiebe sie schon wieder. Und wenn ich mich wirklich um meinen Seelenfrieden bemühen würde, dann sollte ich nun wirklich nicht wieder in die Höhle des Löwen steigen. Aber ich tue es.

Weil ich einfach nicht anders kann. Und weil dieser Sommer einzigartig und aufregend ist. Ich kann schon längst nicht mehr ändern, dass Karim ein Teil von ihm ist. Zwischen der Arbeit, den vielen freundlichen Gesichtern und dem intensiven Geruch von Jasminblüten ist unweigerlich auch er.

»Lass uns gehen«, spreche ich mir Mut zu und ziehe die Haustür hinter mir ins Schloss.

Wir laufen ein Stück und mir wird erst in diesem Moment bewusst, dass ich gar nicht genau weiß, wo Karim wohnt.

»Wohin gehen wir?«, frage ich nach den ersten Metern neugierig.

Neyla hat mittlerweile zum Glück meinen Arm losgelassen und versucht, mit meinen zögerlichen Schritten mitzuhalten. An meiner Körpersprache merkt man mehr als eindeutig, dass ich noch nicht ganz von der Brillanz ihrer Idee überzeugt bin.

»Wir gehen zu mir nach Hause. Es dauert nur ein paar Minuten. Wir sind abends immer abwechselnd bei mir oder bei Karim, manchmal auch bei Sofiane. Chirine und Issam sind fast im gleichen Alter, da sind wenigstens die Kinder beschäftigt und wir haben einen Moment Ruhe.«

Die letzten Worte sagt sie keinesfalls böswillig. Ich erinnere mich daran, dass Sofiane von seiner Tochter erzählt hat. Und dass irgendwo in diesem Thema auch der Grund für seine Traurigkeit liegt.

»Worüber denkst du nach?«, will Neyla wissen, als ich schon länger nichts mehr gesagt habe.

Ich fange an zu stammeln. »Über alles und nichts, ehrlich gesagt.«

»Auch über meinen Bruder?«

Vor einer Sekunde war das schelmische Grinsen auf ihren Lippen noch nicht da – nun präsentiert sie es mit voller Pracht. Ich beschließe, darauf nichts zu antworten. Ich kann ihre Neugierde verstehen – vor allem, da sie sagt, dass ihr Bruder angeblich über mich sprechen würde. Und ich würde natürlich glatt lügen, wenn ich behaupten würde, dass ich nicht über ihren Bruder nachdenken würde. Nachgrübele, besser gesagt.

Zu viel würde und hätte in meinen Gedanken.

»Du brauchst natürlich nicht antworten«, sagt Neyla und knetet nervös ihre Hände. Die Situation schlägt ins Unangenehme um.

»Wenn ich ehrlich bin, dann verwirrt mich Karim ziemlich«, gebe ich also zu. Das muss als Antwort genügen.

Neyla seufzt. »Du verwirrst ihn auch. Er ist beinahe verzweifelt, weil er gar nicht mehr wusste, wie sich das anfühlt, wenn man sich zu jemandem hingezogen fühlt.«

Ihre letzten vier Worte hallen nicht nur in meinem Kopf, sondern auch in meinem Herzen nach. Und dann fällt mir noch eine weitere Nuance auf, die mich stutzig werden lässt, und ich frage Neyla danach, bevor ich mich bremsen kann.

»Was meinst du damit, dass er es *nicht mehr* wusste?«

Unsicher schaut sie zwischen mir und dem Boden hin und her. Dieses Mal ist Neyla an der Reihe, nicht zu wissen, was sie antworten soll.

»Schon okay«, winke ich ab, weil ich merke, dass ich ein Terrain betreten habe, auf dem wir beide unsicher sind. »Vielleicht frage ich ihn eines Tages selbst. Wenn er nicht wieder abblockt.«

»Danke«, flüstert Neyla fast unhörbar. Dann wechselt sie wie eine Weltmeisterin das Thema, und ihre fröhliche Art, die mich eben an meiner Haustür schon überrascht hat, kehrt zurück. Sie spricht von den vielen Gerichten, die sie den ganzen Tag über zubereitet hat, wie aufgeregt ihr Sohn ist. Sie erklärt mir, dass sie wegen ihrer Erkrankung nicht fastet. »Es ist ein komisches Gefühl, nicht zu fasten. Aber trotzdem freue ich mich auf die Abende, wo wir alle zusammensitzen und das Fasten brechen. Es gehört dazu – und liebe Menschen um sich zu haben, ist immer richtig.«

Neyla biegt in eine schmale Seitengasse ein und kramt in ihrer Tasche nach ihrem Haustürschlüssel.

»Da wären wir«, kommentiert sie, als sie die Tür aufschließt und wir eintreten. Ich höre bereits gedämpfte Stimmen durch eine weitere Tür, die am Ende eines kurzen Ganges zur Wohnung führt. Es ist kühl hier drin, stelle ich fest, während Neyla mir den Vortritt gibt. Ich weiß nicht so recht, wohin mit mir, also stelle ich mich an den Rand und warte, dass sie auch die nächste Tür aufschließt.

»Die Tür ist offen«, sagt sie dann. Anscheinend hat sie mein Zögern bemerkt. »Ach und Mona?«

»Ja?«

»Karim weiß nicht, dass ich dich abgeholt habe.«

»Er ... was?«, zische ich. Ich bin ihr auf den Leim gegangen.
»Ich dachte-«

Neyla schüttelt nur den Kopf. Resigniert seufze ich. Ich könnte noch den Rückzug antreten, denke ich. Ich könnte einfach wieder zurücklaufen. So tun, als wäre das hier alles nicht passiert. Dann aber richtet sich meine Aufmerksamkeit auf etwas ganz anderes. Es riecht unangenehm. Verbrannt, um genau zu sein. Neyla scheint es auch zu merken, flucht leise und macht dann einen Satz nach vorne. An mir vorbei und rein in die Wohnung. Erschrocken folge ich ihr – auch wenn es eigentlich eine dumme Idee ist. Was, wenn es brennt und wir gemeinsam in den Untergang rennen? Auf der anderen Seite ist ihre Familie da drin. Und Karim. Also einige gute Gründe, um alle Warnungen zu ignorieren und mitten ins Feuer zu laufen.

Ich höre einen Mann husten, dann eine Kinderstimme. Arabische Worte, hektisch, aufgeregt, ängstlich.

Ich erkenne nur, dass die Wohnung voller Rauch steht, und alle anderen Gedanken schalten sich ab. Ich müsste eigentlich Panik empfinden, aber ich funktioniere in diesem Moment bloß noch.

Ich laufe Neyla nach, die zielgerichtet den Weg zum Ursprung des Rauches nimmt.

Bitte lass niemanden verletzt sein!

Ich höre, dass Neyla etwas murmelt, es klingt wie ein leises, immer wiederkehrendes Gebet, das nur ganz leise über ihre Lippen kommt. Es dauert eine gefühlte Ewigkeit, bis wir endlich in der Küche stehen.

Und dort steht Karim und wirbelt mit einem Geschirrtuch vor dem Ofen herum. Das Fenster ist aufgerissen und Issam sowie ein anderer Mann – vermutlich der von Neyla – stehen in einiger Entfernung hinter Karim.

Der Ursprung des Rauches ist aber keinesfalls ein Feuer, sondern eine Reihe verbrannter Kekse, die man im halb offen stehenden Ofen ausmachen kann.

Jedenfalls das, was davon übrig geblieben ist. Was nicht viel ist.

Karim schaut entschuldigend zu seiner Schwester. Wenn er wütend darüber ist, dass ich auch hier aufgekreuzt bin, dann lässt er es sich nicht anmerken.

»Ich wusste, dass ich euch nicht mit dem Essen allein lassen kann«, sagt Neyla. Aber es ist keine Enttäuschung in ihrer Stimme. Wahrscheinlich ist sie bloß genauso froh darüber, dass nicht wirklich etwas Schlimmes passiert ist.

Es riecht wie in einer verbrannten Weihnachtsbäckerei. Neyla dreht sich zu mir um. »Das wären Anis-Plätzchen geworden, wenn mein Bruder nicht so ein unbegabter Bäcker wäre. Ach, was sage ich? Bäcker gehört nicht einmal zu seinem Wortschatz!«

Mit einer Handbewegung scheucht sie ihren Bruder weg und stellt sich selbst mit zwei Topflappen vor den Ofen. Sie versucht noch irgendetwas zu retten, aber sie hat keine Chance. Weiterhin flucht sie auf Arabisch. Die Szene ist unangenehm für mich. Ich habe das Gefühl, dass ich Zeuge von etwas geworden bin, in was ich nicht hineingehöre. Etwas unbeholfen stehe ich immer noch in der Nähe der Durchgangstür zur Küche, als mich Karims Blick trifft.

»Was machst du hier?«, fragt er. Seine Stimme klingt eisig.

»Ich habe meine Chance gewittert, dich auch einmal in einer peinlichen Situation zu erwischen«, sage ich ähnlich kühl und starre ihn an. Neyla hält in ihrer Bewegung inne und schaut verwundert zwischen uns hin und her. »Liebe Leute, heute Abend wird nicht gestritten. Karim und Ahmed, habt ihr den Tisch gedeckt?«

Ich sage nichts mehr, sondern lasse nur Neylas Mann an mich herantreten. Wir schütteln uns kurz die Hand, er heißt mich deutlich herzlicher willkommen als sein Schwager, dann verschwinden die beiden Männer im angrenzenden Raum. Neyla schaut mich noch einen Moment an, als wolle sie überprüfen, ob es mir gut geht, dann schmeißt sie die Kekse in eine Schüssel, um sie später zu entsorgen, wenn sie abgekühlt sind.

Ihr Sohn steht unentschlossen zwischen uns, dann bleibt sein Blick auf mir liegen und er fängt an zu lächeln. Mit einem Satz ist er bei mir und umarmt mich kurz, dann flitzt er den Männern hinterher.

»Süß«, kommentiere ich gerührt und schaue ihm hinterher. »Kann ich dir etwas helfen?«

»Geh doch auch schon mal ins Wohnzimmer. Die Jungs müssten gleich fertig sein. Und das Essen ist schon fertig.«

»Hast du vielleicht ein Glas Wasser für mich?«, frage ich. Ich merke, dass ich doch etwas zittriger bin, nun, da das Adrenalin verpufft. Kommentarlos holt Neyla ein Glas aus dem Schrank und füllt den letzten Inhalt einer großen Plastikflasche hinein. Gierig trinke ich es aus.

»Meinst du wirklich, dass es eine so gute Idee ist, bei euch zu bleiben? Karim scheint nicht sehr glücklich zu sein«, sage ich leise und stelle das Glas neben die Spüle, wie meine Gastgeberin mir mit einer Handbewegung bedeutet.

»Du bleibst auf jeden Fall. Es war ihm bloß peinlich. Und dein Kommentar hat ihn ziemlich getroffen.« Neyla zwinkert mir zu.

»Ich bin nicht gerade stolz darauf«, murre ich und bringe sie damit zum Lachen.

»Komm, geh nach drüben und genieße den Abend. Du bist unser Gast und unsere Freundin. Und Karim hat sich gleich beruhigt.«

Ein wedelndes Geschirrtuch ist das Letzte, was ich sehe, bevor Neyla mich erfolgreich aus der Küche scheucht.

Es hat noch ein paar Minuten gedauert, bis ich den Schrecken verdaut habe, der sich mir bei der Ankunft offenbart hat. Nach und nach erst hat sich die Angst vor einem echten Feuer gelegt. Ich habe erst beim ersten Bissen gespürt, wie verkrampft ich immer noch auf meinem Stuhl sitze. Was zurückgeblieben ist, ist das entschuldigende und verdutzte Gesicht von Karim, als dieser seine Schwester im Türrahmen gesehen hat. Und ich habe mich ganz bewusst möglichst unauffällig verhalten, das ganze Essen über. Es ist mir nicht schwergefallen, weil Neyla auch hier ähnlich viel redet, wie es mein erster Eindruck hat vermuten lassen. Karim schaut sie auf eine ganz besonders liebevolle Art an. Diese, die es nur zwischen Geschwistern geben kann. Issam brabbelt genauso viel wie seine Mutter und hält mich ganz schön auf Trab, denn er sitzt neben mir und hat sich jede dritte Minute ein anderes Spiel oder eine andere Frage einfallen lassen. Trotzdem genieße ich es, denn er lenkt mich nicht nur davon ab, zu verstehen, dass meine hitzigen Wangen nicht etwa von dem scharfen Essen kommen, sondern er ist auch ein echter Sonnenschein. Ich könnte den kleinen Jungen die ganze Zeit in die Arme nehmen.

Ich genieße den Abend aber auch aus einem ganz anderen Grund. Das Essen ist fabelhaft. Besser als im Hotel und besser als alles, was ich je gegessen habe. Nach einer halben Stunde halte ich mir vollkommen gesättigt den Bauch und schiebe den Teller ein klein wenig von mir weg. Sofort fragt Ahmed, ob ich noch etwas essen möchte, aber ich verneine rasch. Danach verfange ich mich mit ihm in einem Gespräch über meinen Job. Dabei bemerke ich die Blicke von Karim durchaus, der seinerseits mit seiner Schwester spricht, uns aber ununterbrochen mustert. Nicht nur weil die beiden auf Arabisch gewechselt haben, habe ich das Gefühl, dass ich Bestandteil ihrer Unterhaltung sein muss. Meine Gedanken kreisen abwechselnd darum, was Neyla vorhin gesagt hat und darum, was Karims letzte Worte an mich waren, bevor diese unheimliche Funkstille zwischen uns aufgekommen ist.

Seine Bewegungen sind gelassen und man kann deutlich erkennen, wie wohl er sich im Kreise seiner Familie fühlt. Er wirkt glücklicher als sonst – was mir ein wohliges Gefühl im Magen bereitet, das nichts mit dem guten Essen zu tun hat.

Es ist fast Mitternacht, als Issam auf meinem Schoß einschläft, nachdem er auf meinen Oberschenkeln herumgeturnt ist, meine Haare frisiert hat und mir mit einem Filzstift einen kleinen Baum auf die Innenseite meines Unterarms malen durfte. Ich hätte jetzt ein Tattoo, hat er gesagt, mich in den Arm genommen und hat ein paar Minuten später angefangen zu schnarchen.

»Ich trenne die zwei besten Freunde nur ungern«, sagt Ahmed irgendwann, »aber der kleine Mann muss ins Bett.«

Damit hebt er seinen Sohn hoch, der noch einmal kurz lautstark quengelt, weil er aus seiner bequemen Position gerissen wird, und bringt ihn fort.

»Ich sollte auch gehen«, sage ich, weil es der erste und einzige Moment ist, an dem es Sinn gemacht hat.

»Karim bringt dich raus«, schießt es sofort aus Neylas Mund. Ohne Umschweife wird sie von ihrem Bruder böse taxiert, was sie ein demonstratives Gähnen entlockt. »Ich bin so müde.«

Karim verdreht die Augen. Alle an diesem Tisch wissen, dass Neyla damit glatt gelogen hat, aber genauso wissen alle, dass sie damit durchkommt.

»Komm«, sagt Karim knapp, erhebt sich. Ich falle fast nach hinten um, als ich mich ähnlich schnell vom Stuhl erhebe. Ich will ihn auf keinen Fall durch irgendetwas wieder wütend machen. Zum Beispiel, indem ich zu langsam bin. Mein Stuhl kippelt gefährlich, ich kann ihn aber in letzter Sekunde auffangen. Überschwänglich bedanke ich mich bei Neyla, dann folge ich dem Mann, der mich so verwirrt. Diesmal nehme ich mehr von meiner Umgebung wahr: Gemälde an den Wänden, überall Fotos von der jungen Familie. Die Räume sind mit wunderschönen Teppichen ausgelegt und frische Blumen stehen im Flur auf einer Kommode. Sie verteilen einen angenehmen Duft im Raum, passen aber nicht zu meiner ängstlichen Stimmung. Ich habe das Gefühl, dass die nächsten Momente entscheidend sein könnten. Wenn Karim mich nun wieder wie Luft behandelt, abweisend reagiert oder mich gar wieder als Fehler bezeichnet, dann muss ich ihn mir ein für alle Mal aus dem Kopf schlagen. Bei jeder anderen Reaktion wird mein dummes, dummes Herz sich wieder Hoffnungen machen.

Karim öffnet erst die Tür zum Treppenhaus und rast beinahe durch bis zur Straße. Ich habe urplötzlich das Gefühl, dass er mich gar nicht schnell genug loswerden kann.

»Wieso bist du hier?«, wiederholt er seine Frage vom Beginn dieses Abends – diesmal allerdings bei Weitem freundlicher.

»Weil deine Schwester mich eingeladen hat«, gebe ich trotzig zurück. »Es war nicht meine Absicht, deinen Abend zu ruinieren. Sie war fest davon überzeugt, dass-«

»Dass ich mich darüber freue?«, vervollständigt Karim meinen Satz. Ich nicke schüchtern. Er steht ganz dicht vor mir und schaut mich an. Ich fühle mich an die Szene in der Poolbar erinnert. Nur ohne Farbfleck auf dem Shirt.

Karim seufzt und legt all seine Gefühle in diesen Laut. »Mein Kopf arbeitet nicht richtig, wenn du so nah bei mir stehst«, sagt er dann.

Trotz der mir alles abverlangenden Situation muss ich schmunzeln. »Das könnte ich auch von mir behaupten.«

»Und warum machen wir es uns dann so schwer?«

Diese Frage überrascht mich. Ich will ihm sagen, dass er derjenige ist, der es uns schwer macht. Dass er mich von sich stößt, komisch ist, sich distanziert. Aber stimmt das überhaupt? Oder trifft mich nicht auch eine Teilschuld an unserer Situation? Immerhin war ich selbst zu feige, ihn darauf anzusprechen. Ich habe selbst den Rückzug angetreten, als ich ihn hätte zur Rede stellen können und sollen. Ich glaube, das Problem ist, dass wir beide sehr wohl wissen, dass da Gefühle für den jeweils anderen sind. Aber wir wissen auch beide, dass unsere Situation so besonders und so anders ist, dass wir damit auf jeden Fall auf eine harte Probe gestellt werden. Und keiner von uns will diese

Probe am Ende nicht bestehen, weshalb wir schon vor dem Versuch abschrecken.

Ich stecke die Hände in meine Hosentasche, weil ich nicht weiß, was ich sonst mit ihnen machen soll, und starre auf den Boden. Ich überlege hin und her, wie ich dieses klärende Gespräch beginnen soll.

Dass er mich als einen Fehler bezeichnet hat, kann ich trotz allem nicht einfach so vergessen.

»Hast du wirklich das Gefühl, mit mir alles falsch gemacht zu haben?«, höre ich meine eigene piepsige Stimme. Karim schüttelt erst langsam, dann immer deutlicher den Kopf. »Nein.

Ich bin bloß ein Idiot, der nicht versteht, dass er auch mal ein bisschen Glück zulassen darf, so lange es noch möglich ist. So lange du noch da bist. Ich habe Angst, dass ich dir nicht das geben kann, was du verdienst. Und das klingt, als wäre es ein Kinofilm, aber es stimmt wirklich. Seitdem du hier bist, fühlt sich alles ein bisschen besser an und gleichzeitig ist es auch so, dass ich nicht wirklich weiß, wie-«

In diesem Moment huscht ein dunkler Schatten direkt an meinem Bein vorbei und Karim kommt nicht dazu, weiterzusprechen. Ich stoße einen leisen Schrei aus, reiße meine Hände in einer erschrockenen Geste vor die Brust und mache einen Satz nach hinten. Dabei verfängt sich mein Wohnungsschlüssel an meinem Zeigefinger und ich schleudere ihn von mir. Es klirrt, als er auf dem Asphalt aufkommt, und dann gibt es einen weiteren Laut. Einen, der sich alles andere als gut anhört.

Wie ein Platschen.

Ich erkenne nun, dass der Schatten, vor dem ich solche Todesangst hatte, bloß der Umriss einer Katze war, die durch die Nachbarschaft streunt und die mich nun entschuldigend anschaut. Denn sie weiß genauso gut, was gerade passiert ist, wie Karim und ich.

Mein Schlüssel ist in einen Gullydeckel gefallen.

»Wieso passiert immer mir so etwas?«, rufe ich aus und vergrabe mein Gesicht in den Händen. Die Katze entfernt sich weise wieder von uns – bei meinem sich anbahnenden Zusammenbruch will sie verständlicherweise nicht dabei sein.

»Ich rufe Nizas an. Es gibt bestimmt einen Ersatzschlüssel«, versucht Karim den Moment auf möglichst diplomatische Art herunterzuspielen. Ich bin ihm dankbar, dass er nicht lacht. Oder es sich zumindest so gut verkneift, dass ich nichts merke.

Er hält sich schon wenige Momente später sein Handy ans Ohr und spricht mit Nizas. Ich inspiziere derweil den Gully. Ein etwas strenger Geruch steigt daraus auf.

Nein, da möchte ich mit meiner Hand nicht reingreifen.

»So ein Mist«, sage ich. Viel mehr kann man dazu wirklich nicht mehr sagen.

Hinter meinem Rücken ertönt Karims Stimme, etwas lauter nun. »Du kannst morgen den Ersatzschlüssel haben. Nizas Mutter schläft schon und er selbst weiß nicht, wo sie ihn aufbewahrt.«

»Immerhin gibt es einen«, sage ich erleichtert. »Dann verbringe ich die Nacht eben am Strand. Oder ich rufe Wassim Clément an und frage, ob ich noch eine Nacht im Hotel schlafen kann. Oder ich … ach, mir wird schon was einfallen.«

Karim brummt irgendwas.

»Was?«, rutscht es mir heraus, dabei hat er wahrscheinlich nicht einmal mit mir gesprochen, sondern nur eine allgemeine Bemerkung gemacht.

»Du kannst bei mir schlafen.«

Mein Herz sackt mir in den Magen, mein Magen in die Knie und ich muss mich stark beherrschen, nicht einfach ohne jegliche Muskelaktivität nach hinten zu kippen.

»Was?«, sage ich, die Augen weit aufgerissen, eine Spur zu laut.

Karim schüttelt amüsiert den Kopf. »Wie wäre es mit: Oh danke Karim, das Angebot nehme ich gerne an?«

Paralysiert starre ich ihn an. »Oh danke Karim, das Angebot nehme ich gerne an.«

Jetzt lacht er wirklich. »Ich bin gleich wieder da und sage Neyla Tschüss. Mach keine Dummheiten.«

»Ich mache nie Dummheiten«, gebe ich zurück. Karim, der schon fast durch die Eingangstür gelaufen ist, um noch einmal zu seiner Schwester zu gehen, streckt seinen Kopf noch einmal in die frische Nachtluft.

»Nein, du machst nie Dummheiten, wie konnte ich das vergessen. Fall bitte trotzdem nicht in irgendein Loch oder ins Meer oder lass dich von Aliens entführen.«

»Moment, was, es gibt hier Aliens?«

Ich höre nur noch sein Lachen, als er im Hausflur verschwindet. Warum kann diese Stimmung nicht immer genau so zwischen uns herrschen? Ich weiß, dass unser Gespräch noch nicht beendet ist. Und ich weiß auch, dass Karim vielleicht noch etwas ansprechen wird, vor dem es mir graut. Aber er hat im Grunde auch recht. Warum nicht einfach das genießen, was uns bleibt?

Den knapp fünfminütigen Weg zu seiner Wohnung legen wir schweigend zurück. Keiner von uns weiß, was er sagen soll oder wie er seine Gedanken in Worte umformen kann. Aber ich kann mir vorstellen, dass Karim ein ähnlich starkes Herzklopfen fühlt wie ich.

Als er seinen Schlüssel aus der Hosentasche holt, kann ich mir einen Kommentar nicht verkneifen. »Lass ihn nicht fallen«, ermahne ich witzelnd. Demonstrativ hält er den Schlüsselbund übertrieben fest und ich kichere.

Die Situation fühlt sich an, als wäre ich direkt in meine Pubertät zurückversetzt worden, und ich komme um das Gefühl, ich würde hier etwas Verbotenes tun, nicht herum. Dabei ist das der absolute Schwachsinn. Wir sind beide erwachsene Menschen. Karim hat bloß angeboten, dass ich hierbleiben kann, weil ich nicht mehr in meine Wohnung komme.

Das. Ist. Alles.

Seine Wohnung ist klein, um nicht zu sagen winzig. Sie wirkt auf mich sogar noch etwas spärlicher als meine eigene Wohnung, aber ich sehe, dass auch hier Bilder hängen. Vor allem von ihm und Issam, was ich nach dem heutigen Abend nur zu gut nachvollziehen kann. Der Kleine ist ein echter Sonnenschein.

Ich schaue mich unauffällig in der Wohnung um, während Karim sich ins Badezimmer verdrückt.

Ein riesiges Sofa nimmt den Raum ein, in dem ich mich befinde, davor ein roter Teppich und ein Glastisch. Es wirkt alles sehr aufgeräumt, aber nicht steril. Ein Fernseher blinkt im Standby-Modus mit einem roten LED-Lämpchen und direkt links davon steht ein Esstisch, an dem maximal zwei Menschen Platz haben können. Alles hier drin wirkt ein wenig zusammengewürfelt, harmoniert aber dennoch.

Drei Türen führen von dieser Wohn- und Esslandschaft ab. Ich vermute dahinter Küche, Schlafzimmer und – weil ich es gesehen habe – ein Bad. Obwohl dieser Raum klein ist, wird er höchstwahrscheinlich das größte Zimmer der Wohnung sein.

Karim kommt wieder, in der Hand zwei Handtücher und eine große Decke. »Du kannst dich gerne hinsetzen«, sagt er und legt alles auf der Ecke des Sofas ab.

»Im Kühlschrank ist Wasser. Wenn du fernsehen willst, dann musst du ziemlich fest auf die Knöpfe der Fernbedienung drücken. Die funktioniert nicht mehr so gut. Ich habe nur Shampoo, das nach Mann riecht, aber wenn dir das nichts ausmacht, kannst du gerne duschen gehen. Es dauert, bis das Wasser warm ist. Und es gibt eine Stelle am Sofa, die quietscht fürchterlich. Mich stört das nicht, ich wollte es nur sagen. Ich hoffe, du wirst davon nicht ständig wach.«

Karim will noch mehr erzählen, aber ich hebe die Hände und versuche, ihn zu unterbrechen. Er redet wie ein Wasserfall und ich bin ein wenig erschrocken darüber. So viele Worte, so schnell hintereinander, das kenne ich gar nicht von ihm. Ich bin mir nicht sicher, ob er das macht, weil es ihm unangenehm ist, dass ich hier bin, oder ob er einfach auf eine positive Art und Weise nervös ist. Zweiteres ist immerhin bei mir der Fall.

»Ist es wirklich okay, wenn ich hier schlafe?«, frage ich vorsichtig, um die Lage überblicken zu können.

Karim nickt und ich quittiere es mit einem zufriedenen Lächeln. »Danke«, sage ich leise.

»Selbstverständlich«, gibt er zurück.

Ich beiße mir auf die Unterlippe: »Naja, ich habe nicht erwartet, dass du doch noch eine Restfreundlichkeit in dir hast, nachdem du in letzter Zeit wieder alles dafür gegeben hast, mich zu vergraulen.«

Autsch. Ich bin sicher, dass ihn das getroffen hat, und mir tun meine Worte augenblicklich leid. »War nicht so gemeint«, schiebe ich hinterher. Karim winkt ab. »Doch, es war so gemeint und ich habe es verdient.«

»Nein, hast du nicht«, beschwichtige ich. »Zu so einer Situation gehören immer zwei Menschen.«

»Was nicht entschuldigt, was ich zu dir gesagt habe.«

Ich zucke mit den Schultern. Das ist dann wohl der Rest des Gesprächs, das wir vorhin begonnen haben.

»Ich war ziemlich wütend«, gebe ich zu. Dabei lasse ich mich auf das Sofa sinken und streiche über die Decke, die er mir hingelegt hat. Sie ist ein bisschen rau und wahrscheinlich viel zu warm. Mich wundert, warum genau diese Gedanken gerade in meinen Kopf kommen, wo es doch viel Wichtigeres zu besprechen gibt.

Karim wartet ab, ob noch mehr kommt, und tatsächlich bin ich nicht fertig. Die Worte purzeln nur so aus mir heraus.

»Ich dachte jedes Mal, dass wir endlich so etwas wie ein Team geworden sind. Wir haben eine ganz schöne Achterbahnfahrt hinter uns und gerade als ich dachte, dass wir die Fahrt beendet hätten, sagst du zu mir, dass ich ein Fehler gewesen wäre. Und das, nachdem du mich dazu gebracht hast, mich in dich zu verlieben.«

Ich schlage mir die Hand vor den Mund.

Oh nein.

Scheiße.

Kam das wirklich gerade aus mir heraus?

Karim starrt mich mit offenem Mund an. Sein verletzter Gesichtsausdruck wandelt sich erst in Erstaunen, dann in Freude und schließlich in etwas vollkommen anderes. Entschlossen atmet er tief ein, dann lächelt er mich an. Auf so unglaublich schöne Art und Weise, dass mir schwindelig wird, obwohl ich sitze. Da ist so viel in seinen Augen. Verlangen und Sehnsucht und Bewunderung.

»Komm her«, haucht er dann, seine Stimme klingt kratzig. Bevor ich protestieren kann, hebt er mich vom Sofa hoch. Und wow, es fühlt sich anders an als alles, was ich bisher gefühlt habe. Er ist unendlich sanft und trotzdem fühlt es sich an, als stünde mein Körper in Flammen. Leise lache ich auf und will sagen, dass er das nicht machen kann. Aber mir ist es so egal. Soll er mich doch hinbringen, wo immer er will.

Wir drehen uns einmal im Kreis, ich immer noch in seinen Armen, die Füße weit über dem Boden. Nach einer Ewigkeit, die nach meinem Geschmack allerdings ruhig noch viel länger hätte andauern können, stellt er mich wieder ab. Hier sind wir nun, mitten in seiner Wohnung, zwischen Kühlschrank, Sofa und Fernseher und zu einer Uhrzeit, in der die restliche Stadt schon längst schläft.

»Ich war und bin ein Idiot, dass ich zugelassen habe, dass das alles passiert ist. Anstatt meine Gefühle zuzulassen, habe ich bis zum Ende versucht, sie irgendwie zu unterdrücken. Jeder hat gesehen, dass das nicht funktioniert. Jeder, außer dir. Nizas hat mir eine Standpauke gehalten, Sofiane war zum ersten Mal in meinem Leben wirklich wütend auf mich. Er hat zwei volle Tage nicht mit mir gesprochen. Sogar meine Mama hat am Telefon gemerkt, dass etwas nicht stimmt. Und meine Schwester habe ich so lange mit den Schwärmereien für dich genervt, bis sie heute Abend beschlossen hat, dich abzuholen. Ich habe es versucht, aber ich kann schon lange nicht mehr leugnen, dass ich mich auch verliebt habe. In diese Frau, die so wunderbar verrückt ist. Und es ist mir egal, dass sie aus einem anderen Land kommt, dass sie ein ganz anderes Leben führt, dass sie so anders ist als all das, was ich bisher kannte.«

»Ich weiß nicht, von welcher Frau du da sprechen könntest«, hauche ich. Unsere Hände sind zwischen und miteinander verschränkt.

»Oh doch, das weißt du. Die Frau, die genau weiß, dass sie perfekt in dem ist, was sie tut, und die trotzdem ständig zweifelt. Die, die noch weiter hinauswill. Die Frau, die manchmal peinlich, manchmal lustig, manchmal durchgeknallt ist, aber dabei immer so unglaublich liebenswert. Die Frau, die sich Dattelsirup auf ihr Kleid tropft, und der es egal ist. Oder die Farbe verkleckert. Einen Motorradhelm nicht aufsetzen kann, ohne sich Haare auszureißen.«

Ich muss kichern, aber Karim fährt ungeachtet dessen fort.

»Ich könnte die Liste weiterführen, aber ich glaube, du weißt mittlerweile, wen ich meine.«

Langsam nicke ich und wir schauen uns in die Augen. Verliebt. Gerührt. Glücklich.

»Ich habe mich auch in dich verliebt, Mona.«

Und dann treffen seine Lippen meine und ich bin die glücklichste Frau auf diesem Planeten.

26

Karim und ich klatschen uns ab, dann nimmt er mich in den Arm. Der Bereich am Meer ist fertig. Alle Steine sind an ihrem Platz, die Pflanzen sind in der Erde und wir haben sogar die Planung selbst übertroffen, indem wir Sitzmöglichkeiten aus großen Steinen haben herstellen lassen. Diese befinden sich auf einem kleinen Hügel und man kann von ihnen perfekt auf das mal mehr und mal weniger sanft wiegende Meer schauen. Am besten mit einem Cocktail in der Hand.

Wir haben den ganzen Monat lang an dieser Stelle geschuftet. Zwischendrin sind Walid und Amin ausgefallen, weil eine Erkältung sie ans Bett gefesselt hat, und das hat man gemerkt. Außerdem hat das Fasten unser aller Kräfte etwas gezehrt. Und meine Prioritäten lagen zugegebener Weise auch nicht immer auf der Arbeit. Karim und ich machen keinen Hehl aus dem, was zwischen uns steht. Und obwohl viel Arbeit und wenig Freizeit dazu geführt hat, dass wir uns in den letzten Wochen fast nur im Hotel gesehen haben, fällt mir momentan nichts ein, was mich glücklicher macht.

Seine hellen Augen liegen auf mir, er wischt mir mit dem Finger über die Stirn.

»Dieser Erdklumpen auf deiner Haut macht dich blass«, witzelt er und ich stupse ihm in die Seite.

»Spinner«, flüstere ich, muss aber lachen.

Ich fühle mich nun seit knappen vier Wochen wie in einer High-School-Romanze gefangen. Oder jedenfalls in dem, was man denkt, wie sich so etwas anfühlen müsste. Ich hatte ziemlichen Bammel davor, wie die anderen reagieren würden. Aber tatsächlich wurde nur von allen Seiten wissend gegrinst, als Karim mich das erste Mal zum Abschied fest in die Arme genommen hat. Obwohl ich mittlerweile den Ersatzschlüssel meiner Wohnung habe, gab es durchaus den ein oder anderen Abend, den ich bei Karim verbracht habe. Nach meinem Geschmack hätten es noch viel mehr sein können.

»Wassim will irgendwas sagen, glaube ich«, sagt Karim mit Blick auf den Hoteldirektor.

Nur für's Protokoll: Diesmal wird die Krawatte von haarigen Kokosnüssen geziert.

Tatsächlich steht der Mann aufgeplustert einige Meter entfernt von uns und schnippt mit dem Finger.

»Es wäre auch eine Möglichkeit, ihn einfach zu ignorieren«, stelle ich fest. Es wäre zu schön, ihn einfach dort stehen zu lassen. Zwar ist es nicht so, als würde ich Clément nicht leiden können, aber in Momenten wie diesen geht mir sein Verhalten doch gewaltig auf den Zeiger.

»Nicht während Ramadan«, beschwichtigt Karim, und wir setzen uns in Bewegung.

»Ihr Lieben«, sagt Wassim Clément, als wir in Hörweite sind. Diese pseudofreundliche Ansprache lässt mich ein wenig das Gesicht verziehen, aber er sieht es zum Glück nicht. »Ihr habt wunderbare Arbeit geleistet. Ich habe nicht damit gerechnet, dass wir schon im Juli so weit sein werden. Das ist natürlich vor allem der großartigen Planung von Mona zu verdanken.«

Ich versuche mich an einem dankbaren Lächeln, fürchte aber, dass es etwas grotesk aussieht. Zwar ist es mir etwas unangenehm, dass alle Augen auf mir liegen, aber ich muss auch zugeben, dass ich mir das verdient habe. Ich habe viel gearbeitet, um alle zufrieden zu stellen.

»Wenn es so weitergeht, sind wir schon Ende des Monats fertig«, ruft der Hoteldirektor aus. Was bei ihm wie ein motivierender Zuspruch klingen soll, lässt mein Herz gefährlich nah an einen vorher erfolgreich ignorierten Abgrund treten.

Nein, nein und nochmal nein. Wir dürfen nicht früher fertig werden. Das würde bedeuten, dass mein magischer Sommer schon früher zu Ende geht. Dass ich vor September nach Deutschland zurückreisen muss.

Von meinen Gedanken abgelenkt höre ich nur noch die letzten Worte von Clément.

»... deswegen gebe ich euch allen eine Woche frei. Aber ich hoffe trotzdem, dass ich heute Abend viele von euch sehe.«

Ich erinnere mich. Heute ist Bayram, das Ende des Fastenmonats, das traditionell groß gefeiert wird. Fragend schaue ich Karim an. Er versteht meine Frage auch ohne Worte: »Neyla, Ahmed und Issam kommen vorbei. Wenn du gerne hierbleiben möchtest, dann machen wir das.«

Eifrig nicke ich. Wassim Clément mag ein gewöhnungsbedürftiger Zeitgenosse sein, aber er weiß, wie man in seinem Hotel Feste feiert.

Ich schaue rasch auf die Uhr. »Vielleicht sollte ich mir noch was Ordentliches anziehen.« Meine Arbeitsklamotten kleben dank der Hitze unangenehm an mir. »Wann geht es los?«

»Wenn es dunkel wird«, sagt Karim knapp und wird dann von Clément unterbrochen, der zu uns getreten ist.

»Mona, meine Liebe«, sagt er. Hat er sich schon immer so schleimig verhalten? Er erinnert mich an Bruno Baake, was ein schlechtes Zeichen ist.

»Monsieur Clément«, sage ich freundlich.

»Ich danke Ihnen für das, was Sie hier in so kurzer Zeit erreicht haben. Ich habe gestern mit Ihrem Chef telefoniert. Er hat nur in den höchsten Tönen von Ihnen gesprochen.«

Ich bin mir unsicher, was ich davon halten soll. Am liebsten wäre es mir, wenn Edgar nicht wüsste, dass wir schon besonders weit sind. Dann könnte ich vielleicht noch etwas mehr Zeit herauskitzeln.

»Noch sind wir ja nicht fertig«, versuche ich zu argumentieren.

Clément lacht. »Sie sind so bescheiden.«

Nein, denke ich, *ich bin verliebt und möchte hier nicht weg.*

»Genießen Sie die freie Woche, Mona«, sagt der Direktor noch. Dann klopft er Karim fast freundschaftlich auf die Schulter und verschwindet so schnell, wie er aufgetaucht ist. Diese Chance nutzt Karim sofort und nimmt mich erneut in die Arme.

»Das werden wir«, murmelt er an mein Haar. »Immerhin haben wir immer noch einen Deal.«

»Hast du den nicht schon längst für dich entschieden?«, ziehe ich ihn auf.

»Sag du es mir.«

Ich tue so, als müsste ich überlegen, bevor ich sage: »Hast du Karim. Ich weiß schon längst nicht mehr, wie ich mir so lange einreden konnte, nichts für dich zu empfinden.«

Zufrieden schauen wir uns an, dann werden wir erneut unterbrochen – diesmal von einem Wasserball, der vom Pool aus direkt in unsere Richtung gerollt ist. Ein wild gestikulierender junger Mann rennt ihm hinterher – der Kleidung nach zu urteilen einer der Animateure – und entschuldigt sich mehrmals bei uns. Karim winkt ab.

»Wir sollten uns umziehen«, nimmt er meine Gedanken von vorher wieder auf und läuft los. Kurz dreht er sich zu mir um, als müsste er sich vergewissern, dass ich hinterherlaufe. Dabei sollte er schon längst wissen, dass ich ihm überall hin folgen würde.

Der Abend ist laut, voller Lachen und Musik, mit bunten Lichtern und lieben Gesichtern. Und ich esse schon wieder so viel, dass ich denke, dass ich platzen müsste.

Nicht nur ist Karims Familie hergekommen, auch Agatha und Ali wurden zur Feier des Tages eingeladen und sind Cléments Worten gefolgt. Ich sehe viele altbekannte Gesichter wieder, auch solche, von denen ich dachte, dass sie sich nicht in mein Gedächtnis eingeprägt hätten. Da ist zum Beispiel der Arzt, der meinen Knöchel behandelt hat. Diverse Kellner aus dem Speisesaal, die ich schon seit Ewigkeiten nicht mehr gesehen habe. Es ist komisch, aber ich habe fast ein wenig das Gefühl, nach Hause zu kommen.

Froh darüber, ein locker sitzendes Kleid angezogen zu haben, finde ich mich irgendwann um Mitternacht herum mit Agatha und Neyla auf der Tanzfläche wieder. Ich habe den fröhlichsten Abend seit langer Zeit und ich weiß, dass die Aussicht auf eine ganze freie Woche mit viel gemeinsamer Karim-und-Mona-Zeit meine Laune zusätzlich anhebt. Als schließlich die Musik verebbt und sich der Raum langsam leert, kehren Neyla und ich zu der Sitzecke zurück, die wir für uns in Beschlag genommen haben. Karim und Ahmed unterhalten sich schon seit einer halben Stunde, während Issam auf dem Schoß seines Vaters eingeschlafen ist.

Etwas außer Atem setze ich mich neben Karim, der sofort besitzergreifend eine Hand auf mein Knie legt, was von einem zufriedenen Grinsen von Neylas Seite quittiert wird.

»Dass wir das doch noch erleben dürfen«, stichelt sie und schaut dabei ihren Mann an, um Unterstützung zu erlangen.

»Hätte ich nach Karims Auftritt auch nicht unbedingt erwartet«, kommentiert Ahmed. »Dabei hat er davor stundenlang von dir erzählen können, Mona.«

»Er ist eben ein *mufle*«, sage ich liebevoll und ernte dreistimmiges Gelächter. Ich habe Karim zuvor noch nicht mit meinem Spitznamen für ihn konfrontiert und bin eigentlich davon ausgegangen, dass es für immer ein kleines Geheimnis zwischen Nizas und mir bleiben würde. Aber eigentlich, denke ich, ist es auch egal. Dieser Sommer ist der überraschendste in meinem Leben.

Karims Hand wandert von meinem Knie an meine Schulter und ich lehne mich an ihn.

Es könnte so perfekt sein. Wäre da nicht der Gedanke an den September und meine Rückkehr nach Hause.

27

Meine Knie stoßen bei jeder kleinen Unebenheit der Straße an den Vordersitz und ich spüre regelrecht, wie augenblicklich blaue Flecken darauf entstehen. Zeitgleich frage ich mich, wie Karim es hier drin aushält, denn er ist bedeutend größer als ich und wird aus der Position, die er eingenommen hat, wahrscheinlich ohne Hilfe nicht mehr herauskommen.

Wir sitzen in einer Bahn, die holpernd durch die Straßen Mahdias kurvt. Ein ähnliches Gefährt kenne ich aus kleinen Freizeitparks, die ich als Kind mit meinen Eltern besucht habe. Aber diese Bimmelbahn, ganz in Weiß und Hellblau gestrichen, hat ihren ganz eigenen Charme. Der Wagen besteht aus sieben aneinandergereihten kleinen Kabinen, ganz vorne sitzt sowohl der Fahrer als auch ein Touristenführer, der zu jedem Ort, an dem wir vorbeikommen, etwas sagt.

Ich bekomme das Grinsen nicht mehr aus dem Gesicht. Wie kann es sein, dass ich seit April hier bin und das hier noch nicht gemacht habe?

Wir fahren eine lange Zeit am Strand vorbei und während Karim meine Hand nicht mehr loslässt, beobachte ich die Umgebung. Ich sauge die Eindrücke in mich auf wie ein Schwamm. Kinder spielen gemeinsam Fußball auf dem hellen Sand, Jugendliche hocken auf einer kleinen Steinmauer, die die Straße vom Strandabschnitt trennt, und trinken Softgetränke aus Dosen. Die Sonne brennt erbarmungslos auf die Erde und heizt alles auf. Es ist bald zwölf Uhr und trotz des Fahrtwindes und der Überdachung schwitze ich. Karim scheint die Temperatur natürlich nichts auszumachen. Neidisch werfe ich ihm einen Blick zu und bin erneut erstaunt darüber, dass ich jedes Mal wieder feststelle, wie gut er aussieht. Er hat ein schlichtes weißes T-Shirt an, dessen Strahlen mich ohne Sonnenbrille ein wenig blendet. Unter den Ärmeln erkennt man deutlich die sehnigen Arme, die seit April noch einige Nuancen dunkler geworden sind vor Sonne und der Zeit im Freien.

»Schau mal«, sagt Karim neben mir unvermittelt und reißt mich aus meinen Gedanken. »An diesem Strandabschnitt habe ich schwimmen gelernt.«

Erstaunt schaue ich nach links und folge seinem Zeigefinger. Tatsächlich ist dort, etwas geschützt in einer Bucht liegend, ein kleiner Abschnitt. Weniger tief als der Rest des Meeres.

»Wir sind im Sommer oft hierher gefahren für eine oder zwei Wochen. Von Tunis aus sind es nur ungefähr drei Stunden Autofahrt und immer, wenn mein Vater im Sommer frei hatte, waren wir hier.«

»Es muss toll sein, so nah am Meer zu wohnen«, kommentiere ich. Karim schaut mich fragend an. »Ist das nicht in Deutschland auch so?«

Damit hat er mich erwischt. Ja. Natürlich ist es bei uns auch so. Aber irgendwie haben die Ostsee und der tunesische Strand trotzdem nur wenigen Gemeinsamkeiten.

»Ich weiß auch nicht, warum es die Deutschen immer ins Ausland zieht, wo wir doch auch einen Strand haben«, gebe ich zähneknirschend zu. »Wahrscheinlich liegt es am Regen, der immer dann kommt, wenn der Deutsche gerade im eigenen Land Urlaub machen will.«

»Ich komme dich besuchen und wir fahren gemeinsam hin«, beschließt Karim freudestrahlend, trifft damit aber den nächsten wunden Punkt bei mir.

Besuchen. Das klingt, als müsste ich ins Gefängnis. Nur, dass meine Lage sich noch schlimmer anfühlt.

Traurig seufze ich. »Ich möchte gar nicht daran denken, dass ich bald weg muss.«

Tatsächlich gehört das aber zu den Dingen, die mir die allermeiste Zeit im Kopf herumschwirren.

»Sei nicht traurig, Mona. Es ist egal, wo auf der Welt wir sind. Unsere Herzen wissen, dass sie zusammengehören.«

Das ist mit meilenweitem Abstand das Süßeste, was ein Mann jemals zu mir gesagt hat. Mein sich beschleunigender Puls bestätigt das nur noch. Und ich glaube ihm, will ihm so sehr glauben, aber ich habe trotzdem Angst.

Bevor ich mich in Mitleid suhlen kann, hält der Wagen an. Wir sind eine Steigung hinaufgefahren und kurz habe ich befürchtet, dass wir einfach rückwärts wieder zurückrollen, doch nun sind wir an einem Aussichtspunkt angelangt und der Touristenführer bedeutet uns allen auszusteigen. Quälend langsam versuche ich, meine Beine zu entwirren, und steige stöhnend aus. Mein Rücken fühlt sich an wie stacheliger Pudding, doch schließlich gelingt es mir, mich an den Rand der Klippe zu bewegen.

Ein steiniger Abhang breitet sich vor mir aus und instinktiv halte ich die Luft an. Es sieht gefährlich, aber atemberaubend schön aus. Überall zwischen den Steinen blitzen Pflanzen hervor, rechts von mir wächst Jasmin und verströmt einen betörenden Duft. Wenn man den Blick weiter nach rechts wandern lässt, dann sieht man auf einem Vorsprung der Klippe ein Häuschen stehen. Es sieht nach einem Café aus, denn an einem Dutzend Tische sitzen kleine Menschengruppen lachend beieinander.

Über dem Meer erstrahlt ein wolkenloser Himmel, der aussieht, als wäre er mit Photoshop eingefügt worden. Karim steht direkt hinter mir. Um den Moment einzufangen, hole ich mein Handy aus der kleinen Umhängetasche und überrede ihn zu einem Selfie.

Das Gesicht an meines geschmiegt, lächeln wir parallel in die Kamera. Sofort klicke ich auf die Galerie und schaue mir unser Werk an. Das erste gemeinsame Foto. Meine eigene Fröhlichkeit darauf wirkt ansteckend. Ich muss es später unbedingt Bella und meiner Familie schicken. Beide sind unheimlich gespannt auf den Mann, der mir so den Kopf verdreht hat. Sogar mein Papa, auch wenn er es nur auf seine versteckte Art und Weise zugegeben hat, die man nur lesen kann, wenn man ihn so gut kennt wie ich.

Wir laufen noch ein wenig von der einen zur anderen Seite der Klippe, genießen den Ausblick und ich fange weitere Momente mit meiner Handykamera ein, bis wir wieder zurück in die Bimmelbahn steigen.

Die Fahrt führt uns weiter durch die Altstadt, die ich schon von meinem vorherigen Besuch kenne. In der Ferne erkenne ich das geschäftige Treiben des Marktes, rieche die durchmischten Gewürze von allen Seiten und das frische Obst und Gemüse. Während auch hier fleißig Fotos aus dem Gefährt heraus geschossen werden, genieße ich einfach nur die Aussicht und den salzigen Wind in meinen Haaren.

Der letzte Stop unserer Tour ist ein kleiner Hafen. Es riecht nach Fisch und Algen und noch mehr Salz. Kleine blau-weiße Boote schaukeln in den Wellen. Das Areal ist weitläufig, überall stehen kleine Gruppen, die entweder tief in die Arbeit versunken sind, oder sich gerade eine kleine Pause gönnen. Beim Aussteigen muss ich aufpassen, nicht auf eines der Fischernetze zu treten, die hier herumliegen. Karim und ich laufen gemeinsam eine Runde um das Haus, an dem wir gehalten haben. Es ist von Wind und Wetter mittlerweile stark mitgenommen, man erkennt den Charme, den es einst hatte, aber noch deutlich.

Ich erschrecke mich vor Katzen, die plötzlich wieder auftauchen – etwas, was in dieser Stadt anscheinend ziemlich oft passiert – und werde von Karim ausgelacht, weil ich vor den Tieren jedes Mal wieder Angst zu haben scheine.

»Das stimmt doch gar nicht«, motze ich und will mich wagemutig der Katzenfamilie nähern. Was eine schlechte Idee ist, wie mir wenige Sekunden später klar wird.

Denn im Vergleich zu der Angst, die die Katze vor mir hat, ist meine unbedeutend. Fauchend springt das Tier in meine Richtung. Mein Herz setzt kurz aus, mein Magen brennt vor Angst wie Feuer, und ich gebe einen Laut von mir, der wie eine Mischung aus einem Schrei und einem Gurgeln klingt. Die drei Schritte, die ich danach rückwärts gehe, sind drei zu viel. Und Karim nicht schnell genug, um darauf zu reagieren.

Kurzerhand falle ich rückwärts und schreie erneut. Ich erwarte, dass ich jeden Moment ins Wasser platsche, aber ich spüre nur hartes Holz an meinem Rücken, während jeder Mensch in diesem Hafen mich ansieht.

Wie eine Schildkröte liege ich auf dem Rücken, die Beine und Arme nach oben gestreckt.

Und was macht Karim? Der Idiot muss sich die Hand vor den Mund halten, damit ich ihn nicht beim Lachen ertappe. Was ich natürlich trotzdem merke. An seinen Füßen taucht die Katze auf und streift um seine Knöchel.

Das Tier ist total böse, habe ich das nicht gesagt? Nach ein paar weiteren Schrecksekunden und der Erkenntnis, dass mir nichts wehtut, kann ich mich selbst nicht mehr beherrschen. Ich lache, bis mir die Tränen über das Gesicht laufen und gleichzeitig ist mir die ganze Situation so peinlich, dass ich am liebsten bis an mein Lebensende hier in diesem Boot liegen bleiben würde.

Nicht sehr elegant steige ich irgendwann, als mein Bauch nicht mehr schmerzt und die Lachtränen versiegt sind, aus dem Boot. Karim hebt mich hinaus, klopft mir über den Rücken, damit der Dreck abgeht und die losen Holzsplitter, die in meinen Rücken piksen, endlich verschwinden.

Langsam und bedächtigen Schrittes gehen wir zurück zur Bimmelbahn – nicht ohne uns noch einen wütenden Blick von einem der Fischer einzufangen. Er scheint wohl der Besitzer des Bootes zu sein. Karim sagt irgendwas zu ihm – zum ersten Mal bin ich heilfroh, seine Sprache nicht zu verstehen – und der Fischer sieht etwas beruhigt aus. Für ein Lächeln oder ein Abschiedswinken reicht es dennoch nicht.

Die restlichen Fahrgäste der Bimmelbahn beäugen mich ebenfalls ziemlich seltsam und ich kann es ihnen kein bisschen verdenken.

Peinliche Situationen kann ich eben einfach.

Der Rest der Fahrt dauert nur noch wenige Minuten, dann werden wir an der Stelle, an der wir heute Morgen eingestiegen sind, wieder hinausgeworfen und klappernd fährt die Bahn weg.

Mit einem lachenden und einem weinenden Auge lasse ich mich von Karim nach Hause bringen. Er muss seine Schwester noch zum Arzt fahren. Zwar hat Neyla mehrfach angeboten, dass sie auch alleine irgendwie dorthin kommt, aber sowohl Karim als auch ich haben ihr genauso oft widersprochen. Der gemeinsame Vormittag und unser Ausflug waren mehr, als wir die letzten Tage und Wochen hatten. Und ich selbst beschließe, die Zeit endlich mal wieder zum Lesen zu nutzen und mich auf meinen Balkon zu setzen.

Dienstag, 5. Juli, Mahdia

28

Wir haben uns gestern die Füße wund gelaufen, weswegen wir heute nur am Strand liegen. Issam, Neyla und Ahmed sind ebenfalls hier, haben ihre Handtücher aber etwas entfernt von uns aufgeschlagen. Zwischen Karim und mir liegt eine Schale, die bis zum Rand mit Datteln, Erdbeeren und kleinen Schokokeksen gefüllt ist.

Den kompletten Montag haben wir damit verbracht, die Stadt noch einmal zu Fuß zu erkunden. Und dabei sind wir nicht ein einziges Mal dort gewesen, wo sich die Touristen umtreiben. Karim hat mir seine Stadt gezeigt. Die Orte, an denen er sich in seiner Freizeit aufhält, und die Geschäfte, die er besucht. Wir haben zusammen zu Mittag gegessen und ich habe Tausende Fotos von allem geschossen, was mir vor die Linse kam. Ein rundum gelungener Tag, nach dem meine Schultern vor Sonnenbrand gespannt haben und mein Kopf vor lauter Eindrücken platzen wollte, aber auch ein Tag, an dem ich glücklich und zufrieden eingeschlafen bin.

»Kommst du mit ins Wasser?«

Unschlüssig schaue ich Karim an. Richtig denken kann ich sowieso nicht, weil mein Kopf damit beschäftigt ist, zu verarbeiten, dass er nur in Badehose neben mir liegt. Ich selbst habe über meinen Badeanzug noch eine locker sitzende Tunika geworfen. Die Situation ähnelt der, als wir damals am Strand waren, um Muscheln zu sammeln.

Zaghaft nicke ich und folge ihm ins Meer. Es ist Ewigkeiten her, dass ich das letzte Mal im Ozean geschwommen bin, meine

Strandbesuche in Mahdia haben sich bisher auch nur auf Füße-ins-Meer-Tauchen beschränkt. Was eine fürchterlich dumme Idee war, denn es ist wunderbar, den erhitzten Kopf unter Wasser zu tauchen.

Nach wenigen Minuten brennen meine Augen und ich schmecke nichts als Salz auf meinen Lippen, aber ich bekomme genauso auch das Grinsen nicht mehr von meinem Gesicht.

»Du bist noch viel schöner, wenn du so lächelst«, sagt Karim, der an diesem Punkt im Meer noch stehen kann, und schließt mich in die Arme. Im Gegensatz zur Kühle des Wassers ist seine Haut wie das warme Bettlaken, das man am Morgen nicht verlassen mag. Und ich mag seine Umarmung nicht verlassen.

Minutenlang hält er mich bloß fest, wir beide mit dem Blick auf den Horizont gerichtet. Es ist schon Nachmittag und die Sonne wandert langsam ihren Weg entlang in Richtung Untergang.

Das hier ist einer der schönsten Momente in meinen fast dreißig Jahren Lebenszeit. Ich habe mich noch nie so geborgen, so beschützt und so geliebt gefühlt wie mit Karim. Dass hier muss das Gefühl sein, dass man als wahre Liebe bezeichnet. Und glaubt mir, wenn man sie gefunden hat, dann weiß man das. Unsere Begegnung hat unsere Herzen unwiderruflich miteinander verbunden. Sie schlagen vielleicht nicht im Gleichtakt miteinander, aber dafür schlagen sie füreinander.

Ich weiß nicht, wie lange wir verschlungen in dieser Position verharren, aber als ich schließlich anfange zu zittern, gibt Karim mir einen Kuss auf die Stirn und überredet mich dazu, ein bisschen zu schwimmen.

Die Wellen reißen an mir, aber es tut gut, ein paar Bahnen zu ziehen. Ich bin es nicht mehr gewohnt, im Meer zu schwimmen, deshalb muss ich zwischendurch einige Mal sehr undamenhaft nach Luft schnappen, weil mir eine Welle ins Gesicht gespült wird, aber das ist es wert. Erst nach einer knappen Stunde verlassen Karim und ich das Wasser wieder und meine Geborgenheit steigt ins Unermessliche, als er mir ein großes Handtuch um die Schultern legt.

Die Hitze sorgt dafür, dass ich innerhalb kürzester Zeit wieder trocken bin, nur meine Haare tropfen in unregelmäßigen Abständen noch auf meinen Rücken. Karim hat sich auf den Rücken gelegt und atmet immer gleichmäßiger. Wahrscheinlich schläft er gleich ein, denke ich liebevoll, da wird meine Aufmerksamkeit auf etwas neben mir gelenkt.

Zwei riesige Kamele werden von einem alten Mann mit grauem Vollbart an uns vorbeigeführt. Ich mache große Augen und ziehe instinktiv meine Beine näher an den Körper.

Was zur Hölle?

Ich merke erst, dass ich die Worte laut aufgesprochen habe, als Karim sich abrupt aufsetzt und mich anschaut. Dann fängt er an zu lachen.

»Das muss der totale Kulturschock für dich sein.«

Mir bleibt nichts anderes übrig, als zu nicken. Die beiden Tiere haben bunte Decken auf dem Rücken. Alle Farben des Regenbogens schimmern darauf. Langsam trotten sie mit ihrem freundlichen Blick dem Mann hinterher. Dieser hat die Zügel wohl nur aus Alibi in der Hand und damit die Touristen nicht panisch werden. Oder die Monas dieser Welt schreiend wegrennen, weil sie fürchten, sonst von Kamelhufen überrannt zu werden. Sind das bei Kamelen überhaupt Hufe?

Mein Gedankengang wird jäh unterbrochen, als ich hinter den beiden riesigen Tieren noch ein drittes erspähe. Ich quietsche entzückt.

»Babykamel!«, rufe ich aus. Und tatsächlich stolpert ein helles Kamel hinter dem Dreiergespann her. Ich gebe noch immer ein lang gezogenes »ooooooh« von mir, da kommt schon Issam auf uns zugeschossen.

»Kamelreiten!«, ruft er und zieht an meiner Hand. Verdutzt schaue ich ihn an.

»Kamelreiten?«, hake ich mit großen, panischen Augen nach. Er kann das ja gerne machen, aber ich steige nicht auf den Rücken von so einem Tier.

Issam nickt. Ich schüttele den Kopf.

»Das traue ich mich nicht«, erkläre ich, aber das ändert leider rein gar nichts an dem traurigen Blick des Jungen. Fehlt nur noch, dass sich seine Augen mit Tränen füllen. Ich seufze und schaue zu Karim, in der Hoffnung, von ihm Unterstützung zu erhalten. Kann er nicht einfach seinem Neffen sagen, dass das eine blöde Idee ist? Oder mich irgendwie entschuldigen? Ich könnte Höhenangst haben. Außerdem weiß er, wie ungeschickt ich mich schon bei seinem Mofa angestellt habe. Und dessen Sitzfläche war ungefähr zehn Meter weiter unten als die des Kamels.

»Warum?«, fragt Issam und schiebt die Unterlippe vor. Oh nein, denke ich, lass das! Ich schaue unsicher zwischen dem Kamel und dem Jungen hin und her. Der Mann zwischen den Tieren hat natürlich längst begriffen, dass Issam mich zu überreden versucht, und wittert ein Geschäft. Karim schweigt weiterhin beharrlich.

Ich muss an meine Kindheit denken, in der ich ohne Probleme auf den Rücken eines Kamels geritten bin. Aber das war im Zoo. Im Kreis. Für ungefähr drei Minuten. Nicht an einem Strand in Tunesien. Außerdem habe ich das Gefühl, dass diese Tiere hier um einiges größer sind – und damit eben auch gefährlicher.

»Ich ... ich bin viel zu schwer«, versuche ich mich rauszureden. Issam runzelt die Stirn.

Karim prustet: »Ein Kamel kann 450 Kilogramm tragen. Das ist dann zwar nicht sehr tiergerecht, aber es geht. Und du, mein Liebling, wiegst nur ein Bruchteil dessen.«

Ich werfe ihm einen halbbösen Blick zu. Er fällt mir doch tatsächlich in den Rücken! Allerdings entschädigt sein Kosename für ziemlich vieles.

»Bitte, bitte«, fleht Issam erneut. Ich schließe die Augen und atme tief durch. Ich kann es wirklich nicht ertragen, wenn dieser süße Junge mich so eindringlich um etwas bittet.

»Na gut«, gebe ich klein bei. »Aber niemand macht Videos!«

Den letzten Teil des Satzes sage ich vor allem zu Karim, der in gespieltem Ernst den Kopf schüttelt. Die tiefen Grübchen an seinen Wangen verraten mir jedoch, dass er mich in diesem Moment eiskalt anlügt. Wahrscheinlich hat er sein Handy in dem Moment gezückt, in dem ich ihm den Rücken zukehre.

Schnell werfe ich mir meine Tunika über und ziehe meine Shorts an.

»Was tue ich hier«, stelle ich mir selbst die allesentscheidende Frage, als ich mich von Issam zu den Kamelen bringen lasse. Er drückt dem Mann, der auf uns wartet, einige Dinar in die Hand – wahrscheinlich ist diese Aktion von langer Hand geplant.

Die Tiere sind wunderschön, das immerhin muss ich zugeben. Lange Wimpern, die diesen vertrauensvollen Blick säumen, den die mir zuwerfen. Trotzdem sind sie riesig. Da hilft es auch nichts, dass sie sich mit einem einzigen Fingerschnippen des Kamelführers hinlegen. Issam wird auf das rechte Tier gehoben und schaut mich freudestrahlend an.

Mein Fluchtinstinkt erwacht, als ich begreife, dass ich das nun auch machen soll. Ich trete an das Tier heran und beäuge es ein letztes Mal skeptisch. Es schaut mich weiter unbeeindruckt, aber irgendwie liebevoll an. Mir bleibt nichts anderes übrig: Ich nehme allen Mut zusammen und steige auf den provisorischen Sitz auf dem Tierrücken. Die Decke kratzt an der Innenseite meiner Oberschenkel. Ich kralle mich fest, dann ertönt ein leises Schnalzen und die Tiere erheben sich. Es bleibt nicht einmal Zeit für ein Stoßgebet, da wandert der Kamelkörper schon in die Höhe – inklusive mir. Die Bewegung ist ruckelig und ich greife noch fester zu, sodass mir meine eigenen Fingernägel schmerzhaft in die Handinnenfläche stechen. Nur eine Sekunde später läuft das Tier los. Ich würde gerne schreien oder zumindest laut quietschen, aber aus meinem Mund kommt kein einziger Ton. Ich kann nur die Augen immer weiter aufreißen und hoffen, dass es entweder ganz schnell wieder vorbei ist, oder ich irgendwann anfange, diesen Ausflug zu genießen.

Behutsam lenke ich mich damit ab, das Fell des Kamels zu streicheln. Als würde ich dafür sorgen müssen, dass es mich mag. Dann schmeißt es mich auch nicht herunter, oder?

Auch das Fell fühlt sich wider Erwarten ziemlich rau an, aber die Wärme, die davon ausgeht, beruhigt mich ein wenig.

Neben mir sehe ich Issam lachen, dahinter die Weiten des Ozeans. Rumpelnd gehen die Tiere ihres Weges, fast so, als wären wir gar nicht hier. Und dann, als hätte jemand einen Schalter umgelegt, fange ich wirklich an, das hier gut zu finden. Obwohl ich spüre, dass Karims Handykamera mich filmt, obwohl ich weiß, dass Neyla und Ahmed sich prächtig über meine Szene amüsieren und obwohl ich nach wie vor eine Heidenangst habe. Das hier ist nur ein kleiner Teil meines gelungenen Sommers, aber vermutlich einer der Momente, die ich auch meinen Enkeln später erzählen will. Eure Oma ist auf einem Kamel geritten. Klingt komisch, ist aber fantastisch.

Wir holpern noch ein ganzes Stück am Strand entlang, dann geht es denselben Weg wieder zurück. Ich bin beinahe ein bisschen traurig, als unser kleiner Ausflug endet. Wehmütig krabbele ich vom Kamel herunter und bin für einen Augenblick erstaunt, dass das hier ohne Unfall passiert ist. Issam rennt begeistert zurück zu Neyla, die mich anerkennend angrinst, und ich lasse mich neben Karim fallen.

»Und, war es schlimm?«, neckt er mich und legt einen Arm um meine Schulter.

»Kein Kommentar«, sage ich knapp, grinse ihn aber an.

Könnte dieser Tag bitte niemals zu einem Ende kommen?

29

»Warte, es muss noch etwas Salz rein.«

Karim und ich stehen in seiner kleinen Küche. Wobei, eigentlich ist es eher eine winzige Küche. Die Kleinste, die ich je gesehen habe und in der ich je gekocht habe. Wir kommen gar nicht aneinander vorbei. Entweder es muss also derjenige, der näher an der Tür steht – das ist Karim – hinaus in den Flur, um mich herauszulassen, oder aber er muss all das holen, was wir von außerhalb der Küche brauchen.

Vor dem kleinen Fenster neben mir passiert ein seltenes Schauspiel, denn es haben sich aufgeplusterte Wolken gebildet. Im Juli regnet es laut Karim aber dennoch so gut wie nie. Trotzdem ist das Wetter heute das, was man hier als ungemütlich bezeichnet. Sehr windig, bedeckt und dadurch ungewohnt kühl.

Also in etwa das, was man in Deutschland zu dieser Zeit als einen guten Tag bezeichnen würde.

Ich beobachte Karim dabei, wie er mit einem Esslöffel Salz in den großen Topf gibt. Die Idee, zusammen zu kochen, hatte er sich für unseren heutigen letzten freien Tag ausgesucht – wohlwissend, dass man einem Mann, der gut für einen kocht, noch viel weniger widerstehen kann. Obwohl wir beide uns noch zu gut an das Dilemma in Neylas Wohnung erinnern.

Als echter Charmeur tut er so, als könnte ich ihm dabei helfen. Aber da ich so viel Ahnung von tunesischer Küche habe wie er davon, wie man Schweinshaxe zubereitet, schaue ich ihm die meiste Zeit zu.

Naja, ich schaue eigentlich eher ihn an. Was er da genau mit dem Lammfleisch im Topf und dem vielen Gemüse daneben macht, bleibt mir ein Rätsel. Zu sehr bin ich damit beschäftigt, seine glatten und trotzdem verwegenen Züge anzusehen und diese Strähne an seiner Stirn zu beobachten, wie sie immer wieder kurz vor seine Augen fällt, ehe er sie mit dem Handrücken wieder nach oben bugsiert. Dort verweilt sie dann manchmal zwei, manchmal zehn, manchmal zwanzig Minuten.

»Gibst du mir mal die Zucchini?«

Wortlos reiche ich ihm die weiße Schüssel, in die ich dicke Streifen des grünen Gemüses geschnitten habe. Er gibt sie zu den restlichen Zutaten in den Topf, rührt mit einem riesigen Holzlöffel alles kurz um und wendet sich dann an mich. »Das muss jetzt eine ganze Weile köcheln. Wollen wir so lange aus dieser fürchterlich kleinen Küche rausgehen?«

Zeitgleich mit diesen Worten nimmt er meine Hand und streicht langsam über meinen Handrücken. Diese Geste lässt mich etwas atemlos zurück, also nicke ich bloß. Ohne mich loszulassen, führt er mich ins Wohnzimmer, auf die Couch, auf der ich vor gar nicht allzu langer Zeit geschlafen habe. Die Couch, vor der wir uns das erste Mal geküsst haben.

Dieses Wissen schwebt über uns, als wir davorstehen.

»Ich bin gleich da«, sagt Karim, die Stimme ein bisschen kratzig, wahrscheinlich hat er ähnliche Gedanken wie ich. Als er meine Hand loslässt, fühlt es sich sofort falsch an und so, als würde etwas fehlen.

Mir wird immer mehr bewusst, dass es mittlerweile nicht mehr abzuwenden ist. Ich habe mich so sehr in diesen Mann verliebt, in seine Art, seine Berührungen, seine Blicke und in die Zeit, die wir gemeinsam verbringen.

Ich habe keine Ahnung, wie ich es jemals ohne ihn aushalten soll. Bin ich überhaupt der Typ für Fernbeziehungen? Langsam lasse ich mich auf die Ecke der Couch sinken. Obwohl dieser Abend so perfekt war, die ganze Woche eigentlich, ist mir schon wieder nach Weinen zumute.

Es ist fürchterlich. Ich könnte die kommenden Wochen, die mir noch bleiben, einfach genießen. Aber stattdessen vergifte ich sie mit Traurigkeit darüber, dass es nur noch Wochen sind und keine Monate, Jahre oder ein ganzes Leben.

Karim ist wieder da und tritt neben mich. Ich traue mich nicht, ihn anzusehen. Ich glaube nämlich, dass ich dann weinen muss.

Ich spüre, wie er sich neben mich setzt.

»Hey, Liebling«, murmelt er. Ganz leise. Er hebt seine Finger an mein Kinn und lenkt mein Gesicht so ganz sanft in seine Richtung. »Was ist los?«

Er hat es gemerkt. Und allein das sorgt nun endgültig dafür, dass dicke Krokodilstränen aus meinen Augen fließen. Sie bahnen sich ihren Weg meine Wangen entlang, aber bevor sie auf den Bezug der Couch tropfen können, hat Karim mich bereits an sich gezogen. Mein Kopf lehnt an seiner Brust, und er hat beide Arme um meinen Körper geschlungen, hinter meinem Rücken gekreuzt.

Das macht es angenehmer, aber nicht besser. Weitere Tränen lösen sich und ein lauter Schluchzer entweicht mir. Sanft streichelt Karim über meinen Rücken, so lange, bis ich allmählich wieder normal Luft bekomme.

Erst jetzt, als ich eine Hand von dem Stoff seines Oberteils löse, merke ich, dass ich mich daran festgekrallt habe. Ich wische mir verstohlen die Tränen ab, dabei hätte ich offensichtlicher gar nicht weinen können.

»Was ist los?«, wiederholt Karim seine Frage. Auch sein Gesicht ist schmerzvoll verzerrt. Entweder liegt es daran, dass er sich sorgt, oder aber er hat genauso wie ich Angst davor, was bald passieren muss.

»Ich will nicht gehen, glaube ich«, flüstere ich. Als ich die Worte ausgesprochen habe, weiß ich, dass sie nicht ganz stimmen. »Nein, ich glaube es nicht, ich weiß es«, korrigiere ich.

»Ich könnte jetzt sagen, dass du bleiben kannst. Und dass du nicht gehen musst, wenn du es nicht willst. Aber dann wüssten wir beide, dass es nur eine Floskel ist. Ich will genauso wenig, dass du gehst. Du könntest hierbleiben, in deiner Wohnung, zur Not auch in einer anderen. Du würdest wahrscheinlich auch schnell wieder einen neuen Job finden. Daran liegt es nicht. Es liegt eher an deinem Herz. An deinen Wurzeln. Sein bisheriges Leben hinter sich zu lassen klingt vielleicht einfach, aber das ist es nicht.«

Karims Worte lösen etwas in mir aus. Ich habe bisher nie wirklich ernsthaft darüber nachgedacht, zu bleiben. Weil ich weiß, dass Edgar schon mit dem nächsten Auftrag auf mich wartet. Weil ich weiß, dass meine Schwester ganz sicher eine Willkommens-Party plant, einfach, damit es mal wieder was zu feiern gibt. Weil ich weiß, dass Bella wieder jemanden braucht, der mal auf ihren Sohn aufpassen kann, wenn sie mit ihrem Mann ins Kino will. Weil meine Eltern mich vermissen und ich sie.

Weil es meine Gewohnheit ist, dort zu leben, zu arbeiten. Aber ich habe dort schon lange nicht mehr richtig geliebt. Weder einen Mann noch die alltäglichen Dinge.

Trotzdem geht es nicht. Ich bin nicht mutig genug für einen Neubeginn.

»Warum kann es nicht einfacher sein?« Meine Stimme klingt verzweifelt.

»Dann wäre das Leben langweilig«, sagt Karim, obwohl ich keine Antwort erwartet hätte.

Langsam nicke ich. »Wahrscheinlich hast du recht.«

»Aber nur«, fährt er fort, »weil etwas schwierig ist, heißt es nicht, dass es nicht klappen kann.«

Er küsst meine Stirn, ich schmiege mich erneut an ihn. Ohne schluchzen diesmal, sondern einfach nur voller Liebe und Zuneigung.

»Wir können das schaffen«, bekräftigt Karim. Im nächsten Moment hat er etwas von neben dem Sofa hervorgeholt und öffnet ein kleines Beutelchen, das samtig weich aussieht.

»Und damit du immer beschützt bist, egal wo du bist, und dabei hoffentlich auch an mich denkst«, sagt er und lässt den Rest des Satzes offen. Stattdessen zieht er eine filigrane Kette aus dem Beutel und bedeutet mir mit einer knappen Geste, dass ich mich etwas drehen soll, damit er mir das Schmuckstück anlegen kann. An der goldenen Kette hängt ein Anhänger, so groß wie eine Euromünze, mit der Hand Fatimas. Kleine blaue Steinchen sind eingelassen und lassen die Kette strahlen. Sie ist wunderschön. Das Symbol hat sich längst auch in Europa und der restlichen Welt etabliert, hat seinen Ursprung aber eigentlich hier in Nordafrika. Die Hand soll vor dem Bösen Blick bewahren und gilt als Schutzsymbol. Die Geste treibt mir neuerliche Tränen in die Augen und einem Reflex folgend werfe ich mich Karim erneut in die Arme. Ich murmele ein Danke in mehrfacher Ausführung, bis er schließlich dieses tiefe Lachen lacht, dass mir Gänsehaut bereitet.

Wir bleiben eine ganze Weile so liegen, sprechen keinen Ton und sind doch verbunden miteinander. Wir sind einfach zwei Menschen in diesem riesigen Universum, die sich allen Hürden zum Trotz, über Grenzen, Kulturen und Religionen hinweg, gefunden haben. Wenn man es so bedenkt, dann ist es fast ein bisschen verrückt. Dass ich so weit reisen musste, sowohl physisch als auch mental, bis ich an diesem Punkt angekommen bin. Aber die Liebe kennt keine Grenzen und keinen richtigen Zeitpunkt, und es ist ihr auch völlig egal, ob sie den Liebenden in den Kram passt. Sie ist einfach da, wie ein Erdbeben. Und entweder sammelt man danach die Scherben alleine oder gemeinsam wieder auf.

»Danke für diese wunderschöne Woche«, sage ich schließlich. Denn das war sie und ich habe es ihm noch nicht persönlich gesagt.

»Das heißt, ich habe gewonnen?«, neckt er mich.

Ich seufze theatralisch. »Du hast schon gewonnen in dem Moment, als du diesen Deal vorgeschlagen hast. Ich wusste es wahrscheinlich die ganze Zeit und wärst du nicht wieder so ein Griesgram geworden … wer weiß, was passiert wäre.«

»Ich brauchte eben erst den Tritt in den Hintern von meiner Schwester«, will Karim sich versuchen zu erklären.

Ich lache auf. »Ist das so? Musste sie mich deswegen abends aus der Wohnung klingeln und mich durch Mahdia ziehen, damit ich mit euch gemeinsam zu Abend esse?«

»Das hätte sie gerne schon viel früher gemacht. Wir verbringen so viel Zeit gemeinsam bei Ärzten und ich irgendwelchen Wartezimmern und im Auto, da fiel die Sprache irgendwann ganz automatisch auf dich. Mir tut das nicht leid«, schmunzelt Karim. »Aber selbst, wenn ich nichts dergleichen gesagt hätte, hätte Neyla mich durchschaut. Wir kennen uns zu gut. Und genauso wie ich merke, wenn sie etwas umtreibt, spürt sie das auch bei mir.«

»Willst du damit sagen, ich hätte dich umgetrieben?«, scherze ich und schaue ihn grinsend an. Mit hochgezogenen Augenbrauen schaut er herab auf mein Gesicht, das an seiner Brust lehnt.

»Wäre das schlimm?«

»Nein, nein«, sage ich kichernd, ohne zuzugeben, dass mich das ziemlich freut. Ein kindisches Freuen, einfach nur aus dem Grund, weil ich jetzt weiß, dass es ihm genauso ging wie mir. Die Liebe ist wirklich eine komische Erscheinung.

»Ich vermute, wir hätten es viel leichter haben können«, seufze ich.

Karim zuckt die Schultern. »Manchmal braucht das Leben eben Zeit. Und außerdem hätte ich andernfalls keinen so tollen Spitznamen gehabt.«

Ich blicke ertappt drein. »*Mufle*, meinst du?«

Er nickt ernst, kann sich aber schon nach kurzer Zeit das Lachen nicht mehr verkneifen. Ich stimme mit ein und wir kichern wie zwei Teenager auf seiner Couch, ehe Karim plötzlich doch wieder ganz ernst wird, die Augen aufreißt und flucht.

»Das Essen!«, ruft er, springt auf und rennt in die Küche. Ich halte mir die Hand vor den Mund. Das Essen habe ich völlig vergessen. Nach dem ersten Schock stehe auch ich auf und folge ihm in die Küche – wo er barfuß versucht, das angebrannte Fleisch vom Topfboden zu lösen. Mal wieder hat es nicht geklappt mit dem Kochen, aber der Moment ist trotzdem perfekt.

»Es ist jetzt auf jeden Fall gar«, sagt er trocken, hebt mit dem Kochlöffel ein Stück vom Lammfleisch heraus und hält es inspizierend in die Lüfte.

»Kann ich noch etwas helfen?«, biete ich an, erahne die Antwort aber bereits. Karim schüttelt den Kopf.

»Ich muss nur noch Couscous kochen, dann können wir essen.«

Und das tun wir. Es schmeckt fabelhaft, trotz des an manchen Stellen etwas angebrannten Lammfleischs. Wir unterhalten uns bis tief in die Nacht, ziehen irgendwann, als der Wind sich etwas gelegt hat, auf den Balkon um. Mit einer Decke bewaffnet und jeder mit einem großen Glas Tee genießen wir die Zeit, bis man beinahe schon wieder den Sonnenaufgang erkennen kann. Erst dann schlafe ich in Karims Armen ein, auf diesem winzigen Balkon mitten in Mahdia. Und ich habe nie besser geschlafen.

30

Das hier wird die letzte Mammutaufgabe. Und obwohl sie so riesig ist, weiß ich, dass wir höchstens drei Wochen brauchen, um auch den Eingangsbereich des Hotels herzurichten. Wir haben viel geschafft. Wir haben einen künstlichen Fluss angelegt, haben die Poolbar komplett neu renoviert und deren Umgebung bepflanzt. Wir haben die Grünflächen aufgehübscht, den Pavillon fertiggestellt und mit duftenden Rosen versehen. Jasminbüsche säumen die Hecke zum Meer und die Sportanlage glänzt auch in neuem Licht. Außerdem haben wir sowohl im Innen- als auch im Außenbereich für viel mehr Blumen gesorgt, sei es in kleinen Beeten oder in Kübeln oder einfach in Form von Topfpflanzen und Vasen mit blumigem Inhalt.

Alles, was noch fehlt, ist ein ansprechendes Äußeres von vorne. Denn auch, wenn das Hotel schon sehr luxuriös wirkt mit dem Bogen, durch den man ins Innere gelangt und der mich bereits bei meiner Ankunft vor einigen Monaten fasziniert hat: Die beigefarbene Fassade ist eben doch relativ eintönig. Und sie passt nicht mehr zum Rest der Hotelanlage.

Die Hauptsaison des Hotels ist im vollen Gange. Nicht zuletzt deswegen hat Clément uns auch für diese letzte Aufgabe darum gebeten, möglichst im Hintergrund zu bleiben. Was nicht besonders leicht ist, wenn alle paar Minuten ein Hotelgast durch den Bereich läuft. Ich kann die Leute aber mittlerweile gut ausblenden.

Ich sitze mit Semi und Said gerade an einer Einfassung für neu gepflanzte Orangenbäumchen. Mit roten Backsteinen wollen wir ein Oval bilden, in das im letzten Schritt die Bäume gepflanzt werden. Dafür müssen wir allerdings erst einmal die alten Steinplatten herausnehmen und die Erde darunter zum Vorschein bringen – was alles andere als leicht ist. Karim, Walid und Sofiane sitzen schräg hinter uns an genau der gleichen Aufgabe. Der Rest der Truppe schleppt große Pflanzbottiche aus einem LKW direkt an den Eingang. Irgendwann im Laufe des Tages wird noch eine große Lieferung kommen, darin enthalten sollten – wenn alles klappt – sowohl Erde und Pflanzen sein. Ich sehe mich bereits bis weit nach Mitternacht werkeln, weil ich es nicht über mein Herz bringen werde, die Pflanzen mit nackten Wurzelballen hier liegen zu lassen.

Semi und Said haben mittlerweile eine Art WG gegründet, worüber ich mich ziemlich amüsiere. Wahrscheinlich wird es bei den beiden niemals wirklich langweilig. Ansonsten arbeiten wir an diesem Tag ziemlich wortkarg. Die Arbeit ist anstrengend, die Sonne erbarmungslos und meine Müdigkeit frisst jeden noch so kleinen Spross der Motivation auf der Stelle auf. Nach der überaus kurzen Nacht – als die Sonne aufging und Karim und ich aufgewacht sind, haben wir gerade einmal zwei Stunden geschlafen – bin ich nur kurz nach Hause getorkelt, habe mir etwas Frisches angezogen und hocke nun seit fünf Stunden im Dreck. Aber ich würde es jederzeit wieder so machen, die Nacht bei dem Mann verbringen, in den ich mich so sehr verliebt habe, auch wenn es bedeutet, dass ich müde bin.

Es ist schon fast sechzehn Uhr, als Karim in die Runde ruft, dass wir eine Pause machen. Wir alle wissen, dass dieser Tag noch lange nicht zu Ende ist, denn so, wie es aktuell aussieht, können wir es unmöglich belassen.

Ich strecke mich und spüre, wie jeder einzelne Wirbel in meinem Rücken sich wieder einrenkt. Dann beschließe ich, eine Runde zu laufen, um meine steifen Beine wieder etwas zu lockern.

In Gedanken halte ich fest, was wir in den kommenden Wochen noch für Aufgaben haben und verfluche mich, dass ich weder mein Tablet noch irgendein Notizbuch dabeihabe.

Der Weg zum Hotel hin muss noch mit Pflanzen gesäumt werden und Clément hat bereits verlauten lassen, dass er gerne ein paar weitere Skulpturen dort hätte. Die werde ich mit ihm gemeinsam bestellen, weil seinen Geschmack zu treffen ist eine nicht sehr einfach zu lösende Aufgabe.

Neben den beiden Orangenbäumchen sollen Sitzbänke stehen. Außerdem müssen wir irgendwo eine Reihe Jasminbüsche unterbringen, weil ich finde, dass man die Nationalblume des Landes schon bei seiner Ankunft im Hotel sehen sollte. Wir müssen Rollrasen verlegen, denn aktuell ist hier alles voll mit Steinen. Und auch direkt an der Einfahrt, wo Ennis mich damals hindurchgefahren hat, sollten wir meiner Meinung nach noch ein wenig für bunte Akzente sorgen.

Ich bin gerade ein paar Meter weit gekommen, da lenkt ein lautes Miauen meine Aufmerksamkeit auf sich. Ich muss zwei Mal hinsehen, bin mir dann aber ganz sicher: Das sind die Kätzchen, die ich hier schon mal getroffen habe. Zwei von ihnen sitzen im Schatten, mittlerweile deutlich größer geworden. Die eine ist komplett schwarz bis auf einen weißen Fleck im Gesicht, die andere ist braun-weiß gescheckt und sieht viel wilder aus als sein Geschwisterchen.

»Na ihr zwei Süßen«, murmele ich und gehe in die Hocke. Sofort kommen die Tiere auf mich zu, schenken mir ihr Vertrauen und streunen und meine Beine herum. Ich setze mich vollends hin, lasse die beiden über meine Beine klettern und hebe das schwarze Kätzchen hoch, als es mich auffordernd von meinem Schoß aus ansieht.

Darf ich bitte für immer hierbleiben?

»Ich glaube, wir müssen aufpassen, dass Sie keins der Kätzchen mit nach Hause nehmen«, höre ich Wassim Clément hinter mir und drehe mich halb um.

Lachend antworte ich: »Ich glaube, denen geht es hier ganz prima. Aber süß sind sie trotzdem.«

»Hören Sie, Mona«, sagt er eindringlich. Ich werde mich nie daran gewöhnen, dass er zu jeder Möglichkeit meinen Namen nennen muss. Eine wirklich fürchterliche Eigenart. Aber im Grunde genommen ist Wassim Clément ein netter Kerl. Manchmal etwas eitel und hin und wieder eine Spur zu streng, aber im Herzen doch ziemlich gut. Ich hätte am Anfang nicht gedacht, dass ich sogar ihn vermissen würde.

»Wenn Sie früher fertig werden, dann können Sie auch früher wieder zurück nach Deutschland. Wir können die Einweihungsfeier einfach ein wenig vorziehen, damit Sie auch dabei sein können.«

Strahlend schaut der Direktor mich an. Seine Worte treffen mich mit voller Wucht. Kurz habe ich nicht an meine baldige Abreise gedacht. Und außerdem habe ich gehofft, dass es ihm nicht auffallen wird, dass wir weit vor dem Zeitplan sind, dass ich meine letzten Wochen mit dem Erledigen von Kleinigkeiten verplempern kann. Aber natürlich ist für ihn jeder Tag, den ich länger hierbleibe, ausgegebenes Geld. Und auch, wenn er es nicht böse gemeint, sondern mir sogar einen Gefallen tun wollte mit dem Angebot, die Einweihung nach vorne zu legen, sind meine nächsten Worte nur von sehr knapper Natur.

»Okay. Danke«, sage ich. Aber meine ich es auch wirklich so? Wassim Clément zieht von dannen. Ihm scheint meine frostige Art nicht aufgefallen zu sein, oder es macht ihm schlichtweg nichts aus. Ich brauche Rat. Schnell greife ich nach meinem Telefon, um Bella anzurufen. In letzter Sekunde wird mir aber bewusst, dass jemand anderes mir bei dieser Frage eigentlich viel eher helfen kann.

Ich suche die richtige Nummer in meinen Kontakten und wähle. Es ist mir ganz egal, dass ich mit meinem immer noch deutschen Vertrag wahrscheinlich Unmengen zahlen muss.

»Hey Mona«, meldet sich die vertraute Stimme.

»Hi Agatha«, flöte ich ungewollt künstlich und merke im selben Moment, dass sie dadurch sofort erkennen muss, dass etwas nicht stimmt.

»Alles in Ordnung?«, hakt sie wie zur Bestätigung nach. Ich schüttele erst den Kopf und antworte dann:»Nein, eigentlich nicht.« Und dann erkläre ich ihr alles, von vorne bis hinten, während ich weiterhin den Rücken der Kätzchen vor mir streichele. Wenigstens das hat eine beruhigende Wirkung auf mich.

Nachdem ich geendet habe, herrscht lange Zeit Stille.

»Puh, Süße. Wir wussten alle, dass dieser Tag irgendwann kommt, aber das macht es nicht leichter.«

Wieder schüttele ich den Kopf, was sie natürlich nicht sehen kann.

»Was sagt dein Herz?«

Eine so einfache, aber eine doch so schwere Frage. Ich überlege lange, bis ich antworte.»Es sagt, dass es verliebt ist. Mein

Herz würde mir raten, hierzubleiben. Aber mein Mut lässt das nicht zu.«

Diesmal schweigt Agatha lange. Ich denke schon, dass sie aufgelegt hat oder dass die Verbindung abgebrochen ist, da antwortet sie schließlich doch. »Es ist immer besser, wenn man auf sein Herz hört. Es hat die Kraft, den Verstand und das Gehirn und sogar deinen Mut zu überreden. Das Herz ist ein ziemlich unangenehmer Gegner, wenn es um solche Dinge geht.«

Ich seufze. Ich will Agatha so gerne glauben, aber ich kann es einfach nicht.

31

So in etwa muss es sich anfühlen, wenn die Welt untergeht. In den letzten Tagen kann ich meine theatralische Ader nicht mehr unterdrücken. Allen ist es aufgefallen. Ich rede wenig, esse wenig, denke zu viel. Karim versucht, mich aufzumuntern, aber es gelingt ihm immer nur für einen kurzen Moment. Immer nur so lange, bis mir wieder bewusst wird, dass ich eine Entscheidung zu treffen habe.

Ich sitze vor meinem Handy und starre schon seit geraumer Zeit Edgars Namen auf meinem Display an. Ich habe mir fest vorgenommen, ihn heute anzurufen. Ihm zu sagen, dass das Projekt beendet ist. Seit einer Ewigkeit habe ich nicht mehr mit ihm telefoniert. Der Hauptgrund dafür war natürlich ich. Vor ein paar Tagen hat er angerufen, aber ich habe so getan, als hätte ich es nicht gesehen, und seitdem kam auch kein zweiter Versuch seinerseits mehr zustande. Wahrscheinlich denkt er, dass ich viel zu tun habe.

Mein Herz rast und mein Finger schwebt unschlüssig über dem grünen Kreis auf meinem Display. Ich müsste einfach nur den Anruf starten. Es klingt so leicht.

Langsam zähle ich von zehn aus rückwärts und als ich bei null angekommen bin, rufe ich endlich an.

Zitternd hebe ich mein Handy an mein Ohr.

Und warte.

Warte eine Ewigkeit.

»Hey Mona«, meldet sich Edgar. Er klingt außer Atem, als wäre er zu seinem Telefon gerannt.

»Hallo Edgar. Störe ich?«

»Nein, nein, nein, nein«, sagt er. Einmal nein hätte auch gereicht. »Es ist nur so unglaublich viel los.«

Das ist die standardmäßige Antwort bei ihm. Es ist *immer* viel los. Er ist grundsätzlich immer im Stress, egal wann und egal wo. Ich verdrehe die Augen.

»Was gibt es denn?«, fragt mein Chef nach. Er wirkt nicht wirklich interessiert. Deswegen falle ich mit der Tür ins Haus.

»Ich bin fertig mit dem Projekt. So gut wie. Wir haben nur noch ein paar Kleinigkeiten zu regeln und dann ist das hier abgeschlossen.«

Es herrscht Stille am anderen Ende der Leitung. Kommt es mir nur so vor oder scheint Edgar überrascht darüber zu sein?

»Fertig?«, hakt er nach.

Ich schlucke. »Ja.«

»Warte kurz, Mona, da ist gerade ein Anruf auf der anderen Leitung, da muss ich unbedingt drangehen.«

Dann ist er weg und ich muss mir diese fürchterliche Warteschleifenmusik anhören. Ich vergrabe das Gesicht in den Händen. Es war klar, dass Edgar nicht einmal ahnt, wie schwer dieser Anruf mir gefallen ist. Woher soll er auch wissen, dass ich mein Herz hier verloren habe und wie traurig ich bin.

Plötzlich hört die Musik wieder auf. Ich will sofort das Wort ergreifen und ihm sagen, wie unglücklich ich bin. Ich muss es loswerden, vielleicht kann er irgendetwas machen, damit ich noch den einen Monat bleiben kann. Ich würde es auch ohne Geld machen.

»Edgar-«, sage ich, doch er fängt in genau diesem Moment auch an zu sprechen.

»Gute Neuigkeiten«, sagt er. Ich lasse meine Schultern hängen. Kann denn nicht wenigstens ein einziger Plan mal aufgehen?

»Ich habe so viele Gespräche geführt. Mona, du hast tolle Arbeit geleistet. Wir haben schon mehrere neue Aufträge für dich, alle sind begeistert von dem, was du im Hotel gemacht hast. Ich sollte ein Bild von dir aufhängen, weil du definitiv Mitarbeiter des Jahres bist. Wir brauchen dich unbedingt wieder! Ich habe die neuen Verträge noch nicht unterzeichnet, weil ich erst mit dir sprechen wollte, aber das ist eine wahnsinnig gute Chance!«

Tränen brennen in meinen Augen. Und in meinem Hals. Super. Das erstickt all meine Ideen und Auswege aus dieser Situation im Keim.

»Okay. Wann fliege ich?«

Edgar schweigt kurz und ich spüre seine Verwirrung bis hierher. »Warum fliegen?«

»Naja, laufen will ich jetzt nicht unbedingt«, motze ich und verdrehe die Augen.

Edgar lacht. »Oh Mona. Du hast ja recht, du weißt es ja noch gar nicht.«

»Was weiß ich nicht?« Ich bin verwirrt.

Das Lachen meines Chefs wird noch viel lauter, als hätte ich einen besonders guten Witz gemacht. Wie ich das hasse!

Dann aber lässt er die Bombe platzen, mit der er alles aus meinem Kopf fegt und nur noch eine Wolke auf Konfetti darin hinterlässt.

»Wir wollen uns ein zweites Standbein in Tunesien aufbauen. Es haben schon zwei weitere Hotels angeklopft und diverse Restaurants. Das wird ganz groß! Und du sollst die Firma leiten. Wenn du möchtest, natürlich. Ich will dich nicht zu irgendetwas drängen, aber du scheinst dich wohlzufühlen, und-«

Der Rest seines Satzes geht in einem freudigen Schrei meinerseits unter.

32

»Ich bin so stolz auf dich«, murmelt Agatha und nimmt mich in den Arm. Sie drückt dabei ihre Schulter so fest an meinen Kehlkopf, dass mir eine Antwort unmöglich ist. Aber das stört keinen von uns, höchstens den Teil meines Gehirns, der sich fragt, warum die angepeilten Worte nicht aus meinem Mund blubbern. Als sie schließlich zu ihrer Familie zurückkehrt, die es sich an der Poolbar bequem gemacht hat, genieße ich einen Moment die Ruhe und dass mich für ein paar Minuten keiner mehr beglückwünscht. Dabei beglückwünsche ich mich seit einer Woche selbst. Und zwar in einer Tour. Hin und wieder kommt mir natürlich noch der Gedanke, dass ich verrückt sein muss, aber das war ich auf der anderen Seite doch schon immer irgendwie.

Die Bezeichnung Honigkuchenpferd ist noch zu milde für das riesige Grinsen, dass ich nun seit Edgars Anruf im Gesicht herumtrage und es jedem ausnahmslos zeige.

Die Eröffnungsfeier des Hotels, von der ich zwischenzeitlich dachte, dass ich sie nur mit sehr schlechter Laune und unterdrückten Tränen würde besuchen können, hat sich zu einer wirklich fantastischen Feier gemausert. Wenn ich dachte, dass der tunesische Abend oder das Ende des Ramadan Feste waren, dann habe ich mich bitter getäuscht. Für diesen Abend hier hat Wassim Clément alle Geschütze aufgefahren. Mittlerweile ist es leicht dämmerig geworden, und die Lichter, die er zusätzlich hat installieren lassen, bescheinen unsere Arbeit der letzten

Monate. Ein paar der Dattelpalmen sind ebenfalls beleuchtet worden und geben einem das Gefühl, man wäre direkt im Paradies.

Aber eigentlich *bin* ich schon längst im Paradies. Es fühlt sich so unglaublich irreal an. Auch nachdem ich am Abend nach dem Gespräch mit Edgar direkt zu Karim gelaufen, ihm um den Hals gefallen bin und gesagt habe, dass ich bleibe, war es noch nicht zu begreifen. Als ich mit Edgar die ganzen Formalitäten geklärt habe, er mir einen Auszug aus dem vollen Anfragepostfach gezeigt hat und mich schließlich um einen Flug für ihn hierher gekümmert habe, war es noch wenig realistisch. Und selbst jetzt, wo jeder mir meine Hand schütteln will, mich umarmt, mir sagt, dass ich so wahnsinnig glücklich und zufrieden aussehe, kann ich es trotzdem nicht ganz glauben.

Große Schritte im Leben brauchen manchmal eben länger, bis man sie ganz begriffen hat. Bis man realisiert hat, dass man sie gegangen ist.

»Meine Schöne, warum stehst du hier alleine?« Karims Hände schließen sich von hinten um meine Taille, und er dreht mich zu sich um.

»Ich habe bloß einen Moment nachgedacht«, antworte ich wahrheitsgemäß.

Er zieht die Stirn in Falten. Habe ich schon gesagt, dass ich das irgendwie ziemlich anziehend finde? Oder bedeutete das, dass ich schon blöd vor Liebe geworden bin? »Aber es ist alles gut?«, vergewissert er sich, ganz der Beschützer, der er nun einmal ist.

Ich nicke, strahle ihn an. »Es ist alles perfekt«, sage ich und küsse ihn sanft auf die Wange, was mein Körper sofort mit einem wohligen Schauer quittiert. Ich würde den Moment gerne noch etwas genießen, aber ich sehe, wie mein Chef aus dem Augenwinkel auf uns zukommt. Neben ihm Wassim Clément.

Eine explosive Mischung, denke ich. Und vor allen Dingen eine äußerst fragwürdige Erscheinung. Clément mit seiner üblich eitlen Haltung und dem etwas hochnäsigen Ausdruck im Gesicht, dazu die wehende Krawatte mit Jasminblüten drauf. Immerhin ist das das erste Exemplar, was mir gefällt. Daneben Edgar, der mit seinen kleinen Beinen kaum hinterherkommt. Unverhältnismäßig groß hingegen wirken seine Füße, was schon immer ein komisches Bild abgegeben hat. Das schüttere Haar kann nicht mehr im Wind wehen, aber ich stelle mir für einen Moment vor, dass dem so ist, und muss innerlich schmunzeln.

Edgar hat gerötete Wangen, die seit gestern nicht mehr verschwinden wollen. Nizas und ich haben ihn vom Flughafen abgeholt und ihn ins Hotel gebracht. Was ich erst für ein wenig Aufregung und die Reaktion auf die plötzliche Hitze gehalten habe, scheint vielmehr ein Anzeichen für seine Nervosität zu sein.

»Monsieur Baccouche?«, fragt Edgar mit einer ausdrucksstarken Stimme, die man bei seinem Auftreten gar nicht erwarten würde, zu Karim gewandt. Ich bin verwirrt. Woher kennt er seinen Namen und warum spricht er ihn überhaupt an?

Karim nickt. Ich bin mir sicher, dass er genauso wenig eine Ahnung hat, was Edgar von ihm will, aber er lässt es sich nicht anmerken. Die beiden schütteln sich die Hand, danach legt Karim seinen Arm wieder besitzergreifend um mich. Mein Chef stell sich auf äußerst holprigem Französisch kurz vor und fällt dann unverblümt mit der Tür ins Haus. Wie es eben schon immer seine Art war, weil er für andere Vorgehensweisen ein viel zu beschäftigter Mann ist.

»Mona wird unsere tunesische Filiale leiten, daran besteht mittlerweile kein Zweifel mehr. Und sie wird das hervorragend machen«, beginnt er und alle drei Männer schauen mich anerkennend an. Ich lächele geschmeichelt, kann mich aber nicht bedanken, weil Edgar da schon weiterspricht. »Allerdings ist mir zu Ohren gekommen, dass auch Sie schon Erfahrung haben, Teams zu leiten und Projekte wie dieses hier zu betreuen. Deswegen habe ich mit Monsieur Clément lange gesprochen und er hat mir versichert, dass es keinen besseren Mann als Sie geben kann, um ebenfalls mit in unser neues Geschäft einzusteigen.«

Stille. Ganz lange Stille, in der mein Gehirn verarbeiten muss, was eben passiert ist und was das bedeutet. Und dann noch mehr Stille, die sich endlos lange anfühlt, obwohl es wahrscheinlich nur ein paar Sekunden sind. Karim lässt mich los, was ich schmerzlich bemerke, aber er macht es aus einem guten Grund.

Seine Hand schlägt in die von Edgar ein.

»Nichts würde ich lieber tun«, sagt er.

Ich quietsche, falle Karim um den Hals. Und dann umarme ich sogar Edgar und Wassim Clément, einfach, weil meine ganze Freude irgendwo hinmuss. Weil sie raus will, mit Luftschlangen um sich schießen und wie ein Feuerwerk in der Luft explodieren und noch so viel mehr.

Kann ein Moment noch perfekter sein?

Wir feiern bis in den nächsten Morgen hinein. Wir feiern uns selbst und die Entscheidungen, die wir getroffen haben. Wir feiern, dass wir Freundschaften geschlossen und die Liebe gefunden haben. Keiner von uns weiß so genau, wie es weitergehen wird, aber an diesem Tag sind sich alle einig, dass die Zukunft Großes für uns bereithält. Wir tanzen, wir lachen, wir weinen ein bisschen vor Freude.

Dieser Sommer war voller Arbeit und neuen Erfahrungen. Ich habe mein Herzensland gefunden und meinen Herzensmann. Ich weiß, was ich will und was ich kann, und ich werde kämpfen für eine Zukunft, die so schön wunderbar duftet wie Jasminblüten. Denn an diesen Sommer werde ich mich für immer erinnern und ihn im Herzen tragen.

Epilog

Ich liebe die frühen Morgenstunden, in der die Stadt noch schläft und ich das Gefühl habe, ganz alleine zu sein. Es ist die Zeit, in der ich am produktivsten bin. Seit einer knappen Stunde beantworte ich nun schon Mails und tippe mir die Finger wund. Nur hin und wieder genehmige ich mir einen Blick auf das Meer, das nur hundert Meter von unserem Büro entfernt ist und das an diesem jungen Septembermorgen noch still daliegt. Nachdenklich greife ich nach dem Anhänger meiner Kette, die Karim mir geschenkt hat. Die Hand Fatimas, die mich nicht nur beschützt hat, sondern auch ein kleiner Teil des großen Glücks ist, das ich im Moment empfinde.

Heute Abend kommen meine Eltern und Louisa am Flughafen an. Familie Wolf im Urlaub also. Ich sehe schon die vielen peinlichen Situationen und die Abende voller Gelächter vor mir. Und ich bin ein bisschen nervös, weil sie Karim kennenlernen. Bella war bereits vergangene Woche hier und nachdem wir einen ganzen Vormittag immer wieder in Tränen ausgebrochen sind, entweder aus Glück oder aus Trauer, weil wir eben nicht mehr so schnell mal einen Wein trinken gehen können, haben wir ein paar wunderbare Tage verbracht. Und als Bella mir an ihrem letzten Tag gesagt hat, dass sie erneut schwanger ist, haben wir wieder geweint. Und ich war mir einmal mehr sicher, wie richtig meine Entscheidung war. Die lieben Menschen um mich herum sind nicht weg, sie sind einfach nur etwas weiter von mir entfernt. Und ich habe den Drang, endlich das Leben zu leben, was mich vollkommen glücklich macht. Und das – so weiß ich jetzt – kann ich eben nur hier.

Es klopft an der Tür und ich drehe mich um. Nizas steht im Türrahmen und wirft mir seinen Autoschlüssel zu.

»Du weißt ja, der zweite Gang springt manchmal raus. Schalt einfach direkt in den Dritten.«

Ich lache. »Das wird auf jeden Fall ein Abenteuer nachher.«

»Ich hoffe nur, dass ihr wiederkommt«, murrt Nizas. Er tut zwar so, als würde es ihm etwas ausmachen, dass ich mir sein Auto leihe, um meine Eltern abzuholen, aber wir beide wissen ganz genau, dass es nicht so ist.

Ich bin heilfroh, dass uns die ganze Mannschaft erhalten geblieben ist. Karim hat Edgar deutlich gemacht, dass wir mit einem anderen Team niemals so effizient sein würden. Also hat er kurzerhand alle seine Männer mit zu uns genommen – sehr zum Leidwesen seines ehemaligen Chefs. Wobei ich glaube, dass auch dieser den Schritt insgeheim verstanden hat.

Nun leiten wir also eine Firma. Verrückt, wie das Leben manchmal spielt. Wir haben nur zwei Räume in unserer Filiale hier. Das große Büro, das wir für mich hergerichtet haben und einen kleineren Raum, in dem Karim sitzt und in dem wir auch Gäste empfangen können. Tatsächlich ist Karim nur selten hier. Wir teilen uns die Geschäftsleitung, aber die Rollen sind doch klar verteilt. Während er sich eher um das Handwerkliche kümmert, Termine wahrnimmt und verhandelt, bin ich die, die eher im Hintergrund agiert. Ich lerne jeden Tag dazu. Es ist schon nicht einfach, in Deutschland selbstständig zu sein, aber in einem fremden Land ist es noch einmal eine größere Hürde. Allerdings liebe ich diese Herausforderung. Und ich lebe sowieso nach dem Motto: Wer es nicht macht, der kann nicht gewinnen. Ich habe keine Lust, einem Traum hinterherzulaufen oder ihm hinterherzutrauern. Und deswegen *mache* ich einfach.

»Ist Karim da?«, reißt Nizas mich aus meinen Gedanken.

Ich schüttele den Kopf und drehe den Stuhl ein wenig, um auf die Uhr schauen zu können. »Er ist mit Neyla zum Arzt gefahren und hat danach noch eine Besichtigung. Wahrscheinlich ist er heute Mittag wieder da.«

»Okay. Brauchst du noch Hilfe?«

»Nein«, sage ich, »aber danke. Ich komme zurecht. Noch ein paar Mails und dann frühstücke ich erst einmal was.«

Nizas lacht und verabschiedet sich dann herzlich von mir. Er ist ein echter Freund geworden. Wie alle aus dieser Truppe.

Ich strecke mich kurz auf meinem Stuhl, dann versinke ich wieder in die Arbeit. Ich brauche mittlerweile nur noch bei jeder zweiten Mail das Französisch-Wörterbuch, das neben mir auf dem Beistelltisch liegt. Und manchmal höre ich dabei dann die Stimme von Bruno Baake, wie sie französische Sätze wiederholt. So wie damals im Flieger.

»Liebling?«, höre ich Karims Stimme. Auch jetzt noch macht mein Herz bei seinen Worten einen kleinen Hüpfer.

»Bin im Büro«, rufe ich laut, wenig später höre ich Schritte auf dem Fliesenboden. Es sind aber nicht nur die Schritte von Karim, es ist eher ein mehrstimmiges Getrappel.

Verwundert schaue ich mich um. Nicht nur Karim ist hier, sondern auch Neyla, Ahmed und Issam. Und alle drei strahlen mich an, als hätten sie einen Schatz gefunden.

Fragend schaue ich die Truppe an. Hat Karim nicht eigentlich einen Termin? Und musste Neyla nicht zum Arzt? Wie spät ist es überhaupt?

Ich komme nicht dazu, auf die Uhr zu sehen, denn Neyla schiebt ihren Sohn sanft in meine Richtung, und er baut sich breit grinsend vor mir auf.

Was kommt denn jetzt?

Mein Magen macht aufgeregte Purzelbäume. Es fehlt nur noch unheilschwangere Musik, dann wäre das ein echter Filmmoment.

»Meine Mama ist wieder ganz gesund.«

»Deine Mama-«, wiederhole ich, dann bleibt mir der Mund offenstehen. Im nächsten Augenblick dröhnt ein Kreischen daraus, ich springe auf und falle Neyla in die Arme. Tränen kullern über meine Wangen. Ich weine vor Glück und Neyla stimmt mit ein. Unsere Schluchzer erfüllen den Raum.

Eine bessere Nachricht hätte es nicht geben können.

Dann spüre ich erst, dass Issam sich neben uns stellt und seine kleinen Ärmchen um seine Mama und mich schlingt. Und nur einen Atemzug später folgen Karim und Ahmed dem Kleinen.

Zu fünft stehen wir umschlungen dort und weinen und freuen uns und blicken voller Zuversicht in die Zukunft.

Es ist, als hätte ein neues Leben begonnen.

Ende

Danke

… an so viele Menschen.

An dich, weil du mein Buch gelesen hast und ich das eigentlich immer noch nicht so richtig glauben kann.

An Mama, weil du die stärkste Frau bist, die ich kenne. Und weil du obendrein meine beste Freundin bist.

An Papa, weil du einem Mut machen kannst, wenn man ihn zwischenzeitlich verloren hat. Weil du immer da bist, auf jede Frage eine Antwort hast. Und weil du einfach der beste Papi der Welt bist.

An Sandro, einfach weil ohne dich überhaupt nichts ginge.

An Oma und Opa, für die viele grenzenlose Liebe, die nichts auf dieser Welt trüben kann.

An Sonja, Moni und Nele, weil eure Hilfe und eure Unterstützung das hier erst möglich machen. Ich bin ein echter Fan von euch! Ihr seid grandios!

An die vielen Menschen, die mich im Tunesienurlaub letztes Jahr so geprägt haben. Und danke vor allem an den Koch dieses Hotels, denn meine Güte, wie viel leckeres Essen kann ein Mensch ertragen, bevor er platzt? Ich kann euch versichern, dass ich es so gut es ging ausgetestet habe. (Man kann schon ziemlich viel essen. ;-))

Danke auch an dieses vollkommen verrückte Jahr 2020. Wir werden es alle niemals vergessen. Es war beängstigend und gruselig, zum Aufregen. Und es hat einfach alles auf den Kopf gestellt. Auch meinen Urlaub, der – wie sollte es anders sein – mich eigentlich auch in diesem Jahr nach Mahdia hätte verschlagen sollen. Aber Corona hat nein gesagt, also habe ich stattdessen angefangen, diesem schönen Fleckchen Erde einen Ort zwischen zwei Buchdeckeln zu geben. Es hat unglaublich viel Spaß gemacht. Und ich hoffe, dass auch dir diese Reise gefallen hat.

Das Hotel und die Figuren in diesem Buch sind übrigens frei erfunden, aber die Herzlichkeit, die einem immer wieder begegnet, ist ganz echt. Wenn ihr die Möglichkeit habt, dann besucht dieses wunderbare Land eines Tages mal. Es lohnt sich wirklich!

Weitere Bücher von mir

Weil ich dich noch immer liebe

Eine Frau, die in London einen Neuanfang wagt. Ein Mann, der alles zu haben scheint und dessen Leben dennoch von heute auf morgen auf den Kopf gestellt wird. Und eine Liebe, die zeigt, dass alles möglich ist.

Maggie und Adam verbindet nichts, außer dem Bewerbungsgespräch, das sie führen. Sie ist unsicher und schüchtern, er selbstbewusst und steht mit beiden Beinen fest im scheinbar perfekten Leben. Doch schon bald wird klar, dass ihre Leben fester ineinander verwoben sind, als sie geahnt haben, und dass dem Schicksal egal ist, woher du kommst oder wer du bist.

Wünsche für die Weihnachtszeit – Ein winterlicher Kurzroman

Eine Kleinstadt in England wird zum Schauplatz vergessen geglaubter Weihnachtswünsche und großen Gefühlen in der gemütlichsten Zeit des Jahres.

Hellen arbeitet in einer kleinen Werkstatt und ist durch und durch Weihnachtsfan. Und die magische Winterzeit könnte so schön sein, wäre da nicht Chris Franklin. Die junge Frau wollte ihm bloß schonend beibringen, dass sein Auto mit den defekten Bremsen noch nicht wieder repariert ist. Stattdessen verspricht sie ihm, dass sie den persönlichen Chauffeur für ihn und seinen kleinen Bruder spielt. Da hat Hellen die Rechnung aber nicht mit der mürrischen und impulsiven Art des Mannes gemacht und findet sich statt in wohliger Weihnachtsstimmung in einem echten Gefühlschaos wieder. Das Beste wäre es sicher, wenn sie einfach so tut, als seien sich die beiden nie begegnet. Wenn es in einer Kleinstadt bloß so leicht wäre, sich aus dem Weg zu gehen …